# Llora por el amor 1

## Weine aus Liebe

*von*

*Jaliah J.*

## Impressum

Alle Rechte am Werk liegen beim Autor
J., Jaliah
Llora por el amor 1
Weine aus Liebe

Berlin, Dezember 2015
Erstauflage
Lektorat: Günter Bast, Paula
Cover/Bildgestaltung: Klaud Design – Marie Wölk

Herstellung und Verlag:
BOD - Books on Demand, Norderstedt

ISBN 978-3-7392-0694-3

www.jaliahj.de

## Die anrührende Geschichte einer verbotenen Liebe

Als Erstes entstand eine Idee, eine kleine Geschichte, die mir in den Sinn gekommen ist und die ich ohne große Vorkenntnisse begonnen habe aufzuschreiben. Nun sitze ich hier, einige Jahre später, bei der Überarbeitung der Bücher und versuche, Worte für den Erfolg der Llora por el amor – Reihe zu finden, was mir, der sonst nie die Worte fehlen, wirklich schwerfällt.

Niemals habe ich mit diesem Erfolg gerechnet und damit, wie sehr die Leser diese kleine Geschichte in ihr Herz schließen.

Weine aus Liebe ist der erste Teil, der Grundstein, dieser Buchreihe, mein allererstes Buch, vollkommen unerfahren und unbedacht aufgeschrieben und bis heute mein absolutes Lieblingswerk und mein ganzer Stolz. Mittlerweile gibt es zu der Buchreihe fünf weitere Teile und einige Sonderausgaben. Die Fans haben Trailer, Bilder und viele tolle Aktionen zu der Buchreihe erstellt und entworfen. Sie lieben die Personen der Familias genauso sehr wie ich und flüchten genauso gerne in diese eigene Welt rund um Sierra.

Ich hoffe, dass noch viel mehr Menschen die Bücher lesen und ihr Herz für diese verbotene Liebe, diese ganz andere Welt und Puerto Rico öffnen werden.

**Viel Spaß mit der Llora por el amor - Reihe.**

# La Sierra

## Trez Puntos

Bella Punto, 20 Jahre
Juan Punto, 25 Jahre

Miko, 23 Jahre
Sanchez, 22 Jahre
Raul, 25 Jahre
Tito, 23 Jahre
Pepo, 25 Jahre

## Les Surenas

Ramon Surena, 26 Jahre & Jennifer Surena mit Miguel und Sami
Paco Surena, 23 Jahre
Rodriguez Surena, 20 Jahre

Josir, 21 Jahre
Ramos, 27 Jahre
Mano, 23 Jahre
Hernandez, 20 Jahre
Kasim, 26 Jahre
Sammy, 24 Jahre
Chico, 25 Jahre

# Kapitel 1

»Wie findest du den?« Sara, meine beste Freundin, hält mir einen sehr gewagten Tanga unter die Nase. Ich nehme das Stückchen Stoff in die Hand. »Findest du das nicht etwas zu grell?« Ich mustere die pinke Farbe. »Juan liebt es so knallig.«

Seufzend drücke ich ihr den Tanga wieder in die Hand. »Das ist widerlich, Sara!« Das hat man nun davon, wenn die beste Freundin gleichzeitig mit dem Bruder zusammen ist. Sara grinst mich frech an und geht zur Kasse. Kein Wunder, dass mein Bruder ihr total verfallen ist. Sie ist eine typisch puertoricanische Schönheit: Dunkel, eine lange schwarz gelockte Haarpracht und braune Mandelaugen. Ich erhasche, während ich ihr folge, einen Blick in einen Spiegel.

Mit meinen zwar auch langen und braunen Haaren, die allerdings nicht gelockt, sondern glatt sind und nur unten in Wellen fallen und meinen grünen Augen, steche ich schon so genug aus dem typischen puertoricanischen Frauenbild hervor. Dazu habe ich auch nicht diese ausgeprägten Gesichtszüge, sondern viel feinere, ich komme sehr nach meiner Mutter. Sie sagt, dass ich schon bei der Geburt vor Schönheit gefunkelt habe, was mir den einfachen Namen Bella beschert hat.

»Bella, kommst du oder träumst du noch, dein Bruder wartet schon«, holt mich Sara in die Realität zurück.

Bevor wir an mein Auto kommen, laufen wir am Kino vorbei, wo gerade ein riesiges Plakat für den neuen Kinofilm 'Sin Nombre' aufgehängt wurde. Automatisch bleiben wir davor stehen und begutachten die darauf abgebildeten Gangmitglieder, deren Gesichter vor Tätowierungen nur so strotzen und die bis unter die Zähne bewaffnet sind. »Etwas übertrieben«, gebe ich meinen Kommentar dazu und Sara lacht leise. »Na, die müssen es ja wissen«, tuscheln einige Mädchen hinter uns und als Sara sich umdreht, laufen sie schnell weiter. Ich ziehe Sara einfach weiter, auch wenn sich keiner wagen würde, uns das ins Gesicht zu sagen, recht haben sie.

Wir gehören zu den Trez Puntos und auch wenn es nicht so wie auf dem Bild abgebildet bei uns aussieht, kann man nicht abstreiten, dass wir in den Augen einiger zu einer Gang gehören ... obwohl wir es als Familia bezeichnen. Mein Bruder ist der Anführer der Trez Puntos und diese herrschen über den östlichen Teil von Sierra. Allerdings ist es nicht so, dass sie bis unter die Zähne bewaffnet und bis unter den Haaransatz tätowiert sind. Früher war das vielleicht so, aber heutzutage könnte man meinen Bruder oder meine Cousins auf der Straße nicht von irgendwelchen Geschäftsmännern unterscheiden, denn im Grunde sind sie das ja auch.

Wer noch denkt, dass es vor allem um Drogenhandel und Raubüberfälle geht, der irrt sich, sie haben das Kommando in der Stadt. Sie regeln die Exporte aus unserer Gegend, verwalten die Grundstücke, bieten Geschäftsmännern den Schutz an, lauter solche Sachen, die Waffenexporte gibt es zwar auch noch, aber das ist nur ein Teil der Einnahmequelle.

Heute leben die Familienmitglieder nicht mehr in irgendwelchen Barrios, diese Zeiten haben sich geändert. Aber auch wenn sie ihre Anzüge tragen ... darunter gibt es die Tätowierungen. Jeder hat seine eigenen, jede erzählt eine Geschichte, aber eine haben sie alle. Die sogenannte Plaka, das Zeichen der Trez Puntos.

Während ich aus der Einkaufsstraße hinausfahre, fällt mein Blick automatisch auf mein Handgelenk, wo sich diese Plaka befindet. Auch Sara trägt eine. Ich bin hineingeboren und sie ist hineingekommen. Es geht beides ... wobei sie die Wahl hatte. Ich liebe meine Familie über alles. Auch wenn Juan und ich mehr als regelmäßig aneinandergeraten, sind er und meine Mutter die wichtigsten Menschen für mich. Mein Vater wurde bei einem schiefgegangenen Geschäft erschossen, als ich fünf war. Doch so sehr ich die Familia liebe, wünsche ich mir doch oft ein normales Leben. Wehmütig schaue ich in den Rückspiegel, als wir die neutrale Zone verlassen.

Mit neutraler Zone ist ein kleiner Stadtabschnitt gemeint, der genau zwischen dem östlichen Teil, wo meine Familie lebt, und dem westlichen Teil, wo die Les Surenas herrschen, liegt. Der neutrale Teil ist vorwiegend eine Geschäftsstraße, es gibt auch einen kleinen Strandabschnitt und meine Universität liegt in dem Teil der Stadt. Ich musste Juan fast einen Monat lang überreden, bis ich ihn kleingekriegt habe und seitdem auf die Universität gehen darf. Sara ist auch auf dieser Uni, aber sie studiert Technik und ich Psychologie.

Mein Cousin Miko sagt, ich wolle nur Ordnung unter all die Verrückten bei uns zu Hause bringen, doch eigentlich schlägt mein Herz für die Kinder und ich habe vor, mich auf sie zu spezialisieren. Dieses Thema hat mich schon immer fasziniert, ich frage mich bei den Handlungen der Menschen, warum einer das jetzt tut und wie man jenes deuten kann ... Juan sagt, ich denke einfach zu viel.

Saras Telefon klingelt und ich muss nicht einmal raten, wer dran ist. Juan will uns nur mitteilen, dass sie inzwischen zu Hause sind und nicht mehr im Punto-Haus. Wir haben sozusagen zwei Häuser. Um das zu verstehen, muss man wissen, dass es eine bestimmte Zusammengehörigkeit der Trez Puntos gibt. Ich vergleiche das immer mit Kreisen.

Den Kern bilden mein Bruder und der engste Kreis, die Vertrautesten … die richtige Familia. Sie besteht aus vier weiteren Cousins von mir: Miko, Sanchez, Raul und Pepo, die für mich aber alle wie Brüder sind sowie Juans bester und ältester Freund Antonio, genannt Tito. Die Sechs bilden den Grundkreis und dann folgen immer weitere Kreise, je nach Vertrautheit. Ich weiß nicht genau, wie viele Mitglieder die Trez Puntos mittlerweile haben, aber über hundert sicherlich.

Deswegen gibt es zwei Häuser. Da ist unser Zuhause, wo meine Mutter und ich mit Juan leben, Sara ist auch fast immer da, meine Cousins ebenfalls, aber das war es. Kein anderer darf in dieses Haus, außer dem engsten und vertrautesten Kern. Ein paar Straßen weiter gibt es das Punto-Haus, eigentlich haben nur Sara und ich es so genannt und die Jungs fanden, das hört sich zu niedlich an, mittlerweile nennt jeder es so. In dieses Haus kommen auch die anderen Mitglieder hin und wenn es was zu besprechen oder zu feiern gibt, findet immer alles dort statt.

Schon als wir in die Einfahrt unseres Hauses fahren, könnte ich Miko umbringen, immer klaut er meinen Platz in der Garage. Wir gehen direkt in den Garten, wo Juan, Miko, Sanchez und Tito am Pool sitzen und Karten spielen und Raul am Grill steht.

»Hey, ihr Schönen«, werden wir gleich begrüßt. »Wo habt ihr euch so lange herumgetrieben?« Ich gebe meinem absoluten Liebling Tito einen Kuss auf seine Glatze und er grinst mich an, sodass ihm fast seine Sonnenbrille von der Nase fällt. Wenn ein Fremder hier hereinkommen würde, wäre er sicher verängstigt bei den breiten Muskelbären im Garten.

»Wir waren in der gangfreien Zone.« Ich grinse in die Runde, weil ich weiß, dass sie es hassen, wenn ich den Teil der Stadt so nenne. »Juan, deine Schwester nimmt uns nicht ernst«, seufzt Pepo und legt seine Karten auf den Tisch. Juan, der Sara sofort in seine Arme gezogen hat und jetzt erst wieder frei lässt, drückt mir einen Kuss auf die Stirn. »Ich weiß«, gibt er zu und ich wende mich an Miko.

»Wenn du noch einmal auf meinem Parkplatz stehst, fahre ich deinen geliebten Mercedes zu Schrott.« Miko zieht die Augenbrauen hoch und kaut unbekümmert weiter auf seinem Zahnstocher. »Mit deinem BMW? Ich glaube, das überlebt er nicht und dann bringt Juan mich um, weil er dir einen neuen kaufen muss.« Juan lacht und legt seinen Arm um mich. »Ha, Schwesterherz, doch nicht so schlecht in einer Familia, oder?« Ich piekse ihn mit dem Finger in den Bauch und gehe grummelnd ins Haus.

9

Am nächsten Morgen schlafe ich erst einmal richtig aus, da es Samstag ist und ich nicht zur Uni muss. Nachdem ich geduscht habe, ziehe ich mir ein weißes Sommerkleid an, welches bis zu meinen Knien geht, dazu braune Ballerinas und eine leichte braune Strickjacke. Meine Haare lasse ich offen und schminke mich nur leicht, dann mache ich mich auf den Weg nach unten. Meine Mutter trällert aus der Küche spanische alte Liebeslieder, doch bevor ich in die Küche komme, werde ich fast von Miko und Sanchez umgerannt, die mit ein paar Waffeln im Mund aus der Küche gestürmt kommen. Beide drücken mir einen Kuss auf und verschwinden mit den Worten, »viel zu spät« und »Scheiße«, aus dem Haus.

In der Küche sitzt Sara mit meiner Mutter am Tisch und ich geselle mich zu ihnen. Sara erzählt, dass Juan und sie nachher mit ein paar anderen zum Strand wollen. Sie versucht mich zu überreden sie zu begleiten, doch ich muss in die Bibliothek. Sara verdreht nur die Augen, aber sagt nichts weiter, weil sie weiß, dass ich wirklich viel lernen muss für die Kurse, sie müsste auch, aber nimmt es nicht ganz so ernst wie ich, außerdem liebe ich die Bibliothek, im Gegensatz zu ihr.

Meine Mutter gibt mir noch eine Liste mit Sachen, die ich für sie besorgen soll. Sie verlässt unsere Gegend so gut wie nie, also muss ich meistens die Besorgungen machen oder sie schickt einen der Jungs los. Nach einer Weile, in der meine Mutter mich zum Frühstücken überreden will, ich aber ablehne, da ich morgens selten etwas esse, gesellen sich mein Bruder und Tito zu uns, scheinbar haben alle hier geschlafen. Wir frühstücken noch zu Ende, danach setze ich mich mit Sara an den Pool, bis sie zum Strand aufbrechen und ich in den neutralen Stadtteil fahre.

Als ich in den neutralen Teil der Stadt komme, halte ich zuerst vor der Einkaufspassage und gehe in die verschiedenen Geschäfte die Sachen besorgen, die meine Mutter mir aufgetragen hat. Ich genieße es sehr, zum größten Teil unerkannt zu bleiben. In unserem Stadtteil weiß jeder, wer ich bin. Im neutralen Stadtteil erkennen mich zwar auch einige Leute, aber es gibt auch andere, die keinen Schimmer haben und mich einfach nicht beachten, eine Tatsache, die ich liebe.

Als ich vor zwei Monaten auf die Uni kam, wusste kaum einer, woher ich komme, oder von welcher Familia ich bin. Es haben mich viele Jungs angesprochen, was äußerst selten ist. Nicht weil ich ihnen nicht gefalle, Blicke kriege ich genügend ... aber wer traut sich schon an die Schwester heran, von demjenigen, der bezahlt wird, deine Familie zu schützen? Wenn ich dann mal mit einem Jungen ausgehe und mein Bruder etwas davon mitbekommt, dann schickt er immer zufällig Tito oder Sanchez vorbei und bei deren Anblick verkrümeln sich dann auch die Allermutigsten. Natürlich könnte ich mir jemanden suchen, der zu uns gehört, mein Bruder macht mich regelmäßig mit einigen, in seinen Augen 'guten Jungs' bekannt, aber noch nie hat mich wirklich einer interessiert.

Nachdem ich die Einkäufe ins Auto gepackt habe, schlendere ich noch etwas durch die Straßen und fahre dann in die Richtung meiner Uni. Es gibt zwei Bibliotheken, die in meiner Uni und ein paar Straßen weiter eine andere. Meine Uni ist kurz vor dem Anfang des Stadtteils, in dem die Les Surenas herrschen, was auch ein Grund war, warum mein Bruder nicht wollte, dass ich auf diese gehe, aber sie ist noch im neutralen Abschnitt. Erst ein paar Straßen weiter ist meine Bibliothek, also die, welche ich bevorzuge. Sie ist viel größer als die andere, auch wenn sie nicht so modern ist wie die der Uni, trotzdem liebe ich es dort.

Ich kann Stunden in diesem Gebäude verbringen. Der Geruch, die Ruhe, und sie haben eine extra Abteilung mit Büchern über Psychologie. Ich habe dort schon einen Stammplatz zum Lernen und die Bibliothekarin bringt mir immer mal wieder Kekse mit und freut sich, wenn sie mich sieht. Die Sache ist nur ... die Bibliothek steht auf dem Gebiet der Les Surenas, ganz knapp zwar nur, aber eigentlich darf ich dieses Gebiet nicht betreten. Wirklich Angst habe ich nicht, ich bin seit zwei Monaten regelmäßig dort, doch ich wünschte trotzdem, sie wäre noch auf neutralem Boden.

Keiner außer Sara weiß, dass ich in diese Bibliothek gehe und Sara kriegt immer einen Anfall, wenn ich dort bin, alle anderen denken, ich lerne in der Uni. Die Feindschaft zwischen den Les Surenas und den Trez Puntos besteht schon ewig, ich habe nicht mal eine Vorstellung, wie es angefangen hat.

Früher gab es wirklichen Straßenkrieg, jeder wollte die Stadt für sich haben, da aber beide Familias etwa die gleiche Menge an Mitgliedern haben und beide die gefährlichsten und gefürchtetsten Familias Puerto Ricos sind und es nie wirklich einen Gewinner gab, herrscht seit ein paar Jahren so eine Art Waffenstillstand. Die Les Surenas haben den westlichen Teil, wir den östlichen Teil, in der Mitte ist neutrales Gebiet, und ganz unten gibt es einen kleinen Abschnitt, den die La Hondez beherrschen, aber er ist nur ganz klein und nicht zu vergleichen mit dem, was die beiden großen Familias besitzen. Wenn man sich auf dem neutralen Boden, den beide betreten dürfen, über den Weg läuft, ignoriert man sich. Aber keiner darf den Abschnitt der anderen betreten.

Wenn es doch einer tut, muss er mit den Konsequenzen rechnen und die andere Familia darf keine Rache nehmen, wenn diese folgen. Ich habe gehört, dass, wenn das mal passiert, die anderen mindestens zusammengeschlagen werden, es soll sogar schon Tote gegeben haben, aber ich glaube, die Leute übertreiben auch einfach viel. Die Les Surenas sind ebenso einflussreich wie die Trez Puntos. Ich weiß nicht sehr viel über sie, nur dass sie ähnlich viele Mitglieder haben und deren Struktur auch so ist wie bei uns. Ihre Anführer, der Kern der Familia, sind drei Brüder: Rodriguez, Paco und Ramon Surena. Der mittlere Bruder, Paco, soll der jetzige Anführer sein, da sich der ältere Ramon etwas zurückgezogen hat. Manche erzählen, dass sie brutaler sind, als die Trez Puntos, keine Gnade kennen, sehr reich sind weil sie noch mehr im Drogenhandel arbeiten und dass der Anführer Paco wie eine Kobra ist. Absolut tödlich.

Sie tragen auch eine offene Plaka wie bei uns, zwischen Daumen und Zeigefinger, unsere ist TP, ihre LS. Nur Sara und ich tragen unsere am Handgelenk. Ich habe das extra so gemacht, damit ich sie auch verdecken kann und Juan hat mich gelassen. Die Les Surenas, zumindest die engsten Mitglieder, sollen aber auch, so erzählt man, den Familia-Namen 'Surena', quer über den Schulterblättern tätowiert haben. Ich selbst habe noch nie jemanden vom engsten Kern der Les Surenas getroffen, so oder so habe ich kaum jemanden von anderen Familias getroffen, denn selbst wenn sich Juan mal mit den Mitgliedern anderer Familias trifft, um Sachen zu klären, würde er mich, Sara oder meine Mutter nie zeigen, da man bei uns sagt, er würde sonst seine verwundbaren Stellen offenlegen.

Da ich aber kein riesiges, tätowiertes, auffälliges Mitglied der Familia bin, gehe ich in die Bibliothek, auch wenn ich immer an eine Strickjacke denke, damit meine Plaka nicht zu sehen ist. Ich halte vor der Bibliothek und stelle mein Auto ab. In der Bibliothek ist es schön ruhig und leer, da die meisten heute sicherlich am Strand sind. Die Bibliothekarin freut sich mich zu sehen, und nachdem ich mich etwas mit ihr unterhalten habe, ziehe ich mich in meine Ecke zurück und fange an zu lernen. Als ich von meinen Notizen und Büchern wieder aufblicke, sitze ich schon geschlagene zwei Stunden dort, hier vergeht die Zeit immer wie im Flug.

Ich mache mich auf zum Regal, um mir ein Buch zum Verhalten von Kleinkindern herauszusuchen. Als ich mich strecke und versuche ans Buch zu gelangen, tritt ein Mädchen an mich heran, das etwas größer ist und hilft mir mein Buch herauszuholen. Ich bedanke mich und verkrümele mich wieder in meine Ecke, ich bekomme nur am Rand mit, dass dieses Mädchen aufgefordert wird, in der Bibliothek nicht zu telefonieren.

Als ich das nächste Mal von meinen Büchern hochsehe, setzt mein Herz fast aus. Die wenigen Leute, die sich in der Bibliothek befinden, eilen plötzlich schnell zum Ausgang und auch die Bibliothekarin wirkt nervös, als mehrere Männer eintreten und auf mich zukommen.

# Kapitel 2

Die Männer kommen direkt auf mich zu und sehen mich etwas verwundert an, was sie aber nicht ungefährlicher wirken lässt. Es sind insgesamt sechs und ohne jeden Zweifel gehören sie zu den Les Surenas.

Zwei von ihnen sind feiner angezogen, die anderen sehen aus, als kämen sie direkt aus einer Straßenschlacht. Sofort verstehe ich, warum die Leute sagen, die Surenas wirken so brutal. Bei einem, der lange glänzende Haare hat, die er zum Zopf trägt, sieht man vorne am Hosengürtel den Halfter einer Pistole, ich bin mir aber mehr als sicher, dass die anderen ebenfalls bewaffnet sind. Ich versuche ruhig zu bleiben, aber mein Herz schlägt bis zum Hals. Meine Plaka am Handgelenk brennt auf meiner Haut.

Das Mädchen muss sie entdeckt haben, als ich das Buch aus dem Regal holen wollte. Die Sechs bleiben genau vor meinem Tisch stehen. Die zwei etwas feiner gekleideten Männer stehen in der Mitte, alle scheinen mich einen Moment lang zu mustern. Ich weiß, wie man sich solchen Männern gegenüber zu verhalten hat. Das Wichtigste ist, keine Angst zeigen, also halte ich ihrem Blick stand und bete innerlich zum Himmel.

»Sieh mal an, als wir gehört haben, jemand von den Trez Puntos sei auf unserem Gebiet, hätten wir nicht mit ... so etwas gerechnet.« Einer der etwas brutaler wirkenden, mit hellbraunen Haaren und einer großen Narbe auf der Wange zeigt an mir herunter. »Wie kommt es, dass du hier bist?«, fragt einer der feiner angezogenen Männer. Er wirkt etwas jünger als der andere, wobei mir auffällt, dass die beiden sich sehr ähnlich sehen. Beide haben schwarze kurze Haare, sehr dunkle Augen. Beide sind groß und offenbar sehr breit gebaut und haben ähnliche Gesichtszüge.

»Ich lerne hier. Ich wusste nicht, dass sich die Bibliothek schon auf eurem Gebiet befindet, ich dachte, es gehört noch zum neutralen Teil«, gebe ich zurück und bin erstaunt, wie sicher sich meine Stimme anhört, im Gegensatz zu meinem Inneren, wo ich zittere und hoffe, dass ich gut lüge.

»Hast du gehört, Paco? Sie lernt. Habt ihr in eurem Teil keine Bibliothek?« Mein Herz setzt aus. Nicht nur, dass ich auf Mitglieder der Les Surenas treffe, nein, ich treffe gleich auf den Anführer. Der Ältere der beiden wurde angesprochen, also ist er Paco und der andere muss dann sein jüngerer Bruder Rodriguez sein. Pacos Blick ruht ruhig auf mir, er scheint mich ganz genau zu fixieren. Er wirkt gelassen, aber in seinen Augen sehe ich, dass er wirklich absolut tödlich sein kann. Ich stehe auf und packe meine Bücher in die Tasche.

»Wohin so schnell?« Der mit der Narbe ist offensichtlich sehr angriffslustig im Gegensatz zu den anderen, die sich noch ziemlich zurückgehalten haben, er packt meinen Arm in der Bewegung und hält ihn fest. Er schaut auf meine Hand. »Wo ist deine verfluchte Punto-Plaka?« Egal wie viel Angst ich in dem Moment spüre, ich habe noch nie klein beigegeben und musste mich schon bei viel gefährlicheren Typen durchsetzen. »Fass mich nicht an«, zische ich ihm zu und es scheint zu wirken. Zwar lässt er meinen Arm nicht los, aber er sieht mich ungläubig an, anscheinend hört er nicht oft Widerworte von einer Frau.

»Lass sie los, Chico!« Mein Blick wandert zu Paco, der den Befehl gegeben hat, seine Stimme ist rau und dunkel. Chico lässt meine Hand los und grummelt leise. »Sind alle Punto-Frauen so frech? Die armen Trez Puntos, da tun sie mir ja mal richtig leid.« Chico denkt wohl, er wäre witzig. Ich stemme meine Arme in die Hüften und funkele ihn böse an, was ihn nur noch mehr zu amüsieren scheint. »Hübsch seid ihr ja, das muss man euch schon lassen, aber dafür, dass du hier auf unserem Gebiet bist, etwas zu mutig. Wir können mit dir machen, was wir wollen und kein Trez Punto darf dich rächen.«

Ich senke den Blick, er hat recht, aber ich weiß, dass, wenn sie mich anfassen, Juan hier einfallen wird, egal was das Abkommen sagt. Zum Glück scheinen sie nicht zu ahnen, wer ich bin. »Lasst uns kurz alleine, ich will mit ihr reden.« Paco redet mit seinen Männern, lässt mich aber nicht eine Sekunde aus den Augen. Man merkt, dass sie es nicht gerne tun, aber die anderen ziehen sich zurück. Paco wendet seinen Blick nicht von mir und ich starre zurück.

Seine Augen sind so dunkel, dass ich kurz das Gefühl habe darin zu versinken. Ich schüttele leicht den Kopf und packe meine Bücher weiter ein. »Wie heißt du? Und wieso bist du so verrückt hier zu sein?« Im Gegensatz zu vorher wirkt seine Stimme immer noch rau, aber schon etwas weicher als vorhin. Ich trete hinter meinem Tisch hervor, bleibe vor ihm stehen und hänge mir meine Tasche um, um zu zeigen, dass ich gehen will ... wenn sie mich lassen.

»Ich wollte einfach nur lernen, hier gibt es viel mehr Bücher als bei mir an der Uni und hier habe ich meine Ruhe.« Ich hebe meine Hände. »Ich habe keinen Anschlag auf euch vor, falls ihr das annehmt.« Ich bin wirklich erstaunt, wie fest meine Stimme in Anbetracht der gefährlichen Situation ist und wenn man bedenkt, wer gerade vor mir steht.

Paco ist sicher anderthalb Köpfe größer als ich und blickt auf mich herab. Ich stehe nah genug bei ihm, um seinen würzigen männlichen Duft einzuatmen.

»Paco, hier ist Maria. Sie hat angerufen«, lässt uns der jüngere Bruder Rodriguez wissen und tatsächlich steht das Mädchen von vorhin bei den Jungs und grinst breit, als hätte sie die Welt vor einem Weltuntergang bewahrt. Sie kommt ohne die anderen Männer auf uns zu. »Paco, lange nicht gesehen.« Man hört deutlich ihr Interesse und es ist nicht verwunderlich. Paco wirkt unglaublich gefährlich und sieht auch unwahrscheinlich gut aus, selbst in meiner Situation ist mir das aufgefallen, er hat genau die richtige Mischung, um alle Frauen verrückt zu machen.

»Maria, ich kläre das gerade.« Paco wirkt nicht sonderlich interessiert. »Ich wollte dir ihre Plaka zeigen, sie trägt sie nicht dort, wo es üblich ist.« Sie will an mich herantreten, doch ich begegne ihrem Blick. »Denk nicht mal dran!« Sie hebt die Augenbrauen und mein Blick fällt auf Paco, der anfängt zu schmunzeln, als hätte er nichts anderes von mir erwartet. »Tut mir leid, aber es ist meine Pflicht, einen Trez Punto zu melden, jeder würde das tun.« Als würde ich ihr abkaufen, dass es ihr leidtut. »Ich nicht, ich hätte das nicht getan«, entgegne ich ihr kühl und meine es ernst. »Oder wirke ich so bedrohlich? Hätte ich dich auf unserem Gebiet entdeckt, hätte ich dich gebeten zu gehen, aber ich hätte keine Männer gerufen. Es ist ja nicht so, dass ich schwer bewaffnet hier gesessen und meine Plaka hochgehalten habe, ich wollte nur lernen.«

Langsam wird mir das Ganze zu viel. Ich spüre, wie ich meine äußere Fassade nicht mehr lange aufrechterhalten kann. »Maria, ich kläre das«, geht Paco dazwischen, bevor Maria auf meine Vorwürfe reagieren kann. Ich sehe ihr hinterher, wie sie zu den Jungs geht und wende mich dann wieder an Paco, der lächelt. Ich muss mich beherrschen nicht zu zwinkern, als ich sein unverschämt gutaussehendes schiefes Grinsen entdecke, was seine weißen Zähne zeigt. Irgendwie scheine ich ihn zu amüsieren, auch wenn mir gar nicht zum Lachen zumute ist.

»Also ... wie heißt du?« Die Frage ist heikel, ich kann nur hoffen, dass er nicht weiß, wie die Schwester von Juan heißt. Es ist eine Sache, ein Mitglied der Familia zu sein, aber eine andere, wenn man auch noch die Schwester des Anführers ist. Wenn sie mir nicht den Kopf abreißen, tut Juan es. »Bella.« Diesmal klingt meine Stimme nicht mehr so sicher. »Wie passend«, noch immer grinst er. »Dir ist schon bewusst, was wir mit dir machen könnten, weil du auf unserem Gebiet bist? Zeig mir mal bitte deine Plaka.« Was bleibt mir für eine Wahl und im Gegensatz zu den anderen bittet er mich darum. Ich schiebe meine Strickjacke hoch und halte ihm mein Handgelenk hin, er nimmt es in die Hand und streicht mit seinem Daumen über die Plaka. »Warum hast du es an dieser Stelle?« Ich ziehe mein Handgelenk weg und schiebe die Strickjacke wieder herunter.

Ich kann ihm diese Frage nicht beantworten und nachdem er mich etwas länger als normal betrachtet hat, wird sein Blick wieder härter. »Du hast Glück, Bella, dass ich heute mit hier war, hätten die Jungs dich alleine erwischt ...« Er stoppt. »Ich komme nicht mehr her.« Wieder treffen sich unsere Augen. »Das wäre besser für dich, das nächste Mal hast du sicher nicht so ein Glück.« Diese Aussage war klar und deutlich. Ich nicke und gehe in Richtung Ausgang, innerlich kommen meine Tränen, doch ich schaue stur zur Tür.

Die Jungs, die etwas weiter weg mit dieser Maria stehen und sich unterhalten, schauen zu mir und Chico will auf mich zukommen. »Lasst sie gehen!« Ich drehe mich nicht mehr um. »Paco, was soll der Scheiß? Lass uns doch etwas Spaß mit ihr haben, sie ist heiß und das wäre doch mal ein Zeichen, dass sich nicht noch einer von ihnen hierher verläuft.« Ein anderer lacht, doch offenbar hält Paco nichts davon, denn ich kann raustreten und gehe schnell zu meinem Auto.

Ohne zu halten, fahre ich die zwei Straßen bis zum neutralen Gebiet und halte auf dem Parkplatz vor der Uni. Dann erst setzt mein Verstand richtig ein und mir wird bewusst, was für ein Glück ich da gerade hatte, meine Tränen laufen mir die Wange herunter und ich zittere.

Selbst am nächsten Tag stehe ich noch unter Schock und kann kaum glauben, was da passiert ist. Ich bleibe auf meinem Zimmer, bis irgendwann Sara auftaucht und ich ihr endlich erzählen kann, was passiert ist. Ich lasse kein Detail aus und anhand ihres blassen Gesichtes wird mir wieder bewusst, wie knapp das für mich war.

»Bist du total verrückt?«

»Pssst.« Ich deute ihr an nicht so herumzuschreien, ich habe zwar keine Ahnung, wer gerade alles im Haus ist, aber jeder hier ist neugierig, wie alte Waschweiber. »Bella ... du... ich glaube das nicht. Dieser Paco hat verdammt recht, du hattest Glück, dass er da war. Ich habe mal was von diesem Chico gehört, er soll ein echter Psychopath sein. Meine Güte, wenn Juan das rauskriegt, tötet er erst dich ... und dann mich, weil ich dich gedeckt habe. Bella, du darfst nie wieder dahin.« Ich lehne mich zurück und atme tief durch. »Glaub mir, das möchte ich auch nicht.« Sie scheint zu merken, wie sehr mich das mitgenommen hat und wirkt etwas erleichtert. »Wie sind denn die Surena-Brüder?«

Sara hat sie auch noch nie zu Gesicht bekommen, ich zucke die Schultern. »Mit dem Jüngeren habe ich kaum geredet, nur mit diesem Paco ...« Sie unterbricht mich. »Dieser Paco ist zufällig deren Anführer«, erinnert sie mich unnötigerweise. »Ich weiß, Sara ... Keine Ahnung, ich will das schnell vergessen, die wirken echt brutal.« Sara grinst. »Denkst du, das denken andere von unseren Jungs nicht?

Was denkst du, wie sie auf andere wirken?« Ich muss lächeln, sie hat recht. Ich kenne fast alle seit meiner Geburt, für mich sind sie alle wie Brüder, aber wenn man sie nicht kennt ...

Nachdem mir Sara nochmal ausführlich erklärt hat, was für Glück ich hatte, gehen wir langsam hinunter. Meine Mutter hat mehrere Pfannen Paella gemacht und Sara und ich bringen sie ins Punto-Haus. Neben meinem Bruder, Miko, Sanchez, Raul, Pepo und Tito sind auch noch einige andere Mitglieder dort. Wir werden begrüßt und alle machen sich über das Essen her. Das Punto-Haus ist zwar nicht so komfortabel wie unser Zuhause, aber auch hier gibt es einen Pool. Sara und ich nehmen uns unser Essen und setzen uns an den Pool. Miko und Tito setzen sich zu uns. Als ich fertig bin, lege ich meinen Kopf an Titos Schultern, er gibt mir einen Kuss auf die Stirn.

»Alles klar, Süße? Du wirkst so durcheinander.« Sara verschluckt sich und ich werfe ihr einen warnenden Blick zu. »Du lernst zu viel, Bella, das ist nicht gesund«, kommentiert Miko das Ganze und legt mir seine Hand auf die Stirn. Ich muss lachen. »Mir geht es gut«, versichere ich ihnen und kuschle mich enger an Tito. Meine Gedanken schweifen wieder ab und ich denke über gestern nach.

Wenn ich mich so umblicke, kann ich mir vorstellen, dass diese ganzen wilden Kerle, die hier versammelt sind, für viele Leute ebenso brutal aussehen wie die Les Surenas auf mich wirken, nur weil ich sie so gut kenne, wirken sie auf mich nicht so. Ich sehe wieder Paco vor mir, sein Grinsen und seine dunklen Augen. Ich würde gerne Tito darüber ausfragen, wie die Trez Puntos zurzeit zu den Les Surenas stehen, aber es wäre zu auffällig, wenn ich plötzlich anfange, mich dafür zu interessieren.

Es kommen noch ein paar Gäste mehr und bringen Chicas mit, Sara verdreht die Augen und geht zu Juan, der dies lachend zur Kenntnis nimmt. Chicas nennen alle hinter deren Rücken die Mädchen, die versuchen mit der Familia herumzuhängen. Sie zeichnen sich dadurch aus, dass sie alle ähnlich aussehen, künstlich, irgendwie billig, und sie haben zu wenig an. Sie tun alles dafür, um mit jemandem von der Familia rumzumachen. Am begehrtesten sind natürlich die engsten Mitglieder, vor allem mein Bruder, der Anführer. Zwar weiß jeder, dass er mit Sara zusammen ist, doch so was interessiert eine Chica recht wenig. Leider ist es meinem Bruder egal, wie sehr er Sara liebt, einem Flirt ist er manchmal nicht abgeneigt, was schon mehr als einmal zu bösem Streit zwischen Sara und Juan geführt hat.

Sofort werden die Jungs umgarnt, und einige Chicas werfen Sara böse Blicke zu. Mich lächeln alle lieb an, obwohl ich nie ein Geheimnis daraus gemacht habe, dass ich sie billig finde. Ich kann mir nur zu gut vorstellen, dass es bei den Surenas genauso zugeht und da Paco wirklich gut aussieht und er der Anführer ist, hat er sicherlich zehn von ihnen an jeder Hand. Ich mahne mich innerlich, was geht es mich an, was die Les Surenas treiben.

Tito schnappt sich eine Chica und verkrümelt sich mit ihr, während ich mit meinem Bruder und ein paar anderen noch Karten spiele, wobei ich sie fast immer über den Tisch ziehe und sie laut fluchen, aber sie können es nicht lassen mich herauszufordern.

# Kapitel 3

Montag früh habe ich die Sache von Samstag schon halbwegs verdaut. Ich will gerade losfahren und Sara abholen, die ausnahmsweise mal zu Hause geschlafen hat, als ich auf unserem Parkplatz auf Juan treffe, der eben erst nach Hause kommt.

Er sieht aus, als hätte er eine schwere Nacht gehabt. »Hast du nicht geschlafen?«, frage ich statt einer Begrüßung. Juan drückt mir einen Kuss auf die Wange. »Wir hatten viel zu tun. Sag mal, wieso gehst du so zur Uni?« Ich schaue an mir herunter. Ich trage Röhrenjeans, ein enges schwarzes T-Shirt, dazu Stiefel. »Was ist denn damit?« Er zuckt die Schultern. »Keine Ahnung... das ist so ... kannst du nicht einfach etwas Weites tragen?« Ich muss lachen. »Ich liebe dich Bruderherz, aber lass diesen Aufpasser-Scheiß.« Er grummelt. »Gib meinem Herzen einen Kuss von mir.« Ich nicke und fahre Sara abholen.

Der Schultag vergeht schleppend, zu meinem Unglück muss ich feststellen, dass ich am Samstag mein Notizbuch liegen gelassen habe, in dem ich mir alle wichtigen Notizen aus den Büchern aus der Bücherei notiert habe. Nicht nur, dass ich nicht mehr an die Bücher herankomme, jetzt ist mir das auch noch abhanden gekommen und ich kann mit meinen Recherchen noch einmal von vorne anfangen. Immer wieder erwische ich mich selber, wie ich aus dem Fenster zu der Grenze zum Les Surenas-Gebiet schaue. Die letzte Vorlesung in unserem Kurs hört eine halbe Stunde zu früh auf und ich beschließe, draußen auf Sara zu warten.

Josip, ein Junge aus meinem Kurs, läuft neben mir her und widerlegt - wie immer - die Theorien der Professoren. Er ist einer der wenigen Mutigen, die sich an mich herantrauen. Auch wenn er ein lieber Kerl ist und ich ihn sehr mag, ist er leider nicht mein Typ. Heute bin ich nur mit halbem Ohr bei der Sache. Als wir aus dem Unigebäude herauskommen, fällt mir sofort ein teurer schwarzer Wagen auf, ich schaue genauer, ob es einer von unseren ist, aber ich kenne das Auto nicht, also widme ich mich wieder Josip, während wir die Treppen herunter laufen.

Als wir unten ankommen, bemerke ich, dass die Tür des schwarzen Auto aufgeht. Ich muss schwer schlucken, als ich Paco aussteigen sehe. Heute ist er nicht so fein gekleidet, er trägt hellblaue Jeans und ein einfaches weißes Shirt. Josip folgt meinem Blick. »Ist das nicht ...? Was will der denn hier?«. Genau das habe ich mich auch gefragt, ich habe ihn noch nie hier gesehen. Paco begegnet meinem Blick und lächelt wieder dieses schiefe Grinsen, er kommt in meine Richtung. Mein Herz schlägt schneller, was will er? Hat er herausgefunden wer ich bin? Meine Gedanken überschlagen sich. »Josip, ich muss ... wir sehen uns morgen.« Josip nickt und geht, lässt aber Paco nicht aus den Augen, der kurz seinem Blick begegnet, sich dann aber wieder zu mir wendet. Ich bemerke die Blicke der anderen Mädchen und ich kann sie verstehen.

Durch das weiße Shirt sticht seine gebräunte Haut unglaublich hervor. Ich habe Samstag schon vermutet, dass er gut gebaut ist. Jetzt erkenne ich, dass ich mich nicht getäuscht habe. Ich registriere seine muskulösen Arme und seine breite Brust. An seinem rechten Unterarm hat er eine Tätowierung und dazu dieses Grinsen. Er ist gefährlich und sexy und das strahlt er zu hundert Prozent aus. Ich gehe ihm etwas unsicher einige Schritte entgegen, sodass wir etwas abseits der anderen stehen, die aber langsam das Weite suchen, was wahrscheinlich daran liegt, dass sie wissen, wer er ist. Paco bleibt knapp vor mir stehen.

»Bella.« Ich hatte fast vergessen wie rau seine Stimme ist. »Paco ... so sieht man sich wieder.« Diesmal sind wir nicht auf seinem Gebiet, also bin ich mutiger, was er lächelnd zur Kenntnis nimmt. »Ich hoffe, ich habe dich nicht gestört ... im Gespräch mit deinem Freund.« Er zeigt in die Richtung von Josip, der an seinem Auto steht und zu uns starrt. »Mutig ist er ja«, sagt Paco mehr zu sich selbst als zu mir und offensichtlich lächelt er jetzt nicht mehr, denn Josip steigt schnell ins Auto und fährt los.

Ich schüttele den Kopf. »Das ist nicht mein Freund. Was tust du hier? Ich habe dich hier noch nie gesehen.« Jetzt widmet er wieder mir seine Aufmerksamkeit. »Ich bin deinetwegen hier.« Erstaunt über seine direkte Antwort ziehe ich die Augenbrauen hoch, verdammt, er weiß, wer ich bin. Ich bemerke, dass aus dem Auto noch ein Mann aussteigt und sich ans Auto lehnt. Während er telefoniert, zündet er sich eine Zigarette an. Der Mann war auch am Samstag dabei, er stand zu Pacos rechter Seite und war einer der Ruhigen.

Paco bemerkt meinen Blick. »Du hast das hier am Samstag liegen lassen, irgendwie habe ich gedacht, dass du das brauchen könntest.« Er hält mir mein Notizbuch hin. Ich bin etwas aus dem Konzept gebracht und nehme es an mich. »Danke, das ist wirklich ... danke, dass du dir die Mühe gemacht hast es mir zu bringen.« Paco mustert mich und wieder habe ich das Gefühl, in seinen dunklen Augen zu versinken. »Kein Problem, ich hoffe du hast das wegen Samstag nicht zu ...« Ich unterbreche ihn. »Ist schon okay, es war mein Fehler, ich muss mich bei dir bedanken. Ich weiß, dass die Sache auch anders hätte ablaufen können«, gebe ich etwas leiser zu.

»Ich hoffe, dass du wenigstens mit diesem Buch weiterkommst, wo du jetzt nicht mehr in die Bibliothek kannst.« Ich packe das Buch in meine Tasche. »Ja, etwas. Ich werde mir einige Bücher besorgen müssen. Ich hatte nur leider keine Zeit mehr, mir die Titel aufzuschreiben. Es ging plötzlich so schnell.« Ich höre selbst, dass ich etwas zickig klinge und versuche es abzumildern. »Na ja, besser als nochmal Chico über den Weg zu laufen.« Erst als die Worte aus meinem Mund gekommen sind, merke ich, was ich da gesagt habe und schaue etwas erschrocken zu Paco.

»Ich meine ...« Aber er lacht nur. »Ich weiß schon was du meinst. So böse sind wir gar nicht ... na ja, zumindest nicht immer, aber unter manchen Bedingungen.« Er schaut unbewusst auf meine Plaka, die heute offen zu sehen ist, da ich nur ein Shirt trage. Ich fasse automatisch an meinen Arm und Paco sieht mich einen Augenblick mit einem undefinierbaren Blick an. »Manche Bedingungen ... aber heute scheint es nicht so kompliziert zu sein normal zu reden.« Ich verschränke die Arme und Paco lächelt wieder. »Hier sind wir auch auf – wie hast du es genannt – neutralem Boden?« Jetzt muss ich auch lächeln. »Ach ja, neutraler Boden.«

»Bella!« Ich drehe mich um und sehe in Saras schockiertes Gesicht, die mich von den Treppen aus anstarrt und drehe mich wieder zu Paco um. »Manche Bedingungen«, murmele ich leise. Sara köpft mich. »Ich muss los, danke nochmal, Paco.« Er nickt und sieht mich an, dann dreht er sich um und geht zu seinem Auto. »Pass auf dich auf, Bella.« Ich schaue ihm noch hinterher, wie er ins Auto steigt. Sein Freund sieht mich einen Augenblick an und schüttelt leicht den Kopf, als er mit Paco einsteigt.

»Zum Teufel, was machen die Surenas hier?« Sara tritt neben mich und ich wende mich ihr zu. »Beruhige dich, es ist doch nichts passiert.« Sie fuchtelt wild mit den Armen herum. »Nichts passiert? Stell dir mal vor, dich hätte jemand gesehen, madre mia. Juan köpft uns.« Ich muss lachen und gebe ihr einen Kuss auf die Wange und sie wird milder. »Bella, du musst aufpassen. Also was wollten sie? Wer war der Typ?« Ich drehe mich zum Auto hin, das gerade vom Parkplatz fährt und sehe durch die Scheibe Paco grinsen, er hat sicherlich die wilden Befürchtungen von Sara mitbekommen.

»Das war Paco.« Ich kneife die Augen zu, weil ich mir ihre Reaktion schon denken kann. Sie zieht zischend die Luft ein. »Paco? Paco Surena? Bist du total übergeschnappt, Bella?« Ich zucke die Schultern. »Ich habe doch gar nichts getan. Er wollte mir nur ein Buch zurückgeben, was ich Samstag liegen gelassen habe.« Sara verschränkt die Arme. »Ein Buch? Der Anführer der Les Surenas kommt einfach so vorbei, um dir ... ein Buch zu bringen? Klar, er hat sicher nichts Besseres zu tun. Hast du seinen Blick nicht gesehen? Wie er dich angesehen hat, als würde er dich fressen wollen!«

Ich muss lachen und ziehe sie zu unserem Auto. »Quatsch, stell dir mal vor, vielleicht ist er einfach nur nett. So was soll es geben.« Sara bleibt auf ihrer Seite stehen. »Einfach nett? Bella, verdammt, ich habe das Gefühl, wir treiben auf eine riesige Katastrophe zu.« Ich winke ab und steige ein. »Du übertreibst, Sara.« Ich weiß, dass Sara recht hat, sich Sorgen zu machen. Kontakt zu den Les Surenas zu haben ist unmöglich, verrückt und gefährlich. Paco Surena sollte so ziemlich der letzte Mann sein, an dem ich Interesse habe. Wenn jemand aus meiner Familie erfahren würde, dass Paco mich nur einmal falsch ansieht, wäre die Hölle los.

Ich weiß das alles, doch trotzdem schaue ich in den nächsten Tagen jedes Mal, wenn die Uni zu Ende ist, ob ich seinen Wagen sehe. Aber er kommt nicht, wieso sollte er auch? Ich bin mir sicher, dass er mehr als genug Chicas an der Hand hat und dazu bin ich eine Trez Punto - eine sogenannte Feindin seiner Familia.

Die restliche Woche und das Wochenende vergehen schnell. Ich gehe erst am Dienstag wieder zur Uni, da ich am Montag meine Mutter zu ein paar Ärzten in die Stadt begleite. Nur zu normalen Routine-Untersuchungen, aber sie sträubt sich dagegen, sodass ich sie quasi hinschleppen muss. Am Dienstag sitze ich mit Sara in der Cafeteria der Uni während der ersten Pause, als ein Mädchen aus meinem Kurs zu mir kommt. »Bella, der Typ, der letzte Woche hier war, der mit dem schicken Wagen, war gestern nach der Uni da und hat auf dich gewartet. Er hat mich gefragt, ob ich in deinem Kurs bin und mich gebeten, dir das zu geben.« Sie hält mir einen Karton hin. Mein Herz flattert, aber es ist ein schönes Gefühl. Paco war wieder hier.

Ich nehme den Karton und bedanke mich so unbeeindruckt wie möglich. Sara flucht leise neben mir, als ich das Paket aufmache. Ich muss lächeln, in dem Karton liegen drei Bücher. Ich sehe sie mir genauer an. Es sind die Bücher, mit denen ich in der Bücherei gearbeitet habe, neu, noch eingepackt. Ein Buch ist erst diese Woche erschienen, das gab es noch nicht in der Bücherei, ich habe mich aber mit der Bibliothekarin darüber unterhalten, er muss sie meinetwegen gefragt haben. Ein Zettel liegt zwischen den Büchern.

'Als kleine Entschädigung'

Surena hin oder her, das ist unglaublich süß. »Nur nett? Denkst du immer noch, er will dich nicht auffressen?« Ich kann mein Grinsen nicht unterdrücken, und Sara nimmt mir den Zettel aus der Hand und liest ihn. »Ich sag doch, eine Katastrophe«, murmelt sie noch. Ich ignoriere ihr Gemeckere und begutachte die Bücher.

»Das war es eigentlich. Es läuft alles wie gehabt. Die Einnahmen vom Mexiko-Deal sind sogar noch höher ausgefallen als gedacht«, schließt Josir seinen Vortrag über das Neueste, was es über die laufenden Geschäfte zu berichten gibt. Alle nicken zufrieden. Unser engster Kreis ist versammelt. Meine Brüder, fünf Cousins und zwei unserer besten Freunde. Die anderen feiern schon unten am Pool.

Alles läuft gut, die Geschäfte, unsere Familia ist so groß und stark wie noch nie, eigentlich sollte ich mehr als zufrieden sein, doch seit zwei Wochen bekomme ich etwas nicht mehr aus meinem Kopf. Nicht etwas, jemanden ... Bella.

Schon als ich sie in der Bibliothek gesehen habe, wusste ich, dass sie etwas Besonderes ist. Sie ist unglaublich hübsch. Ihre langen braunen Haare und diese wahnsinnigen Augen. Vor allem ist sie so zart, noch nie habe ich ein Mädchen getroffen, was in mir so einen Beschützerinstinkt ausgelöst hat. Sie ist nicht zu dünn sondern einfach zart. Ihr Gesicht hat feine Züge, ihre kleine Nase und dazu diese schönen Lippen. Und dann legt sie sich ernsthaft mit den Jungs an, ich musste mich wirklich zusammenreißen um nicht laut loszulachen.

Sie ist außergewöhnlich und ich wusste, dass ich sie noch einmal sehen wollte, einfach um zu schauen, ob mich der erste Eindruck nur geblendet hat und vielleicht auch, um mir selbst klar zu machen, dass dieses hübsche zarte Mädchen der Trez Puntos absolut tabu ist. Doch schon als sie vor mir stand wusste ich, dass es ins Gegenteil umschlägt und spätestens, als ich sie das erste Mal lächeln gesehen habe, musste ich einsehen, dass ich es akzeptieren muss.

Sie ist wirklich außergewöhnlich, aber tabu ... absolut tabu.

Spätestens die Reaktionen von Mano und ihrer Freundin haben das nochmal klar gemacht. Trotzdem habe ich ihr diese Bücher besorgt, wobei ich mir ziemlich dumm vorkam und Mano nur den Kopf geschüttelt hat. »Paco macht sich Gedanken wegen einer Frau, dass so etwas jemals passiert ...« Damit hat selbst Mano nicht gerechnet. Normalerweise brauche ich mich überhaupt nicht um Frauen zu bemühen, sie sind viel zu willig hinter mir her, also habe ich nicht einmal eine Vorstellung davon, was ich zu tun habe, wenn ich mich um sie bemühen sollte, was ich ja eigentlich nicht vorhabe. Kein Wunder, dass ich so neben mir stehe, sie verwirrt mich.

»Schlag sie dir aus dem Kopf«, ist das Einzige, was Mano mir andauernd rät, er ist der Einzige der weiß, dass ich nochmal Kontakt zu ihr hatte. Er ist mein ältester und bester Freund, ich vertraue ihm blind. Ich frage mich die ganze Zeit, wie sie zu den Trez Puntos steht, sie hat die Plaka, aber an einer ungewöhnlichen

Stelle. Vielleicht ist sie gar nicht im direkten Kontakt zur Familia, sondern hat sie selbst machen lassen. Bei uns gibt es das auch, Leute, die gerne dazugehören wollen. Wenn wir das mitbekommen, haben sie Probleme. Die Einzigen, die jemanden in die Familia lassen und die dann unsere Plaka tragen dürfen, bestimmen ich oder meine Brüder. Verdammt, wenn ich daran denke, dass sie sich die Plaka selbst gemacht hat um dazuzugehören und sie deswegen Probleme bekommt ...

»Schlag sie dir endlich aus dem Kopf, Amigo!« Mano klopft mir auf die Schulter und unterbricht meine Gedanken. Wir gehen in den Garten zum Pool, wo schon gefeiert wird. Ich setze mich zu Rodriguez und Chico, die sich gerade ein paar neue Waffen ansehen, die wir geliefert bekommen haben. »Sieh mal, Paco.« Chico hält mir eine Waffe hin, die genau für meine Hand gemacht scheint, ich drehe und wende sie in meiner Hand, danach lasse ich meinen Blick schweifen. Die Jungs amüsieren sich mit den Mädchen, die hier sind und ich entdecke Rosa.

Sie tanzt eng mit einem anderen Mädchen unter den Blicken einiger jüngerer Mitglieder der Familia, die ihr Glück kaum zu fassen scheinen. Ich beobachte sie eine Weile. Ihre Haare sind etwas heller, so ähnlich wie die von Bella, wenn auch nicht so lang. Verdammt ... ich muss mir dieses Punto-Mädchen aus dem Kopf schlagen. »Hast du einen Gummi?« Mein Bruder kramt in seiner Tasche, er und ich sind zwei der wenigen, die sich schützen beim Sex, so oft, wie wir wechselnd mit diesen Mädchen unseren Spaß haben. Ich nehme mir den Gummi, den Rodriguez herauszieht, Chico hält seine Hand auf, damit ich ihm die Waffe wiedergeben kann, doch ich stecke sie mir hinten in den Hosenbund meiner Jeans. »Sie gefällt mir«, grinse ich und Chico lächelt zurück. »Wusste ich es doch.«

Ich gehe direkt zu Rosa, ich habe eigentlich gar keine Lust auf Gequatsche und als ich bei ihr ankomme, tanzt sie mich gleich aufreizend an. »Hey Paco, du hattest lange keine Zeit mehr für mich.« Sie legt ihre Hände auf meinen Oberkörper. »Hmm ...« Viel an hat sie nicht, ich umfasse ihre vollen Brüste. »Komm!« Ich nehme sie mit in die Garage. Ich mache mir heute nicht mal die Mühe, sie ins Haus zu bringen. Hauptsache ich kriege meinen Kopf frei. Bevor ich ihr in die Garage folge, begegne ich noch Manos Blick und der nickt zustimmend.

Ich hoffe, es bringt etwas und ich vertreibe Bella aus meinen Gedanken.

# Kapitel 4

Vor einer Woche habe ich das Paket von Paco erhalten. Er ist nicht noch einmal gekommen, sodass ich mich nicht mal bedanken konnte.

Irgendwie ist Paco Surena ein Rätsel für mich. Nachdem ich sein Geschenk bekommen habe, dachte ich wirklich, er würde wieder Kontakt zu mir aufnehmen, ich bin dazu ja nicht in der Lage. Ich habe keine Ahnung, wie ich ihn erreichen könnte. Sara ist zufrieden damit, dass er nicht mehr aufgetaucht ist, auch wenn sie zugegeben hat, dass es wirklich sehr süß von ihm war und er sehr gut aussieht, aber sie wird nicht müde zu erwähnen, dass er zu den Les Surenas gehört, den sogenannten Feinden der Trez Puntos, zu denen ich gehöre, also ... unmöglich.

Auch wenn ich nichts mehr dazu sage, entgeht ihr sicher nicht, dass ich jeden Tag nach der Uni auf dem Parkplatz Ausschau halte und ich ständig im neutralen Gebiet unterwegs bin, weil ich ihn dort treffen könnte. Obwohl ich nicht einmal wirklich weiß, was — selbst wenn ich ihn treffen sollte — sein würde. Doch gerade als ich dachte, dass ich ihn wohl nicht mehr sehen werde, habe ich eine Möglichkeit entdeckt, wo ich ihn eventuell antreffen könnte.

Es gibt einen Sänger, Don Carlos, der in Puerto Rico ziemlich berühmt geworden ist, er stammt aus Sierra und bekennt sich auch öffentlich zu den Les Surenas. Manchmal, wenn er hier ist, gibt er ein Konzert in seiner Heimatstadt und heute Abend gibt er wieder eines. Das Konzert wird wie immer in der Turnhalle unserer Uni gehalten, da es in der Stadt einer der größten Räume ist. Normalerweise bin ich nie dahin gegangen, es sind immer viele der Les Surenas da, um ihre Zugehörigkeit zu zeigen. Soweit ich weiß, waren die Anführer zwar selbst nie da, aber wenigstens besteht eine Hoffnung, dass er dahin kommen könnte. Da das Konzert öffentlich ist, wird die halbe Uni da sein, sodass es auch nicht auffällt, wenn ich da auftauche.

Zu meinem Glück haben Sara und Juan heute ihren Jahrestag, was bedeutet, beide sind schön abgelenkt, auch wenn Sara natürlich weiß, dass ich dahin gehe und sie es nur kopfschüttelnd abgetan hat. Wahrscheinlich weiß sie, dass die Möglichkeit von Pacos Erscheinen dort ziemlich gering ist.

Den Vormittag verbringe ich mit Juan und Tito in der Stadt, ich helfe meinem Bruder, ein Geschenk für Sara zu besorgen. Juan und ich gehen selten zusammen in die neutrale Zone, es fühlt sich komisch an, ich habe plötzlich richtig Panik, dass ich mit ihm zusammen gesehen werde und Paco erfahren könnte, wessen

Schwester ich bin. Paco ... Paco ... ich habe ihn erst zweimal gesehen und er beherrscht schon meine Gedanken.

Nach einer gewissen Zeit macht es aber richtig Spaß mit Juan und Tito. Nachdem ich ihn gut beraten habe und er eine wunderschöne Kette für Sara gekauft hat, lasse ich mich von meinem Bruder verwöhnen und bessere meinen Kleiderschrank auf. Zum Schluss laufe ich in Juans Armen zu unserem Auto zurück, und es ist mir egal, wer mich sieht oder nicht. Juan ist mein Bruder, ich liebe ihn und meine Familia, auch wenn es nicht immer leicht ist, dazu zu gehören.

Am frühen Abend sehe ich zufrieden in den Spiegel, ich habe mich für eine schwarze enge Röhrenjeans entschieden und ein weißes Bolero Top, dazu etwas Schmuck. Meine Haare habe ich mir leicht durchgelockt. Meine Augen habe ich so betont, dass sie schön funkeln. Mittlerweile habe ich richtiges Herzklopfen. Da Sara nicht kann, treffe ich mich mit zwei anderen Studentinnen, Selena und Mary. Ich schnappe mir meine Tasche und fahre los. Bevor ich allerdings in meinen BMW steige, schnappe ich mir eine Dose Schlagsahne und steuere auf Mikos Wagen zu, der wieder auf meinem Parkplatz steht, obwohl Miko im Punto-Haus ist. 'Letzte Verwarnung', schreibe ich schön groß auf seine Heckscheibe, ich hoffe, das ist deutlich.

◊

Als wir in die Turnhalle von Bellas Uni kommen, sehe ich mich sofort um, ob ich sie irgendwo entdecke. Alle waren überrascht, dass ich auch beim Konzert auftauche, nur Mano nicht. Er weiß, dass es mir nicht wirklich gelingt, sie aus dem Kopf zu bekommen. Ich weiß auch nicht genau, was ich mir hier eigentlich vormache zu tun, ich habe nicht mal vor, mit ihr zu sprechen. Ich will sie nur einmal wiedersehen und vielleicht erfahre ich ja auch etwas mehr von ihr, hier muss man sie ja kennen. Wir begleiten Don Carlos noch hinter die aufgebaute Bühne. Er war schon immer ein Mitglied unserer Familia, er ist einer der besten Freunde von Rodriguez, der heute auch dabei ist.

Anschließend gehen wir nach oben und setzen uns auf die Zuschauerbänke. Wir werden von allen Seiten angestarrt und es dauert nicht lange, bis sich ein paar Frauen zu uns gesellen, doch mein Blick schweift unaufhörlich herum. Da die Halle rund ist, kann man schwer den Überblick behalten und als das Konzert anfängt, habe ich sie noch nicht entdeckt. Don Carlos startet das Konzert, und mitten im Lied bemerke ich sie dann. Ich kann nicht verhindern, dass mein Herz etwas schneller schlägt. Ich habe versucht, sie mir wieder schlecht zu reden, doch ein Blick genügt und ich bin wieder aufs Neue fasziniert von ihr. »Guck mal an, ist das nicht unser Punto-Mädchen?«, knurrt Chico, der meinem Blick gefolgt ist. Alle schauen zu Bella. In diesem Moment hört sie auf mit ihrer Freundin zu reden und lässt ihren Blick schweifen.

◊

Wir sind erst angekommen, als das Konzert schon losgegangen ist, mühselig quetschen wir uns nach vorne an die Stangen und Selena schwärmt mir von Don Carlos vor. Als ich dann meinen Blick schweifen lasse, bleibe ich an den dunklen, schönen Augen von Paco hängen. Er sitzt auf der Zuschauerbank, genau gegenüber auf der anderen Seite der Halle, mit acht oder neun anderen Mitgliedern der Les Surenas. Ich erkenne seinen jüngeren Bruder, diesen Chico und den Kerl, der Paco zu meiner Uni begleitet hat. Alle schauen zu mir. Ich kriege leichte Panik, sie sehen nicht gerade friedlich aus.

Chico sagt etwas zu den anderen und ich schaue wieder zu Paco. Er lächelt und nickt mir zu, ich nicke leicht zurück und wende den Blick schnell ab, was mir nicht schwerfällt, da Selena mir einen Freund von sich vorstellt. Das kommt mir gerade recht, mir ist nicht entgangen, dass bei Paco und den Jungs einige Chicas sitzen. Was habe ich mir gedacht? Ich weiß doch aus bester Quelle, wie solche Männer drauf sind. Eine süße Geste und ich bin wirklich so naiv zu glauben, ich hätte es mit einem anderen Mann zu tun, als die Männer aus meiner Familia. Der Freund von Selena redet mit mir, doch ich höre ihm nicht wirklich zu, die ganze Zeit versuche ich krampfhaft, nicht zu den Les Surenas hinüber zu starren.

◊

Das Erste, was ich heute schon mal herausbekommen konnte, ist, dass nicht nur ich Bella anziehend finde. Ich kann meinen Blick nicht von ihr wenden und verfolge jede Bewegung des Wichsers, der neben ihr steht und um ihre Aufmerksamkeit buhlt. Plötzlich nimmt er ihr Handgelenk und sieht sich ihre Plaka an, sie scheint genauso überrascht und warum auch immer sie so einen Beschützerinstinkt in mir wach ruft, ich will gerade aufstehen, als Mano mich zurückhält. »Beruhige dich mal ... so gut kann ich sie sogar einschätzen, dass sie damit alleine klar kommt.« Tatsächlich fängt Bella auf einmal an zu lachen und der Mann guckt etwas dumm aus der Wäsche. Ich muss grinsen, dieses Mädchen ist einmalig.

◊

Ist das sein Ernst? Noch nie habe ich so etwas erlebt ... und ich habe schon einiges erlebt. Da entdeckt der Freund von Selena meine Plaka und fragt mich allen Ernstes, ob ich ihn nicht in die Familia hineinbringen kann. Ich konnte mir ein Lachen nicht verkneifen und erkläre ihm, dass das so nicht läuft, was er offensichtlich nicht so toll findet. Ich wende den Blick wieder zum Konzert und schaue kurz hinüber zu Paco. Die gesamten Surena-Bänke schauen zu uns ... uups, das mit der Plaka haben sie wohl mitbekommen, doch Paco grinst sein schiefes Grinsen und ich muss auch lächeln.

Auf einmal werde ich von hinten umarmt. Josip.

»Hey, du hier ... wasch masccchst du denn hier?« Er ist total betrunken und ich nehme seine Hand von meiner Schulter. »Ich gehe hier auch auf die Uni, falls du dich erinnern kannst!«, antworte ich und Selena und mir fällt es schwer ernst zu bleiben, als er anfängt den Text mitzugrölen und betrunken zu lallen. Manche Menschen sollten keinen Alkohol trinken. Nachdem sich Josip und sein Freund auf zur Toilette gemacht haben und dort sicher eine Weile bleiben werden, schaue ich wieder dem Konzert zu.

Paco hat wohl das Interesse verloren mich zu beobachten, denn jetzt vergnügt er sich mit einer Chica neben sich. Er hat den Arm um sie gelegt und flüstert ihr etwas ins Ohr. Sie lacht und himmelt ihn an, als wäre er ein Gott. Nach noch zwei Liedern vergeht mir die Lust, mir das weiter anzusehen und ich sage Selena, dass ich langsam fahre. Sie nickt nur benommen und starrt weiter zu dem Sänger, ich winke noch Mary, die etwas weiter weg steht und mache mich dann auf den Weg aus der Halle hinaus.

Als ich die Stufen zum Parkplatz hinuntergehe, atme ich tief die frische Luft ein. »Bella, wie schön sie hier zu sehen.« Ich drehe mich um und entdecke einen meiner Professoren, Señor Sanos. »Hallo, was tun Sie denn hier?« Er kommt näher. »Ich habe mich gemeldet, um das Konzert im Auge zu behalten.« Ich schaue mich etwas verwirrt um. Was tut er dann hier draußen? Dann entdecke ich eine Bierflasche in seiner Hand. »Warum gehen Sie schon? Gefällt es Ihnen nicht?« Jetzt rieche ich den Alkohol auch, das war sicher nicht seine erste Flasche. »Doch doch, ich muss nur so langsam nach Hause.« Er nickt. »Wissen Sie, Bella, Sie sind eine besondere Studentin. Man kann jedes Mal in Ihren Augen sehen, wie sehr sie die Thematik interessiert.« Er kommt noch einen Schritt näher. »Okay, Señor Sanos ... ich muss jetzt ...«

»Bella!«

Diese Stimme würde ich immer sofort wieder erkennen, ich drehe mich um und entdecke Paco, der genau hinter mir steht. Wer weiß wie lange schon. Señor Sanos blickt hoch und scheint ihn erst jetzt zu bemerken. »Na ja, auf jeden Fall werde ich mich mal wieder ins Getümmel stürzen.« Er hebt die Flasche und stolpert in Richtung Halle. Kurz blicke ich ihm noch nach, dann drehe ich mich wieder zu Paco um und stelle fest, dass er sehr nah bei mir steht.

»Paco, hey, was machst du hier draußen?«, frage ich etwas verblüfft. Er schaut grimmig Señor Sanos nach, dann zu mir und tippt sich an die Stirn. »Ich vermute, ich habe einen Punto-Frau-in-Gefahr-Chip eingebaut.« Ich will mich gerade über dieses Punto-Frau-Gerede aufregen, doch er schenkt mir sein schiefes Grinsen. »Aha, okay ... gut zu wissen. Ich wollte mich bei dir bedanken für die Bücher, das wäre wirklich nicht nötig gewesen.«

◊

Ich zucke so unbedeutend wie möglich die Schultern. »Ich denke, wir können es nicht zulassen, dafür verantwortlich zu sein, wenn du schlechte Noten erhältst.« Weiß Bella eigentlich, dass, wenn sie mich so anguckt und versucht mich einzuschätzen, sich eine niedliche kleine Falte zwischen ihren Augenbrauen bildet? Bella seufzt leise. »Auf jeden Fall ... danke, ich hätte es dir ja vorhin persönlich gesagt, aber du warst anscheinend beschäftigt, ich wollte nicht stören.« Offensichtlich stört es sie, dass ich mit der Chica beschäftigt war, das ist gut, immerhin habe ich mich auch zum Deppen gemacht, als ich aufgestanden und ihr gefolgt bin, obwohl ich eigentlich nicht mal mit ihr reden wollte, nur weil ich gemerkt habe, dass sie geht.

Ich fluche leise. Was zur Hölle denke ich mir eigentlich, was ich hier tue? »Wolltest du schon gehen? Musst du nach Hause?« Bella zuckt die Schultern. »Eigentlich nicht, ich hatte nur keine Lust mehr, in der Halle zu bleiben.« Ich ziehe die Augenbrauen hoch. »Gibt es niemanden, der sich um dich Sorgen macht, wenn du hier bist?« Ein leises Lachen entfährt Bella, bevor sie antwortet. »Erstens bin ich schon ein großes Mädchen und kann auf mich selber aufpassen. Und zweitens, falls du meinst, ob ich einen Freund habe, nein, ich habe keinen.« Irgendwie fühle ich mich ertappt, ich muss mich räuspern. »Wenn man daran denkt, dass wir dich auf unserem Gebiet vorgefunden haben und dass du hier gerade mit mir stehst, bezweifle ich, ob du so gut auf dich aufpassen kannst.«

Nicht dass ich ihr jemals was tun würde, es ist nur nicht gut für sie, hier mit mir zu sein ... für uns beide nicht. Bella stemmt ihre Hände in die Hüften und funkelt mich böse an. »Weißt du, Paco, vielleicht bin ich einer der wenigen Menschen in dieser verdammten Stadt, der nicht nur auf irgendwelche Plakas achtet ...« Plötzlich klingelt ihr Telefon, sie deutet zu warten und geht ran. Ich höre jemanden laut ins Telefon reden und sie fängt an zu lachen. »Ich habe dich gewarnt, stell dein Auto nicht auf meinen Parkplatz!« Sie hört wieder zu, mit wem zum Teufel redet sie da? »Tja, das nächste Mal ist dein Liebling Schrott.« Sie lacht wieder leise, plötzlich wird sie ernst und sieht sich um, dann bleiben ihre Augen auf mich gerichtet. »Ich bin auf einer Veranstaltung von der Uni.« Wieder Ruhe. »Ja ja, es ist abgesprochen. Ich bin mit einer Freundin hier ... Selena.« Sie verdreht genervt die Augen. »Nein, es ist alles in Ordnung«, grinst sie mich frech an. »Kein Surena in Sicht, ich bin absolut sicher.«

Ich weiß nicht, ob ich sie schütteln oder lachen soll, die Frau macht mich fertig. Sie lacht über meinen Gesichtsausdruck und redet weiter ins Telefon. »Ja, ja okay, vergiss es ... ich mach dich nicht mit Selena bekannt, such dir jemand anderen. Ich muss jetzt Schluss machen!«

◊

Wow, da hat man ja echt mal eine Gefühlsregung bei Paco gesehen. Ich lege auf. Miko, die Nervensäge. Paco sieht mich mit gerunzelter Stirn an. »Sag mal, kann es sein, dass du das alles mit den beiden Familias nicht ernst nimmst?« Ich stecke mein Telefon ein. »Wenn du wüsstest, wie oft ich das schon gehört habe«, murmele ich leise, doch er mustert mich immer noch, als wüsste er nicht, was er mit mir machen soll. »Paco, das ist doch ...« Mir kommt eine Idee. »Weißt du was? Soll ich dir zeigen, was ich glaube oder woran ich glaube?« Er zieht die Augenbrauen hoch. »Komm Paco, ich zeige dir meine Sicht, ich will wissen, was du davon hältst, denn abstreiten kannst du das nicht!«

◊

Was bleibt mir übrig, als Bella zu folgen? Ich bin gespannt, wie ihre Sicht ist, vielleicht werde ich so schlauer aus dieser Frau. Während sie mich zum Schulgebäude bringt, mustere ich sie von der Seite. »Hast du gar keine Angst, mit mir alleine zu sein, immerhin bin ich ein Surena?« Sie lacht und führt mich eine Treppe hoch. »Du bist nicht ein Surena, du bist der Anführer der Surenas, glaub mir, Paco, ich weiß, wer du bist!« Sie bleibt eine Stufe vor mir stehen und wirbelt zu mir um, sodass wir in Augenhöhe sind. »Sehe ich so aus, als hätte ich Angst?«

Durch eine Laterne, die von draußen hereinstrahlt, werden ihre Augen angeleuchtet, die unglaublich funkeln. Bevor ich etwas sagen kann, wirbelt sie wieder herum und läuft weiter. »Wenn du mir was hättest tun wollen, hättest du schon deine Chance gehabt.« Ich bleibe kurz stehen und schaue ihr hinterher und somit auf ihren runden Po. Erst als sie aus meinem Sichtfeld gerät, gehe ich schnell hinterher. Die Frau macht mich fertig!

Nachdem wir mehrere Stockwerke hochgegangen sind, bleibt sie vor einer Tür stehen und dreht sich wieder zu mir um, sie kaut kurz auf ihrer Unterlippe. »Das ist mein geheimer Lieblingsort, ich hab noch nie jemanden hergebracht, nicht einmal meine beste Freundin weiß, dass ich mich hierher zurückziehe.« Sie zeigt mit dem Zeigefinger auf mich. »Das bleibt unter uns.« Ich muss grinsen. »Versprochen!« Sie lächelt zurück. »Ein Abkommen zwischen einem Surena und einer Trez Punto ... wer hätte das gedacht.« Bevor ich etwas erwidern kann, öffnet sie die Tür und wir treten auf das Dach der Uni.

Es gibt nichts als eine große Fläche, die mit Kies ausgelegt ist, ein paar Schornsteine ragen leicht raus. Ich muss leise lachen. »Wow ... ich hätte mehr erwartet!« Sie lacht auch. »Weil du das Offensichtliche nicht siehst. Komm mit.« Sie nimmt meinen Unterarm und führt mich an einen Schornstein, der zugemauert ist und auf dem sie offenbar öfter sitzt, falls sie die Mandarinenschalen weggeworfen hat. Sie stellt mich vor dem Schornstein ab, stellt sich auf den Schornstein hinter mich und hält mir die Augen zu. »Okay, Paco ...« Ich muss grinsen, als sie sich an mein Ohr beugt, sie riecht umwerfend süß.

»Bist du bereit meine Sicht zu sehen, was ich über diese Trez Punto-Les Surenas-Sache denke?« Sie öffnet ihre Hände und befreit meine Augen, beugt sich über meine Schulter und zeigt auf die östliche Seite. »Dort leben die Trez Puntos.« Sie zeigt in die Mitte. »Neutraler Boden«, und sie zeigt auf unser Gebiet. Hier auf der Stelle des Daches hat man über alle Gebiete einen Ausblick, sie hat sich diese Stelle auf dem Dach bewusst gesucht. Sie zeigt auf den Himmel, wo der Vollmond hell leuchtet und tausend Sterne funkeln. »Wir alle leben in der gleichen Stadt, Paco. Sie ist nur durch euch getrennt worden, ihr habt unsichtbare Mauern gezogen, aber etwas könnt ihr nicht verhindern. Wir alle sehen in den gleichen Himmel, zum gleichen Mond, auch wenn ihr dagegen kämpft, im Grunde kommen wir alle aus einer Stadt!« Ich schaue auf die tausend Sterne und muss leise lachen. »Hat dir schon mal jemand gesagt, dass du ... unglaublich bist?« Sie lacht auch und setzt sich auf den Schornstein. »Ja, hab ich schon gehört!«

◊

Paco lässt sich neben mir nieder. Da der Schornstein nicht so groß ist, sitzen wir eng aneinander, und sein Geruch treibt mich fast in den Wahnsinn. Er riecht so frisch und männlich, ich spüre überhaupt keine Berührungsängste mit ihm, im Gegenteil, ich fühle mich unheimlich wohl in seiner Nähe, was ja wohl ziemlich verrückt ist. »Und was hältst du von meiner Theorie?« Er schüttelt lächelnd den Kopf. »Du siehst das alles ziemlich leichtfertig, ich denke nicht, dass es so einfach ist.« Ich sehe in den Himmel »Vielleicht ist es das und ihr macht es nur kompliziert!« Paco sieht auch in den Himmel. »Auf jeden Fall muss ich dir sagen, dass der Mond von unserer Seite schöner ist!« Ich muss laut lachen. »Das war ja klar.« Er sieht mich grinsend an. »Wirklich und ich werde es dir beweisen und widerlege somit deine Theorie.« Ich liebe Herausforderungen. »Das wirst du nicht schaffen ... aber viel Glück beim Versuch.«

Unbewusst muss ich mir über die Arme gestrichen haben, da mir hier oben doch etwas kalt wird. Paco steht auf und zieht seine Lederjacke aus. Er hat ein schwarzes Shirt drunter und wieder sehe ich seine muskulösen Arme. »Hier, zieh die an.« Er legt mir die Jacke um und setzt sich wieder neben mich. Hmm, sie riecht nach ihm, ich schlüpfe in die Ärmel und muss sie hochziehen, da mir seine Jacke viel zu groß ist. Bei Paco geht sie bis zur Hüfte. bei mir bis unter den Po. »Danke.«

◊

Ich weiß nicht, was mit mir los ist, aber mir gefällt es unheimlich, sie in meiner Jacke zu sehen. Kurz schießt mit das Bild in den Kopf, wie sie eines meiner Shirts zum Schlafen trägt und ich merke, dass ich das will, ich drehe wirklich durch. Sie fragt mich etwas über Don Carlos aus und ich erzähle, wie es damals war, als er entdeckt wurde und was für Blödsinn wir früher zusammen gemacht haben und dass wir es wunderlich finden, was für Texte er singt in Anbetracht seines Frauenverschleißes.

»Was ist mit dir, Paco? Gibt es jemanden bei dir? Hattest du schon feste Beziehungen?« Ich lehne mich etwas zurück. »Nein, ich bin nicht der Typ für so etwas.« Sie legt den Kopf schief. »Bei dir hört sich das an, als wäre es eine tödliche Krankheit.« Ich sehe ihr in die Augen. »Ich bin der Anführer der Les Surenas, Bella, ich kann es mir nicht leisten, eine Frau zu lieben, sie wäre ein wunder

Punkt für mich, und meine Feinde würden das wahrscheinlich ausnutzen.« Bella schließt kurz die Augen.

◊

Er denkt genau wie Juan. Mein Bruder sieht mich auch als seinen wunden Punkt, da er mich über alles liebt. Was auch der Grund ist, warum nicht viele wissen, dass er eine Schwester hat und wer sie ist. »Du kannst nicht verhindern, dass du dich irgendwann verliebst, willst du dein Leben mit Chicas verbringen? Ich glaube nicht, dass du der Typ dafür bist.« Paco beugt sich vor und streicht eine Strähne aus meinem Gesicht, die sich durch den Wind in meinen Wimpern verfangen hat. »Spricht da das Punto-Mädchen oder die Psychologiestudentin? Erzähl mir, warum du genau Psychologie studierst. Um Gangmitglieder zu heilen?« Ich muss grinsen.

◊

Bella erzählt mir die Gründe, warum sie studiert und ich bemerke, dass sie wie ein offenes Buch ist. Wenn sie etwas nicht einschätzen oder verstehen kann, bekommt sie diese kleine Falte auf der Stirn, wenn sie etwas wissen will, legt sie den Kopf etwas schief und wenn sie von etwas begeistert ist, wie, wenn sie von Kindern spricht, funkeln ihre Augen. Sie funkeln nur noch mehr, wenn sie wütend ist, ich könnte ihr Stunden zuhören und sie beobachten. Irgendwie schafft sie es sogar, mir zu entlocken, dass ich als Kind Feuerwehrmann werden wollte, was ich für Essen liebe und wie ich meinen kleinen Bruder früher geärgert habe. Auf eine unbeschreibliche Art schafft Bella es, für die Zeit, die ich mit ihr verbringe, die Welt um uns herum stehen bleiben zu lassen. Da oben auf dem Dach gibt es nur sie und mich. Gerade, als sie mir erzählt, welches Essen sie mag, klingelt mein Handy. Genervt ziehe ich es aus der Jacke. »Was ist?« Mein Bruder ist dran. »Wo zum Teufel steckst du? Dein Auto steht noch hier.« Ich schaue auf meine Uhr und stelle fest wie spät es schon ist. Bella macht das Gleiche und springt automatisch auf, wir waren über Stunden hier auf dem Dach und haben es nicht einmal gemerkt.

◊

Paco bemerkt meine Reaktion und sagt zu der Person am Telefon, dass er gleich kommen werde. Als ich seine Jacke ausziehen will, winkt er ab. »Behalte sie an, es ist kalt!« Paco bleibt sitzen. »Bella, wie gesagt, ich werde deine Theorie noch widerlegen. Was muss ich tun, um deine Telefonnummer zu bekommen? Ich muss dich ja erreichen können, wenn es so weit ist.« Er grinst mich herausfordernd an. In meinem Kopf rumort es. Ihm meine Nummer geben? Bis jetzt ist nichts passiert, alles zufällige harmlose Treffen ... das ist ein Schritt weiter, aber ich muss mir eingestehen, dass ich es will. Ich will ihn wiedersehen, auch wenn es verrückt ist.

Mir fällt etwas ein. Paco ist der Anführer, so wie Juan. Es haben nur ganz wenige die Nummer von Juan, nur die engsten Mitglieder der Familia und die Familie. Alle anderen erreichen ihn über Tito oder Miko. Bei Paco wird es nicht anders sein, er wird seine Nummer nicht einfach herausgeben. Mal sehen, wie wichtig es ihm ist, meine Nummer zu bekommen. »Gib mir dein Handy. Ich lasse bei mir klingeln, dann habe ich deine Nummer und du meine.« Paco zögert einen Augenblick, seine Augen verengen sich etwas. Er merkt, dass ich weiß, was es bedeutet, wenn er es tut, doch dann zieht er sein Handy aus der Hosentasche und gibt es mir. Ich wähle meine Nummer und lasse bei mir klingeln, sodass ich seine Nummer habe und speichere meine Nummer bei ihm, zufrieden gebe ich ihm danach sein Handy zurück.

◊

Als wir die Treppen der Schule hinunterlaufen, fluche ich innerlich, keiner hat meine Nummer, außer meinen Brüdern, meinen Cousins, Chico und Mano. So sollte es eigentlich auch bleiben, aber ich wollte Bellas Nummer unbedingt. Vielleicht ist es gar nicht so schlecht, so kann sie mich erreichen, wenn irgendwas ist.

Als wir auf den Parkplatz treten, kommen Chico, Mano und Rodriguez auf uns zu. Anscheinend sind die anderen schon vorgefahren. Ich spüre, wie Bella sich leicht anspannt und sehe, wie alle drei verwirrt von Bella, die meine Jacke trägt, zu mir sehen. Chico grinst sie an. »Sieh an, sieh an!« Es ist nur eine kleine Geste, wahrscheinlich nimmt Bella sie nicht mal wahr, aber mir fährt es durch alle Knochen. Als Chico sie anspricht, tritt Bella näher zu mir. Mein Herz schwillt an, als ich merke, dass sie mir traut. Sie traut keinem der anderen, was klug ist, aber sie kommt automatisch zu mir, als wüsste sie genau, dass ich sie schütze und nicht zulasse, dass ihr etwas passiert.

Ich werfe den Jungs einen warnenden Blick zu und sie halten sich zurück. Auf dem Weg zu unserem Auto bleibe ich kurz bei Bella an ihrem Wagen stehen. Sie will meine Jacke ausziehen, aber ich möchte, dass sie diese anbehält, es fühlt sich gut an, sie darin zu sehen. »Aber wann soll ich sie dir zurückgeben?« Ich muss lächeln. »Du hast vergessen, dass ich noch deine Theorie widerlegen muss, bis dahin behältst du sie.« Sie nickt leicht. »Pass auf dich auf, Bella!« Ich gehe zu den Jungs und weiß jetzt schon, dass ich mir gleich einiges anhören muss. Als ich mich hinters Steuer setze, spüre ich die Blicke der anderen auf mir brennen, ich ignoriere sie und beobachte, wie Bella vom Parkplatz fährt, dann gebe ich Gas.

»Was zum Teufel denkst du dir, Paco?«

Rodriguez beginnt sofort, als wir den Parkplatz verlassen. »Was soll er sich denken, ich würde sagen, er denkt nicht viel mit dem Kopf, wenn es um die kleine Punto geht.« Chico lacht über seine eigene Bemerkung. »Ist dir klar, dass sie für dich tabu sein sollte, sie ist eine Punto!«, fährt Rodriguez unbeeindruckt fort. Ich drehe mich zu ihm um. »Wir haben es verstanden, denkst du, ich weiß nicht, wer sie ist?« Ich bin selbst erstaunt, wie scharf ich meinen Bruder angehe, doch immerhin bin ich der Ältere und er sollte aufpassen. »Ich weiß gar nicht, was ihr euch so anstellt, Punto hin oder her, denkt ihr, die Trez Puntos hatten noch nie ihren Spaß mit jemandem aus unserem Gebiet? Er hatte etwas Spaß und ich gönne es ihm, sie ist wirklich heiß.« Mein Blick geht warnend zu Chico. »So war das nicht, ich habe sie nicht angefasst. Sie ist nicht so eine ...«

Chicos Mund öffnet und schließt sich wieder, bevor er weiterspricht.

»Was hast du sonst mit ihr gemacht in der ganzen Zeit? Was willst du damit sagen? Ach du Scheiße ... sie bedeutet dir etwas? Paco, bist du krank?« Ich stöhne laut auf. »Leute, kommt mal wieder runter, ja.« Mano mischt sich ein und lenkt Chico ab, doch ich begegne Rodriguez' Blick im Spiegel, der ganz klar sagt, was ich denke: Hör auf mit dem Scheiß!

# Kapitel 5

Ungeduldig beobachte ich, wie meine Fußnägel trocknen. Auf den Fernseher konzentriere ich mich schon lange nicht mehr, er läuft mehr zur Berieselung und als Versuch, meine Gedanken daran zu hindern immer wieder abzudriften, doch der Versuch scheitert kläglich.

Paco hat sich nicht gemeldet. Was hatte ich eigentlich erwartet? Er selbst hat doch gesagt, dass er kein Typ für so etwas ist. Wieso habe ich ernsthaft geglaubt, dass er Interesse an mir hat? Ich muss mir selbst eingestehen, dass ich es mir gewünscht habe, was allein schon blöd genug ist, ich sollte mir jemanden suchen, der ... keine Ahnung ... etwas weniger Paco ist, aber nein, mir gefällt ausgerechnet Paco Surena, so sehr, dass ich sogar so verrückt war, Sara am nächsten Tag alles zu beichten, was passiert war.

Die Reaktion kam prompt, meine Ohren piepen immer noch ... Ja, sie hat recht, ich bin unvorsichtig ... und lebensmüde ... und dabei habe ich noch nicht mal erzählt, dass ich regelmäßig seine Lederjacke aus meinem Kleiderschrank hole, um seinen Duft zu erhaschen. Ein leises Seufzen entrinnt mir, ich verliere meinen Verstand. Das Konzert war am Freitag, heute ist Mittwoch, er hat nicht mal kurz angerufen um zu fragen, wie es mir geht ... so was tut man doch, wenn man sich die Nummer von jemandem geben lässt!

Als mein Handy klingelt, bin ich nicht so dumm wie die ersten Tage und gehe ungeduldig ran, weil ich denke, er könnte es sein. Die Hoffnung habe ich schon aufgegeben.

»Hallo?«

»Hey Bella!« Mein Herz schlägt schneller. Paco, diese Stimme, ich ermahne mich selbst, einen klaren Kopf zu behalten.

»Wer ist da?« Eine kurze Pause entsteht und ich muss grinsen, soll er ruhig denken, dass ich ihn nicht zuordnen kann.

»Paco!«

»Ohhh, hey Paco.«

»Wie geht es dir?«

»Bei mir ist alles in Ordnung«, außer, dass ich tagelang auf deinen Anruf gewartet habe. »Wie geht es dir? Alles klar bei euch ... da drüben?« Ich muss innerlich lachen, ich liebe es, ihn damit zu ärgern. »Hier ist alles in bester Ordnung.« Ich höre, dass er lächelt. »Ich habe etwas gefunden.« Ich runzele unwillkürlich die Stirn. »Was hast du gefunden? Was meinst du?« Ich höre ein leises Rascheln, was sich anhört, als wenn er sich hinsetzt, zu gerne würde ich wissen, wo genau er gerade ist. »Ich habe den perfekten Ort gefunden, wo ich deine Theorie widerlegen kann.«

»Aha und welchen Ort?«

»Das zeige ich dir dann.«

»Wann?«

»Wann du Zeit hast.«

»Und wo?«

»Es ist auf einem Dach ... natürlich, ich muss ja mit deiner Aussicht mithalten können. Ich bin mir aber ziemlich sicher, dass dich die Aussicht umhaut, wenn du dann auch ehrlich bist. Außerdem gibt es dort das beste Essen und ich kann dich gleich überzeugen, dass es das auch bei uns gibt.« Ich kann mir sein schiefes Grinsen bildlich vorstellen, also will er mit mir auch dort essen ... Moment mal. »Bei euch? ... Bei euch heißt ... auf eurem Gebiet?« Paco lacht leise. »Natürlich, ich will dir doch zeigen, dass der Mond schöner bei uns scheint, wo soll ich dir das sonst zeigen?« So weit habe ich noch gar nicht gedacht, verdammt. Ich stehe auf, gehe zum Fenster und schiebe die Gardinen zur Seite. Juan und Sanchez stehen in der Einfahrt und blödeln mit einem Nachbarn herum. Ich beiße mir unsicher auf die Unterlippe. »Ich weiß nicht, Paco, hast du da nicht was Entscheidendes vergessen? Ich darf nicht auf euer Gebiet.«

»Der Ort ist gleich an der Grenze, noch näher als die Bibliothek. Außerdem ist das egal, du bist bei mir.« Mist, das ist keine gute Idee, aber was sonst? Auf neutralem Boden können wir gesehen werden, und dann ist die Hölle los und dort kann mich wenigstens niemand der Trez Puntos sehen ... verdammt, das ist alles keine gute Idee. Paco merkt mein Zögern. »Vertrau mir, Bella, es ist okay.« Ich nicke, auch wenn er das nicht sehen kann.

»Samstag, lass uns am Samstag treffen.«

Drei Tage später stehe ich im Bad und höre mir Saras Nörgeln an. »Was ist, wenn was passiert? Wie soll ich den Jungs erklären, wie du auf ihr Gebiet gekommen bist?« Ich seufze schwer. »Sara, es passiert nichts!« Sie flucht leise. »Verdammt, Bella, du weißt doch, dass die Sache zu nichts führt, kannst du nicht die Finger davon lassen?« Ich zucke die Schultern. »Ich hab es ja versucht, aber irgendwie ... nein, kann ich nicht.« Ich höre, wie sie sich aufs Bett legt. »Ich mache das nur, weil du lange nicht mehr so glücklich warst wie gerade. Das heißt nicht, dass ich es gut finde.« Ich schmunzele leicht. »Das weiß ich ... deswegen liebe ich dich ja auch so.« Ich trete aus dem Bad und Sara fallen fast die Augen aus dem Kopf.

»Du willst wirklich von ihm gefressen werden? Bella, du siehst so hübsch aus.«
Ich sehe nochmal in den Spiegel. Ich habe mich bewusst so zurecht gemacht,
Paco sollte sich lieber überlegen, ob er mich noch einmal so lange zappeln lässt.
Ich trage ein rotes Kleid mit einem schönen Ausschnitt, nicht zu tief, aber sexy.
Das Kleid geht bis zu den Knien. Hat Paco eigentlich schon mal meine Beine
gesehen? Meine Haare fallen mir glatt auf den Rücken, und ich trage große, runde goldene Ohrringe, die dem ganzen einen Latina-Touch geben. »Du siehst aus
wie die reinste Verführung. Wirklich gut hinbekommen, nicht billig, aber sehr
heiß. Den Männern werden die Augen ausfallen«, schwärmt Sara, dann schüttelt
sie den Kopf. »Und das auf Les Surenas-Boden. Zieh dich sofort wieder um!« Ich
muss lachen und gebe ihr einen Kuss.

»Danke, dass du mir den Rücken freihältst.« Wir haben gesagt, dass wir einen
Frauenabend machen mit Selena und Mary. Essen gehen, Kino usw., erst gestern
hat Sara dann Juan bezirzt, dass sie lieber mal wieder mit ihm alleine sein will.
Juan hat sich nicht lange bitten lassen und so gehen sie erst zu einer Party, die
heute an unserem Strand stattfindet und hinterher zu Sara, so habe ich genug
Zeit und eine passende Ausrede, denn ich habe weiterhin auf dem Frauenabend
bestanden, auch ohne Sara.

»Amüsiere dich, Süße, aber behalte dein Herz bei dir, sonst wird es grausam.«
Ich nicke. »Ich weiß ... danke.« Ich schaue ungeduldig auf die Uhr und aus dem
Fenster. Juan ist noch zu Hause, er soll mich so nicht sehen, sonst war es das mit
dem Frauenabend. »Mach dir keinen Kopf. Ich kümmere mich darum, gib mir
fünf Minuten.«

»Danke«, flüstere ich, während meine beste Freundin hinausgeht. Ich höre sie
ins Wohnzimmer gehen und ein paar Minuten später Juan lachend im Flur, dann
wird die Tür zu Juans Zimmer zugemacht und ich schlüpfe schnell aus dem
Haus. Als ich am Parkplatz meiner Uni ankomme, schlägt mein Herz schneller,
besonders, als ich Pacos Auto sehe. Als er meines erblickt, steigt er aus. Meine
Güte, er sieht umwerfend aus. Ich weiß nicht, was ich besser an ihm finde, fein
oder sportlich angezogen, ihm steht beides. Heute hat er eine Jeans, ein schwarzes Hemd und ein Jackett an. Zwar fein, aber durch die oberen offenen Knöpfe
wirkt es nicht übertrieben. Ich steige aus und bemerke, dass Paco seine Augenbrauen hochzieht bei meinem Anblick und während ich zu ihm komme, lächelt
er. »Hey!«

»Hey!« Ich halte ihm die Tüte mit seiner Jacke hin. »Wie abgesprochen.« Er
lächelt. »Bist du bereit?« Ich atme einmal tief ein, ich habe mich immer noch
nicht damit angefreundet, auf ihr Gebiet zu fahren, doch da muss ich jetzt durch.
Ich nicke und wir steigen ein. Als wir losfahren, schaut Paco zu mir herüber.

»Was hast du die Woche gemacht? Hat sich dein Professor etwas mehr zurückgehalten?« Außer auf deinen Anruf zu warten? »Ja, hat er, keine Ahnung … wahrscheinlich war er zu betrunken, es war ja eigentlich gar nichts weiter.« Paco schüttelt leicht den Kopf. »Du solltest vorsichtiger sein wegen der Männer«, murmelt er leise und ich muss lachen. In dem Moment fahren wir auf das Surena-Gebiet.

»Den Tipp hättest du mir vielleicht geben sollen, bevor ich mit dem Anführer der Les Surenas auf deren Gebiet gefahren bin.«

Paco schmunzelt nur. Ein paar Straßen weiter halten wir schon, was mich wirklich etwas beruhigt, wir sind nah an der Grenze. Paco hat genau vor einem Restaurant gehalten. Ich habe mir zwar ein dickes Armband umgebunden, was meine Plaka verdeckt, aber ich fummle trotzdem nervös daran herum, als wir aussteigen. Paco bemerkt es, sagt aber nichts dazu. Als wir eintreten, sehe ich, dass dieses kleine gemütliche Restaurant voll ist und fühle mich gleich unwohl.

Alle Blicke fallen auf uns, ich fühle mich beobachtet, bis mir einfällt, mit wem ich das Restaurant betrete und dass die Blicke sicher ihm gelten. Ein kleinerer Mann mit leichten grau gewellten Haaren und sympathischen Lachfalten tritt auf uns zu. »Paco … Amigo, wie geht es dir?« Sie umarmen sich freundschaftlich, dann schaut der Mann zu mir. »Meine Güte, Paco, wie hast du das denn geschafft? Sie sieht aus wie ein Engel.« Paco lächelt und der Mann nimmt meine Hand. »Señora, es ist mir eine Ehre, Sie hier begrüßen zu dürfen.« Ich lächle ihn an und er gibt mir einen Kuss auf den Handrücken, dann wendet er sich wieder an Paco. »Es ist alles vorbereitet worden, folgt mir!«

Wir gehen ihm hinterher, einmal quer durch das Restaurant, die Blicke verfolgen uns. Es sind unterschiedliche Blicke, ein paar, die wohl einfach ängstlich sind wegen Paco, ein paar neidische Blicke von Frauen und auch ein paar lüsterne Blicke von den Männern. Auf jeden Fall scheint hier jeder Paco zu kennen, ihm wird immer wieder zugenickt. In dem Moment fällt mir auf, dass ich bis jetzt nur darüber nachgedacht habe, wie es für mich ist, mit ihm hier zu sein, nicht, was es für ihn bedeutet, mich mit hierher zu nehmen. Plötzlich spüre ich Pacos Hand an meinem Rücken und fühle mich gleich wohler, als er mich so durch das Restaurant führt. Ich versuche herauszufinden, welchen Tisch wir haben, aber wir gehen in den hinteren Bereich, durch die Küche und ein paar Treppen hinauf. Vor einer Tür bleibt der Mann, der scheinbar der Besitzer des Restaurants ist, stehen und lächelt. »Das Essen wird in zehn Minuten serviert.« Paco nickt und wendet sich an mich, nachdem der Besitzer wieder hinuntergegangen ist.

»Okay, bist du bereit?« Er stellt sich genau hinter mich. »Was hast du vor?« Paco legt mir seine Hand über die Augen. »Gleiche Voraussetzungen für alle.« Ich höre, wie er eine Tür öffnet, dann führt er mich weiter, ich muss leise lachen. Pacos Hand ist so groß, dass ich wirklich gar nichts sehe, ich traue mich kaum einen Schritt vor den anderen zu machen. »Paco, ich war doch immer nett zu dir? Du wirst mich doch nicht in einen Abgrund werfen?« Paco lacht, führt mich aber weiter, dann bleiben wir abrupt stehen. Ich bekomme eine Gänsehaut, als er sich an mein Ohr beugt und ich seinen Atem an meinem Nacken spüre.

»Sieh und staune, mein Punto-Mädchen.« Hat er mich gerade sein Punto-Mädchen genannt? Doch in dem Moment nimmt Paco die Hand weg und ich bin sprachlos. Wir stehen am Rand eines Daches, vor mir erstreckt sich ein unglaubliches Bild. Ich war noch nie tief auf diesem Gebiet und während unser Gebiet mehr bewohnt ist, also fast vollständig nur Wohnfläche, hat dieses Gebiet der Stadt zwar auch viele Häuser, aber es ist auch viel freie Fläche und Landschaft vorhanden. Tausend Lichter strahlen am Boden, es wirkt, als sei das Gebiet durch zwei Berge abgeschlossen, in deren Mitte der Mond leuchtet, von Tausenden von Sternen umgeben. Es ist wirklich wunderschön.

Ich weiß gar nicht, wie lange ich nichts gesagt habe. Paco steht noch immer hinter mir, ich fasse mich wieder. »Es ist wirklich wunderschön«, sage ich leise, »gehört das alles zu eurem Gebiet?« Er tritt noch näher und zeigt mir die Grenzen. Das Gebiet ist riesig, er zeigt mir, wo ungefähr sein Haus ist. »Und gibst du mir recht? Hab ich deine Theorie widerlegt?« Ich drehe mich zu ihm um, bevor ich etwas sage, merke ich, wie er mein Gesicht mustert. »Es ist wirklich ein unglaublicher Ausblick und ... ach, ich kann das nicht«, gebe ich leise zu. Er lacht. »Das heißt doch nicht, dass du dein Gebiet nicht liebst.« Ich ziehe die Augenbrauen zusammen und seufze extra laut. »Ja ... ich gebe es zu, von hier sieht der Mond wirklich schöner aus.«

Paco lacht sichtlich froh über seinen kleinen Sieg. In diesem Moment wird die Tür geöffnet, erst jetzt sehe ich, dass mitten auf dem Dach ein gedeckter Tisch steht. Es sind Fackeln verteilt, sodass alles leicht beleuchtet ist. Es wirkt sehr gemütlich, ich bin froh, dass wir nicht im Restaurant essen. Wir setzen uns, und da Paco mir ja beweisen will, dass dies das beste Restaurant ist, hat er, so habe ich zumindest das Gefühl, die gesamte Speisekarte rauf und runter geordert. Unser Tisch ist vollgestellt mit Leckereien und Paco besteht darauf, dass ich alles probiere, wir schlagen uns wirklich den Bauch voll und lachen viel.

Paco ist immer schwer zu durchschauen, es ist fast unmöglich, aus seinen Gesichtszügen seine Gefühle zu lesen, manchmal gelingt es mir ... aber selten. Er ist mir immer noch ein Rätsel, in der einen Sekunde ist er liebevoll und lacht mit mir, er sieht mich an, als wäre ich etwas Besonderes für ihn, und in der nächsten Sekunde ist er wieder der Anführer der Les Surenas. Paco ... der kein Interesse hat an solchen Sachen und das alles nur so aus Spaß macht. Ich weiß nicht, woran ich bei ihm bin. Immer wieder versucht er herauszufinden, wie ich zu der Familia stehe, wie eng ich zu den Trez Puntos bin und wenn ich gekonnt das Thema wechsle, wirkt er leicht frustriert. Absichtlich weist er mich des Öfteren darauf hin, dass zwischen uns Welten liegen, als wolle er mich und sich auch regelmäßig daran erinnern. Ich weiß wirklich nicht, woran ich bei ihm bin und langsam denke ich, er weiß es selbst nicht.

Trotzdem ist der Abend wunderschön. Nachdem wir noch Nachtisch gegessen haben und er mich ernsthaft zu einer Runde Karten überredet hat, weil er nicht glauben konnte, dass ich so gut spiele, ich ihn aber schnell eines Besseren belehren konnte, brechen wir langsam auf. Wir laufen zurück durch das mittlerweile leere Restaurant. Ich traue mich kaum auf die Uhr zu sehen, weil ich schon ahne, dass die Zeit verflogen ist, aber bis jetzt kam kein Anruf, also scheint alles okay zu sein. Als wir auf dem Parkplatz ankommen, hält er genau vor meinem Wagen, wir steigen aus und ich lehne mich an diesen.

»Paco, der Abend war wirklich wunderschön.« Er sieht mich an, bleibt aber auf Abstand. Ich merke, dass er jetzt wieder eine Distanz zwischen uns schafft. »Ja, das war er wirklich«, sagt er leise, seine Stimme wirkt noch rauer. Ich hätte laut schreien können über diese Distanz, die er immer wieder aufbaut, ich werde ihn nicht überreden oder ermutigen irgendwas zu tun, was er nicht von Herzen will. Ich stelle mich wieder richtig auf und will mich mit ein paar höflichen Abschiedsworten verabschieden, als er mich am Arm festhält und die letzten Schritte zwischen uns überbrückt. Er schaut mir in die Augen und ich sehe, dass er die Distanz nicht mehr aufrechterhalten kann.

Seine Hand legt sich auf meine Hüfte, mit der anderen Hand hält er vorsichtig mein Gesicht, er streichelt mit dem Daumen über meine Wange, bevor er sich vorbeugt und seine Lippen auf meine legt. Wie hart und undurchsichtig Paco immer scheinen mag, dieser Kuss zeigt seine ganz andere Seite. Er küsst mich so zärtlich, dass ich in seinen Händen fast zerschmelze.

Seine Lippen erkunden und liebkosen jeden Zentimeter meiner Lippen, bevor er mit seiner Zunge über meine Unterlippe streicht. Als ich mich ihm öffne und unsere Zungen sich finden, kann ich nicht anders, meine Hände legen sich über seine Schultern und umfassen seinen Nacken, während ich mich enger an ihn schmiege und seine Hand von meiner Hüfte auf meinen Rücken wandert, um mich an ihm festzuhalten. Ich habe schon einige Männer geküsst, aber dieser Kuss ist mit nichts zu vergleichen. Paco weiß genau was er tut, und ich kann in diesem Moment nicht verhindern mir einzubilden, dass er Gefühle für mich hat, so zärtlich wie er mich behandelt.

Als er den Kuss langsam löst, scheint er noch nicht genug zu haben, er blickt mir in die Augen und seine Lippen liebkosen meine weiter, meine Wange und wieder die Lippen, die er gleich wieder mit seiner Zunge teilt.

◊

Paco kann nicht aufhören sie zu küssen, ihren süßen Geschmack zu schmecken und sie fest an sich zu halten. Als Bella an seinem Mund ein leises Keuchen entfährt, geht es ihm durch den ganzen Körper. Sein festes Vorhaben, Abstand zwischen ihnen zu wahren, auch wenn er nicht darauf verzichten konnte, sie nochmal zu treffen, löst sich in Luft auf. Paco hat in seinem Leben schon einige Kraft gespürt, seine, die seiner Familia, die der anderen Familias, noch nie hat ihn etwas in die Knie gezwungen und dieses zarte Punto-Mädchen in seinen Armen bezwingt ihn, und er kann sich mit dieser Tatsache weder anfreunden, noch sie verhindern. Langsam löst er seine Lippen von ihren und kann es nicht lassen, noch ein paar Küsse auf ihre weichen Lippen zu verteilen. Er legt seine Stirn an ihre, will ihr etwas sagen und drückt ihr nur einen Kuss auf die Stirn. Sie weiß, dass dies bei ihnen viel bedeutet, dass man das nur bei Personen macht, die einem sehr wichtig sind.

Noch nie hat er eine Frau auf die Stirn geküsst. Bella scheint auch nicht daran interessiert zu sein, aus seinen Armen zu kommen, eher schmiegt sie sich noch näher an ihn, als plötzlich ihr Telefon klingelt. »Ich muss los«, sagt sie leise und schaut ihn an. Am liebsten würde er sie nicht gehen lassen, aber was bringt das? Die Kluft zwischen den Welten, in denen sie beide leben, könnte nicht größer und gefährlicher sein. Er nickt und lässt seine Arme sinken. »Bye Paco.« Noch einmal stellt sie sich auf die Zehenspitzen und drückt ihm einen Kuss auf den Mund, dann fährt sie davon.

Paco bleibt noch eine Weile auf dem Parkplatz stehen, sieht in die Richtung, in die sie gefahren ist ... ins Gebiet der Trez Puntos und stößt einen lauten Fluch aus.

# Kapitel 6

Den ganzen Sonntag träume ich vor mich hin, ich erzähle Sara stundenlang von unserem Date, wenn man es so nennen kann, und sie freut sich trotz aller Bedenken, die sie mir alle noch einmal aufgezählt hat, für mich. Den Rest des Tages verbringen wir mit Juan, Sanchez, Tito, Raul und Pepo im Punto-Haus am Pool. Wir grillen und ich genieße meine Familia, wobei mir immer wieder Saras Hinweis einfällt, ich sollte einmal darüber nachdenken, wenn ich weiter vorhabe Paco zu treffen, dass ich ihm irgendwann sagen muss, wer ich bin.

Ich habe mir noch nicht viele Gedanken darum gemacht, bis jetzt ist es ja mehr ein Flirt zwischen uns. Okay, der Kuss war mehr, aber wer weiß wie Paco das sieht, ich weiß ja nicht einmal, ob ich ihn noch mal sehe und gehe sicher nicht das Risiko ein, ihm irgendwas zu erzählen, falls ich für ihn nur ein kleiner Zeitvertreib bin.

Der Kuss war wunderschön, so wie der ganze Abend, aber ich kann Paco schon so gut einschätzen, nicht daran zu glauben, dass er jetzt täglich mit irgendwelchen Liebesgedichten auftaucht. Deswegen bin ich nicht mal sonderlich überrascht, als ich weder Sonntag noch am Montag etwas von ihm höre. Ich denke mir schon, es war richtig, nicht die Bombe platzen zu lassen, wer mein Bruder ist.

Ich weiß nicht, was Paco von mir will und was ich von jemandem wie ihm erwarten kann, aber etwas Hoffnung auf einen Anruf hatte ich schon, ein bisschen wenigstens. Kann man nach so einem Abend nicht einmal einen Anruf erwarten? Am Dienstag bin ich auf mich selbst sauer, wie dumm ich doch bin, mir immer wieder wegen Paco den Kopf zu zerbrechen, er tut das sicherlich nicht.

Als ich eine Freistunde habe, gehe ich auf das Dach der Uni, um meinen Kopf frei zu bekommen. Auf dem Dach entdecke ich sofort, dass etwas auf meinem Schornstein liegt. Als ich näher komme, sehe ich einen riesigen Strauß Blumen, nein, nicht einfach Blumen, wunderschöne pfirsichfarbene Gladiolen, meine Lieblingsblumen. Ich habe Paco davon erzählt, aber ich hätte nicht gedacht, dass er mir wirklich so genau zuhört. Und dann sind es auch noch so viele Blumen, was mich verwundert, denn da es hier nicht sehr viele davon gibt, sind sie ziemlich teuer.

Ich setze mich auf den Schornstein und rieche an ihnen. Ich muss lächeln, nehme mein Handy heraus und rufe Paco an, ohne meine Nummer zu senden, so wie er es macht. »Hallo?« Paco scheint ziemlich verschlafen zu sein. »Hey!« Da kann man doch gleich mal testen, ob ihn viele Frauen anrufen. »Bella! Guten Morgen.«

»Guten Morgen? Es ist fast 12 Uhr.« Ich muss lachen. »Hmm, ich bin gerade erst aufgewacht, ist gestern ziemlich spät geworden.« Genau das, was eine Frau hören will. »Was ist denn so spät geworden?«, frage ich so beiläufig wie möglich. Er gähnt. »Eine Party, Chico hatte Geburtstag.« Na herrlich, sofort schießen mir Bilder von den vielen Chicas in den Kopf, die regelmäßig um Juans Aufmerksamkeit buhlen, ich will gar nicht wissen, wie das bei Paco ist. »Das hört sich ja nach einer Menge Spaß an.«

Ich rieche an den Blumen. »Die Blumen sind wunderschön, danke.« Paco räuspert sich leicht verlegen. »Kein Problem.« Er sagt das so, als hätte er mir eine Packung Kaugummis geschenkt. Ich weiß, Paco wird sicher nie jemand sein, der mich stundenlang mit Liebesschwüren bezirzt oder immer die richtigen Worte findet, aber dafür bedeuten solche Gesten bei ihm sehr viel, mir bedeutet das sehr viel.

»Wann warst du hier?«, frage ich leise und kann nicht aufhören an den Blumen zu riechen. »Gestern Nacht, ich dachte, wenn ich mir schon deinen Lieblingsplatz ausleihe, dann sollte ich wenigstens etwas dalassen.« Ich seufze innerlich, er spielt immer alles herunter. »Sie sind auf jeden Fall sehr schön.« »Hast du gerade keinen Unterricht?« Seine Stimme wird etwas weicher, manchmal denke ich, in ihm schlummern zwei Persönlichkeiten. »Nein, ich habe gerade eine ...« Ich höre Geräusche bei Paco, so als hätte jemand die Tür aufgemacht.

»Paco, du Sack, wir warten alle unten auf dich, es gibt ein Treffen und du liegst hier faul im Bett und telefonierst.« Eindeutig ist das Chico, man kann sein Grinsen hören. Paco stöhnt leise auf. »Hör mal, ich muss Schluss machen.«

»Klar Paco, bis dann.« Ich lege einfach auf, ohne noch eine Antwort von ihm abzuwarten. Den restlichen Tag befinde ich mich wie in einem Dämmerzustand. Ich starre die Blumen an, die ich nur mit einer Ausrede – ein kleines Dankeschön für die Mitarbeit bei einem Projekt – nach Hause bringen konnte und versuche aus Paco schlau zu werden. Selbst Sara spart sich ihre Kommentare und lässt mich einfach meinen Gedanken nachhängen. Er ist zwiegespalten, auf jeden Fall aber scheint es auf mich abzufärben, einerseits weiß ich, dass ich nicht viel erwarten kann und auch nicht sollte, andererseits wünschte ich es mir so sehr.

Am nächsten Tag komme ich zu dem Entschluss, dass ich es sein lassen muss. Ich werde ihn nicht verstehen und ich sollte mir auch keinen Kopf mehr darüber machen. Ich habe auch gar nicht die Kraft darüber nachzudenken, denn es ist ein sehr heißer Tag. Hier ist es immer warm, aber heute ist es besonders heiß. Nach-

dem wir früher Schluss hatten und ich mit Sara, Miko, und Tito unter der Klimaanlage herumgesessen habe, beschließe ich am späten Nachmittag zum Lernen
etwas in die Uni-Bibliothek zu gehen. Miko runzelt nur die Stirn, als ich losgehe.
»Bella, du solltest nicht so viel lernen, das tut keinem gut.« Ich schmeiße ein Kissen nach ihm, schnappe mir meine Bücher und fahre los.

In der Bibliothek halte ich es keine zehn Minuten aus, ich vermisse die andere
Bibliothek. Frustriert gehe ich auf mein Dach und lehne mich an meinen Schornstein, wenigstens ist hier gerade Schatten und ein leichter Wind weht. Ich will
gerade anfangen zu lernen, als mein Handy klingelt. Ich sehe, dass mein Akku
schon fast leer ist, gehe aber trotzdem ran. »Hallo?«

»Hey.« Paco, warum sendet er nie seine Nummer, ich habe sie doch sowieso?
»Wie geht es dir, Bella?« »Mir geht es gut, Paco, mein Akku ist gleich alle, wundere dich nicht, wenn ich weg bin.«

»Wo bist du gerade?« »Ich bin auf dem Uni-Dach, um ...« Akku tot, wunderba-
res Timing, da ruft er mal an und mein Handy gibt auf. Ich stecke mein Handy
wieder ein und beschließe, ihn später allerdings nicht zurückzurufen. Soll er mal
sehen, wie das ist. Ich vertiefe mich wieder in meine Arbeit, komme aber nicht
wirklich voran, weil es zu heiß und mein Kopf zu voll ist.

Nach einer halben Stunde stehe ich auf und packe meine Bücher ein, da öffnet
sich plötzlich die Tür zum Dach. Ich drehe mich erschrocken um und entdecke
Paco. Grinsend kommt er auf mich zu. Paco trägt nur eine Jeans, sein Oberkörper ist frei und sein Shirt hängt lässig aus der hinteren Hosentasche. Ich habe
immer vermutet, dass er gut gebaut ist, jetzt habe ich die Bestätigung. Sein Oberkörper ist der Wahnsinn. Er ist breit und muskulös, seine braune Haut funkelt in
der Sonne.

Ich versuche so unbeeindruckt wie möglich zu gucken, als er vor mir stehen
bleibt. »Habe ich dich erschreckt?« »Etwas ... ja ... sonst kommt hier niemand
hin.« »Was tust du schon wieder hier oben bei dem Wetter?« Ich verschränke die
Arme. »Ich wollte lernen ... aber es ist zu heiß.« Paco sieht mir in die Augen,
dann wandert sein Blick an mir herunter. Ich trage nur Jeansshorts und ein einfaches weißes Top. »Warst du heute so in der Uni?« Ich ziehe die Augenbrauen
zusammen, er ist manchmal echt unglaublich. »Warst du heute so draußen?« Ich
zeige auf seinen nackten Oberkörper und muss lachen. Er grinst, aber redet ernst
weiter. »Nein, ich habe mir das Shirt erst gerade im Auto ausgezogen, weil meine
Klimaanlage kaputt gegangen ist.« Er hebt die Augenbrauen hoch, als warte er
auf etwas von mir, aber ich muss einfach nur lachen. »Ich ... hatte noch die Schuhe an.« Ich zeige auf meine Ballerinas, die ich vorhin ausgezogen habe.

Pacos Augen wandern zu meinen Füßen und bleiben an meiner Fußkette hängen. Ich muss innerlich grinsen, eine Fußkette zu tragen bedeutet bei uns, dass man noch frei ist ... also ohne Partner. Auch wenn es etwas überholt ist und ich sie einfach nur trage, weil ich sie mag, freue ich mich doch über seinen bösen Blick. Momentan bin ich ja ... frei.

Sein Blick wandert wieder über meinen Körper und wird nicht glücklicher, als er meine knappen Shorts ansieht. »Wie gesagt, es ist heiß heute.« Ich kann mein Grinsen nicht zurückhalten. Paco seufzt und schaut mir wieder in die Augen. Ich liebe seine Augen, sie sind so dunkel und durch die langen dichten Wimpern wirken sie sehr gefährlich, kombiniert mit seinem schiefen Grinsen kann man darin aber nur versinken.

»Als du gesagt hast, du bist hier, habe ich gedacht, du lernst bestimmt und so wie ich dich einschätze, bist du jemand, der seinen Blick nicht von den Büchern wendet und vergisst zu essen, deswegen habe ich dir etwas mitgebracht.« Er hält eine Tüte hoch, die ich noch gar nicht gesehen habe. Ich blicke von der Tüte in Pacos Gesicht. Dieser Mann ist zwiegespalten ... eindeutig. Er macht solche süßen Sachen, und gleichzeitig ist er wieder dabei, die Distanz zwischen uns aufrechtzuerhalten, als hätte es unseren Kuss nie gegeben. Ich gehe die zwei Schritte zu ihm und gebe ihm einen Kuss auf den Mund. »Danke«, sage ich leise. Paco zieht die Augenbrauen hoch, lächelt aber. »Du weißt doch noch nicht einmal, was ich mitgebracht habe!«

Ich nehme seine Hand und platziere ihn vor dem Schornstein. »Na dann zeig mal.« Paco setzt sich hin und lehnt sich an den Schornstein, er hat neben sich Platz gelassen, aber ich setze mich schräg neben ihn, so dass ich meine Beine über seine Oberschenkel legen und ihn gleichzeitig ansehen kann. Paco öffnet die Tüte und holt eine schwarze Waffe heraus, die er zur Seite legt. »Wow, Paco, das wäre doch nicht nötig gewesen.«

Paco lacht leise. »Na ja, ich dachte, es wäre keine gute Idee, mit einer Waffe in der Hose in die Uni zu gehen, vielleicht wäre da jemand auf falsche Gedanken gekommen.« Ich muss auch lachen und schaue zu, wie Paco Gummibärchen, Kekse, Nachos, eine Schale mit Obst und Cola-Dosen aus der Tüte zieht. Ich schaue mir die Sachen an und mustere ihn. »Danke. Das schaffst wirklich nur du!« Er nimmt die Obstschale, öffnet sie und gibt sie mir mit einer Plastikgabel.

»Was schaffe nur ich?« Ich piekse mir eine Erdbeere heraus und stecke ihm dann auch eine in den Mund. »So etwas.« Ich zeige auf die Sachen und die Waffe. »Aus einer Tüte eine Waffe und Gummibärchen zu holen, so bist du zu mir«, füge ich leise hinzu und bereue es gleich wieder bei dem Blick, den er mir daraufhin schenkt. »Was meinst du damit?« Ich winke ab. »Vergiss es, ist nicht wichtig. Ich analysiere nur zu viel, bringt das Studium mit sich«, versuche ich es herunterzuspielen, doch er grinst breit. »Nein nein, vergesse ich nicht, sag mir, was du meinst.«

Ich zucke die Schulter. »Bist du sicher? Das kann hart werden, ich bin gut in so etwas.« Er lehnt sich wieder zurück. »Cariño, ich bin mir sicher, ich hab schon Härteres gehört.« Ich ziehe die Augenbrauen zusammen, hat er mich gerade seine Liebste genannt? Also gut, das bestätigt doch nur meine Theorie. »Du bist so unterschiedlich zu mir, ich weiß nicht einmal, ob du das selber merkst. Einerseits bist du so lieb und aufmerksam wie jetzt oder als wir essen waren, bei dem Konzert ... und dann meldest du dich nicht mal. Es vergehen Tage, an denen es scheint, als gäbe es mich gar nicht für dich, als wäre das alles nie passiert. Und wenn es so weit ist, dass ich denke ... okay, ich hab mir das alles nur eingebildet ... tauchst du wieder auf und machst solche lieben Sachen. Wenn du bei mir bist, denke ich, dir liegt etwas an mir und dann schwups, ist es vorbei und du denkst nicht einmal mehr an mich. Es ist wie eine Berg- und Talfahrt mit dir, ich wundere mich, dass du noch kein Schleudertrauma hast, das meinte ich mit Gummibärchen und der Waffe.«

Ich habe ihn irgendwann nicht mehr angesehen, nachdem sein Blick immer ernster wurde. Ich schaue in die Obstschale und piekse darin herum, dann stelle ich sie weg. Paco seufzt und fährt sich mit seiner Hand über das Gesicht, ich hätte gar nicht damit anfangen sollen. Wir kennen uns noch nicht lange und ich mache ihm schon Vorwürfe, genau was Männer lieben, vor allem er, weil er ja auch so schon so gut mit der Situation umgehen kann. Ich will meine Beine von seinem Oberschenkel wegziehen, doch er hält sie fest. »Nein ... Bella ...« Ich sehe ihn immer noch nicht an, er hebt mein Kinn hoch.

»Bella, mache nie den Fehler zu denken, ich würde nicht an dich denken, ich denke ständig an dich, viel zu viel, als dass es für uns beide gut ist.« Seine Augen brennen sich in meine, dann beugt er sich vor und legt seine Lippen auf meine. Unsere Lippen treffen sich immer wieder zärtlich und ich genieße seinen Geschmack und seinen Geruch, Paco legt seine Hand in meinen Nacken. »Ich hab das vermisst«, flüstere ich zwischen den Küssen und als wollte er mir eine Bestätigung geben, dass es ihm auch so ging, erobert seine Zunge meinen Mund und er zieht mich ganz an sich heran.

Ich hätte ihn ewig so küssen können. Wir ziehen den Kuss auch lange hin. Als wir ihn dann schließlich lösen, gebe ich ihm einen Kuss auf sein Schlüsselbein und er mir einen auf meinen Scheitel. »Das hat man davon, wenn man sich mit einer Psychologiestudentin abgibt«, grinst Paco mich an. Ich lege meine Arme um seinen Hals, sodass ich besser in seine Augen blicken kann. Wieder finden sich unsere Lippen und wir genießen uns.

»Woran hast du gearbeitet?«, fragt Paco, nachdem wir uns wieder gelöst haben. Er blickt zu meiner Tasche, ich drehe mich um und hole die Nachos hervor. Während ich sie esse und ihm auch immer wieder welche in den Mund stecke, macht Paco sich an meinen Büchern und Heften zu schaffen, als wäre es seine wichtigste Aufgabe herauszufinden, was ich bearbeite. Erst als er an mein Heft kommt, in dem meine Arbeit ist, stoppe ich ihn. »Was ist das?« Ich nehme ihm das Heft weg und verstecke es hinter meinen Rücken. »Nur so ein Projekt ... ich ... es ist nicht so wichtig.« Paco runzelt die Stirn und ich küsse seine Wange, in diesem Moment nimmt er mir das Heft schnell weg und lacht leise.

»Na dann kannst du es mir ja zeigen.« Er öffnet das Heft und ich seufze schwer. »Es ist nur eine Projektarbeit von einer anderen Uni. Jeder kann etwas einreichen und dann wird die beste Arbeit ermittelt.« Er nickt und blättert die Seiten durch. Keiner weiß von meinem Vorhaben daran teilzunehmen, der Preis, der zu gewinnen ist, ist ein Studienplatz in New York, ein großer Traum von mir. »Das hast du alles geschrieben? Per Hand?« Ungläubig schaut Paco die vielen Seiten an. Ich nicke. »Warum schreibst du das per Hand? Soll ich dir einen Laptop kaufen?« Aus Pacos Mund klingt das, als würde er mir anbieten eine Cola zu kaufen, ich lache leise. »Ich habe einen zu Hause, aber ich mag das nicht so sehr ... ich schreibe lieber per Hand.« Paco schlägt die erste Seite auf und beginnt zu lesen. Ich kuschele mich an ihn und er umschlingt mich mit seinen Armen, während ich weiter Nachos esse.

Eine ganze Weile herrscht eine angenehme Stille. Paco liest und küsst immer wieder meinen Scheitel. Als er mein Heft zur Seite legt, hat er sich die ersten Seiten durchgelesen, ich drehe mich zu ihm um. »Bella, ich verstehe zwar nur die Hälfte, aber was ich verstehe, ist sehr gut, du wirst das gewinnen!« Ich schüttele den Kopf. »Es gibt mindestens über hundert Leute, die da teilnehmen.« Er zuckt die Schultern. »Wie gesagt, du gewinnst das.« Ich denke nicht, dass er sich vom Gegenteil überzeugen lässt und versuche es erst gar nicht. Ich streiche mit meiner Fingerspitze über die Narbe, die mir vorhin schon aufgefallen ist.

Es ist eine helle längliche Narbe knapp über dem Herzen.

»Was ist da passiert?«, frage ich leise. »Das war ... mit einem Messer ... nichts weiter passiert.« Man spürt, Paco will mit mir darüber nicht reden. Er hat wohl keine Vorstellungen, was ich schon alles gehört und gesehen habe. »So knapp über dem Herzen?« Doch er scheint nichts weiter hinzufügen zu wollen. Ich nehme mein Heft und will es in meine Tasche packen, als mein Blick auf seine Waffe fällt, ich nehme sie mir und stehe auf. Als ich sie mir ansehe, runzelt Paco die Stirn.

»Das sieht nicht so aus, als hättest du zum ersten Mal eine Waffe in der Hand.« Schlaues Kerlchen. Juan hatte vor ein paar Jahren die glorreiche Idee, ich solle eine Waffe bei mir tragen, damit ich mich schützen kann. Er hat mir sogar eine für die Handtasche besorgt, wie er mir ganz stolz erzählt hat. Meine Cousins und er wollten mir dann das Schießen beibringen ... nachdem ich einmal Juan und einmal Miko fast in den Fuß geschossen habe, konnte ich sie überzeugen es sein zu lassen.

Ich habe gar nicht gemerkt, dass Paco auch aufgestanden ist. Er steht hinter mir, schiebt meine Haare zur Seite und küsst meinen Nacken entlang, während er mir die Waffe aus der Hand nimmt und wieder weglegt. Ich drehe mich um und umarme ihn. »Unterschätze mich nicht, Paco!« Er lacht leise. »Das würde ich nie tun, Cariño.« Ich strecke mich zu ihm hoch und erobere seine Lippen, was er sofort erwidert.

Unser Kuss wird das erste Mal leidenschaftlicher und als wir ihn lösen, sieht Paco mir kurz in die Augen, unsere Lippen vereinen sich wieder, und diesmal ist der Kuss so heiß, dass sich mein Magen zusammenzieht. Paco fasst an meine Beine und hebt mich hoch. Ohne den Kuss zu lösen setzt er mich auf dem Schornstein ab und stellt sich zwischen meine Beine, sodass wir auf Augenhöhe sind. Paco beendet den Kuss und küsst sich mit den Lippen und der Zunge meinen Hals entlang. Ich bekomme überall eine Gänsehaut und lege den Kopf in den Nacken.

»Bella, verdammt, du schmeckst so süß«, flüstert Paco an meinen Hals mit einer noch raueren Stimme als sonst. Meine Finger gleiten langsam über seinen Oberkörper, ich streiche über seine Muskeln, über sein Tattoo am Arm und über die Narbe. Pacos eine Hand schlüpft unter mein Top und fährt meinen Bauch entlang, während die andere mein Bein hinabgleitet, bis sie an der Fußkette stoppt.

Schneller als ich denken und bevor ich reagieren kann, reißt Paco sie mit einem kräftigen Zug von meinem Bein und schmeißt sie hinter sich. Ich will gerade protestieren, doch Paco ist schneller. »Ich kaufe dir zehn neue ... Armbänder.« Ich muss lächeln, als er meinen Mund wieder erobert, während seine Hand sich über meine Brust legt. Ich genieße Pacos Berührungen und seine Liebkosungen, doch gleichzeitig kommen mir Bedenken. Paco ist so erfahren. Ich hatte auch schon Freunde, bin auch mit einem oder zwei weitergegangen, aber nicht zu weit, wie sollte ich auch mit Juan als Bruder. Es ist nicht so, dass ich vorhabe mich unbedingt aufzuheben oder so etwas, ich hatte einfach noch nicht die Möglichkeit, viele Erfahrungen zu sammeln.

Der zweite Punkt, der mir im Kopf herumgeistert, ist, ich bin nicht wie die meisten Latinas. Hier sind fast alle Frauen gut gebaut, also ich meine so richtig gut gebaut, mit riesigen Brüsten und Hintern, wogegen Jlo noch flach wirkt. Ich dagegen bin zwar nicht zu dünn, sondern eigentlich genau richtig und mein Hintern ist auch rund und fest, aber halt nicht so ausgeprägt. Genau wie meine Brüste normal groß sind, sie passen genau in Pacos Hände, aber es sind halt nicht die normalen Latina-Maße. Auch wenn ich in einem anderen Land wahrscheinlich eine Top-Figur habe, bin ich hier zu … zart. Paco ist sicherlich anderes gewöhnt.

Ich halte kurz die Luft an, als seine Hand meine Brust umfasst und keuche leise auf, als er mit den Fingern in meinem BH über meine Brustwarze streicht, bis sie hart wird. Ich spüre seine Erregung an meinen Shorts und stelle fest, dass sie sich sehr groß anfühlt. Ich stöhne leise in den Kuss hinein, als er sich noch enger an mich drückt. In dem Moment klingelt Pacos Handy. Paco ignoriert es, doch sein Kuss wird langsamer und auch ich komme wieder etwas runter. Als es wieder anfängt, flucht Paco leise und löst sich von mir.

Er setzt sich vor mich auf den Schornstein mit dem Rücken zu mir und geht ans Handy. Ich umarme ihn und lege meinen Kopf an seinen Rücken. Er zieht mein Bein zu sich nach vorne und streichelt darüber, während er mit jemandem am Telefon spricht. Es geht wohl darum, dass sie jemanden suchen und Paco sagt, sie sollen nicht so eine Panik machen und dass sich derjenige schon wieder einfindet, er werde wohl bei einer Chica hängen geblieben sein.

Während Paco telefoniert, bemerke ich das erste Mal seinen Rücken richtig. Über sein gesamtes Schulterblatt steht groß *SURENAS* tätowiert. Ich habe davon gehört, dass sich die engsten Mitglieder das stechen lassen, gesehen habe ich es noch nie. Gedankenverloren zeichne ich es mit meinem Finger nach und gebe einen Kuss in die Mitte. Paco telefoniert noch und ich drehe seinen Arm so, dass ich die Uhrzeit auf seiner Uhr erkennen kann. Verdammt … ich springe schnell auf und packe die Sachen zusammen. Paco sagt am Telefon, dass er gleich komme und legt dann auf.

»Tut mir leid, ich muss los.« Ich nehme meine Tasche, während Paco sich die Waffe in den Hosenbund am Rücken steckt. Er zieht das Shirt aus seiner Hosentasche und mustert mich. »Tust du mir einen Gefallen?« Sein von mir schon mittlerweile geliebtes schiefes Grinsen verheißt nichts Gutes. Ich ziehe abschätzig die Augenbrauen hoch. »Was denn?« Er kommt und stülpt mir sein Shirt über. »So ist es besser … viel zugedeckter« sagt er zufrieden und sieht auf meine Beine, die nun bis fast zu den Knien in seinem Shirt stecken. Ich grinse, wickele das Shirt bis zur Taille hoch und mache einen Knoten rein. »Ich trage gerne dein Shirt ... kein Problem«, lache ich leise und Paco runzelt die Stirn, aber sagt nichts weiter.

Auf dem Weg nach unten nimmt Paco meine Hand, als wir die Treppe runter laufen, er meinte das sicher nur als Geste, doch ich verschränke unsere Finger miteinander. Paco bringt mich zum Auto. Dort angekommen drehe ich mich nochmal zu ihm um, er nimmt mein Gesicht in seine Hände. Ich will etwas sagen, doch seufze nur leise. »Ich denke an dich, Bella«, sagt er ernst, bevor er mich noch einmal küsst.

Als ich zu Hause ankomme und schnell das Shirt ausziehe und in meine Tasche stopfe, kommen gerade Juan und Sanchez raus. Juan mustert mich. »Wo warst du solange ... und vor allem so angezogen?« Ich rolle die Augen, die Männer haben keine Ahnung, wie ähnlich sie sich sind. Ich drücke Sanchez einen Kuss auf die Wange und wende mich dann meinem Bruderherz zu. »Ich war lernen und viel-leicht solltest du mich erst einmal begrüßen, bevor du mich so anfährst.« Er gibt mir einen Kuss auf die Stirn. »Ich mach mir doch nur sorgen, Bella«, sagt er etwas kleinlaut, Sanchez neben ihm grinst. »Ich bin schon ein großes Mädchen, Bruderherz und müde. Wohin geht ihr eigentlich noch?« Ich verschränke die Arme vor der Brust. »Wir haben noch ... Familia-Angelegenheiten zu erledigen, schlaf gut, Süße.« Er gibt mir noch einen Kuss und beide verschwinden.

Oben dusche ich erst einmal ausgiebig, ich kann Pacos Lippen fast noch auf mir spüren und merke, dass ich es wirklich will, dass ich ihn wirklich will. Und so langsam fühle ich, dass es fester wird, falls es von seiner Seite auch so ist, was sich erst noch zeigen muss. In meinem Zimmer ziehe ich mir Pacos Shirt über, sein Geruch umhüllt mich. Ich kuschele mich ins Bett, als mein noch aufladendes Handy klingelt, dieses Mal sendet Paco seine Nummer.

»Hey.«

»Hey, schläfst du schon?«

»Nein, ich habe mich gerade erst hingelegt.«

»Was hast du an?«

»Was?« Paco lacht leise.

»Was hast du gerade an?« Ich blicke an mir herunter, ob er es komisch findet?

»Dein Shirt«, gebe ich leise zu.

»Das wollte ich nur noch schnell hören.« Ich höre sein Lächeln.

»Gehst du noch nicht schlafen?« Ich muss gähnen.

»Nein ... wir suchen hier noch jemanden. Schlaf gut, Bella.«

»Du auch.«

Am nächsten Tag wird mir klar, jetzt der ist Punkt, wo ich Paco die Wahrheit sagen muss, ich empfinde etwas für ihn ... wahrscheinlich schon mehr als etwas und auch wenn es mir Bauchschmerzen macht, wenn ich an seine Reaktion denke, bin ich mir sicher, dass, sollte es mit mir und Paco wirklich ernst werden, dass ich für ihn bereit wäre mich mit Juan auseinanderzusetzen, damit er meine Entscheidung akzeptiert ... verdammt, das wird die Hölle.

Als ich mit Sara darüber rede, lacht sie hysterisch auf. »Mit Juan auseinandersetzen? Du wirst nicht einmal die Chance haben, ein Wort mit ihm weiter zu wechseln, so schnell ist er bei Paco und reißt ihm den Kopf ab, weil er überhaupt mit dir geredet hat. Und ich will gar nicht darüber nachdenken, wie Paco reagiert, wenn er erfährt, dass du Juans Schwester bist.« Ja, das wird alles nicht so einfach, also zugegeben, es wird die absolute Katastrophe, aber ich bin bereit diesen Weg zu gehen, wenn es mit Paco etwas Festes wird!

Als ich allerdings am Abend bei Paco anrufe, kommen mir wieder Zweifel an allem, er ist mehr als kurz angebunden und würgt mich schnell ab. Als er sich ganze drei Tage wieder nicht meldet, bin ich nicht nur stinksauer, sondern es tut auch weh. Ich kann nicht glauben, dass ich immer wieder darauf reinfalle und denke, dass es ihm mit mir ernst ist, dass er mich anders sieht als irgendeine seiner Chicas. Wahrscheinlich bin ich sogar noch eine größere Trophäe für ihn, eine Punto-Chica. Zwar bin ich stinksauer, doch ich kann meinen Schmerz vor Sara nicht verbergen, weil ich eben nicht auf sie gehört und mein Herz doch eingesetzt habe.

Paco schafft es dann wirklich doch noch, sich nach vier Tagen mal dazu aufzuraffen anzurufen, wahrscheinlich hat er gerade Zeit und braucht ein bisschen Spaß. Wütend starre ich auf das Handy, was den ganzen Tag über klingelt. Irgendwann ist es fast im fünfzehn-Minuten-Takt. Wow, Paco scheint echt Langeweile zu haben. Als ich zu genervt bin, schalte ich es aus. Soll er sich an seine Surena-Chicas wenden. Und ich habe wirklich darüber nachgedacht ihm die Wahrheit zu sagen ... sehr schlau, Bella.

Am nächsten Tag sitze ich deprimiert in meinem Kurs, kritzele auf meinem Block herum und immer wieder kommen die Bilder hoch, wie er mich küsst, sein Grinsen, seine liebe Art, seine Berührungen. Er ist wirklich ein guter Blender, ich muss meine Tränen schwer herunterschlucken. Heute Morgen hat mein Handy kurz nach dem Einschalten erneut angefangen zu klingeln. Ich habe es gleich wieder ausgemacht.

Der Professor schreibt gerade etwas an die Tafel, als plötzlich die Tür aufgerissen wird. Schockiert blicke ich, wie auch alle anderen, auf einen stinksauren Paco, der mich wütend anstarrt.

Der Professor scheint sich als erster zu fangen. »Kann ich ihnen helfen?«, fragt er, man hört das leichte Zittern in seiner Stimme, offensichtlich weiß er, wer Paco ist, wer in der Stadt weiß es nicht? »Ich muss mit Bella sprechen«, zischt Paco, dabei lässt er mich nicht eine Sekunde aus den Augen. Das bringt mich auf die Palme, was zum Teufel denkt er sich eigentlich? Ich packe meine Hefte in die Tasche und stehe auf, der Professor sieht mich fragend an, als hätte er Angst, dass mir etwas passieren könnte, was angesichts Pacos wütendem Auftreten verständlich ist, doch ich lächle den Professor ruhig an, als ich an ihm vorbeigehe. »Das geht schon in Ordnung.«

Paco knallt die Tür zu, als ich herausgetreten bin und ich entferne mich in weiser Voraussicht ein paar Schritte von der Tür. Doch weit komme ich nicht, denn Paco hält mich am Arm zurück und wirbelt mich zu sich um. »Was zum Teufel denkst du dir? Warum gehst du nicht ans Telefon, wenn ich dich anrufe?« Paco ist stinksauer und das erste Mal seit ich Paco kenne, glaube ich, dass er absolut tödlich ist, es gibt sicher viele, die bei diesem Anblick vor Angst abhauen würden, nur bin ich mit so etwas groß geworden. Ich muss mich gegen meinen Bruder, der nicht weniger angsteinflößend sein kann, meinen Cousins und weiß Gott noch wen, oft genug durchsetzen, sodass ich nicht einmal mit der Wimper zucke, als Paco mich wütend anschreit.

»Wieso sollte ich ans Telefon gehen, Paco?« Erst jetzt merke ich, wie sauer ich wirklich bin, ich bin nicht viel leiser als er. »Was willst du eigentlich von mir? Denkst du im Ernst auch nur eine Sekunde, dass ich dein Spiel mitspiele? Dass du dich einmal die Woche meldest und ich dann glücklich zu dir springe? Vergiss es, Paco! Und wage es nicht noch einmal daran zu denken, mich wie eine Chica zu behandeln, ich bin keine Chica, hast du das verstanden? Geh einfach, Paco, ich bin absolut sicher, es gibt genug, die ganz scharf darauf sind, diese Art von Spielen zu spielen.«

Paco blinzelt einmal, zweimal, als könne er nicht fassen, dass ich ihn gerade hier zusammengestaucht habe. Bevor ich noch platze, fahre ich fort und mache mir Luft, diesmal aber leiser. »Weißt du was, es war mein Fehler, du hast von Anfang an gesagt, dass du so bist, ich hätte es wissen müssen. Es war genauso mein Fehler, dass ich angefangen habe, etwas für dich zu empfinden, deswegen steige ich auch aus dem Spiel aus, Paco. Such dir jemand anderes dafür, ich habe kein Interesse mehr!«

Ich drehe mich um und gehe weg, bevor die Tränen aus meinen Augen entweichen können, das wäre ja noch das Beste, dass er das auch noch sieht. Ich gehe um die Ecke, als ich höre, wie Paco hinter mir her gestampft kommt. »Warte! Bella, verdammt, wir sind noch nicht fertig!« Er klingt immer noch wütend, aber nicht mehr so sehr. »Doch, das sind wir, Paco«, zische ich zurück ohne mich umzudrehen, doch Paco hat mich schon eingeholt und zieht mich in einen leeren Hörsaal, wo er mal wieder die Tür hinter uns zuknallt.

Ich seufze aufgebend und setze mich auf einen Tisch, während Paco anfängt, wie ein Tiger hin- und herzulaufen, als müsste er sich seine Worte zurechtlegen. »Was willst du von mir, Paco?«, frage ich frustriert. Paco bleibt stehen und funkelt mich wütend an. »Ich habe dich nie, nicht eine Sekunde wie eine Chica behandelt. Jede andere vor dir, Bella, aber nicht dich! Ich habe jede Frau vor dir nur einmal zum Spaß genommen, vielleicht zweimal, wenn es gut war, also erzähle mir nicht, ich hätte dich wie eine Chica behandelt.«

Ich schaue auf meine Schuhe, weil ich mich nicht wieder von seinen Augen ablenken lassen will. »Okay, von mir aus, ich kann aber nicht damit leben, so in der Luft zu schweben, ich weiß nicht woran ich bei dir bin, es macht mich verrückt, wie du zu mir bist. Ich bin mir zu schade, um nur einmal die Woche interessant zu sein, es war okay, als es für mich auch nur zum Spaß war, aber das ist langsam vorbei.«

Als ich hochschaue, sehe ich, dass er genau vor mir steht. Paco seufzt und fährt sich mal wieder mit der Hand über sein Gesicht, dann kommt er zu mir und will meine Hände nehmen, doch ich entziehe sie ihm. »Nein, Paco, mach das nicht schon wieder und morgen hast du mich vergessen, ich ...« Er ignoriert meinen Protest und nimmt meine Hände in seine. »Was habe ich dir gesagt? Du sollst nicht denken, dass ich nicht an dich denke, Bella. Für mich ist das alles so ... denkst du, es ist mir leicht gefallen, in den Blumenladen zu gehen und die Blumen für dich zu kaufen? Ich kam mir so bescheuert vor, ich habe noch nie für irgendjemanden Blumen gekauft.«

Egal wie sauer ich bin, ich muss leicht lächeln bei dem Gedanken, wie Paco leicht verzweifelt im Blumenladen steht. »Das meine ich, ich habe mich darüber so gefreut, ich dachte wirklich ... keine Ahnung«, sage ich leise. Er küsst meine Hand. »Deswegen habe ich es trotzdem gemacht, egal wie komisch es war, ich habe es für dich gemacht. Bella, ich bemühe mich wirklich, ich weiß nicht, wie ich mit dir umgehen muss, aber ich bemühe mich für dich. Ich habe dich nur nicht angerufen, weil es bei uns ... es gibt Schwierigkeiten ... das hatte nichts mit dir zu tun ... das musst du mir glauben.« Erst jetzt fällt mir auf, dass Paco einen

Kratzer an seinem Arm hat, einen ziemlich großen und frischen, dunkle Ränder liegen unter seinen Augen, als hätte er nicht geschlafen.

»Was ist los?«, frage ich und fasse seinen Arm an. »Ich will nicht, dass du damit irgendwas zu tun hast.« Er hebt mein Kinn hoch. »Bella, denkst du wirklich, wenn du mir egal wärst, dann wäre ich jetzt hier?« Ich schaue ihn lange an, dann lege ich meinen Kopf an seine Brust. Er umfasst meinen Kopf und vergräbt sein Gesicht in meinen Haaren, bevor er mir einen Kuss auf den Scheitel gibt. Paco lacht leise. »Wie sollte ich dich je vergessen? Wow, ich kann mich nicht erinnern, dass mir jemals jemand so die Stirn geboten hat.« Ich atme seinen Duft ein und küsse seinen Oberarm. »Ich habe dir doch gesagt, du sollst mich nicht unter-schätzen.« Er guckt mich ernst an. »Es macht mich wahnsinnig, wenn du nicht auf meinen Anruf reagierst.« Diesmal muss ich leise lachen. »Das habe ich gemerkt.« Er beugt sich zu mir, aber ich bin viel zu ungeduldig und ziehe ihn am Nacken herunter, sodass sich unsere Lippen wiederfinden. Als wir den süßen Kuss lösen, legt Paco seine Stirn an meine.

»Ich weiß, was ich dir gesagt habe, dass ich es mir nicht leisten kann jemanden zu lieben ... und mit dir ist es noch so viel komplizierter, deswegen habe ich auch am Anfang so dagegen gekämpft, aber es hat nichts gebracht, Bella. Ich kann dich einfach nicht gehen lassen, es geht nicht. Ich muss einige Dinge erledigen und dann ...« Sein Handy klingelt mal wieder. »Mist, ich muss los.« Ich gebe ihm einen Kuss. »Paco, es gibt etwas, das ich mit dir besprechen muss.«

»Was denn?« Sein Handy klingelt erneut. »Nicht jetzt, das dauert länger, aber es ist wichtig.« Paco küsst mich noch einmal und zieht mich in seine Arme. »Du hast mir gefehlt, Bella«, flüstert er an meine Haare und mein Magen dreht sich einmal um bei dem Gedanken, wie er reagieren wird, wenn er erfährt, wer ich bin.

Ich bleibe noch in dem Raum, nachdem Paco losgegangen ist, als diesmal mein Handy klingelt. Sara versucht mich zu erreichen, entdecke ich im Display. »Und, habt ihr es geklärt?«, meldet sich meine beste Freundin, kaum, dass ich abgeho-ben habe. Ich runzle die Stirn. »Woher weißt du, dass er da war?«

»Ach weißt du, nachdem er unsere Tür aufgerissen, nach dir gesucht und sie einfach wieder zu geknallt hat, dachte ich mir, er wird dich finden.« Ich muss lei-se lachen. »Und du hast dir keine Sorgen gemacht, so sauer wie er war?« Sie wird ernst. »Nein, er mag ja sein was er will, aber er wäre nicht gekommen, wenn er nichts für dich empfinden würde!« Ich nicke. »Ich weiß.« »Hast du es ihm gesagt?« Ich gehe zum Fenster und sehe raus. »Nein, noch nicht, aber ich werde es machen.« Sara stöhnt leise auf. »Das wird eine Katastrophe, der Mann ist ja wie ein Hurrikan. Kommst du zur Cafeteria?« Ich entdecke Paco, der aus dem Schulgebäude läuft, er geht zu einem Auto, was ich erst jetzt sehe. Davor stehen ein paar andere Männer. Ich versuche mehr zu erkennen, aber es ist zu weit weg. Ich glaube, der eine ist Chico, auf jeden Fall scheinen sie alle schwer bewaffnet.

»Bella?« Ich schüttele den Kopf. »Ja, ich komme gleich.« Ich sehe zu, wie sie wegfahren in Richtung ihres Gebietes, zwei weitere Wagen folgen ihnen, die offenbar auch gewartet haben.

Was zum Teufel ist da bloß los?

# Kapitel 7

Am nächsten Tag fangen die Frühjahrssemesterferien an. Sara und ich verbringen den Vormittag im Punto-Haus und sehen uns DVDs an, weil es dort natürlich einen viel größeren Fernseher gibt. Paco hat mit gestern noch eine SMS geschickt, dass ich gut schlafen soll und er an mich denkt. Wir sehen uns ein paar Liebesklassiker an ohne die unangebrachten Kommentare der Jungs, weil sich keiner von ihnen blicken lässt, ich habe keine Ahnung wo die alle sind. Juan habe ich auch noch nicht gesehen.

Wir wollen gerade einen neuen Film einlegen, als es wie wild an der Hintertür klopft. Ich mache auf und Frau Anoltzas kommt herein gestürmt. »Wo ist er?«, fragt sie schnell. Ich schließe die Tür. Frau Anoltzas' Familie steht unter dem Schutz der Trez Puntos, sie ist Ärztin und somit die Ärztin für die Familia. Sie kümmert sich um alle Verletzungen, Schusswunden und vieles weitere, ohne Fragen zu stellen.

»Wo ist wer?«, frage ich irritiert, doch in dem Moment höre ich mehrere Wagen schlitternd bremsen. Mein Herz schlägt schneller, irgendetwas stimmt nicht. Sara, die Ärztin und ich laufen in den Garten und starren zum Haupteingang, der regelrecht aufgerissen wird. Ich weiß nicht genau, wann ich wieder atmen kann, aber dies nur, um panisch loszuschluchzen.

Juan und Tito kommen als erste herein und tragen jemanden, sie sind voller Blut. Hinter ihnen kommen immer mehr von der Familia hereingestürmt. Ich renne zu ihnen, um zu erkennen, wer dort verletzt ist, und als ich an die Stelle komme, wo sie denjenigen hingelegt haben, lasse ich mich auf die Knie sinken. Sanchez, es ist mein Cousin Sanchez, er ist kaum wiederzuerkennen. Ich habe schon viele Verletzungen gesehen, viele. Aber das?

Er ist blau geschlagen, von überall tritt Blut aus verschiedenen Verletzungen aus, ich halte meine Hand vor meinen Mund, um meinen Schrei abzufangen, aber es gelingt mir nicht. »Bella, geh, sieh weg!«, höre ich jemanden sagen, doch ich denke nicht mal daran. Ich nehme Sanchez' Kopf auf meinen Schoß und streiche seine Haare aus seinem Gesicht, meine Tränen laufen über seine Wunden. »Wir brauchen Sie nicht mehr, er ist im Auto ... wir brauchen Sie nicht mehr, er ist tot«, sagt jemand zu der Ärztin, mein Schluchzen wird noch stärker und ich küsse seinen Kopf. Nein, nicht Sanchez.

Bilder steigen vor mein inneres Auge, wie er früher meine Barbies zerstört hat und er oft ein blaues Schienbein meinetwegen hatte, ich habe ihn immer so geliebt. Er war der Einzige, der mich regelmäßig nach meinen Schulsachen ausgefragt und sich meine Aufsätze durchgelesen hat. Nicht Sanchez.

Ich weiß nicht, wie lange ich an seinem Gesicht geweint habe, irgendwann sagt jemand ein Gebet und ich hebe meinen Kopf und sehe mich das erste Mal um. Die gesamten Trez Puntos sind versammelt, es sind mehr, als ich in Erinnerung habe. Einige haben Blut an der Kleidung, scheinbar hatten sie Sanchez gesucht und dann gefunden. Meine anderen Cousins und Juan knien auch um Sanchez herum, ich sehe in ihre Gesichter, keiner hat Tränen im Gesicht, aber alle weinen innerlich, das sehe ich ihnen sofort an. Sara steht direkt hinter mir. Außer dem Gebet ist es totenstill.

Erst jetzt sehe ich genauer auf Sanchez herab, er trägt nur eine Shorts, deswegen sieht man die vielen Stichwunden, daher das viele Blut. Doch was ich dann entdecke, raubt mir endgültig den Atem. Es fehlt ihm die Hand, auf der die Plaka war. Mein Verstand setzt aus, wahrscheinlich ein Schutzmechanismus des Körpers und ich bekomme nur am Rande mit, wie Juan Sara zu Sanchez' Familie schickt, wo wohl auch schon meine Mutter ist. Erst als sich das Gespräch um den Vorfall dreht, höre ich wieder genauer hin. »Diese verdammten Les Surenas, das war deren Antwort auf den Tehuana-Deal, den wir ihnen vor der Nase weggeschnappt haben. Was hast du jetzt vor, Juan?« Ich blicke erschrocken zu Juan.

Les Surenas? Bitte nicht, das kann ich nicht glauben. »Wir respektieren die Trauerzeit, sobald wir Sanchez verabschiedet haben ...« Er bricht ab, ich habe Juan noch nie so fertig gesehen. Mein Blick fällt wieder auf Sanchez und während die anderen Racheschwüre und Hetzkampagnen gegen die Surenas aussprechen, streiche ich immer wieder über seine Haare. Ich spreche in meinen Gedanken mit ihm. »Sag mir bitte ... bitte, dass das nicht stimmt, Sanchez! Sag mir, dass der Mann, in den ich mich verliebt habe, nicht dein Mörder ist, bitte.« Ich weiß nicht warum, aber mein Herz weigert sich das zu glauben. Paco kann damit nichts zu tun haben.

»Miko, bring Bella zu Sanchez' Haus, wir müssen ihn nach Sevilla bringen.« Ich spüre Arme um mich und Miko hilft mir auf, vorsichtig lasse ich Sanchez' Kopf auf das Gras nieder und gebe ihm einen letzten Kuss auf die Stirn. Bevor mich Miko hinaus bringt, zieht mich Juan in seine Arme. Ich habe bis jetzt noch keine Sekunde aufgehört zu weinen, keiner von uns sagt ein Wort und ich schmiege mich einfach an ihn und lasse mich von seinem vertrauten Duft umhüllen.

Früher, als wir noch kleiner waren, hieß dieser Geruch für mich immer Sicherheit. Wenn ich nachts Angst hatte, bin ich in Juans Zimmer geschlichen und habe mich in seinem Bett an ihn gekuschelt, er hat mich immer in seinen Armen gehalten, bis ich eingeschlafen bin, aber wir sind keine Kinder mehr. Und auch wenn er mich etwas beruhigt, ich spüre seine tobende Wut. Das macht mir Angst, Angst wegen Paco.

Miko fährt mich zum Haus von Sanchez, welches nur ein paar Häuser von unserem entfernt steht. Während der Fahrt ist nichts zu hören außer meinem Schluchzen. Meine Gedanken zerreißen mich, ich sehe Sanchez vor mir und Paco. Ich weigere mich zu glauben, dass er etwas damit zu tun hat. Als wir ankommen, zieht Miko mich in seine Arme und sagt mir, dass er mich liebt. Dann steige ich aus und Miko fährt rasend schnell zurück zu den anderen. Ich bleibe vor dem Haus stehen, man hört die verzweifelten Klagelaute meiner Tante bis nach draußen und mein Herz zieht sich zusammen.

Das kann nicht sein, das darf alles nicht wahr sein, ich brauche Gewissheit, sonst ersticke ich. Ohne weiter nachzudenken, gehe ich statt in das Haus meiner Tante zu unserem Haus und steige in mein Auto. Sobald ich losgefahren bin, hole ich mit zittrigen Händen mein Handy heraus und wähle Pacos Nummer, ich versuche mich zu beruhigen, aber es geht einfach nicht.

»Bella?«

»Paco, ich ...«

»Bella, was ist los?« Paco erkennt sofort, dass etwas nicht stimmt. »Paco, ich muss dich sehen, jetzt!«

»Bella, warum weinst du? Was ist passiert?« Ich versuche mein Schluchzen zu unterdrücken, aber es gelingt mir nicht. »Komm einfach!«

»Wo bist du?«

»Ich warte auf dem Parkplatz der Uni.«

Als ich auf dem Parkplatz halte, versuche ich ruhig durchzuatmen, um mich etwas zu beruhigen. Augenblicklich schießen mir die Bilder von Sanchez in den Kopf, wer hat ihm das angetan? Ich wische mir die Tränen ab, doch es folgen immer neue, als plötzlich meine Fahrertür aufgerissen wird und Paco mich aus dem Auto zieht. Schockiert starrt er mich an. »Bella, wer war das?« Außer sich vor Wut zieht er mein Shirt hoch, er sucht etwas. Dann erst bemerke ich, dass ich Sanchez' Blut an meinen Beinen, wo sein Kopf gelegen hat, und auf meinem Shirt kleben habe. Er denkt, ich bin verletzt.

»Paco, ich habe nichts ... das ist nicht mein Blut«, sage ich mit bebender Stimme und versuche tief durchzuatmen, damit er mich überhaupt versteht. Paco sieht mir ins Gesicht, er ist total durcheinander, dann nimmt er es vorsichtig in seine Hände. »Schsch ... Süße, komm her.« Er zieht mich in seine Arme und ich drücke mich so fest an ihn wie es geht, es tut mir so gut bei ihm zu sein, lieber Gott, lass ihn nichts damit zu tun haben. »Bella, ich drehe gleich durch, wenn du mir nicht sagst, was mit dir passiert ist.« Paco küsst meinen Scheitel, dann meine Wangen. »Mein Cousin, er wurde umgebracht, nicht umgebracht, sie haben ihn gequält, sie haben seine Hand abgeschnitten, er war überall voller Blut, als ich ihn im Arm hatte, war er schon tot.«

Paco schließt kurz die Augen und zieht mich wieder in seine Arme. »Das tut mir leid, Bella, wieso haben sie dich das sehen lassen?«, flüstert er an meine Stirn. »Paco, bitte sag mir, dass ihr nichts damit zu tun habt ... bitte.« Augenblicklich zieht Paco mich so an sich, dass ich ihn ansehen kann. »Wovon redest du da, Bella? Wie kommst du darauf?« Ich bin so froh über seine Reaktion. »Sie glauben, ihr wart das, wegen einer Sache in Tehuana ... oder so etwas. Bitte Paco, sag mir, dass du nichts damit zu tun hast.«

Paco lacht kurz hart auf, dann sieht er mich an und nimmt mein Gesicht wieder in seine Hände. »Bella, letzte Woche wurden zwei unserer Leute umgebracht. Einer meiner Cousins und ein Freund, deswegen hatte ich keine Zeit, weißt du noch auf dem Dach, der Anruf? In der Nacht haben wir beide gefunden. Wir haben auch die Trez Puntos unter Verdacht, aber wir sind noch nicht sicher. Wegen des Tehuana-Deals, das sind Peanuts für uns, darum machen wir uns nicht einmal Gedanken. Juan denkt echt nicht nach, Bella, die Les Surenas haben damit nichts zu tun, das schwöre ich dir.«

»Warum hast du mir das nicht gesagt, das mit deinem Cousin? Es ... aber, wer war das dann? Paco, wir sind die zwei größten und stärksten Familias in Puerto Rico, wer sollte so etwas Dummes tun?« Paco küsst meine Stirn. »Ich weiß es nicht, aber anscheinend wollten sie uns gegeneinander aufhetzen, was ihnen ja auch fast gelungen ist. Mach dir deswegen keine Sorgen, ich kläre das, genau vor so etwas wollte ich dich schützen.« Einige Sekunden sagt keiner etwas, dann sieht Paco mir wieder ins Gesicht, als wäre ihm etwas eingefallen.

»Bella, sie haben bei uns welche der engsten Mitglieder genommen, wie nah stand dein Cousin Juan? Wie eng stehst du mit der Familia in Verbindung?« Ich schlucke schwer, jetzt muss ich es ihm sagen. »Mein Cousin Sanchez ...« Ich sehe, wie es in Pacos Kopf arbeitet, natürlich kennt er die engsten Mitglieder der Trez Puntos, genau wie Juan, der die Les Surenas kennt. »Bist du etwa Juans Cousine?« Ich schüttele den Kopf und sehe die Erleichterung in seinem Gesicht.

»Ich bin ... seine Schwester.«

Ich senke den Blick, ich will seine Reaktion nicht sehen. Paco ist ganz still, aber er lässt mich sofort los. Nach einer gefühlten Ewigkeit halte ich es nicht mehr aus und sehe wieder hoch und mein Magen dreht sich erneut um. Paco starrt mich ungläubig an, wütend. »Bella, bist du ... bist du wahnsinnig?« Na ganz toll, nach all dem schreit er mich auch noch an. Ich verschränke die Arme vor der Brust. »Ich wollte es dir ja sagen, zum richtigen Zeitpunkt.« Paco streicht sich mit seiner Hand einmal über das Gesicht.

»Ach wirklich? Bella ich ... hast du überhaupt eine Vorstellung davon, was das bedeutet? Du hättest es mir verdammt nochmal von Anfang an sagen müssen.« Ich weiß nicht, woher ich noch die Kraft nehme, aber ich kann mich nicht so von ihm anschreien lassen. »Das konnte ich nicht, Paco, denk doch mal nach, es hat seinen Grund, dass kaum einer weiß, dass Juan eine Schwester hat ...« Er unterbricht mich. »Ich wusste es, ich wusste nur nicht, dass DU es bist!« Ich seufze laut.

»Paco, wann hätte ich es dir sagen sollen? In der Bibliothek, was hättet ihr mit mir gemacht, wenn ihr das gewusst hättet? Und danach? Ich wusste doch nicht mal, woran ich bei dir bin. Ich konnte dir das nicht sagen, solange ich nicht wusste ...« Wieder unterbricht er mich.

»Falsch, Bella, ganz falsch, du hättest es mir nicht sagen sollen, du hättest dich von mir fernhalten sollen. Verdammt, weißt du, wie lange unsere Familien schon verfeindet sind? Hast du darüber überhaupt nachgedacht? Ich meine, ich weiß ja, dass du das alles nicht ernst nimmst, aber für so dumm hätte ich dich nicht gehalten.«

»Wirklich? Wirfst du mir jetzt etwa vor, dass ich mich in dich verliebt habe, obwohl du die falsche Plaka trägst? Paco, denkst du, ich kann mein Leben davon abhängig machen, wer zu wem gehört? Das ist einfach passiert.« Paco wird immer wütender, für einen kurzen Moment denke ich, er würde mir eine knallen, doch er schreit mich weiter an. »Nicht nur eine Punto, nein, auch noch die Schwester eines meiner gottverdammten größten Feinde. Weißt du, ich könnte ... Vor allem du wirfst mir vor, ich meine es nicht ernst, Bella? Du bist so eine Heuchlerin, du hast die ganze Zeit mit falschen Karten gespielt.«

Ich kann nicht verhindern, dass meine Tränen wieder fließen. »Ich habe mich nicht verstellt, Paco, ich bin immer noch die Gleiche, nur dass du jetzt weißt, wer mein Bruder ist. Ich kann nicht fassen, dass diese Tatsache alles für dich ändert.« Paco, der die ganze Zeit auf und ab läuft wie ein Tiger im Käfig, wirbelt zu mir herum. »Diese kleine Tatsache? Du tust so, als hättest du mir gerade gesagt, du hast einen Fleck vergessen zu erwähnen. Hast du eine Vorstellung davon, was passiert wäre, wenn uns jemand gesehen hätte, Bella? Denkst du, es geht hier nur um uns beide? Wenn es nur um uns ginge, wäre es mir scheißegal, aber so kann keiner von uns denken. Es hat Konsequenzen, über die du nicht mal nachdenkst, die Waffenruhe wäre sofort aufgehoben, wenn Juan das erfahren würde. Ich würde das Gleiche tun, hätte ich eine Schwester. Willst du dafür verantwortlich sein, dass jemand verletzt wird, Bella? Kannst du damit leben, nachdem du heute deinen toten Cousin im Arm hattest? Ich verdammt nochmal kann das nicht! Ich bin der Anführer der Les Surenas, ich kann nicht einfach eben unseretwegen riskieren, was hast du dir nur gedacht?«

Ich schaue zum Boden, so weit habe ich wirklich nicht gedacht. Juan würde ausflippen und vielleicht würde er Paco angreifen und keiner meiner Cousins würde zugucken, genauso wenig wie seine. Scheinbar nimmt Paco mein Schweigen als Zustimmung, dass ich endlich verstanden habe, doch ich habe einfach keine Kraft mehr. Paco lehnt sich an sein Auto, das gegenüber von meinem geparkt ist und sieht mich an. Als ich seinen Blick treffe, sehe ich die Veränderung darin. »Tu das nicht, Paco«, zische ich ihn an. »Was soll ich nicht tun?« Er verschränkt diesmal seine Arme vor der Brust. »Mich so anzusehen, als wäre ich wer anders, ich bin immer noch die selbe, die du vor zehn Minuten im Arm hattest.« Paco wendet den Blick ab. »Du wusstest doch, dass ich eine Trez Puntos bin ...« Er geht sofort wieder an die Decke.

»Ja, eine Trez Puntos, verdammt, ich dachte, du wärst weit weg von der Familia, vielleicht eine Cousine eines weiteren Mitglieds oder so etwas. Du trägst ja nicht mal deine Plaka richtig. Trotzdem wollte ich dich am Anfang nicht, aber ich konnte dich nicht vergessen und ich hätte mir etwas einfallen lassen. So wäre es vielleicht irgendwie möglich gewesen ...« Diesmal unterbreche ich ihn.

»Und das alles ändert sich? Gestern hast du mir gesagt, dass du es probierst, dass du Gefühle für mich hast, und weil ich in deinen Augen den falschen Bruder habe, ändert das alles? Es kann so viel dagegen sprechen wie es will, ich kann nichts dafür. Es ist mir egal, ob du ein Les Surenas bist oder nicht, an meinen Gefühlen ändert das nichts.« Ich fluche leise und wische mir die letzten Tränen weg. »Ich habe das alles so satt.«

Paco stellt sich wieder gerade hin, sein kalter Blick trifft mich tief. »Es ist egal, was dagegen spricht oder nicht, es hätte nie passieren dürfen!« Ich sehe ihm an, dass damit alles für ihn gesagt ist. Ich drehe mich um und setze mich ins Auto. Als ich vom Parkplatz fahre, höre ich etwas zerbrechen, ich sehe nicht zurück um zu sehen, was Paco zerschlagen hat.

Ich habe nicht einmal eine Idee, wie ich es geschafft habe, in unser Gebiet zurückzufahren, doch ich kann jetzt niemanden sehen. Ich fahre zum Strand und lasse mich im Sand nieder, bevor ich mich endgültig fallen lasse. Ich kann nicht mal richtig nachdenken, mein Gehirn bombardiert mich mit Bildern von

Sanchez, wie er tot in meinen Armen liegt und Paco, wie er mich anschreit, dass dies alles ändert. Ich fahre erst bei Sonnenuntergang nach Hause. Als ich die Einfahrt passiere, wird die Tür aufgerissen und Juan kommt herausgestürmt, beim Aussteigen packt er mich fest am Arm. »Wo zum Teufel warst du?« Ich entziehe ihm meinen Arm und will ins Haus, doch er greift erneut nach mir. »Du kannst nicht einfach wegbleiben wie du willst, Bella. Nicht mehr! Nicht jetzt!«, schreit er mich an.

Miko, Tito und Raul kommen heraus. »Ich musste Luft schnappen«, schreie ich Juan zurück an. »Du gehst nirgendwo mehr hin, hast du verstanden? Es ist zu gefährlich!« Raul legt seine Hand auf Juans Hand, mit der er mich festhält. »Juan, beruhige dich, ihr geht es gut, sie ist wieder da, lass sie ...«, sagt er ernst. Tito legt den Arm um mich und bringt mich hoch in mein Zimmer. »Sara, hilf ihr sich umzuziehen, sie zittert wie verrückt«, sagt einer in den Raum. Mir kommt es vor, als sitze ich irgendwo in einer Ecke und beobachte das Treiben, ich spüre kaum noch etwas.

Irgendwann bemerke ich die warmen Wasserstrahlen und werde wieder wacher, doch gleich setzen die Schmerzen und die Trauer ein und ich wünsche mir die Abwesenheit zurück. Ich lege mich in mein Bett und schließe die Augen. Ich bekomme mit, dass Sara mich fragt, ob ich mit Paco geredet habe, aber der sofort auftretende Stich in meinem Herzen schnürt mir die Kehle zu, also antworte ich nicht und schließe einfach die Augen.

Ich weiß nicht, wie lange ich so vor mich hindämmere, meine Mutter kommt immer wieder herein und will mich zum Essen überreden. Manchmal sehe ich Sara neben meinem Bett sitzen, oft Juan, ein paar Mal legt er sich auch zu mir und schläft neben mir ein. Raul, Miko, Pepo und Tito, sie alle sitzen einzeln an meinem Bett, bleiben eine Weile da und sehen mich an.

Irgendwann werde ich wacher und esse etwas, aber ich verlasse das Bett nicht. Erst fünf Tage nach Sanchez' Tod ist seine Beerdigung. Es hat so lange gedauert, weil er in Sevilla zur Gerichtsmedizin musste. Das ist normal, auch wenn es nur ein Schein ist, keiner wird diesen Tod je hinterfragen. Kein Polizist wird Ermittlungen anstellen, weil sie alle von den Trez Puntos abhängig, gekauft oder verängstigt sind. So war das schon immer. Sevilla ist unsere nächste große Stadt und auch schon fast komplett in Trez Puntos Hand. Ich habe gehört, die Macht der Les Surenas reicht sogar noch weiter.

Ich habe in der Zeit bis zur Beerdigung das Haus nicht verlassen, wozu auch? Für mich ist momentan alles außerhalb des Trez Puntos-Gebietes verboten. Ich vermisse Sanchez, seine Mutter ist seit seinem Tod bei uns, meine Mutter ist ihre

Schwester und sie fängt sie auf. Auch meine einzigen Cousinen sind jetzt ständig bei uns. Maria und Johanna. Maria ist Rauls Schwester und Johanna die Schwester von Pepo. Auch sie sind davon betroffen, dass sie sich nicht mehr frei bewegen dürfen, obwohl sie offensichtlich besser damit zurechtkommen als ich. Nun sind sie ständig um mich herum. Ich habe sie schon lieb, sie sind beide siebzehn, aber momentan verkrieche ich mich lieber mit Sara in meinem Zimmer und hänge meinen Gedanken nach.

Ich vermisse Sanchez und zu meinem Unglück vermisse ich auch Paco. Sara meint, dass er sich vielleicht erst mal beruhigen muss, doch ich habe seinen Gesichtsausdruck gesehen, für ihn bin ich gestorben, oder wahrscheinlich schlimmer. Ich bin die Schwester seines Feindes. An jemanden, der gestorben ist, hat man meistens noch gute Erinnerungen. Er wird mich so sehr hassen, weil ich ihm meine Herkunft verschwiegen habe.

Am Tag der Beerdigung fahren wir alle zusammen in die große Kirche, die im neutralen Stadtteil steht. Als wir aus dem Trez Puntos-Gebiet fahren, bemerke ich, dass uns immer mehr Autos folgen. Die Größe der Trez Puntos-Familia ist wirklich erstaunlich. Als wir dann in der Kirche sind und ich den Sarg von Sanchez sehe, bekomme ich kaum noch Luft. Der Sarg ist geschlossen.

Juan setzt sich mit mir, unserer Mutter und Sanchez' Mutter in die erste Reihe. Unsere Cousins sitzen mit ihren Familien hinter uns. Selbst hier wird die Rangordnung befolgt. Nacheinander treten Männer vor, legen Kränze und Blumenarrangements an den Sarg und bekreuzigen sich. Ich sehe alle an, fast alle kenne ich vom Sehen, doch es gibt auch einige, die ich noch nie gesehen habe, jeder nickt respektvoll zu uns. Ich habe die letzten Tage nicht mehr geweint, irgendwann hatte ich keine Tränen mehr, doch jetzt am Grab von Sanchez kommen sie wieder und Juan legt seinen Arm um mich.

Gerade als langsam der Gottesdienst beginnen soll, öffnet sich noch einmal die Kirchentür. Ich höre ein Zischen und Gemurmel und drehe mich erst daraufhin um. Mein Herz beginnt sofort zu rasen. Chico und Rodriguez betreten die Kirche. Sie haben ein Blumenarrangement dabei, ich erkenne noch weitere Männer hinter ihnen, die aber die Kirche nicht betreten. Keiner würde in einer Kirche einen Kampf herausfordern und dass sie mit einem Blumenarrangement gekommen sind, ist ein Zeichen für ihre friedliche Absicht, doch die Anspannung ist zum Greifen nah.

Juan neben mir grummelt leise Worte nach hinten zu Miko und Raul. Chico und Rodriguez gehen zusammen zu Sanchez' Sarg und legen die Blumen nieder, bekreuzigen sich und drehen sich dann um. In dem Moment treffe ich beide Blicke. Beide sehen mich einen Moment an, sie scheinen nicht überrascht, dass ich mit Juan hier bin. Sie laufen den Gang entlang, Miko und Raul stehen auf und treten an den letzten Bänken mit ihnen zusammen.

Das war offensichtlich der Sinn, sie wollen ein Gespräch. Zu meinem Erstaunen ist Juan vollkommen ruhig neben mir, er macht sich nicht einmal die Mühe, einen weiteren Blick zu ihnen zu werfen, während ich es nicht lassen kann nach hinten zu schauen. Sie reden mit Miko und Raul, es sieht so aus, als einigen sie sich auf etwas. Rodriguez redet, er steht als Stellvertreter der Les Surenas Brüder dort bei ihnen. Paco ist nicht gekommen. Als ich Rodriguez ansehe, der wie eine jüngere und vielleicht nicht ganz so gefährliche Version von Paco wirkt, merke ich, wie sehr ich ihn vermisse. Bevor Chico und Rodriguez die Kirche verlassen, sieht sich Chico nochmal um, sein Blick trifft noch einmal auf meinen, aber er bleibt emotionslos. Dann sind sie weg.

Der Gottesdienst beginnt und meine Gedanken spielen verrückt. Was genau wollten die beiden? Doch spätestens als der Pfarrer seine Gebete spricht, widme ich mich wieder dem Abschied von Sanchez. Nach der Beerdigung gibt es in unserem Haus noch ein Beisammensein mit den engsten Angehörigen. Die restlichen Männer werden am Abend im Punto-Haus nochmal zusammen sein. Ich habe gesehen, dass sich Juan schon mit Raul und Miko unterhalten hat, aber ich habe nichts Genaueres mitbekommen, doch zum Glück gibt es meine neugierigen Cousinen. Am Abend erzählen sie mir, sie hätten gehört, dass die Les Surenas auch zwei aus den engsten Kreisen verloren haben und sie sich mit den Trez Puntos absprechen wollen um herauszubekommen, wer dahinter stecken könnte und Informationen austauschen, mehr allerdings nicht, keine Zusammenarbeit oder sonstiges, lediglich Informationen austauschen.

Ich ziehe mich aufs Dach unseres Hauses zurück und sehe in die Sterne und zum Mond. Ich muss lächeln, wenn ich daran denke, dass Sanchez jetzt neben Sara der Einzige aus meiner Familie ist, der weiß, an wen ich mein Herz verloren habe und woher auch immer, weiß ich, dass er mir nicht böse ist, dort oben im Himmel. Ich sehe den Mond an und frage mich, wo Paco ist, ob er wenigstens einmal an mich denkt?

Hat er mir nicht gesagt, ich soll nicht vergessen, dass er immer an mich denkt, viel zu viel. Ich bezweifle, dass dies immer noch gilt. Ich kann nichts dagegen tun, dass sich mein Herz immer noch zusammenzieht, wenn mein Telefon klingelt, obwohl ich weiß, dass Paco es nicht ist. Doch ich habe Hoffnungen, auch wenn sie noch so klein sind, immer wieder denke ich an seine Küsse, seine Umarmung, sein Grinsen, wie ich es geschafft habe, durch seine Mauer zu brechen, das kann er doch nicht alles vergessen?

Es sind noch vier weitere Trauertage, dann kehrt langsam der Alltag zurück, für die meisten. Ich kann nichts tun, es sind Semesterferien und ich bezweifle, dass mich Juan danach zur Uni lässt, er lässt mich momentan nicht einmal in die neutrale Zone. Noch habe ich nicht die Kraft, mich mit ihm deswegen anzulegen, auch ist es gar nicht möglich, da er sich sehr zurückgezogen hat. Fast alle Männer der Trez Puntos sind nur noch im Punto-Haus und ich nehme stark an, sie versuchen Sanchez' Mörder zu finden.

# Kapitel 8

Heute ist es genau zwei Wochen her, dass ich Paco das letzte Mal gesehen habe. Vor einer Woche war Sanchez' Beerdigung und so langsam beginne ich, hier eingesperrt, durchzudrehen. Den Vormittag bleibe ich zu Hause und am Nachmittag mache ich mich zurecht, was mir im Moment wenigstens etwas zu tun gibt. Ich ziehe mir ein kurzes weißes Sommerkleid an, dazu braune Stiefel. Ich liebe dieses Outfit. Als ich in den Spiegel schaue, muss ich über mich selbst lachen, sonst verbringe ich nicht mal die Hälfte der Zeit damit mich fertig zu machen, ich muss unbedingt hier raus, sonst drehe ich komplett durch.

Ich mache mich auf den Weg zu Sara, wenigstens etwas Ablenkung, wir sind nur noch zusammen, da Juan auch für sie kaum mehr Zeit hat. Bei ihr angekommen sehe ich schon vor der Tür Koffer stehen, was mich stutzig macht. Als ich reinkomme, begrüße ich kurz ihren Vater und gehe schnell in ihr Zimmer, wo mich eine total verweinte Sara anschaut. »Hey Süße, was ist denn passiert?« Ich nehme sie gleich in den Arm und sie weint immer mehr. Ich überlege, was passiert sein könnte, doch es fällt mir nichts ein.

Gestern Abend wollte sie noch Juan treffen und war total happy, weil er sonst nicht mehr viel Zeit für sie hatte. »Was ist passiert?«, frage ich nochmal, als sie sich wieder etwas gesammelt hat. »Dein verdammter Bruder.« Ich atme tief durch, wie oft ich das schon gehört habe. Ich kenne Sara, seit wir acht sind, sie war von Anfang an meine beste Freundin. Ich war wirklich sauer, als Juan sich in sie verliebt hat, aber was soll man dagegen tun? Sie sind schon ewig ein Paar, ich habe fast ihre gesamte Beziehung mitbekommen, vor allem weiß ich, dass mein Bruder sie liebt, sehr liebt, auch wenn er manchmal ein Arsch ist.

»Was hat er jetzt schon wieder getan, der Dummkopf?« Doch sie schüttelt den Kopf und mein Herz zieht sich zusammen. Es scheint schlimmer zu sein als ich befürchtet habe, dann erzählt sie es mir mit zittriger Stimme und offensichtlich immer noch fassungslos über Juan. Sie hat gestern auf ihn gewartet. Als er nicht kam, ist sie ins Punto-Haus gegangen, um ihn zu suchen und hat ihn gefunden. Mit einer Chica zusammen, sie waren schon halbnackt, Juan hat sich nicht einmal die Mühe gemacht es zu verheimlichen.

Er hat Sara einfach angesehen, als sie beide auf der Couch entdeckt hat und ist ihr nicht einmal hinterher gekommen, als sie weggelaufen ist. Sie weiß, dass es ihm dreckig geht wegen Sanchez, aber das? Als ich sie frage, warum sie mich nicht angerufen hat, gibt sie zu es nicht gemacht zu haben, weil sie beschlossen hat, mit ihrem Vater mitzufliegen, der für einige Wochen geschäftlich in die USA muss und sie hatte Angst, dass ich Juan dazu bringe sie zurückzuhalten. Ich kann ihren Entschluss verstehen, am liebsten würde ich selber abhauen, aber ich will sie nicht gehen lassen.

Ich versuche sie vergeblich zu überreden, doch es bleibt mir dann nichts übrig, als sie zum Auto zu begleiten, weil sie gleich los müssen. Sara verspricht mir sich zu melden, sobald sie angekommen ist und als ich ihr hinterherschaue, wie sie unsere Gegend verlässt, werde ich so ungeheuer wütend. Die ganzen letzten Tage habe ich meine Klappe gehalten, ich habe so viel verloren, Sanchez, Paco, meine Freiheit, alles wegen Juan und den Trez Puntos und jetzt auch noch Sara.

Ich weiß nicht, wann ich das letzte Mal so wütend war. Ich habe wirklich genug und stehe kurz davor, hier mitten auf der Straße zu platzen. Stinksauer mache ich mich auf den Weg ins Punto-Haus. Ich gehe durch den Hintereingang und wundere mich, dass niemand im Haus ist, sie sind sicher alle im Garten. Auf dem Weg in den Garten finde ich einen String-Tanga auf dem Boden. »Juan!« Ich schreie das Haus zusammen, ich werde ihn dafür umbringen. Ich trete in den Garten und schrecke abrupt zurück. Im Garten sind nicht nur alle engeren Mitglieder der Trez Puntos, sondern auch Paco und die Les Surenas versammelt.

Mein Herz setzt aus, alle blicken, wahrscheinlich durch meinen Schrei nach Juan auf mich aufmerksam geworden, zu mir. Am liebsten hätte ich 'Uups' gesagt. Verdammt, ich bin in eine Besprechung hereingeplatzt. Bevor ich wieder denken kann, stehen schon Miko und Raul bei mir und nehmen mich mit zu Juan. Sie flankieren mich, als wären sie meine Bodyguards, sie wollen mich vor den Les Surenas abschirmen, sie haben ja keine Ahnung.

Juan schenkt mir einen bösen Blick, den ich genauso böse erwidere. Natürlich ist er wütend, dass ich aufgetaucht bin, wo die Les Surenas hier sind, mich soll ja niemand sehen. Da ich aber hereingeplatzt bin, kann er mich auch nicht wegschicken, weil es sonst ihnen gegenüber so wirken würde, dass er seinen Männern nicht vertraut auf mich aufzupassen. Als ich neben Juan stehe, überblicke ich das Ganze erst richtig. Juan, meine Cousins und noch ein paar weitere enge Mitglieder sind da. Ihnen gegenüber stehen Paco, Rodriguez, Chico und ungefähr fünfzehn Männer, einigen von ihnen bin ich schon begegnet.

Ich traue mich nicht zu Paco zu sehen, es ist mir wirklich unangenehm, jetzt so vor ihm zu stehen, sozusagen auf der anderen Seite. Seit ich in die Versammlung geplatzt bin, habe ich seinen Blick auf mir gespürt, nur im ersten Augenblick habe ich einen auf ihn geworfen. Er hat eine dunkle Hose und ein schwarzes Shirt an, mehr konnte ich nicht erkennen. Jetzt wo ich neben Juan und Raul stehe, sozusagen in vorderster Front und Pepo fortfährt zu erzählen, was sie wegen Sanchez herausbekommen haben, lasse ich meinen Blick schweifen.

Die Les Surenas sehen wirklich furchteinflößend aus. Ich blicke zu Paco, sein Blick liegt völlig emotionslos auf Pepo. Meine Güte, mein Herz krampft sich zusammen. Wie sehr ich ihn vermisse, doch ich erkenne sofort, dass nicht mein Paco dort steht, sondern der Anführer der Les Surenas. Ich trete etwas zurück und stelle mich zu Miko und Tito. Ich lasse meinen Blick durch unsere Leute schweifen, einige nicken mir zu. Ich schaue wieder zu den Les Surenas und begegne Chicos Blick, er wendet ihn wieder ab und in diesem Moment wird mir bewusst, dass Paco sicher etwas zu ihnen gesagt hat.

Das Ganze hätte ja auch so sein können: Ich platze rein und Chico sagt: »Sieh an, die kleine Punto.« Das wäre ihm zuzutrauen und hier wäre die Hölle los gewesen. So ist es, als seien wir uns nie begegnet, was aber auch schmerzt. Ich will Paco nicht vergessen oder verleugnen, mein Herz will das nicht und es tut weh zu sehen, dass er das so gut kann. Ich blicke wieder zu ihm und mustere sein Gesicht, seine dunklen Augen, seine Lippen, er schenkt mir keinen weiteren Blick mehr.

Nach dem ersten Schrecken beruhige ich mich wieder, auch wenn die Spannung zu spüren ist, scheint dieses Treffen wirklich harmlos zu sein. Langsam fällt mir wieder ein, warum ich hier bin und meine Wut steigt wieder an. »Bist du verrückt hierher zu kommen?«, fragt Miko in mein Ohr und unterbricht meinen Gedankengang. »Woher soll ich denn das wissen?«, zische ich ihn an, wohl nicht ganz so leise, denn Raul wirft mir einen warnenden Blick zu und Miko legt schließlich den Arm um mich. Ich seufze schwer auf, Pepo beendet seinen Bericht und alle blicken zu Paco. Sobald er spricht, meldet sich mein Herz wieder, diese raue Stimme.

»Also ist es so wie bei uns, ich denke, wir werden so weitermachen wie vorhin besprochen. Wir versuchen herauszufinden, wer dahinter steckt. Chico wird mit euch im Kontakt bleiben, damit wir uns austauschen können, falls es etwas Neues gibt. Ansonsten gelten weiterhin alle Bedingungen, wir sind momentan in höchster Alarmbereitschaft und wir werden auch weiterhin niemanden der Trez Puntos auf unserem Gebiet dulden.« Die Ansage war klar und deutlich. Gott, wenn Paco so redet, erkenne ich ihn kaum wieder. »Das sehe ich genauso, solange wir das nicht erlauben wie heute, gelten diese Bedingungen für uns auch weiterhin. Momentan bleibt uns nichts übrig als uns auszutauschen, ich könnte mir auch Schöneres vorstellen, Paco, ich denke da sind wir uns einig.« Juan redet genauso hasserfüllt, super, einfach super.

Paco grinst leicht, doch diesmal ist es nicht das Grinsen, was ich so liebe, sondern ein eher herablassendes Grinsen.

»Miko!« Juan ruft Miko zu sich und als dieser seinen Arm von mir nimmt, sieht Paco mich an. Unsere Augen treffen sich, meine Knie werden weich. Egal wie hart Paco hier ist, sein Blick wird weicher, als er mich ansieht, ob er es will oder nicht und auch, wenn er seinen Blick sofort wieder auf Miko und Chico richtet, die ihre Telefonnummern tauschen.

Ich halte das alles nicht aus, Juan macht mich wütend, Paco ignoriert mich und Sara fliegt gerade davon, ich wende mich ab. »Ich gehe«, zische ich zu Raul und spüre Juans Blick auf mir. Juan steckt jetzt in der Zwickmühle, er kennt mich zu gut. Er weiß, dass ich wegen Sara informiert bin, dass ich innerlich koche und er weiß genau, dass ich jetzt niemals nach Hause gehen werde, was ich auch nicht vorhabe. Doch gerade stehen die Les Surenas da, vor ihnen wird er sich sicherlich nicht mit mir streiten wollen, obwohl er das nicht unbedingt verstecken müsste, immerhin kennen sie mich ja und Paco zumindest weiß, wie hitzköpfig ich sein kann, was Juan wiederum nicht weiß. Ich drehe noch durch. Langsam gehe ich in Richtung Ausgang.

Ich höre Juan leise fluchen und nach mir rufen »Bella.« Offensichtlich ist ihm meine Sicherheit doch wichtiger als die Les Surenas, schwerer Fehler, Juan. »Eine Minute!« Juan sagt das zu den anderen und zu den Les Surenas, er fragt nicht, er entschuldigt sich nicht, er teilt es lediglich mit, jeder hat sich damit abzufinden, typisch Juan. Ich bleibe stehen und er tritt augenblicklich vor mich. »Bella, du gehst direkt nach Hause«, sagt er leise, aber klar zu mir, ich weiß nicht, wie sauer ich ihn angucke, aber Juan entweicht ein Seufzer.

»Vergiss es, Juan, du solltest mir jetzt lieber gar nichts sagen", zische ich ihn an. Er kann von Glück reden, dass ich wenigstens leise war. »Bella, wir können nachher ...« Ich lasse ihn gar nicht zu Wort kommen, sondern will einfach an ihm vorbei. »Lass mich!« Doch er hält mich fest und nimmt mich mit ins Haus. Durch die Glasterrassentür können uns zwar alle sehen, doch zum Glück nicht hören.

»Bella, das ist jetzt so ziemlich der schlechteste Zeitpunkt um herumzuzicken«, fährt Juan mich an. Ich verschränke die Arme vor der Brust. »Wirklich Juan? DAS interessiert mich einen Scheiß, mich interessiert meine Freundin, die ich weinend vorgefunden habe. Was zum Teufel denkst du dir, Juan, sie so zu behandeln? Willst du Sanchez' Tod jetzt noch als Entschuldigung nehmen, dich wie ein Arschloch zu benehmen? Ich weiß doch, dass du sie liebst, was soll das Ganze, Juan? Sie ist genau in diesem Moment auf dem Flughafen und geht, du musst sie aufhalten!«

Juan sieht mich nur an, ohne Reaktion, ich runzle die Stirn. »Willst du sie etwa gehen lassen? Was ist bloß los mit dir? Juan, wie kannst du überhaupt so blöd sein und hier mit einer Chica ...« Plötzlich verstehe ich. Juan wollte, dass Sara ihn sieht, er hat nicht vor sie aufzuhalten. Ich verstehe nur nicht warum. Ich starre ihn an. »Du bist ... du bist doch krank!«

Ich will weg, doch er zieht mich in seine Arme. »Bella, ich weiß, das ist alles zu viel für dich, doch es ist besser so. Bella, Bella, sieh mich an!« Widerwillig sehe ich meinem Bruder in die Augen, er gibt mir einen Kuss auf die Stirn. »Ich liebe dich, Bella, vertrau mir.« Mit diesen Worten geht er hinaus, ich folge ihm und beobachte wie Paco wegsieht, er hat uns wohl beobachtet.

Sonst hat aber keiner weiter auf uns geachtet, unsere Familia ist ja unsere Auseinandersetzungen schon gewohnt. »Tito, bring Bella nach Hause!«, fordert Juan Tito auf und nimmt wieder seinen alten Platz ein. Ohne mich noch einmal umzudrehen gehe ich mit Tito nach Hause, ich habe das Gefühl, alles bricht zusammen. Sobald ich zu Hause angekommen bin, lasse ich mich auf die Couch fallen, Tito gibt meiner Mutter die Anweisung, dass ich zu Hause bleiben soll, doch mittlerweile ist mir die Lust vergangen abzuhauen. Ich bleibe bei meiner Mutter sitzen, dann ziehe ich mich aber auf das Dach zurück. Ich liebe diesen Platz, von hier aus hat man einen fantastischen Ausblick auf das Trez Punto-Viertel. So entgeht mir auch nicht, dass sich bald viele Fahrzeuge vom Punto-Haus aufmachen. Die Les Surenas verlassen das Viertel. Ich bin mir unsicher, was ich wegen Paco denken soll, ich bin mir mittlerweile absolut sicher, dass ich ihn liebe, ich vermisse ihn und bin doch so wütend, weil er mich aufgrund meiner Familia einfach fallen lässt und gleichzeitig weiß ich, dass er damit ja sogar recht hat. Ich bin wirklich verwirrt.

Eine Weile starre ich auf den Punkt, wo ich die letzten Autos habe wegfahren sehen und bemerke Juan erst, als er sich neben mich setzt. Wir sind beide ruhig und sehen den Mond an. Ich spüre, wie Juan sich beruhigt, früher waren wir oft hier oben. »Weißt du, manchmal denke ich daran wie es wäre, wenn Mama, du und ich nicht hier leben würden, wenn alles anders wäre. Denkst du, wir wären dann glücklicher?«, unterbricht Juan meine Gedanken. Ich stoße leise einen Seufzer aus. »Ich weiß es nicht, Juan, ich, wir sind doch nicht nur unglücklich, es läuft gerade einfach beschissen, aber trotzdem würde ich dich, Tito, Miko, Raul und alle niemals aufgeben wollen. Ich liebe euch alle und ja, wahrscheinlich auch die Trez Puntos, auch wenn ich euch das Leben schwer mache.«

Juan lacht leise und zieht mich an sich, er streckt die Beine aus und ich lege meinen Kopf darauf. »Wir können es uns nicht aussuchen, verstehst du? Denkst du, ich bin immer zufrieden mit meiner Rolle? Wir sind in die Familia geboren. Sara kann es, sie kann einen anderen Weg einschlagen und sie hat es auch verdient. Ich wünschte mir für sie, dass sie einen normalen Mann findet, glücklich lebt, Kinder bekommt, ohne Angst zu haben, dass ihr Mann erschossen wird oder dass ich sie einsperren muss, um für ihre Sicherheit zu sorgen. Ich bin nicht gut für sie, bei Gott ich wünschte es, aber so ist es nicht.« Ich sehe zu meinem Bruder hoch. »Deswegen hast du das getan? Damit sie geht? Damit sie dich verlässt? Juan, sie liebt dich, egal wen sie kennenlernt, sie kann nicht glücklich werden, weil sie dich liebt.«

Er schüttelt den Kopf, doch ich fahre fort, während er mit einer Strähne von mir spielt. »Hast du mit der Chica ..?« Er unterbricht mich. »Nein, nachdem Sara draußen war, habe ich sie weggeschickt, ich ... du weißt, wie sehr ich Sara liebe.« Ich nicke. »Und deswegen wirst du sie auch nicht gehen lassen können, du hast euch beide nur verletzt, aber es wird nichts ändern, weil ihr euch liebt.« Er atmet tief durch. »Aber bin ich ihr nicht wenigstens den Versuch schuldig? Dass sie eine Chance hat, ohne mich zu leben?« Ich sehe wieder in den Himmel. »Ich weiß es nicht, Juan, ich weiß wirklich nicht, ob es Regeln gibt, an die man sich halten sollte, oder ob man auf jemanden verzichten sollte, obwohl man ihn liebt. Ich weiß es einfach nicht.«

Eine Weile ist wieder Stille. »Tut mir leid, dass ich vorhin so ausgeflippt bin bei eurem Treffen.« Er lacht. »Vergiss es, ich bin stolz auf dich. Ist mir egal, was die anderen denken.« Ich sehe ihn überrascht an. »Bella, du bist unter besonderen Umständen aufgewachsen und du bist einfach unglaublich, all das hat dir einen starken Charakter verliehen, dass du bist, wie du bist. Wer sonst würde sich trauen, auf einer Versammlung der zwei größten verfeindeten Familias erst Miko zusammenzustauchen und dann auch noch mich.« Ich lege die Stirn in Falten. »Hat man das mit Miko mitbekommen?« Juan grinst nur. Verdammt, es denken wirklich bald alle, ich bin wahnsinnig.

»Wie ist es noch gelaufen?«, frage ich beiläufig. Juan erzählt mir eigentlich nicht viel, doch diesmal habe ich Glück. »Ich hab es mir ehrlich gesagt schlimmer vorgestellt, alle haben sich zusammengerissen und Miko und dieser Chico bleiben im Kontakt. Wir hoffen, dass wir entweder erfahren wer dahinter steckt, oder nichts mehr passiert. Sollten wir das herauskriegen ... hast du eine Vorstellung, wie die Rache dafür wird? Die Trez Puntos und die Les Surenas alleine sind schon schlimm, zusammen sind wir ein Alptraum, ich weiß wirklich nicht, wer so lebensmüde ist.«

Ich wage mich weiter vor. »Ich fand die Surena-Brüder gar nicht so schlimm ...« Doch Juan unterbricht mich. »Sie sind unsere Feinde und glaube mir, sie sind es, vor allem dieser Paco, er wirkt so ... kalt, ich weiß nicht, ob der zu irgendwelchen

Gefühlen fähig ist. Ich würde denen niemals trauen.« Ich schlucke schwer und sehe wieder zum Mond ... tolle Aussichten.

Es vergehen Tage und schließlich Wochen und ich dämmere vor mich hin. Klar bin ich da und anwesend. Ich helfe meiner Mutter, sitze mit meinen Cousinen am Pool, schaue DVDs, ich habe mein Projekt beendet und abgeschickt, doch mein Leben ist eingefroren. Ich verlasse das Trez Puntos-Gebiet nicht. Ich telefoniere täglich mit Sara, auch Juan hat sich mit ihr ausgesprochen und sie letztlich angefleht zurück zu kommen. Ich wusste, dass er es nicht aushält, unterstütze aber ihren Entschluss, ihn noch eine Weile zappeln zu lassen, damit er nie wieder auf so eine dumme Idee kommt. Sara denkt, ich bin über Paco hinweg, ich spreche kaum mehr über ihn. Innerlich behalte ich ihn in meinem Herzen, es gibt keinen Tag, an dem ich nicht an unsere Zeit denke und ihn vermisse. Ich bilde mir sogar ein, ihn mehr als zuvor zu lieben, kann das möglich sein? Wachsen die Gefühle, wenn man sich nicht sieht, wenn man spürt, wie sehr man die andere Person vermisst?

Es sind noch zwei Mitglieder der Trez Puntos und ebenso zwei der Les Surenas ermordet worden. Ich weiß keine Details, nur dass beide zwar im engeren Kreis waren, aber nicht zur direkten Familie gehörten, weder bei uns, noch bei den Les Surenas. Beerdigungen gehören langsam zur Routine. Ich bemerke die steigende Nervosität bei Juan, weil es keine Hinweise gibt, wer dahinter stecken könnte. Miko hat viel Kontakt zu Chico, auch die Les Surenas wollen unbedingt Fortschritte machen, deswegen ist es nicht ungewöhnlich, doch für mich schrecklich, als ich ein paar Tage später mit meiner Familie im Auto auf dem Weg zu den Les Surenas sitze.

Aufgeregt, nervös, wütend, ungläubig ... ich kann meine derzeitigen Gefühle kaum in Worte fassen, sie springen im Sekundentakt hin und her. Seit unserem Gespräch oder dem Geschrei, als ich Paco gebeichtet habe, dass ich Juans Schwester bin, ist fast ein Monat vergangen. Bis auf ein zufälliges Treffen mit ihm im Punto-Haus ist nichts weiter passiert, kein Anruf, keine SMS, nichts. Gerade fing alles an besser zu werden. Am Montag beginnt die Uni wieder, und nach langen, langen Überredungskünsten habe ich Juan dazu bekommen mich hinzulassen. Zwar werde ich hin- und zurückgebracht, aber ich lechze nach Abwechslung.

Was allerdings das Verschwinden der Gangmitglieder betrifft, ist keine Besserung eingetroffen, im Gegenteil. Die dafür Verantwortlichen scheinen zu wissen, dass die neutrale Zone die Schwachstelle ist und schlagen dort zu. Deswegen wurde über Miko und Chico, die sich mittlerweile, glaube ich, ziemlich gut verstehen, ein erneutes Treffen vereinbart. Juan und Paco waren absolut nicht scharf auf eine Zusammenarbeit, da sie sich nicht über den Weg trauen, deshalb hat sich nun offensichtlich Ramon, der Älteste der Les Surenas-Brüder, eingeklinkt und das Treffen diesmal auf dem Gebiet der Les Surenas einberufen.

Da die Brüder kein extra Haus für solche Treffen haben, ist es nun sozusagen bei ihnen zu Hause und das bedeutet, dass sie Juan einen Schritt entgegenkommen sind und ihm eine Tür öffnen. Mein Bruder und alle anderen haben die Geste der Les Surenas verstanden. Sie tun es nicht gerne, aber sie sind zu einer gewissen Zusammenarbeit bereit und kommen mit der Familie, also meine Cousinen und ich sind auch dabei. Dass ich absolut keine Lust habe, im Haus von Paco zu sitzen, während er und mein Bruder sich an die Gurgel springen, ist ja verständlich, aber ich weiß auch nicht, ob es so gut ist, ihn überhaupt wiederzusehen, auch so geht er mir nicht aus dem Kopf, er allerdings scheint mich schon lange abgeschrieben zu haben.

Alleine bei der Auswahl meiner Kleidung bin ich halb verrückt geworden. Klar will man sich besonders sexy machen um zu zeigen, was er verloren hat, andererseits, wer weiß, wer da noch aus seiner Familie da ist? Letztlich habe ich mich für eine enge dunkelblaue Jeans und ein weißes Poloshirt entschieden, dazu weiße Ballerinas. Mein Outfit ist zwar fein, aber durch die offenen Knöpfe und den Ausschnitt auch sexy. Meine Haare trage ich offen und habe mich zwar nur leicht geschminkt, meine Augen aber besonders betont.

Nun sitze ich mit Miko, Juan und Tito im Auto. Neben meinen Cousinen, Raul und Pepo sind noch vier weitere Mitglieder dabei. Nachdem wir ins Gebiet eingefahren sind, haben uns Chico und ein weiterer Mann mit einem Auto abgefangen und fahren uns voraus, was deutlich macht, dass dies trotz allem kein Freundschaftsbesuch ist. Als wir durch das Gebiet fahren, sehe ich erst wirklich, wie groß es ist und dass es landschaftlich viel schöner ist als das Trez Puntos-Gebiet. Wir fahren eine längere Strecke, also liegt Pacos Haus wirklich tief im Herzen des Les Surenas-Gebietes.

Als wir dann in eine Einfahrt fahren, staune ich nicht schlecht, natürlich wusste ich, dass die Les Surenas genau wie wir über Geld verfügen, man muss sich nur das Auto ansehen, was Paco fährt, aber das Bild lässt mich trotzdem staunen. Wir fahren auf ein riesiges Grundstück, auf dem gleich vier Häuser stehen. Also stimmt, was erzählt wird, sie haben auf einem Grundstück alle ihre Häuser, die Eltern, Ramon mit seiner Familie, Paco und Rodriguez.

Das größte Haus, auf das wir gerade zufahren, scheint das von Paco zu sein, da er als Anführer ja das Haus hat, in dem sich regelmäßig alle einfinden. Meine Güte, ich kann mir lebhaft vorstellen, dass für die Les Surenas ein Deal nur „Peanuts" sind. Als wir halten und aussteigen, tritt Chico zu uns und begrüßt Miko freundlich mit der Hand, den anderen nickt er nur zu. Mir schenkt er einen langen Blick, der mich daran erinnert, dass wahrscheinlich alle hier über Paco und mich Bescheid wissen. Juan und Tito nehmen mich in ihre Mitte und wir folgen Chico und dem anderen Mann ins Haus.

Von innen sieht das Haus zwar sehr wohlhabend, aber auch ziemlich gemütlich aus. Wir stehen in einer Art Empfangshalle, die bis auf den dunkelbraunen Holzboden sehr hell gehalten ist. Eine Treppe führt in die obere Etage, und von beiden Seiten gehen Flure ab, wo sicher noch mehr Zimmer sind. Man sieht direkt durch eine Glasterrassentür in einen Garten mit großem Pool, in dem zu meiner Verwunderung zwei kleine Jungs spielen. Zwei mir unbekannte Männer stehen bei ihnen. Plötzlich kommen aus einem Gang ein Mann und eine Frau herein, hinter ihnen her trottet ein großer brauner Pitbull. Ich hasse diese Hunde.

Der Mann sieht Paco sehr ähnlich, nur etwas älter, also muss es Ramon sein. Die Frau neben ihm ist zu meiner Verwunderung blond, groß, schlank, definitiv keine Puerto-Ricanerin. Sie hat ein bildschönes, freundliches Gesicht mit großen blauen Augen und lächelt uns warm an. Ramon lächelt mild, nicht zu sehr, aber dennoch höflich. »Juan!« Er nickt meinem Bruder und den anderen zu. »Ich bin froh, dass ihr unsere Einladung angenommen habt, Paco ist momentan nicht da, es gab etwas zu klären, ich vertrete ihn solange.«

Ich atme etwas durch. Okay, offenbar wusste er, dass ich um das Treffen nicht herumkomme und wollte uns beiden diese Peinlichkeit ersparen, trotzdem sticht es auch leicht in meinem Herzen. »Es ist schön, dass du deine Familie mitgebracht hast, ich weiß das zu schätzen ...« Okay, scheinbar war es doch ein kluger Zug und wurde sogar erwartet. Der Hund trottet auf uns zu und riecht an uns, die anderen beachten ihn nicht. Ich bekomme eine Gänsehaut, ich hasse diese Hunde wirklich und genau bei mir bleibt er länger stehen und leckt dann über meine Hand. Ich kann mir ein Quietschen nicht verkneifen. Ramon lächelt mich an.

»Keine Angst, das ist Pitty, er gehört Paco. Der ist absolut harmlos, zwar sehr verfressen und hört nur auf Paco, doch sonst harmlos.« Ich ziehe die Augenbrauen hoch und betrachte den Pitbull, er sieht gefährlich aus, auch wenn er mich schief ansieht, als wolle er mich erneut abschlecken. »Meine Frau Jennifer«, er zeigt auf die Frau neben sich, seine Frau, das hätte ich jetzt nicht erwartet, »wird sich um deine Familie kümmern, solange wir unsere Angelegenheiten klären.«

Juan wirft mir und unseren Cousinen einen Blick zu, offensichtlich gefällt ihm die Vorstellung nicht sonderlich. Ramon grinst und ich muss schlucken, er hat das gleiche Grinsen wie Paco. »Damit du beruhigt bist, hier ist alles sicher.« Er zeigt auf die Glasterrassentür. »Meine Söhne sind auch hier im Garten.« Das sollte reichen, jeder weiß, dass keiner seine Kinder irgendwelchen Gefahren aussetzen würde, somit machen sich die Männer auf den Weg durch einen Flur, während uns Jennifer in den Garten führt.

Pitty trottet uns hinterher. Wir setzen uns an einen Tisch und ich fluche innerlich, das ist doch alles nicht wahr. Ich sitze jetzt hier in Pacos Haus mit seiner Schwägerin und seinen Neffen, Pitty legt sich genau an meine Füße, was will der Hund von mir? Trotzdem bin ich so weit von Paco entfernt wie nur möglich. Eine Haushälterin bringt uns Eistee und Gebäck. Ich nippe meinen Eistee und sehe zu den Kindern, während meine Cousinen begeistert auf Jennifer einreden wie traumhaft es hier ist, doch ich spüre, wie Jennifers Blick immer wieder zu mir rüber huscht.

»Du bist Bella, stimmt's?«, fragt sie plötzlich, ich nicke nur leicht und begegne ihrem Blick. Sie lächelt mich liebevoll an, sie weiß es, ich habe das vorhin schon an Ramons eindringlichem Blick bemerkt, sie wissen Bescheid und Jennifers Blick sagt mir, dass sie mit mir fühlt, obwohl sie mich nicht kenne. Ich halte mich aus den Gesprächen heraus, trotzdem muss ich sagen, dass ich Jennifer sehr sympathisch finde und ich ihre ungewöhnliche Geschichte um das Kennenlernen von Ramon begeistert verfolge.

Sie war damals hier als Touristin, als sie plötzlich dem wilden Ramon in die Arme lief, daraus entwickelte sich eine heiße Affäre, doch ohne feste Absichten. Als sie zurück in Schweden war, wo sie ursprünglich herkommt, hat sie ihn aber vermisst und plötzlich stand er vor der Tür und hat ihr klar gesagt, dass er sie liebe und sie mit ihm zu kommen hat. Sie hat ihm daraufhin erst einmal klargemacht, dass er so nicht mit ihr zu reden hat, aber sie ist dann trotzdem mit ihm gekommen und hat ihn geheiratet.

Man spürt, dass sie Ramon liebt und auch seine Familie. Sie erzählt, wie sehr ihr die Zusammengehörigkeit hier gefällt, sie liebt es, wie nah die Brüder sich sind und erwähnt, was für tolle Onkels beide sind. Vor allem Paco ist wohl sehr liebevoll und großzügig zu seinen Neffen. Jedes Mal, wenn sie ihn erwähnt, sieht sie immer mich an. Ich entschuldige mich damit, dass ich mal auf die Toilette muss und kehre ins Haus zurück, wobei ich Pitty die Tür vor der Nase zuziehe, weil der mir folgen wollte.

Im Flur entdecke ich mehrere Bilder an den Wänden. Paco mit seinen Neffen, er grinst auf den Bildern und mein Herz schlägt schneller, dann gibt es noch Fotos, auf denen Teile der Les Surena-Familia abgebildet sind. Ein großes Bild, was mir jetzt erst auffällt, zieht mich magisch an. Es ist eine große Leinwand, ein Gemälde, das trotzdem wie ein Foto wirkt. Es zeigt Paco, seine Brüder und Cousins und ein paar andere, den inneren Kreis der Les Surenas, oben drüber steht groß und genauso verschnörkelt wie auf Pacos Rücken … Les Surenas …

Ich sehe mir das Bild lange an und gehe schließlich zu der Tür, hinter der ich die Toilette vermute, doch dahinter finde ich nur eine Baustelle. Ich schließe sie wieder und höre, dass jemand die Treppen herunterkommt. Ich drehe mich um und sehe direkt in Pacos Augen. Paco hat sich anscheinend gerade ein frisches Shirt übergezogen. »Bella?« Im ersten Moment wirkt er überrascht und ich sehe etwas vertrautes, liebevolles über sein Gesicht zucken, doch sofort ist es wieder weg und er zieht die Augenbrauen hoch. »Hat er dich also wirklich mitgenommen?« Ich kann kaum sprechen, ich habe das Gefühl, einen dicken Kloß im Hals zu haben, es tut mir gar nicht gut ihn wieder zu sehen.

»Ich wollte nur … ich suche die Toiletten.« Paco kommt herunter, bleibt aber auf Abstand. Seine Augen mustern mich einen Moment und ich verschränke die Arme vor der Brust, so als müsste ich mich auf einen Angriff vorbereiten, doch Paco nickt nur nach oben. »Hier unten wird renoviert, geh nach oben ins linke Zimmer, dort liegt sowieso noch etwas, was dir gehört, danach solltest du zu uns ins Besprechungszimmer kommen!« Bevor ich etwas fragen oder sagen kann, dreht er sich um und geht in die Richtung, wohin auch vorhin die anderen verschwunden sind.

Ich sehe ihm noch kurz nach, ich soll in den Besprechungsraum? Wozu? Ich gehe die Treppe hoch, eigentlich sollte ich gar nicht auf ihn hören, aber ich bin zu neugierig, was dort oben von mir ist. Ich gehe direkt ins linke Zimmer. Als ich das Zimmer betrete, befinde ich mich in einem riesigen Schlafzimmer. Es ist hell eingerichtet, ein großes Bett steht mitten im Zimmer, dem Bett gegenüber ist ein riesiger Fernseher angebracht. Ein Schreibtisch, eine Couch, auf der ein paar Klamotten liegen und es schwebt Pacos Duft im Raum. Pacos Schlafzimmer. Ich sehe mich weiter um, es gibt einen extra Raum mit einem begehbaren Kleiderschrank. Ich betrete ihn und es ist, was ich erwartet habe, es gibt sportliche, genau wie feine Kleidung. Ich öffne die nächste Tür und trete in ein Badezimmer. Das Badezimmer ist normal eingerichtet, Dusche, Badewanne, Klo, schick, aber nichts Außergewöhnliches.

Ich streiche über ein paar Parfüms in einem Regal und seufze leise, ich sollte hier nicht so herumschnüffeln. Nachdem ich aus dem Bad wieder herauskomme, fällt mir Pacos Satz ein, dass hier etwas von mir sei. Ich sehe mich noch einmal um und wäre beinahe auf ein Shirt getreten, das er einfach auf den Boden hat fallen lassen, es ist voller Blut. Ich hebe es auf und sehe, dass das Blut noch ziemlich frisch ist, ich bekomme eine Gänsehaut, was hat er gemacht? Wo war er? Das geht mich nichts mehr an, aber ging es das jemals?

Ich lasse das Shirt schnell wieder fallen. Als ich aus dem Zimmer gehen will, entdecke ich auf dem Schreibtisch vier Schachteln. Ich öffne sie, in jedem ist ein wunderschönes Armband. Zwei silberne und zwei goldene, zwei haben Steine, eins hat einen Anhänger, einen kleinen Schmetterling. Paco hat bemerkt, dass ich öfter, also eigentlich fast überall, einen Schmetterling habe, ich liebe Schmetterlinge. Die Armbänder sind wirklich schön. Ist ja klar, dass Paco nicht der Typ ist, der etwas offen lässt, er hat gesagt, er kauft mir zehn neue Armbänder, also will er sich daran halten. Denkt er im Ernst, ich würde sie jetzt noch nehmen?

Ich schüttle den Kopf, doch dann fällt mein Blick auf etwas, was ich fast übersehen hätte. In einer Ecke, als wäre es dorthin geworfen worden, liegt es, ich hebe es auf und erkenne, dass es ist meine kaputte Fußkette ist. Tränen steigen mir in die Augen, er war noch einmal da, ich weiß, dass er es auf dem Dach weggeworfen hat, er muss nochmal auf dem Dach gewesen sein. Warum sollte er das tun, wenn ihm doch alles so egal ist? Ich lasse es eine ganze Weile durch meine Finger gleiten und fühle mich gleich etwas besser, es tut gut zu wissen, dass ich offenbar nicht die Einzige bin, die noch an unsere Zeit zurückdenkt.

»Bella?« Ich erschrecke, als ich Jennifers Stimme höre, lasse das Armband dort zurück, wo ich es herhabe und gehe schnell die Treppe wieder herunter. Jennifer steht an der Treppe mit dem schwanzwedelnden Pitty und sieht mir entgegen. »Da bist du ja, die Männer wollen, dass du zu ihnen kommst.« Ich runzle die Stirn, was zum Teufel wollen sie von mir? »Ich war nur oben, weil die Toiletten hier unten ... Paco hat gesagt ... ich meine ...« Sie lacht leise und legt den Arm um mich, was mich etwas verwundert. »Du musst mir nichts erklären, komm, ich bringe dich zu ihnen.«

Jennifer bringt mich durch den Gang zu einer Doppeltür. Ich atme einmal tief durch. Bevor ich eintrete, zwinkert mir Jennifer nochmal aufmunternd zu. Im Raum steht ein großer Tisch mit vielen Stühlen drum herum, ein großer Fernseher hängt an der Wand, den Chico gerade mit einem Laptop und einem Handy verkabelt. Alle blicken zu mir, als ich eintrete. Am Ende des Tisches sitzt Paco mit dem Rücken zu mir, doch auch er dreht sich um. Auf der einen Seite sitzen Juan, meine Cousins, Tito und hinter ihnen stehen die anderen vier, die uns begleitet haben. Gegenüber sitzen neben Paco erst Ramon, dann Rodriguez, den ich bisher heute noch gar nicht gesehen habe, Chico, dieser Mano und ein paar andere, wahrscheinlich die Cousins von ihnen.

Ich will eintreten, doch Pitty quetscht sich zwischen meine Beine. »Pitty, komm«, ruft Jennifer sanft, doch der Hund stupst mich mit seiner Nase an. Ich ziehe die Augenbrauen hoch, traue mich aber nicht ihn wegzuschieben. »Bella, du magst doch diese Hunde nicht«, erinnert mich Miko, als würde ich so etwas vergessen. Ich stupse den Hund mit meinem Finger an den Kopf, damit er sich bewegt, doch er leckt ihn ab. »Ich weiß ... vielleicht sollte ihm das mal jemand klar machen«, murmle ich. Jennifer hinter mir lacht leise. »Tut mir leid, aber seit sie gekommen ist, will er bei ihr bleiben.« In diesem Moment bewegt sich der Hund so, dass ich an ihm vorbei kann.

Ich höre Jennifer die Tür schließen und blicke etwas verwundert zu Juan, der zeigt, dass ich zu ihm kommen soll. Das tue ich dann auch, dicht gefolgt von Pitty. Paco ruft ihn zu sich, doch Pitty legt nur den Kopf schief und bleibt bei mir. Ich seufze leise, was hat der bloß? Tito steht auf und lässt mich auf den Stuhl neben Juan, er stellt sich hinter mich und Pitty lässt sich an meinen Füßen nieder. Jetzt sitze ich neben Juan und Miko und spüre, dass sie extrem angespannt sind. »Es tut uns leid sie da reinziehen zu müssen, aber sie ist die Einzige, die uns vielleicht noch ein paar Hinweise geben kann«, erläutert Ramon, anscheinend hat er es gerade schon einmal erklärt.

»Ich will wissen, was zum Teufel meine Schwester damit zu tun hat?« Juan ist äußerst gereizt, wenn es um mich geht, versteht er keinen Spaß. Paco lehnt sich zurück. »Wir haben heute jemanden dabei erwischt, wie er versucht hat auf unser Gebiet zu kommen. Bevor wir ihn aber schnappen konnten, hat er sich selbst die Zunge abgeschnitten.« Ich zucke zusammen. Miko neben mir grinst. »Schlaues Kerlchen.« Ich starre ihn schockiert an und er zuckt nur die Schultern. Paco mustert uns einen Moment, dann fährt er fort. »Wir haben sein Handy durchgesehen und folgendes gefunden.«

Paco bedient per Tastatur den Laptop und auf dem großen Fernseher wird das Menü eines Handys sichtbar, er klickt auf die Bilder, dann erscheinen unterschiedliche Bilder, einmal Miko, ein paar Mal Chico, ein paar andere der Trez Puntos, immer aufgenommen aus der Ferne. Mein Atem stockt, als er weiter geht und Bilder von mir erscheinen, ich lachend mit Sara im Einkaufszentrum, ein paar Mal. Dann Bilder von Juan und mir, als wir die Kette für Sara ausgesucht haben. Mein Gesicht wurde immer herangezoomt. Juan neben mir versteift sich, meine Cousins fluchen laut. »Dieser verdammte ...«

Paco unterbricht sie. »Zu ein paar Fotos wurden Kommentare geschrieben.« Es werden Dateien geöffnet. 'Haben Juans Schwester entdeckt, wir haben Glück, sie ist sehr heiß, wir werden erst noch unseren Spaß mit ihr haben.' Mir wird schlecht, ich habe das Gefühl mich übergeben zu müssen. Juan neben mir platzt gleich, er steht auf und läuft unruhig hin und her. »Wo ist der Mistkerl?« Paco lehnt sich wieder zurück, unsere Blicke treffen sich kurz. »Tot!« Einer der Les Surenas lacht leise auf. »Kann man wohl so sagen, Paco ist ausgeflippt.« Paco räuspert sich »Wir haben versucht etwas aus ihm herauszukriegen, aber es bestand keine Möglichkeit, selbst wenn er noch hätte reden können, hätte er nichts gesagt. Keine Plaka, keinen Ausweis, nichts. Wer auch immer dahintersteckt, ist nicht dumm.«

Juan flucht laut. »Verdammt, ihr hättet ihn uns bringen sollen, ich hätte ihn erledigen müssen. Sie ist meine Schwester!« Paco blickt auf, er und Juan funkeln sich böse an. Auf einmal wird mir erst bewusst, was der andere gesagt hat. Paco hat ihn umgebracht, er ist meinetwegen ausgeflippt, weil der Kerl es auf mich abgesehen hat. Bevor ich den Gedanken zu Ende denken kann, lenkt Ramon ein. »Auf jeden Fall ist er beseitigt, wir lassen ihn gerade über die Grenze bringen, wo er dann hoffentlich gefunden wird, von wem auch immer, um ein Zeichen zu setzen.«

Juan setzt sich wieder, aber man spürt, dass er immer noch aufgebracht ist, mein Kopf scheint zu platzen. Auf einmal richtet Paco sich direkt an mich. »Bella, wir haben keine weiteren Hinweise, das Einzige, was uns noch einfällt ist, dass, wenn du ihn vielleicht erkennst, weißt, ob du ihn schon mal gesehen hast und wo, vielleicht könnten wir so etwas herauskriegen.« Ich weiß nicht, ob die anderen gemerkt haben, dass sein Ton bei mir anders ist, wahrscheinlich schenken sie dem einfach keine Bedeutung, mir fällt es auf.

Ich sehe Paco an und merke, dass er das eigentlich nicht will, er will mir die Bilder nicht zeigen, aber offensichtlich haben sie keine andere Wahl. Ich nicke und Chico stöpselt ein anderes Handy ein. Paco geht durch das Menü. Es erscheinen Bilder von einem Gesicht. Ich ziehe zischend die Luft ein. Mein Gott, Paco muss wirklich ausgeflippt sein. Ich drehe mich zu ihm um. »Soll das ein Witz sein? Wie soll ich da irgendetwas erkennen?« Meine Güte, es fällt mir so schwer zu glauben, dass die Hände, die so zärtlich zu mir waren, zu so etwas in der Lage sind.

Sein Gesicht ist blutig, blau, ich sehe genauer hin und dann erst fällt mir etwas auf. Ich stehe auf, sofort gefolgt von Pitty und gehe vor den Fernseher. Da ist doch ... »Kannst du das mal größer machen ... zoomen?« Ich zeige auf seine linke Wange und Paco zoomt heran. Ich erkenne einen großen Leberfleck. Ich sehe noch einmal das komplette Gesicht an, verdammt.

»Ich kenne ihn«, sage ich mehr zu mir selbst, aber anscheinend schauen alle auf mich. »Woher?« Juan versucht ruhig zu reden, ich spüre aber seine Anspannung. »Das ist der Eisverkäufer aus dem Einkaufszentrum.« Ich drehe mich zu allen um, einige runzeln die Stirn. »Er war, Gott ich weiß gar nicht mehr, ich habe ihn mit Sara das erste Mal gesehen, glaube ich. Wir waren shoppen und haben uns danach ein Eis gekauft. Wir haben gar nicht weiter auf ihn geachtet, aber als wir ein paar Tage später wieder da lang gekommen sind, hat er uns die gleiche Kugel, die wir davor hatten, spendiert und wir haben kurz mit ihm geredet. Ich meine, er war nett, woher sollten wir denn so etwas wissen? Dann habe ich ihn nochmal getroffen, aber im Einkaufszentrum, nicht am Eisstand, er hat mir einen Zettel in die Hand gedrückt, wo er mich um ein Treffen gebeten hat.«

Gott, wenn ich daran denke. »Ich war ...« Ich breche kurz ab und sehe zu Paco, ich war zu dem Zeitpunkt bereits mit ihm zusammen. »Ähmm ... ich bin nicht hingegangen, das war's. Ich hab ihn dann nicht wieder gesehen.« Ich zucke die Schultern. Alle starren mich an, eine Sekunde ist es ganz still, dann knallt Juan die Faust auf den Tisch.

»Bella, hast du eine Vorstellung davon, wie knapp das war? Was sie mit dir gemacht hätten? Madre Mia!« Er fasst sich über das Gesicht, ich verschränke die Arme vor der Brust. »Woher zum Teufel hätte ich das denn wissen sollen? Außerdem habe ich gar nichts gemacht, ich bin gar nicht zum Treffen gegangen.« Juan zieht die Augenbrauen hoch und zeigt mit dem Finger auf mich. »Dein Glück, verdammt nochmal, unser Glück, ich, Bella, du bist manchmal so unvorsichtig«, zischt er, »das war so knapp!« Ich blinzle Juan böse an. »Reiz mich nicht, Juan, ich weiß, wie knapp das war.«

Mein Magen spielt schon so verrückt genug, Pitty neben mir knurrt leise in Juans Richtung und ich sehe ungläubig zu ihm herunter. Ramon meldet sich wieder zu Wort. »Sie scheinen auf jeden Fall vor nichts zurückzuschrecken, da das Einkaufszentrum jetzt auf eurem Gebiet liegt, müsst ihr der Sache nachgehen, obwohl ich bezweifle, dass er dort wahre Angaben gemacht hat.« Juan nickt nur. »Unser Gebiet?«, frage ich und habe schon eine böse Vorahnung. Miko lehnt sich zurück. »Jap, es gibt keine neutrale Zone mehr. Sie haben immer dort zugeschlagen, wir müssen sie ab jetzt mehr bewachen. Sie ist aufgeteilt worden. Und unser Teil geht bis zum Einkaufszentrum.« Mir wird schlecht, Juan wagt es nicht. »Bis zum Einkaufszentrum?«, frage ich nach. »Einschließlich Einkaufszentrum, das ist doch was, oder? Wir können morgen shoppen gehen, du schuldest mir noch eine neue Hose.« Ich schaue Miko ungläubig an, das schafft nur er, das alles so locker zu sehen und ich muss mir anhören, das alles nicht ernst zu nehmen.

Ich merke, wie Juan sich auf seinem Stuhl verspannt und meinem Blick ausweicht. »Ich hoffe, dann wissen die Les Surenas Bescheid, dass täglich eine Trez Punto auf ihr Gebiet kommt?« Ich lasse Juan nicht aus den Augen, alle sind ruhig und beobachten uns. Meine Cousins lehnen sich zurück, sie sind das schon gewöhnt. »Vergiss es, Bella, die Situation hat sich geändert.« Juan sieht mich wütend an und ich platze. »Nein, Juan, vergiss du es, du hast es mir geschworen. Ich gehe zur Uni, darüber diskutiere ich nicht noch mal mit dir«, zische ich ihn an. »Das war, bevor ich wusste, dass sie schon so nah an dir dran waren, außerdem ist das jetzt Les Surenas-Gebiet.« Ich werde immer wütender. Ich lasse mich nicht noch länger zu Hause einsperren.

»Das ist mir so was von egal, wessen Gebiet das ist, wie ... wie kommt ihr überhaupt auf so einen Blödsinn? Das ist eine Uni, das ist neutrales Gebiet, so wie die Schweiz, verstanden? Ich habe Prüfungen, ich muss zur Uni und ich gehe. Ich war die ganze Zeit brav und habe mich im Trez Punto-Gebiet aufgehalten. Du weißt ja nicht einmal, wie lange das noch gehen wird! Vielleicht geht das über Jahre, es sieht nämlich nicht danach aus, als hättet ihr alle auch nur den Ansatz einer Lösung. Ich gehe zur Uni und wenn du platzt, es ist mir egal, wessen Gebiet das jetzt ist.«

Ich funkle böse zu Paco und den Anderen. »Ich gehe, entweder wie vereinbart oder ganz ohne Schutz, ist mir egal, aber ich gehe, da kannst du dich auf den Kopf stellen, Juan.« Mit diesen Worten wirble ich herum und will hinausgehen, Pitty will mir schon folgen, bis ich ihn auch böse anschaue. Ich höre Juan leise seufzen, als sich plötzlich Ramon zu Wort meldet. Ich schaue ihn an und sehe, dass er ein leichtes Lächeln auf den Lippen hat, die finden es wohl immer sehr komisch, wenn ich mir Luft mache.

»Also ich denke, es ist kein Problem, wenn Bella zur Uni geht. Wegen der Sicherheit braucht man sich keine Sorgen zu machen. Rodriguez' Freundin ist auch auf der Uni, wir gehen davon aus, es hat sich schon herumgesprochen, dass sie seine Freundin ist, von daher wird die Uni sowieso bewacht. Wir haben ein Auge darauf und wenn Bella gebracht und abgeholt wird, sollte es kein Problem sein. Sie ist auf unserem Gebiet auch sicher.« Ich sehe von Ramon zu Rodriguez, mit wem ist er zusammen?

Juan gibt nach und wendet sich an mich. »Du gehst zur Uni, rein und raus, nicht mehr, Miko holt dich ab und bringt dich hin.« Ich ziehe die Augenbrauen hoch. »So war es abgemacht.« Ich hasse es, so herumkommandiert zu werden, aber wenn ich jetzt übertreibe, endet das Ganze noch in einer Katastrophe. »Bella, du weißt, dass ich nur nicht will ...« Meines Bruders Stimme wird weicher, ich gehe zu ihm und gebe ihm einen Kuss. »Ich weiß, aber du übertreibst mit deiner Angst um mich.« Er gibt mir einen Kuss auf die Stirn.

»Muss ich noch hier bleiben?«, frage ich mehr in den Raum hinein. Juan schüttelt den Kopf und ich gehe zur Tür. Ich schließe sie hinter mir und höre ein lautes Winseln. Ich hasse diese Hunde, aber das kann ich auch nicht hören. Ich öffne die Tür wieder. »Na komm schon, Pitty.«

Als ich wieder in den Garten komme, versuchen mich meine Cousinen auszufragen, doch ich weiche ihnen aus. Ich habe keine Ahnung, was sie wissen dürfen und was nicht. Die Männer kommen kurz danach mit Ramon und Chico aus dem Besprechungsraum. Wir gehen direkt zu den Autos, nachdem wir uns bei Jennifer bedankt haben. Sie lächelt mir noch einmal zu. Pitty winselt leise, Chico hält ihn am Halsband fest, als wir losfahren. Ich blicke nicht zurück, mein Herz, meine Gedanken, alles spielt verrückt.


Am kommenden Montagmorgen fährt mich Miko in die Uni. An der Uni angekommen, wirft Miko nochmal einen grimmigen Blick auf meinen knielangen Rock und mein Top, doch ich habe ihn auf der Fahrt deswegen schon zurechtgewiesen. Damit werde ich wohl oder übel leben müssen. Wir steigen aus, und ich sehe sofort drei Les Surenas vor der Uni, die sich alles genau ansehen. Einen von ihnen erkenne ich, es muss ein Cousin von Paco sein, er sagt den anderen etwas, und alle sehen mich einen Moment an.

Dann nickt der Cousin mir und Miko zu. Ich gebe Miko noch einen Kuss und gehe dann hinein, endlich wieder etwas Freiheit. Ich genieße die Uni, ich sauge alles in mich auf und lasse mich nicht mal von Juans ständigen Anrufen stören. Selena und Mary habe ich bisher nur von Weitem gesehen, wir besuchen zwar die gleichen Kurse, aber Josip hat sich den Platz neben mir geschnappt und erzählt mir von seinem Urlaub in Mexiko. In der Mittagspause ist zu spüren, dass die Les Surenas vor der Uni Wache halten. Es hat sich herumgesprochen, aber wirklich wundern tut es keinen. Als ich mich zu Selena und Mary setze, trällert Mary gleich los.

»Hast du gehört, Bella? Selenas Freund lässt die Uni bewachen, nur für sie.« Ich verschlucke mich fast an meinem Sandwich. »Du bist mit ...« Ich muss erst mal Luft holen. Selena grinst breit. »Rodriguez Surena, ein Traum von einem Mann«, schwärmt sie, »wir haben uns auf dem Konzert kennengelernt, weißt du noch? Na ja und seitdem, er ist großartig, ich weiß, dass ihr euch na ja ...« sie deutet auf meine Plaka und streicht über meine Hand. »Aber ich habe damit kein Problem, ehrlich Bella.« Ich ziehe die Augenbrauen zusammen.

»Na, das ist ja ... wow ...« Ich weiß nicht, was ich sagen soll. Ich mag Selena, sie ist wirklich süß. »Ich freue mich für dich«, sage ich leise und nehme einen Schluck Cola. »Und weißt du, was der absolute Wahnsinn ist? Sein Bruder Paco, meine Güte, der ist so heiß. Ich habe ihn erst einmal getroffen, aber er ist ein Traum«, schwärmt Mary. Ich hätte ihr vor Schreck fast die Cola ins Gesicht gespuckt. Selena lacht leise und klopft auf Marys freie Beine. Ich bemerke, dass Mary sich heute sehr sexy angezogen hat.

»Ich will die beiden verkuppeln, wäre das nicht genial? Paco und du passen perfekt zusammen. Rodriguez weicht mir zwar aus, wenn ich ihn deswegen ausfrage, aber ich glaube nicht, dass Paco kein Beziehungstyp ist, so wie Rodriguez es behauptet.« Selena schwärmt und Mary spielt mit ihren Locken. Ich könnte mich übergeben, wirklich, ich wünschte ... ich versuche meine Gefühle zu verbergen und lächle beide an. Die beiden unterhalten sich über die Grundstücke der Les Surenas, offensichtlich ist Selena ständig da. Ich höre nur mit einem Ohr zu. Da wir eine Freistunde haben, entschuldige ich mich bald und verschwinde auf mein Dach. Als ich an meinem Schornstein ankomme, entdecke ich eine leere Cola-Dose, ja, Paco war hier. Ich kicke sie weg und lehne mich an den Schornstein, ich beobachte das Treiben auf den Straßen und ohne dass ich es verhindern kann, kommen mir die Tränen.

Mir wird bewusst, dass es besser ist, so weh es auch tut. Mary wäre wirklich perfekt für Paco. Sie und Selena gehören weder den Trez Puntos noch den Les Surenas an. Paco kann sich mit ihr zeigen, normal mit ihr zusammen sein. Mary ist nicht so aufbrausend wie ich. Paco hat mich die letzten Male nur herumzicken gehört, er denkt bestimmt, ich bin furchtbar. Er kennt meine Hitzköpfigkeit, mit Mary wäre das leichter, sie würde sicher nicht so viele Probleme machen. Wie soll ein Mann Mary nicht attraktiv finden? Sie ist eine richtige Latina, der Traum der Männer. Wilde lockige Haare, dunkle Augen, große Brüste, runder Po, alles, was ein Mann sich wünscht. Ich merke, dass ich Paco loslassen muss. Nicht, dass ich ihn noch hätte, aber aus meinen Gedanken, ich weiß, dass es mit uns nichts wird, niemals. Jemand wie Mary wäre perfekt für ihn.

Ich gehe widerwillig zurück zum Unterricht und versuche, alles was Selena und Mary betrifft auszublenden. Als um 16 Uhr die Uni aus ist, gehe ich langsam mit Josip hinaus, während Selena und Mary es gar nicht erwarten können und an uns vorbei eilen. Kaum aus dem Schulgebäude heraus, sehe ich sofort, dass nicht nur Miko draußen wartet, sondern auch Rodriguez, der Selena umarmt und Paco, den Mary freundlich begrüßt. Ich treffe Pacos Blick und schaue sofort weg, ich muss ihn loslassen.

Miko redet mit Paco und als ich bei ihnen ankomme, grinst mich Miko breit an, dann vergeht ihm das Grinsen. »Princesa, was hast du? Müsste heute nicht eigentlich dein Glückstag sein?« Ich sehe aus dem Augenwinkel, wie Paco neben ihm den Blick senkt. »Alles okay, lass uns nach Hause fahren.« Miko holt etwas hinter seinem Rücken vor. »Ich habe dir etwas mitgebracht, ich war in der Stadt und ... na ja.« Er hält mir eine Tüte Popcorn hin, ich muss leise lachen. »Popcorn?« Miko grinst. »Du liebst doch das Popcorn aus dem Kino.« Ich gebe ihm einen Kuss. »Du bist der Beste.« Er legt den Arm um mich und nickt noch einmal zu Paco. »Ich weiß, wollen wir noch shoppen gehen?« Wir gehen zu Mikos Auto. Bevor ich einsteige, werfe ich noch einmal einen Blick zu Paco.

Mittlerweile ist er zu Rodriguez ins Auto gestiegen. Mary und Selena sitzen hinten. Mein Magen verkrampft sich, ich muss wegschauen. Paco und ich würden das nie haben können, so offen, ich muss einmal tief einatmen, um nicht zu weinen.

»Lass uns shoppen gehen«, murmle ich zu Miko.

# Kapitel 9

Die nächsten zwei Tage verlaufen ähnlich, ich halte mich jetzt bewusst von Selena und Mary fern, weil ich gar nicht wissen will, wie weit sie mit ihren Verkupplungsversuchen gekommen sind, doch immer werden sie von Paco und Rodriguez abgeholt und ich von Miko. Heute habe ich mehr Glück, eine Professorin ist krank, sogar für einige Zeit und wir haben schon am frühen Mittag Schluss. Da mich Miko erst um vier Uhr abholt und Selena Rodriguez aber sofort angerufen hat, damit er früher kommt, habe ich den Nachmittag für mich und ziehe mich auf das Uni-Dach zurück, bis Miko mich abholt.

Ich lehne mich an den Schornstein, ziehe meine Beine an und stütze mein Kinn auf meine Knie, während ich versuche, die Bilder aus meinem Kopf zu vertreiben, die sich dort einzunisten versuchen. Mary gibt sich viel Mühe, so übertrieben sexy, wie sie heute aussieht, darf ich gar nicht daran denken, was sie mit Paco alles treibt. Mein Herz zieht sich zusammen, wenn ich mir vorstelle, dass er sie küsst, wie er mich geküsst hat.

Ich schrecke zusammen, als auf einmal die Tür zum Dach aufgerissen wird. Paco kommt sauer auf mich zu. Ich kann gar nicht reagieren, so schnell steht er vor mir. Ich sitze immer noch zusammengekauert da und schaue zu ihm auf. »Bella, was soll der Blödsinn? Was machst du hier?« Ja, Paco ist sauer, ich schaue ihn fragend an. Was ist sein Problem? »Wir haben deinem Bruder gesagt, dass du hier sicher bist. Du hast die gleichen Vorlesungen wie Selena. Es geht nicht, dass du hier oben alleine bist und keiner mehr aufpasst, was denkst du dir?« Ich schaue Paco einfach an und werde unglaublich traurig.

Er hat recht, ich sollte nicht riskieren, dass Juan doch noch einen Rückzieher macht, außerdem will ich nicht, dass Paco mich mal wieder als sture, querköpfige Frau erlebt, während Mary eher die Fraktion, 'ich klimpere mit den Augen, drücke den Busen raus und finde alles was du sagst ganz toll' ist. Ich stehe auf und nehme meine Tasche. Ohne ein Wort zu sagen gehe ich an ihm vorbei und nehme mein Telefon heraus. »Miko, hey. Holst du mich ab? Ich habe früher Schluss. Okay, bis gleich.« Ich gehe die Treppen hinunter und spüre, wie Paco dicht hinter mir ist, dann seufzt er und hält mich am Arm fest. »Okay, was ist? Warum bist du so?« Ich schaue ihn fragend an, er lässt meinen Arm los. »Keine Widerworte? Keine Diskussion? Ich habe mich schon darauf eingestellt, gleich zusammengestaucht zu werden.«

Ich könnte heulen und wahrscheinlich stehen meine Augen auch schon unter Wasser, so sieht er mich wirklich, eine nervige Ziege. »Ich hab es verstanden, Miko holt mich ab«, sage ich leise und gehe weiter die Treppen hinunter, vor der Eingangstür hält er wieder meinen Arm fest. »Ich will wissen, was ist«, fordert er, langsam fällt es mir wirklich schwer mich zurückzuhalten. »Was ist dein Problem, Paco?« Er grinst leicht. »Na, das hört sich doch schon viel mehr nach dir an.« Ich schüttele den Kopf. »Hast du nicht irgendwas zu tun? Zum Beispiel ... keine Ahnung ... mit Mary rummachen?«

Paco zieht kurz die Augenbrauen hoch, dann wird sein Grinsen noch breiter, dafür würde ich ihn jetzt am liebsten schlagen. »Aha ... daher weht der Wind.« Ich könnte ihn ... und noch viel wütender macht mich, dass er dabei auch noch so unglaublich sexy aussieht. Ich verschränke die Arme. »Nichts da, daher weht der Wind, es wäre nur nett, wenn du nicht vor meinen Augen deine neuen Freundinnen suchst. Wie fändest du es denn, wenn ich mit, keine Ahnung, Chico rummachen würde?«

Paco runzelt die Stirn und hört auf zu grinsen. »Chico würde dich nie anfassen.« Autsch! Das sitzt, ich drehe mich von ihm weg und öffne die Tür, doch dann sehe ich ihn noch einmal an. »Natürlich nicht, Paco, wie konnte ich das vergessen, dank dir werde ich ja ständig daran erinnert, ich bin ja nur eine Trez Punto.«

»Bella, so war ...« Ich ignoriere ihn und verlasse die Uni. Draußen stehen Chico, Rodriguez, Mary und Selena vor zwei Autos. Chico legt gerade sein Handy weg. »Bella, ich fahre dich zur Grenze. Miko hat dort etwas zu tun und schafft es doch nicht zu kommen.« Ich nicke nur, Paco steht plötzlich neben mir. »Ich fahre sie.« Doch ich unterbreche ihn. »Nein Paco, er fährt mich, du weißt doch, keine Sorge, ich bin nur eine Trez Punto«, zicke ich ihn an. Er hebt einen Arm. »Bella, ich ...«

»Du solltest jetzt gehen, Paco, guck doch mal da, Mary wartet, das erkennt man doch klar und deutlich«, fahre ich ihm ins Wort. Ich nicke zu ihrem Oberteil, aus dem ihre Brüste halb heraushängen. Bevor er noch etwas sagen kann, setze ich mich ins Auto und knalle die Tür zu.

Chico setzt sich neben mich, während Paco flucht, sich zum anderen Auto aufmacht und wütend davonfährt, nachdem sich die anderen gesetzt haben. Als Chico losfährt, hat er ein Lächeln im Gesicht, und ich bin wütend. Ich habe doch versucht ruhig zu bleiben, warum musste Paco mich so provozieren? »Weißt du, kleine Punto ...«, setzt Chico an. Ich unterbreche ihn. »Nenne mich nicht so!« Er lacht nur leise. Chico erinnert mich sehr an Miko, kein Wunder, dass die beiden sich verstehen.

»Wir nennen dich alle so, obwohl ich glaube, kleine wilde Punto würde besser passen.« Ich schaue ihn böse an, doch er fährt unbeeindruckt fort. »Ich bin mir wirklich sicher, du bist die einzige Frau, die es schafft, Paco in den Wahnsinn zu treiben.« Er lacht lauter. Bevor ich antworten kann, klingelt sein Telefon, und ich brauche nicht einmal raten, wer dran ist. Chico lacht noch lauter ins Telefon, nachdem er zugehört hat. »Schon zu spät, ich habe ihr bereits verraten, wie wir sie nennen.« Ich höre selbst auf dem Beifahrersitz, wie Paco ins Telefon flucht. »Sag ihm, er soll sich mal lieber auf seinen Wageninhalt konzentrieren«, sage ich extra laut. Paco scheint es gehört zu haben, denn das Telefonat ist beendet. Chico grinst mich an. »Und es wird nicht lange dauern, bis es soweit ist, da bin ich mir sicher.«

Die restliche Woche und die gesamte nächste Woche ignoriere ich Paco komplett, ich schenke ihm nicht mal einen Blick, Paco kommt auch nicht mehr jeden Tag vor die Uni. Mittlerweile hat es sich so ergeben, dass Chico mich nach der Uni zur Grenze fährt, denn wie sich herausgestellt hat, ist genau auf der neuen Grenze ein Laden, in dem eine gewisse Sam arbeitet, nach der Miko verrückt ist. Wenn mich Chico absetzt, bleiben wir meistens noch kurz bei ihr im Laden. Ich habe sie von Anfang an gemocht. Mit ihren kurzen Haaren, dem frechen Gesicht und ihrer kessen Art ist sie etwas ganz Besonderes und ich kann verstehen, dass Miko ihr total verfallen ist.

Der Laden gehört ihr, sie verkauft sehr schöne Klamotten, sodass ich meinen Kleiderschrank gleich neu auffülle. Sam ermutigt mich, mal etwas gewagtere Sachen anzuprobieren und sie hat einen fantastischen Geschmack. Sie stellt mir Sachen zusammen, die sexy, aber nicht billig wirken, selbst Miko sagt nichts gegen die Klamotten, da sie ja von Sam stammen. Selena hat mich die Tage irgendwann zur Seite genommen und mich gefragt, ob ich etwas mit Paco habe oder hatte. Rodriguez sagt ihr wohl nichts darüber und ich weiche ihr auch aus, es sollten so wenige Leute wie nur möglich darüber informiert sein.

Ich will aber immer noch nicht wissen, ob mehr zwischen Mary und Paco ist oder nicht, auf jeden Fall steigt sie noch immer zu ihnen mit ins Auto, ob Paco nach der Schule da ist oder nicht. Ich setze mir selbst einen neuen Vorsatz. Paco will nicht aus meinem Herzen verschwinden, also muss ich ihn mit Gewalt hinauszwingen. Ich versuche wieder Spaß zu haben und fange einen Flirt mit einem Ferdy aus meinem Kurs an. Er ist gutaussehend und auch ziemlich nett. Na ja, er ist nicht Paco, aber es tut mir gut, wieder angehimmelt zu werden ohne irgendwelche Tausend Sachen, die dagegen sprechen.

Ferdy ist begeistert, dass ich mich plötzlich für ihn interessiere, nur Selena betrachtet uns kritisch, wenn er mit mir im Kurs flirtet. Am Freitag spricht sie mich erneut an und fragt, ob da wirklich nichts mit Paco ist, weil er wohl ziemlich wütend reagiert hat, als sie meine Anbandlungen mit Ferdy erwähnt hat. Wieder weiche ich aus und versuche, Paco sofort aus meinen Gedanken zu verbannen. Selena lächelt mich nur kopfschüttelnd an. »Vielleicht vertraust du mir irgendwann genug, übrigens siehst du heute sehr heiß aus.« Ich muss lächeln. »Selena wirklich, ich mag dich immer mehr, aber das ist alles ziemlich kompliziert.« Sie nickt und hakt sich bei mir ein und wir gehen zusammen zu unserem Kurs.

Als die Uni zu Ende ist, versuche ich schnell herauszukommen, da ich mich mit Miko bei Sam treffe und ich sie heute das erste Mal mit ins Punto-Haus nehmen möchte. Vor der Ausgangstür steht ein Professor und verteilt ein paar Zettel zu den nächsten Prüfungsterminen. Ich lese sie durch, während ich aus der Tür heraustrete. Plötzlich werde ich von hinten umfasst. »Bella, hübsche Bella, wo hast du nur deinen Kopf?«, raunt Ferdy mir ins Ohr und seine Hände liegen auf meiner Taille. Ich will mich umdrehen, doch Ferdy lässt seine Umarmung nicht los. »Du hast deinen Ordner liegen lassen.« Er lässt ihn vor meiner Nase baumeln und ich muss lachen.

»Oh danke, hab ich ...« Weiter komme ich nicht, denn in dem Moment steht Paco vor uns. Ich habe bisher noch nicht einmal hochgesehen und geguckt, wer vor der Schule steht, sodass ich ziemlich überrumpelt bin. Paco ist wütend, sehr wütend und das erkenne ich, obwohl er nicht auf mich, sondern auf Ferdys Arm um meinen Bauch starrt. »Lass sie los, sofort, oder du hast einen Arm weniger«, zischt Paco Ferdy dermaßen an, dass sogar ich leicht zusammenzucke. Verdammt, Paco ist extrem wütend. Ferdy lässt zwar meine Taille los, bleibt aber hinter mir stehen. »Vielleicht sollte sie das selber entscheiden«, sagt er ruhig zu Paco und der schaut ihn an, als wäre Ferdy lebensmüde. Keine gute Idee, jetzt den Helden zu spielen, Ferdy.

Paco kommt einen Schritt näher und ich greife ein. Ich glaube, der arme Ferdy hat keine Ahnung, mit wem er sich da gerade anlegt. »Ferdy, hör mal, ich ... wir sehen uns morgen, okay?« Ich drehe mich zu ihm um. »Ich weiß nicht, ob das so eine gute Idee ist, dich mit ihm hier zu ...« Ich unterbreche ihn, indem ich leicht auf seine Schulter klopfe. »Glaub mir, kein Problem, ich kenne das, aber es ist wirklich besser, wenn DU jetzt gehst.« Offenbar versteht er den Ausdruck in meinen Augen, denn er dreht sich um und geht.

Ich wende mich wieder Paco zu und sehe, dass er dabei ist die Treppen herunterzugehen, jetzt nachdem Ferdy gegangen ist. Der spinnt wohl total. Ich gehe ihm hinterher »Paco!« Er reagiert nicht, ich hole ihn ein, kurz bevor er bei den Autos, Chico und Rodriguez ankommt und halte ihn am Arm fest. »Was zur Hölle sollte das denn jetzt gerade?«, zische ich ihn an. Er zieht seinen Arm aus meinem Griff. »Nicht jetzt Bella, ich bin zu wütend«, gibt er drohend zurück, doch ich denke nicht daran ihn damit davonkommen zulassen. »Sehr wohl jetzt, wieso hast du ihn so angegriffen?«

»Was versuchst du da, Bella? Willst du mir oder dir irgendetwas beweisen, denkst du, ich glaube auch nur eine Sekunde, dass er dir etwas bedeutet?« Ich verschränke die Arme. »Oh klar, das kannst du wohl nicht glauben, oder? Dass die kleine Punto sich tatsächlich jemanden schnappt, der sie auch will, der mich anfasst, auch wenn ich eine Punto mit einem gefährlichen Bruder bin!« Ich will an ihm vorbei, doch diesmal hält er mich fest, er zieht mich so eng an sich, dass ich vor Schreck kurz laut aufatme.

Blitzschnell geht seine Hand an meinen Nacken, ich spüre sie leicht zittern, er beugt sich zu meinem Ohr, er spricht so rau wie ich es noch nie gehört habe, leise, aber so gefährlich, dass ich eine Gänsehaut bekomme. »Bella, das habe ich nie behauptet, du lässt mich nur nie aussprechen. Chico würde dich nie anfassen, weil ich dich liebe und er weiß, dass du zu mir gehörst. Mary kann sich noch so sexy geben, sie hat keine Chance, weil dir mein Herz gehört und ich weiß, dass dir dieser Typ nichts bedeutet, weil ich in deinen Augen sehen kann, dass du mich genauso vermisst wie ich dich, also höre mit deinen Spielchen auf, oder deinen Ferdy gibt es nicht mehr lange. Es kann alles noch so beschissen sein, aber du gehörst zu mir!«

Seine Lippen streifen eine Millisekunde meinen Hals und ich erschaudere. Dann lässt er mich plötzlich los, nur meinem Arm hält er noch leicht fest. Ich brauche einen Augenblick um mich zu fangen, doch dann reiße ich meinen Arm aus seiner Hand. »Das schaffst wirklich nur du, Paco, du bist unglaublich«, murmele ich leise und wütend vor mich hin und gehe etwas benommen in Richtung Auto. Paco läuft neben mir und hat ein Grinsen auf seinem Gesicht, was mich noch wütender werden lässt. »Du bist so ... du gestehst mir deine Liebe im gleichen Atemzug mit einer Morddrohung«, werfe ich ihm vor, doch Paco grinst nur breiter und geht zur Fahrertür.

Selena und Mary sitzen schon hinten. Rodriguez steht an der Beifahrertür und grinst mich fast genauso frech an wie Paco, er scheint das alles mitbekommen zu haben. Ich bleibe bei Chico am Auto stehen. »Das war keine Drohung, Cariño, das war ein Versprechen.« Bevor ich antworten kann, steigen beide ein und Paco fährt los.

Das gesamte Wochenende lerne ich für die Zwischenprüfung, die wir am Montag schreiben. Eigentlich kann ich den Stoff schon in- und auswendig, da ich ja mehr als genug Zeit zum Lernen hatte, als ich das Trez Punto-Gebiet nicht verlassen durfte, aber wenigstens lenkt mich das von Paco ab. Das ist wieder so typisch, ich entschließe mich ihn endgültig zu vergessen und er gesteht mir eben mal so, dass er mich liebt. Bis jetzt war ich mir nie sicher, was er wirklich für mich empfindet. Ich war mir nie sicher, wie auch bei jemandem wie Paco? Mir ist auch klar, dass er es mir nur aus seiner Wut heraus gesagt hat, sonst würde ich wahrscheinlich immer noch nicht wissen, woran ich bei ihm bin. Und wie ernst ist es ihm? Gut okay, er liebt mich, aber das scheint nicht wirklich seine Meinung zu ändern, dass wir nicht zusammen sein können. Im Grunde ist mir das ja mittlerweile selbst klar, aber wie soll ich so jemals über ihn hinwegkommen?

Ihn zu vergessen habe ich nicht mal annähernd geschafft, als ich noch nicht mal wusste, dass er dasselbe für mich empfindet wie ich für ihn, wie soll ich ihn jetzt bloß vergessen? Es gibt gerade nicht viel Ablenkung hier für mich. Juan ist mit meiner Mutter und meiner Tante nach Amerika geflogen, da meine Tante seit dem Tod von Sanchez schwere Depressionen hat. Meine Mutter wollte sie begleiten, auch wenn sie es eigentlich hasst hier wegzugehen. Juan ist mitgeflogen, um Sara zurückzuholen. Meine Cousinen sind mit ihrer Klasse auf einer Klassenreise in Italien und Sam ist bei ihren Eltern zu Besuch.

Am Montag verläuft die Prüfung gut, sehr gut. Ich habe nicht viele Probleme bei den Antworten und trotzdem überprüfe ich alles öfter. Schließlich gebe ich ab und schalte mein Handy wieder ein. Ich habe eine SMS von Paco erhalten, was mich stutzig macht 'Ich weiß, du brauchst das nicht, weil du das kannst, aber ich wünsche dir viel Glück.'

Er fängt wieder an, das gleiche wie vorher. Einmal ist er auf Abstand, einmal ist er lieb und Chico behauptet, ich würde ihn in den Wahnsinn treiben.

Als die Prüfung vorbei ist, gehe ich mit Selena aus der Uni, Mary muss noch beim Professor bleiben, sie braucht noch etwas Zeit. Selena ist nicht so zuversichtlich, was ihre Prüfung angeht. Die ganze Zeit überlege ich, was ich Paco antworten könnte, am liebsten würde ich ihm tausend Sachen sagen und viele davon wären nicht nett, aber letztlich höre ich auf mein Herz. 'Du fehlst mir' schicke ich ihm zurück. Selena fragt, ob ich mitkomme, sie wollen alle zusammen mit Rodriguez, Paco und den anderen essen gehen. Wieder wird mir bewusst, dass ich so etwas mit Paco nicht so einfach haben kann, Miko steht bestimmt schon vor der Uni. Leicht geknickt sage ich ab und wir treten heraus, doch als ich sehe, wer alles vor der Uni steht, muss ich lächeln und meine gute Laune kommt schlagartig zurück.

Alle meine Cousins und Tito sind gekommen, um mich nach der Prüfung abzuholen. Miko, Raul, Pepo und Tito stehen neben Paco, Chico und Rodriguez, offensichtlich können sie langsam wenigstens alle miteinander reden, auch wenn ich mir sicher bin, sie unterhalten sich nur über die neuesten Entwicklungen, abgesehen von Chico und Miko, die mittlerweile einen wirklich guten Draht zueinander haben. Als ich zu ihnen komme, hebt mich Raul hoch. »Na Princesa, wie ist es gelaufen, lass mich raten, gut, gut und gut.« Ich muss lachen, auch wenn ich es hasse, in der Öffentlichkeit Princesa von allen genannt zu werden, mit fünf fand ich das vielleicht noch toll. »Es ist gut gelaufen, was macht ihr alle hier?« Pepo küsst mich. »Na was wohl? Wir führen unsere Cousine ...« Plötzlich klingeln die Handys von Miko und Raul gleichzeitig, das zieht die Aufmerksamkeit aller auf sich. Ich bekomme ein ungutes Gefühl und beobachte, wie beide telefonieren.

»Was? Wann? Was ist passiert? Wer ist verletzt?« Sie sehen sich auf der Straße um, spätestens als Raul seine Waffe zieht, weiß ich, dass wieder etwas passiert sein muss. Paco steht plötzlich neben mir, Miko immer noch am Telefon flucht laut und zieht auch seine Waffe, er beobachtet ebenfalls die Straße. Er legt auf. »Sie haben das Punto-Haus beschossen.« Mein Atem stockt. »Die verdammten Bastarde, das Vorspiel ist anscheinend vorbei, sie beginnen einen Krieg.« Sofort ist Paco ebenfalls am Telefon, rückt aber nicht von meiner Seite. Er fragt, ob bei ihnen etwas passiert sei, aber es scheint alles in Ordnung zu sein.

Alle beginnen unruhig die Straße zu beobachten. »Bella und du«, Miko zeigt auf Selena, »setzt euch ins Auto«, werden wir angewiesen. Chico setzt uns ins nächste Auto, was ich dann als Pacos zuordnen kann. Als wir drin sitzen, umstellen alle das Auto. Jeder hat jetzt eine Waffe in der Hand. Ich höre, wie sie beschließen zum Punto-Haus zu fahren, aber Miko sagt, die Gegner sind weg und sie müssen mich erst einmal wegbringen. Es wird beschlossen, zu den Les Surenas zu fahren, weil dies am nächsten ist und keiner weiß, was genau sie beim Punto-Haus erwartet. Außerdem wollen sie sich sofort besprechen, weil umgehend gehandelt werden muss.

Alle steigen ein. Paco und Rodriguez vorne, Miko neben mir, die anderen verteilen sich auf die anderen Autos. Paco telefoniert bereits, während er einsteigt. Er ordnet an, dass die Straße zum Les Surenas-Anwesen, gesperrt wird. »Keiner kommt mehr rein, ich will, dass es dort sicherer ist als im Scheiß-Pentagon, verstanden? Schickt alle Cousinen dorthin. Jennifer und die Kinder sollen dort bleiben und sagt Ramon Bescheid. Wir treffen uns mit den Trez Puntos, es kommen nur die engsten Familia-Kreise rein, alle anderen bleiben draußen!« Währenddessen koordiniert Miko auch am Telefon. Mein Herz schlägt bis zum Anschlag, Selena und ich sind mucksmäuschenstill, Selena ist ganz blass, sie ist so etwas natürlich überhaupt nicht gewöhnt.

Die Anspannung der Männer ist erschlagend. Als Miko auflegt, flucht er laut. »Diese verdammten ... sie sind vor einer Stunde gekommen, mit zwei Autos vorbeigefahren und haben losgeschossen. Es gibt zum Glück nur zwei Verletzte, aber es hätte auch anders sein können. Sie sind zu schnell weg gewesen, die Männer, die da waren, haben zurückgeschossen und einem einen Kopfschuss verpasst. Keine Kennzeichen, nichts. Madre mia, wir alle waren hier an der Uni, aber das wussten sie offenbar nicht. Wenn sie das nur, das ist ... wäre der Angriff gestern gewesen oder heute Nacht, hätte das ganz anders enden können.«

Miko schaut mich an. »Verdammt, ich bringe die um. In unser Gebiet so einzudringen, gestern hast du noch auf der Mauer gelegen und gelesen, wenn sie ...« Er bricht ab und flucht wieder. Erst jetzt begreife ich wirklich, was da gerade passiert ist. Ich schaue hoch und treffe Pacos Augen im Rückspiegel.

Durch Pacos Raserei fahren wir nur zehn Minuten, aber als wir die Straße mit Pacos Haus erreichen, werden wir sofort angehalten. Les Surenas stehen Wache, hier kommt wirklich keiner ans Haus heran, Pacos Anordnungen wurden sehr schnell umgesetzt. Da hier keine umliegenden Häuser sind, so wie es bei uns ist, kann man das hier auch ohne Probleme machen. Selbst Miko scheint beeindruckt. Paco lässt das Fenster herunter. »Es kommt niemand mehr hier durch außer unserer engsten Familia, niemand! Verstanden?« Der Mann nickt. »Was ist mit den Trez Puntos?« Paco sieht kurz zu Miko. »Die Engsten sind schon dabei.« Der Mann nickt und wir fahren weiter. Paco hält direkt vor seiner Tür, die anderen Autos halten hinter uns.

Rodriguez bringt Selena zu Ramon hinüber, Selena fragt, ob ich mitkomme, doch ich schüttle den Kopf, ich will wissen was jetzt passiert. Als wir ins Haus kommen, ist Ramon schon da, außerdem dieser Mano und drei von Pacos Cousins. Es wimmelt nur so von Les Surenas, aber alle bleiben weg, als wir uns auf den Weg zum Besprechungsraum machen. »Ich denke, es kommen nur direkte Mitglieder mit rein«, sagt einer, als ich mich neben Miko auf den Weg mache. Ich sehe, dass sich Paco umdreht, aber Miko kommt ihm zuvor. »Sie ist Juans Schwester, das heißt, sie ist mehr als im direkten Kreis.«

Paco wirft dem Mann noch einen warnenden Blick zu und wir gehen ins Besprechungszimmer. Alle setzen sich um den Tisch, ich entdecke die Couch in einer Ecke und setze mich darauf, erst jetzt fällt langsam meine Anspannung ab.

Ich habe kein Interesse, wieder am Gespräch beteiligt zu werden, auch wenn ich es nicht verpassen will. Als sich alle setzen, wird mir bewusst, dass ich hinter den Les Surenas sitze, aber das ist mir im Moment mehr als egal. Juan wird per Lautsprecher zugeschaltet. Ich blicke mich um, es sind nur die direkten Mitglieder der beiden Familias in diesem Raum, kein anderer. Das bedeutet, alles was hier gesprochen wird, betrifft nur die engsten Kreise. Miko fasst nochmal zusammen, was genau passiert ist. Juan wurde offenbar schon unterrichtet, er fragt nach mir und ich melde mich kurz, damit er weiß, dass ich da bin.

Ich erfahre, dass die Trez Puntos einen Verdacht gegen eine bestimmte Gang, die Locanas, haben. Sie sind am ehesten dazu in der Lage so viel anzurichten. Ihr Gebiet ist zwar weiter weg, allerdings sind sie und die Trez Puntos schon eine Weile wegen irgendwelcher Waffenlieferungen im Streit. Paco erzählt vom Besuch am Wochenende bei einer Gang, die sie unter Verdacht haben, aber der hat sich wohl nicht bestätigt. Momentan sieht es so aus, als würden sich die Anschläge hauptsächlich gegen die Trez Puntos richten, auch wenn die Les Surenas mit angegriffen werden, allerdings nicht so stark wie wir.

Und dann sagt Juan das, wovor ich am meisten Angst hatte. Die Trez Puntos werden nicht mehr zusehen und warten was passiert, ob die Locanas dahinterstecken oder nicht, sie wollen ein Zeichen setzen, das sich herumspricht. Sie werden zu ihnen fahren und sie zur Rede stellen, und ich kann mir nur zu gut vorstellen, wie das passiert. Tränen laufen mir über das Gesicht, ich will nicht, dass sich meine Cousins in solche Kampfhandlungen stürzen.

Ich wische mir die Tränen wieder weg, doch mein schlechtes Gefühl bleibt. Juan weist sie an, gleich zum Punto-Haus zu fahren, in Erfahrung zu bringen was passiert ist, sich die Hälfte der Männer zu nehmen und loszufahren. Sie werden dorthin zwei Tage mit dem Auto brauchen, Juan trifft dort auf sie. Er fliegt direkt hin. Chico und Paco besprechen sich leise und Paco schlägt vor, Chico und einige Männer mitzuschicken. Auch wenn sie keinen Streit mit den Locanas haben, möchte er klarmachen, dass die Les Surenas ebenso nach den Schuldigen suchen. Es soll ein Zeichen gesetzt werden, dass die beiden größten Gangs des Landes zurückschlagen, ich will mir gar nicht ausmalen, wie genau das aussehen wird.

Nachdem die Sache beschlossen ist, wird Juan ruhiger. Er sagt, dass Sara und meine Mutter solange in Amerika bleiben, meine Cousinen sind in Italien. Paco hat alle Frauen aus dem engsten Kreis seiner Familie ebenso in Sicherheit hier ins Haus gebracht. Alle Blicke fallen auf mich. Juan flucht leise, es ist kurz still, dann überschlagen sich die Ideen. Raul will mich am liebsten bei sich behalten, was die anderen sofort ausschlagen, sie wollen mich nicht zu den Locanas mitnehmen und irgendeiner Gefahr aussetzen. In das Trez Punto-Gebiet kann ich nicht zurück, wenn alle weg sind. Die Männer, die dort bleiben, sind zu wenig und müssen das Gebiet bewachen.

Ich bin überrascht, als sich Paco einmischt. »Bella sollte hier bleiben, sie ist nirgends gerade so sicher wie hier.« Wahrscheinlich, um es nicht so auffällig erscheinen zu lassen, meldet sich Ramon ebenfalls zu Wort und sagt, dass alle Frauen hier im Haus bleiben, Selena bleibt auch so lange bei ihnen, ich hätte wenigstens eine Freundin hier. Sie würden mich hierbehalten und auf mich aufpassen. Anstatt das in Betracht zu ziehen, sagt Juan, Miko soll mich noch heute Abend in einen Flieger setzen, doch letztlich überrascht Miko mich dann am meisten.

»Juan, ich weiß, dass diese Lösung nicht optimal ist, aber ich bin gerade hier, es ist wirklich sehr sicher für Bella. Ich will sie im Moment nicht auf der Straße sehen, nicht einmal in Amerika. Ihr dürft eins nicht vergessen, sie ist die einzige Frau der engsten Mitglieder neben Juan, Paco und seinen Brüdern. Soll ich jetzt mit ihr über drei Stunden zum Flughafen fahren, durch verschiedene Gebiete, wo hinter jeder Ecke ein Auto herauskommen kann, das auf uns schießt? Oder wenn wir dabei beobachtet werden und sie Bella am Flughafen in Amerika abfangen ... das Risiko ist zu hoch. Ob es uns passt oder nicht, hier ist sie zurzeit am sichersten. Entweder wir nehmen sie mit, oder sie bleibt hier, solange, bis wir wieder zurück sind, was ja nur ein paar Tage dauert.«

Juan flucht leise, ihm passt es gar nicht, aber es ist die beste Lösung. »Bella, wäre das okay für dich? Traust du den Surenas?« Er fragt, als ob diese nicht gerade zuhören. Ich nicke und seufze dann leise. »Keine Angst Juan, mir kann hier nichts passieren.« Man kann quasi hören, wie er im Raum auf und ab geht. »Bella, du musst mir schwören, dass du dort bleibst, keine Uni, kein Weggehen. Wenn irgendetwas ist, rufst du an, ich rufe dich sowieso an ...« Ich unterbreche ihn. »Wer hätte das gedacht? Ich bleibe hier, Juan, keine Sorge.« Er seufzt laut auf. »Ich danke euch für euer Angebot und bin mir sicher, dass es Bella an nichts fehlen wird«, gibt er leicht zerknirscht zu, »aber ich hoffe, euch ist auch bewusst, was ich euch anvertraue, passt gut auf meine Schwester auf, sie ist nicht so wie .... andere.« Ich schaue empört zum Telefon, Chico lacht leise. »Wer hätte das gedacht?«

Es werden noch ein paar Einzelheiten besprochen. Als sie die Verbindung mit Juan beenden, ist die Stimmung etwas besser. Miko, Pepo und Chico können es kaum erwarten los zu kommen, das macht mir Bauchschmerzen. Ich will keinen von ihnen verlieren. Als wir aus dem Besprechungsraum kommen, gesellen sich noch weitere Les Surenas zu meinen Cousins. Sie steigen in die Autos, auch Paco, Rodriguez, Ramon und die anderen scheinen noch mit zum Trez Punto-Gebiet zu wollen. Jennifer und Selena kommen aus dem Haus von Ramon. Mir ist ganz schlecht, allein schon, wenn sie jetzt zum Punto-Haus fahren, kann so viel passieren.

Einige bleiben offensichtlich hier und postieren sich auf der Straße zum Bewachen des Hauses. Bevor meine Cousins aufbrechen, umarmen sie mich alle noch einmal, und ich kann nicht verhindern, dass ich anfange zu weinen. Ich sehe Paco mit Jennifer reden, Rodriguez ist bei Selena. Miko küsst meine Wangen, Tito drückt mich an sich, alle schwören mir, auf sich aufzupassen. Dann wenden sie sich an die Surena-Brüder. »Wir überlassen euch unseren größten Schatz, ich hoffe ihr passt auf sie auf wie auf eure Familie.« Dann wendet sich Miko an mich und grinst. »Bella, eigentlich mache ich mir nicht so viele Sorgen deinetwegen, wir haben dich gut groß bekommen, du kannst dich hervorragend durchsetzen, aber sei nicht zu stur zu ihnen. Sie sind so etwas vielleicht nicht so gewohnt wie wir.«

Er grinst über beide Backen und ich muss lachen, obwohl ich weine. Alle, selbst einige der Les Surenas, vor allem Rodriguez, Paco und Chico grinsen. Dann steigen sie ein und fahren weg. Plötzlich stehen Jennifer und Selena neben mir. »Komm rein Bella, es gibt etwas zu essen.«

# Kapitel 10

Ramons' Haus ähnelt dem von Paco, auch wenn man merkt, dass es hier Kinder gibt. Die zwei Neffen von Paco, Miguel und Sami, sind wirklich sehr süß. Sami hat die Augen seiner Mutter und Miguel sieht aus wie eine Mini-Version von Ramon. Ich habe sie zwar nur kurz gesehen, aber sie haben mein Herz sofort erobert. Erst als Jennifer die beiden ins Bett bringt merke ich, wie spät es schon ist, meine Gedanken sind so durcheinander, ich komme mir vor, als hätte ich eine anstrengende Reise hinter mir.

Zwei von Pacos Cousins sind bei uns geblieben. Sie haben sich aber schnell ins Wohnzimmer verkrümelt, genauso wie drei jüngere Cousinen, die mir nur kurz zugenickt haben. Selena, Jennifer und ich sitzen noch lange zusammen. Selena kann das alles nicht begreifen, während Jennifer und ich schon etwas gefasster sind, dafür wissen sie und ich besser, in was für einer Gefahr sie alle sind, doch erwähnen wir es nicht vor ihr. Ich höre nur noch halb zu und irgendwann gähne ich nur noch.

Ich rufe noch einmal Juan an, der mich ungefähr hundertmal fragt, ob alles okay ist und später Miko, der erzählt, dass sie nichts Neues gefunden haben. Diejenigen, die morgen aufbrechen, bleiben im Punto-Haus und schlafen noch ein paar Stunden. Jennifer sagt mir dann, Paco möchte, dass ich bei ihm im Haus bleibe, sie hat das Gefühl, er wird mich die Tage nicht aus den Augen lassen. Da ich sowieso nicht woanders geblieben wäre, folge ich ihr, als sie mich zu ihm rüberbringen will.

Während wir zu seinem Haus laufen, kommen zwei Autos zurück. Ramon, Rodriguez, Paco, Chico, Mano und ein Cousin steigen aus, sie sehen alle ziemlich geschafft aus. Jennifer sagt ihnen, dass Essen auf dem Tisch steht, doch Paco kommt zu mir. »Ist alles in Ordnung bei dir?« Ich nicke nur, ich habe keine Ahnung, wie fertig ich aussehe. »Ich bringe sie rüber, geh erst einmal etwas essen«, weist Jennifer ihn mit ihrer liebevollen Art an.

Als wir in Pacos Haus kommen, begleitet sie mich noch in den ersten Stock. Ich genieße die hier herrschende Ruhe, etwas unschlüssig bleiben wir beide vor den Zimmern stehen. »Ich weiß nicht, wo du schlafen willst, aber auf jeden Fall sind alle Zimmer frisch bezogen, wenn du irgendetwas brauchst, sag Bescheid.« Ich umarme sie kurz, ich mag sie mittlerweile wirklich. Als sie wieder geht, fühle ich mich komisch, es ist ungewohnt hier zu sein und nicht bei meiner Familie. Der

Einzige, dem ich hier richtig vertraue ist, ist Paco. Ich gehe in sein Zimmer und ins Bad.

Als ich in den Spiegel sehe, bemerke ich mein verweintes Aussehen. Ich will mich gerade ausziehen, als ich bemerke, dass ich gar nichts dabei habe. In meiner Tasche finde ich meinen kleinen Beutel mit Schminkzeug, aber das ist alles. Ich könnte wieder anfangen zu heulen und gehe an Pacos Kleiderschrank. Ich nehme mir einfach ein Shirt, was mir nicht ganz so groß vorkommt und eine Boxershorts von ihm. Im Bad schließe ich ab und ziehe mich aus. Ich wasche meinen Slip und meinen BH aus, ich muss das ja morgen wieder anziehen. Als ich fertig bin, gehe ich duschen. Es tut unheimlich gut. Ich bleibe eine Weile unter dem warmen Strahl, trockne mich anschließend ab und ziehe mir das Shirt und die Boxershorts an. Im Schrank finde ich eine verpackte Zahnbürste.

Als ich aus dem Bad komme, erschrecke ich leicht. Paco sitzt auf dem Bett, er hat sein Shirt ausgezogen und blickt auf, als ich heraustrete. Völlig überfordert hebe ich die Arme. »Ich hab nichts dabei.« Ich zeige an mir herunter und mir kommen die Tränen, das war wirklich zu viel für mich heute. Paco kommt zu mir und nimmt mir meine Wäsche ab. »Kein Problem, nimm dir, was du brauchst.« Er geht auf den Balkon und legt meinen BH und Slip über einen Stuhl zum Trocknen, eigentlich sollte mir das unangenehm sein, aber ich bin zu erschöpft für irgendwelche Gefühle. Als er wiederkommt, schaut er mich ernst an. »Bella, mach dir keine Sorgen, deiner Familie passiert schon nichts, du solltest dich hinlegen.«

Ich würde ihn am liebsten anschreien, was ihnen alles passieren kann, aber ich nicke nur schwach, das mache ich morgen. Ohne groß darüber nachzudenken, lege ich mich in Pacos Bett. Es ist riesig und weich und vor allem liebe ich seinen Geruch, der in den Laken und der Bettwäsche hängt. Währenddessen geht Paco ins Bad. Ich lasse meinen Blick noch durch das schwach beleuchtete Zimmer schweifen und lausche den Wasserstrahlen, doch irgendwann fallen meine Augen zu.

Ich werde durch ein Klingeln wach. Ich öffne müde die Augen und sehe mich um. Etwas verwirrt erinnere ich mich daran, wie ich in Pacos Bett gelandet bin, dann schaue ich neben mich und entdecke Paco in einem Sessel, den er sich an das Bett geholt hat. Er muss sich nach dem Duschen hierher gesetzt und mir beim Schlafen zugesehen haben, dabei ist er wohl selbst eingeschlafen. Er liegt friedlich schlafend im Sessel, irgendwie sieht das ziemlich unbequem aus.

Ich beobachte ihn, seine langen Wimpern, seine gerade Nase, seine vollen Lippen, den leichten Bart, der sich abzeichnet. Da er nur eine Jogginghose trägt, blicke ich auf seine braune breite Brust mit der Narbe über dem Herzen. Plötzlich klingelt es wieder, es ist Pacos Handy. Diesmal reagiert Paco und öffnet die Augen. Seine Augen blicken sofort zu mir, dann erst zieht er das Handy aus der Jogginghose und geht ran. Er grummelt leise ins Telefon und ich muss lächeln bei dem Gedanken, wie ich ihn einmal wach gemacht habe. Es scheint Chico zu sein, der Paco berichtet, wo sie sich befinden. Ich werde unruhiger, bis Paco mir endlich das Handy hinhält. »Dein Cousin.«

Als ich Rauls Stimme höre, entspanne ich mich und lege mich wieder hin. Raul erzählt mir, dass sie erst vor Kurzem losgefahren sind, ich sehe auf die Uhr und stelle fest, es ist schon fast elf Uhr morgens. Es scheint allen gut zu gehen, sie machen Späße und ich höre, wie sich Miko und Chico über den Musiksender streiten. Es fällt mir ein Stein vom Herzen sie so zu hören und ich spiele mit einer Strähne von mir, während ich zwischen meinen Cousins herumgereicht werde. Ich lege auf und merke, dass Paco mich die ganze Zeit beobachtet. Ich gebe ihm das Handy wieder, am liebsten hätte ich mich nochmal umgedreht und weitergeschlafen, aber Paco steht auf, geht zum Haustelefon und sagt zu jemandem, dass Frühstück gemacht werden soll. Paco dreht sich zu mir und will was sagen, aber mit einem kräftigen Schwung wird die Tür aufgestoßen und Pitty, den ich bisher noch nicht gesehen habe, kommt hereingestürzt. Ich schrecke kurz zusammen, doch Paco lacht nur, als Pitty sich zu mir aufs Bett stürzt und mich abzuschlecken versucht.

»Iii, lass das«, schimpfe ich ihn an und schlüpfe aus dem Bett zum Balkon meine Sachen holen. »Da hat dich wohl jemand vermisst.« Ich befreie mich von Pitty und gehe an Paco vorbei ins Bad. Jetzt bin ich ausgeschlafen, fit und etwas beruhigt wegen meiner Familie. »Ja ... sieht wohl so aus, als wenn wenigstens einer hier seine Gefühle zeigen kann«, zicke ich ihn an und gehe ins Bad. Ich muss lächeln, als ich immer noch Pacos leises Lachen höre und egal wie schrecklich der Grund ist, ich bin glücklich, ein paar Tage mit Paco zu haben, auch wenn er sich sicherlich dagegen sträubt, bin ich mir sicher, dass wir uns aussprechen können. Oder müssen.

Ich ziehe mich an. Über meinen Shorts behalte ich erst einmal Pacos Shirt an. Als ich wieder aus dem Bad komme, ist Paco nicht mehr im Zimmer, er hat sicher das andere Bad benutzt, dafür wartet Pitty auf mich. Barfuß und nur mit Pacos Shirt, die Shorts sieht man wegen des Shirts nicht, gehe ich die Treppe hinunter in den Garten, wo Paco schon am Tisch sitzt und auf mich wartet. Als ich mit Pitty aus dem Haus komme, sieht mich Paco an, als wäre ihm gerade ein Engel erschienen. Ich muss lächeln. »Was ist?«, frage ich grinsend, aber Paco bleibt ernst, als ich mich ihm gegenüber hinsetze. Er fährt sich einmal mit seiner

Hand über das Gesicht. »Du hast keine Vorstellung, wie oft ich mir das gewünscht habe«, gibt er leise zu und ich senke den Blick.

»Lass uns frühstücken«, wechselt Paco schnell das Thema und hält mir Brötchen hin. Ich winke ab und gieße mir Orangensaft ein. »Was willst du essen?« Ich zucke die Schultern. »Ich frühstücke nicht, also nicht wirklich«, gebe ich zu. Er zieht die Augenbrauen hoch. »Du bist den ganzen Tag in der Uni, ohne gegessen zu haben?« »Dort esse ich schon etwas, aber ich frühstücke halt nicht so gerne.« Paco hält mir Obst hin. »Man muss frühstücken, damit man groß und stark wird, hat dir das keiner beigebracht?« Ich lächle und nehme ein paar Erdbeeren, um ihn zu beruhigen, in diesem Moment klingelt mein Handy. Juan, er fliegt gleich los und will wissen, ob es mir gut geht. Ich grinse Paco frech an. »Weißt du, was die hier mit mir machen? Die zwingen mich zum Frühstück!« Ich lache leise, als Paco mich streng ansieht, doch Juan gefällt das scheinbar, er hält mir eine Predigt, dass ich mehr essen muss und wie wichtig richtige Ernährung ist.

»Ich erinnere dich bei Gelegenheit daran, Dickerchen.« Juan grummelt, er hasst das. Ich ärgere ihn seit er sechs ist mit den paar Kilos, die er zu viel hat, er ist nicht dick aber zwei, drei Kilo sind schon zu viel da. Juans Flug wird ausgerufen und wir verabschieden uns. Paco überredet mich noch zu einem Brötchen und Rührei und lehnt sich dann, als er fast dreimal soviel wie ich gegessen hat, zufrieden zurück.

»Ich muss zu mir nach Hause.« Pacos Augen blitzen augenblicklich auf. »Vergiss es, Bella.« Ich zeige auf mein Outfit. »Ich brauche etwas zum Anziehen, ich habe nichts dabei. Soll ich die nächsten Tage nur in deinem Shirt herumlaufen?« Paco grinst frech. »Mich stört das nicht.« Ich ziehe die Augenbrauen hoch. »Das glaub ich dir, aber ich brauche ein paar Sachen.« Paco nickt. »Okay, ich muss sowieso noch in das Einkaufszentrum, ich besorge dir Sachen.« Ich lehne mich auch zurück. »Ich habe kein Geld dabei, und wie willst DU mir Sachen besorgen? Außerdem ist das Einkaufszentrum Trez Punto-Gebiet.« Paco zuckt die Schultern. »Ich habe Geld und bekomme das schon hin. Miko hat schon geklärt, dass ich dahin gehe, wir haben dort etwas Wichtiges zu erledigen, also was brauchst du noch außer Klamotten und Schuhen? Welche Schuhgröße hast du?« Ich runzle die Stirn. »Wir können doch einfach schnell ...«

Paco unterbricht mich. »Bella, vergiss es, ich bin nicht dein Bruder oder einer deiner Cousins, die du überreden kannst. Du verlässt das Grundstück keinen Millimeter.« Ich seufze aufgebend. »Bitte, ich habe 38, ich brauche außerdem noch ein Shampoo und eigentlich war's das ... denke ich.« Paco lächelt zufrieden und ich verschränke die Arme. Na, da bin ich gespannt, was er nachher mitbringt.

»Ich werde mal so lange sehen, was dein Kleiderschrank hergibt.« Ich stehe auf und gehe an ihm vorbei zum Haus, Pitty folgt mir auf den Fuß.

Ich gehe nach oben, um seinen Kleiderschrank zu inspizieren. Meine Shorts und meine Ballerinas behalte ich an, ich wühle mich durch seine Shirts, doch letztlich greife ich einfach zu einem weißen Unterhemd. Ich schlage es einmal um, sodass man noch ein bisschen meinen Bauch sehen kann, im Bad schminke ich mich leicht, meine Haare lasse ich offen und lege meinen Schmuck von gestern an. Zufrieden gucke ich in den Spiegel. Als ich wieder nach unten komme, stehen Paco, Rodriguez, Ramon, Mano und noch zwei Cousins im Eingangsbereich. Selena steht daneben und kommt zu mir.

»Hey, da bist du ja, was wollen wir machen?« Ich sehe zu Paco und bekomme ein ungutes Gefühl. Ich will nicht hier bleiben, wenn er nicht hier ist, außer Selena kenne ich kaum jemanden. Paco bemerkt meinen Blick. »Bella, das ist Mano, mein bester Freund. Mano und Ramos, mein Cousin, bleiben hier bei euch.« Als ich nicht reagiere und ihn weiter anschaue, kommt er zu mir. »Du brauchst hier keine Angst ...« Ich unterbreche ihn. »Wie lange bist du weg?« Paco sieht mich leicht irritiert an, ich kann mir gut vorstellen, dass ihn das noch nie jemand gefragt hat. »Ähhmm ... keine Ahnung, ein paar Stunden, ich muss ja auch noch Sachen für dich besorgen.« Ich nicke. »Okay, beeile dich bitte«, sage ich leise.

Paco sieht mich ernst an, dann gibt er mir einen Kuss auf die Stirn. Als er sich umdreht und geht, bin ich verwundert, dass uns alle anschauen, immerhin wissen die hier Anwesenden über Paco und mich Bescheid. Dass wir was hatten? Was haben? Keine Ahnung, wie man unsere Beziehung bezeichnen sollte.

Nachdem außer Mano und Ramos alle aufgebrochen sind, setzen wir uns in den Garten. Selena quatscht die Jungs voll, während ich mich eher zurückhalte. Als Selena einen Anruf bekommt, bleibe ich mit den beiden Jungs zurück. Keiner weiß genau, was er sagen soll, doch dann bricht Ramos das Eis, als er fragt, wie das Leben für mich so ist, als Juans Schwester. Wir fangen an über die Familias zu reden, nichts Wichtiges, keine geheimen Informationen, eher witzige Sachen, und plötzlich fühle ich mich schon wohler. Selena kommt zurück und erzählt, dass Mary am Telefon war, heute wurden die Prüfungsergebnisse ausgeteilt. Selena ist mehr als glücklich über ihre bestandene Prüfung, von meinem Ergebnissen erwähnt sie nichts. Sie will das unbedingt feiern.

»Mary kommt nach der Uni vorbei und bringt unsere Ergebnisse mit.« Mano schüttelt den Kopf, es soll keiner hier rein, doch Selena ist von ihrer Idee nicht abzubringen und telefoniert mit Rodriguez. Sie ordert alles mögliche für eine Party und er soll für Marys Einlass sorgen, doch Rodriguez lehnt ab, aber sie können sie von der Schule abholen und mitbringen. Ich glaube, er würde alles für Selena machen. Der Gedanke an Marys Kommen stimmt mich nicht gerade fröhlich, aber hier habe ich nicht sonderlich viel Einfluss auf solche Sachen. Etwas später kommt Jennifer herüber, sie ist vor Pacos Cousinen geflüchtet, die sie mit ihrer Musik in den Wahnsinn treiben. Selena flitzt gleich rüber, um den Cousinen Bescheid zu geben, dass sie später etwas feiern wollen. Jennifer geht in die Küche, sie will Tortillas machen und flucht, weil ihr das nicht so gut gelingt. Sie kommt mit unserer Küche nicht so gut zurecht, und weil Pacos Eltern ja die meiste Zeit des Jahres in Florida verbringen und deshalb selten hier sind, kann ihr keiner helfen. Meine Mutter ist berühmt für ihre Tortillas. Ich zeige ihr wie sie gehen, ein paar Geheimzutaten und wie man den Teig am besten zubereitet.

Jennifer bedankt sich tausendmal, doch ich mache das gerne und bin froh über diese willkommene Ablenkung. Später setzen wir uns zu Ramos und Mano und spielen mit ihnen Karten, dann stoßen auch wieder Selena und die Cousinen zu uns. Die Cousinen schenken mir nur einen abfälligen Blick, den ich ignoriere. Als ich gerade drinnen aus der Küche komme, öffnet sich die Tür und Paco und die anderen plus Mary kommen zurück. Paco trägt mehrere Tüten, nein, eigentlich tragen alle bis auf Mary Tüten. Es sind auch ein paar Tüten mit Einkäufen dabei, die Selena geordert hat, aber sonst sind alle Tüten aus mehreren Boutiquen. Ich kann mir ein Grinsen nicht verkneifen, als Paco mir alle in die Hand drückt. »So, das wäre geschafft!« Ich lache leise, auch wenn ich zur Kenntnis nehme, dass Mary mich mit ihrem Blick fast tötet.

»Wow, dir ist schon klar, dass ich nicht so lange bleibe?« Pacos Blick wird ernst und Rodriguez räuspert sich. »Ähmm, wir haben vorhin mit Chico geredet.« Mein Herz schlägt schneller, man sieht es mir wohl an. »Nein, keine Angst, es geht ihnen allen gut, aber sie haben sich auf Anweisung von Juan erst einmal in ein Hotel zurückgezogen, sein Flug musste wegen eines Unwetters zwischenlanden, er kommt erst morgen Nacht dort an. Das heißt, es dauert etwas länger. Hat Juan dich nicht angerufen?« Ich schüttle den Kopf. »Mein Handy ist oben, ich werde mal nachsehen.« Schnell drehe ich mich um, ich will ihnen meine Enttäuschung nicht zeigen. Klar bin ich gerne bei Paco, aber ich war noch nie länger als einen Tag von meiner Familie getrennt, es ist wirklich komisch, es war immer mindestens einer von ihnen um mich herum.

Außerdem spüre ich, dass ich hier nicht wirklich bei allen willkommen bin. Als ich in Pacos Zimmer komme, sehe ich, dass sie alle probiert haben mich zu erreichen, mehrmals. Ich muss lächeln, und es geht mir wieder etwas besser. Nachdem ich mit allen kurz geredet habe, schaue ich in die Beutel und staune. Paco hat wirklich schöne Sachen gekauft, mehrere Oberteile, eine Jeans, ein Kleid, einen Rock, eine Shorts, zwei Paar Schuhe, einige Shampoos. Zu einigen Outfits gibt es die passenden Ohrringe oder Tücher, Unterwäsche, sexy Unterwäsche, sogar einen Bikini hat er gekauft. Nach Begutachtung aller Teile sehe ich aus dem Fenster, alle sind im Garten.

Paco und die anderen essen gerade meine Tortillas, sie scheinen ihnen zu schmecken. Mary klebt, wie es zu erwarten war, an Paco. Selena und Mary öffnen ihre Umschläge und lesen laut ihre Ergebnisse vor, alle scheinen ihnen zu gratulieren, ich schiebe die Einkaufstüten in den Schrank und gehe wieder hinunter. Ich gehe direkt zu Paco, der sich mit Rodriguez unterhält, zum Glück sitzt Mary mittlerweile nicht mehr an seiner Seite.

»Danke Paco, aber wie hast du das angestellt?« Ich setze mich neben ihn. »Das war wirklich total anstrengend«, seufzt er und Rodriguez lacht. »Klar und wie. Paco ist in drei Geschäfte gegangen, hat sich eine Verkäuferin gesucht, die so groß ist wie du, hat deine Maße beschrieben und gesagt, sie sollen einpacken, was sie gerne hätten und nur das Beste.« Ich muss lachen und, meine Güte, Paco wird leicht rot. »Das hätte ich gerne gesehen, wie du meine Maße beschreibst.« Jetzt grinst Paco wieder. »Also, deinen Po finde ich anbetungswürdig.« Rodriguez nickt. »Das hat er wirklich gesagt, allerdings konnte die Verkäuferin damit nichts anfangen. Sag mal, deine Tortillas sind unglaublich. Wo hast du gelernt sie so hinzubekommen?« Ich zucke die Schultern. »Altes Trez Puntos Rezept.« Paco und Rodriguez ziehen gleichzeitig die Augenbrauen hoch, aber in dem Moment kommt Selena zu uns herüber. »Bella, ich habe mit 2,8 bestanden und Mary mit 3,6.« Sie kreischt wie wild. »Hast du deinen Umschlag schon geöffnet?« Ich gratuliere ihr und nehme den Umschlag, der auf dem Tisch liegt. Mary zieht Selena wieder weg und sie erzählen Jennifer davon, die gerade wieder in den Garten zurückkommt.

Ich schiebe den Umschlag von einer in die andere Hand. Soll ich ihn jetzt öffnen? Doch meine Entscheidung wird mir abgenommen. Paco legt leicht den Arm um mich. »Machst du auf? Oder soll ich das tun?« Ich knabbere an meiner Unterlippe und drücke ihm den Umschlag in die Hand. Paco nimmt den Arm von mir und öffnet den Umschlag, es liegt noch ein extra Zettel drin. Mein Herz schlägt schneller, was kann das bedeuten? Paco dreht sich zu mir um und lächelt stolz. »Ich wusste, dass du die Beste bist.« Er gibt mir einen Kuss auf die Wange und hält mir die Ergebnisse hin: Eine glatte 1,0 mit der Bemerkung, dass ich als Beste aus dem Kurs abgeschnitten habe, deswegen der Extrazettel.

Ich muss lächeln und stecke den Zettel wieder ein. Rodriguez gratuliert mir, dadurch erfahren es auch die anderen. Selena und Jennifer umarmen mich, wie auch die anderen anwesenden Männer mir gratulieren. Die anderen Frauen reagieren nicht, weder die Cousinen noch Mary. Ich ziehe mein Handy hervor und rufe meine Cousins an, da ich Juan nicht erreiche. Sie sind gerade alle essen und es ist laut, sodass es in meinem Ohr piept, ich schalte auf Lautsprecher. Als ich ihnen sage, wie meine Ergebnisse sind, brüllen sie alle los und freuen sich von Herzen. Oh Gott, ich vermisse sie. Selbst Chico freut sich offensichtlich und Miko zieht ihn auf, dass die Trez Punto Frauen nicht nur die Schönsten, sondern auch die Klügsten sind. Jennifer lacht leise und die anderen die zugehört haben schmunzeln, als ich auflege. »Tja Paco, da könnte schon was Wahres dran sein«, sagt sie augenzwinkernd zu ihm und geht zum Pool.

Langsam wird es dunkel. Ich bleibe noch kurz neben Paco sitzen, doch je später es wird, desto mehr der Les Surenas kommen vorbei. Irgendwann sitzen nur noch Männer um uns herum und ich bin froh, als mein Handy klingelt und Sara dran ist. Ich gehe nach oben in Pacos Zimmer und telefoniere mit ihr, bis jetzt hatte ich noch nicht die Möglichkeit, in Ruhe mit ihr zu sprechen. Ich lasse das Licht aus und stelle mich ans Fenster, um in den Garten zu sehen, wo ich einen direkten Blick auf das Geschehen habe.

Ich erzähle Sara alles haargenau und sie erzählt mir von ihrer Versöhnung mit Juan. Sobald er wieder hier ist, kommt sie zurück. Sie fehlt mir. Während ich telefoniere, sehe ich Paco an. Eigentlich sehen die Abende hier nicht anders aus, als bei uns im Punto-Haus. Man merkt, dass sich hier auch alle nahe stehen. Paco liebt seine Familia ebenso sehr wie ich meine. Obwohl Paco nur von Jungs umgeben ist, setzt sich Mary zu ihm. Sie nutzt offensichtlich jede Gelegenheit, sobald ich weg bin. Ich seufze leise, Paco redet zwar mit den Männern, aber sein Blick fällt immer wieder zur Tür, als würde er auf meine Rückkehr warten.

Mein Lächeln verschwindet sofort wieder, als Mary sich an ihn lehnt und ihm etwas ins Ohr flüstert. Sie lächelt und steht auf. Paco blickt ihr hinterher, schaut dann aber wieder zur Tür. Er bleibt sitzen. Mary fühlt sich dadurch nur angestachelt. Die Musik passt und so stellt sie sich auf ein Podest am Pool und lässt ihre Hüften und den Hintern kreisen. Es gibt kaum einen der weggguckt, auch Paco nicht. In meinem Magen rumort es. Wäre ich jetzt nicht hier ... ich will mir gar nicht vorstellen, was alles passieren würde. Ich rede noch kurz mit Sara und lege dann auf. Ich kann mich aber nicht vom Fenster losreißen, es tut weh zu sehen, wie Mary um Pacos Aufmerksamkeit buhlt, doch trotzdem kann ich nicht aufhören hinzusehen. Paco allerdings scheint das Interesse verloren zu haben und schaut stattdessen immer wieder hier hoch und zur Tür. Wird Zeit wieder runterzugehen.

Als ich aus der Tür komme, stolpere ich fast über eine Cousine von Paco, die im Nachbarzimmer auf der Toilette war. »Oh, Entschuldigung.« Sie schaut mich angewidert an und läuft einfach weiter, doch plötzlich wirbelt sie zu mir um, so schnell, dass ich fast in sie hineinlaufe. »Weißt du, Punto, eins sollte dir klar sein. Nur weil die Männer gerade etwas friedlich sind, brauchst du dir keine falschen Hoffnungen zu machen. Lass die Finger von Paco, es gibt Mädchen wie Mary, die deinetwegen keine Chance bei ihm haben, dabei sind sie viel besser für ihn. Du gehörst hier nicht her. Denkst du, das alles kann man so leicht vergessen? Keiner kann das, mein Opa, ein Onkel, es gibt so viele, die aus der Hand eines Mitglieds der Trez Puntos gestorben sind. Auch wenn sie es jetzt nicht zeigen, tief im Herzen hassen wir euch, vergiss das nie!«

Damit dreht sie sich um und geht. Selten muss ich so etwas über mich ergehen lassen, ohne etwas dazu zu sagen, selten. Aber das hat mir gerade die Sprache verschlagen. Ich gehe zurück ins Zimmer, um mich zu fassen, eigentlich wüsste ich nicht mal, was ich dazu zu sagen habe, sie hat ja recht. Mir kommen Tränen hoch und ich sehe aus dem Fenster. Die Les Surenas sind eine Familia, die Trez Puntos eine andere und dass sich diese beiden Familias verstehen oder vermischen werden, unvorstellbar, aber selbst wenn, zu welchem Preis? Nein, dass Pacos Familie mich in irgendeiner Art akzeptieren würde ist unmöglich, das habe ich gerade mehr als deutlich zu spüren bekommen. Die Cousine kommt wieder heraus und steuert Paco an.

Sie setzt sich zu ihm und küsst ihn auf die Wange, er legt den Arm um sie. Dann winkt sie Mary zu sich, sie setzt sich auf Pacos andere Seite. Ich weiß nicht, was mehr wehtut, das zu sehen oder zu wissen, dass es so am besten ist. Ich vermisse meine Familie, das hier ist nicht meine Familie und sie wird es nie sein. Ich wische mir die Tränen weg. Der Blick, den Paco immer wieder zur Tür wirft, sticht in mein Herz. Ich verstehe plötzlich noch mehr, warum Paco die ganze Zeit dagegen kämpft, etwas für mich zu empfinden, jetzt sehe ich mit eigenen Augen, wie unmöglich das alles ist.

Ich habe keine Lust mehr in den Garten zu gehen, wo ich sowieso unerwünscht bin. So oft habe ich es verflucht, im Punto-Haus eingesperrt zu sein und in diesem Moment wünsche ich mir nichts sehnlicher als dort zu sein, eingekuschelt bei Tito oder sonst wem, bei meiner Familia, die mich wirklich liebt. Um nicht vollkommen durchzudrehen, werfe ich noch einen letzten Blick zu Paco. Egal zu welchen Erkenntnissen ich komme, ich liebe ihn, ich kann nicht damit aufhören. Ich verlasse das Zimmer und laufe den Flur entlang, bis jetzt bin ich noch nie viel weiter gekommen. Es gibt mehrere Zimmer, noch einmal eine Art kleines Wohnzimmer, ein Spielzimmer, vollgestellt mit Automaten, einem Billardtisch und einem Kicker. Am Ende des Flurs entdecke ich eine weitere kleine Treppe, die ich gleich hochgehe. So gelange ich zu einem Fitnessraum, der mit allem ausgestattet ist, was man sich vorstellen kann, einer Hantelbank, einem Boxsack und ähnlichen Sachen. Kein Wunder, dass Paco so durchtrainiert ist. Auch hier gibt es eine kleine Treppe mit ein paar Stahlstufen und einer Stahltür. Als ich diese Tür öffne, schallt mir gleich die Musik entgegen, die draußen offensichtlich lauter gestellt wurde. Ich höre trotzdem noch das Lachen, als ich auf ein Dach hinaustrete.

Es liegt zum hinteren Teil des Gartens und ist komplett mit Kies ausgelegt. Wow, die Aussicht ist atemberaubend. Der Mond scheint hell und voll, genau über meinem Kopf. Es gibt hier auch einen Tisch und Stühle, offensichtlich wird das Dach öfter genutzt, außerdem gibt es eine gigantisch große Hollywoodschaukel. Ich lege mich darauf und schaue zum Mond. Für einen kurzen Augenblick denke ich daran, was passiert wäre, wenn ich Paco nicht kennengelernt hätte, wahrscheinlich hätten sich beide Gangs angegriffen. Nur weil ich Paco damals erzählt habe, dass die Trez Puntos sie verdächtigen, konnte das verhindert werden. Aber egal was passiert ist oder wäre, so viel ändert es doch nicht, wir sind uns näher als man sich sein kann, wir sind unter einem Dach und trotzdem liegen Welten zwischen uns.


»Bella, Bella!« Durch ein sanftes Rütteln am Arm werde ich aufgeweckt und blicke in Jennifers besorgtes Gesicht. Ich blinzle ein paar Mal und merke, dass ich noch auf dem Dach bin, die Musik ist aus. »Ruf Paco an, sag ihm, wir haben sie gefunden.« Ich schaue verwirrt zu Jennifer und entdecke hinter ihr Ramos, der gerade telefoniert. »Bella, was machst du hier? Wir haben dich überall gesucht.« Ich gähne leicht. »Wieso, ich bin doch hier.« Jennifer lacht leise. »Meine Güte, du bist ja total verschlafen, kein Wunder, es ist schon zwei Uhr morgens. Wir haben dich gesucht, als du nicht mehr wiedergekommen bist. Wir dachten, du wärst abgehauen, nachdem Sonja uns erzählt hat, was sie zu dir gesagt hat.« Ich spüre selbst, wie meine Miene eisern wird. »Warum hat sie das getan? Warum hat sie euch das gesagt?« Jennifer streicht mir eine Strähne aus dem Gesicht. »Süße, du hast ja geweint, diese dumme Kuh, was denkst du warum? Kannst du dir vorstellen, wie Paco ausgeflippt ...«

Plötzlich geht die Tür laut auf und Paco, Rodriguez und Ramon kommen auf das Dach. Paco bleibt wie angewurzelt stehen und sieht mich an, als würde er verrückt werden. »Bella, verdammt, was tust du hier? Wir suchen dich seit einer Stunde.« Ich bin viel zu müde und sein Geschrei brennt in meinem Kopf. Ich stehe langsam auf. »Ich bin eingeschlafen, ich konnte ja nicht wissen, dass ihr mich gleich sucht.« Ich werfe den anderen einen entschuldigenden Blick zu und will ins Haus gehen. »Jetzt ist sie ja wieder da, war nur ein Missverständnis.« Ich bewundere Jennifer für ihre ruhige Art, die sie immer hat, obwohl jeder merkt, dass Paco kocht und auch ich gereizt bin.

»Hast du eine Vorstellung, was für ... wir dachten, du bist abgehauen, wir wollten gerade losfahren und nach dir suchen, nachdem wir dich weder im Haus, im Garten oder in einem der anderen Häuser gefunden haben.« Paco hält mich am Arm fest, als ich an ihm vorbei will. »Tut mir leid euch solche Umstände gemacht zu haben, Paco«, zische ich ihn an. Ich sehe ihm direkt in die Augen und erkenne sofort, dass sein Blick weicher wird, wahrscheinlich sieht er auch meine verweinten Augen und das macht mich noch wütender.

»Aber wohin dachtet ihr denn gehe ich? Hier gehöre ich anscheinend nicht hin, bin nicht erwünscht und meine Familie ist nicht da. Also wo zum Teufel hätte ich denn hingehen sollen, PACO?« Ich reiße meinen Arm aus seiner Hand und kehre ins Haus zurück. Selena und Pacos Cousinen kommen mit Mary und einigen anderen Jungs in den Fitnessraum, den wir alle mittlerweile durchqueren. »Bella, wir haben ...«, setzt Selena an, doch bei meinem Blick sagt sie kein Wort weiter. Mary streckt doch tatsächlich ihre Hand aus, als ich an ihr vorbei gehe. »Fass mich nicht an«, zische ich ihr zu und gehe geradewegs in eines der Gästezimmer, ohne mich noch einmal umzudrehen.

Ich lege mich ins Bett und weine, ich verfluche in diesem Moment alles, mein ganzes Leben. Den Mann, den ich liebe, kann ich nicht haben, meine Familie steht kurz vor einem Angriff, wo sonst etwas passieren kann. Ich bin in einem Haus, wo ich dafür gehasst werde, als was ich geboren wurde und diejenigen, die mich hier vielleicht mögen, denken wahrscheinlich auch mittlerweile, ich bin wahnsinnig. Ich höre noch eine Weile leises Gemurmel auf dem Flur, aber irgendwann ist Ruhe.

»Bella.«

Paco klopft an die verschlossene Tür, seine besorgte Stimme zerreißt mein Herz. »Bella, mach auf, ich habe dich doch gerade noch weinen gehört.« Ich rolle mich enger auf dem Bett zusammen und wehre mich gegen den Drang, einfach die Tür zu öffnen und mich in seine Arme zu kuscheln. Wenn Paco dagegen kämpfen kann, dann tue ich es auch.

»Bella!«

»Paco, geh einfach!«

Ich höre ihn leise fluchen und etwas laut gegen die Wand knallen, dann ist wieder Ruhe. Ich finde lange keinen Schlaf, ich sehe zur Decke, die vom Mond angeleuchtet wird und lasse die letzten Wochen, seit Paco in mein Leben getreten ist, noch einmal an mir vorbeiziehen.

# Kapitel 11

Verschlafen blinzle ich in die Sonne, die mir ins Gesicht scheint. Ich atme laut aus, als ich die gestrige Nacht nochmal Revue passieren lasse. Mein Blick auf die Uhr zeigt mir an, dass es schon fast Mittag ist. Ich stehe auf und blicke aus dem Fenster. Im Garten sitzen Ramon, Paco und Jennifer am Frühstückstisch. Paco sieht man die Nacht auch an, er sieht ziemlich verschlafen aus. Er trägt eine einfache blaue Jeans und ein weißes Unterhemd. Ramon telefoniert und gibt dann an Paco weiter. Es kommen mehrere Männer mit Rodriguez in den Garten und Paco und Ramon stehen auf. Während Ramon seiner Frau noch einen Kuss gibt, sagt Paco etwas zu ihr.

Ich gehe vom Fenster weg, mache die Tür auf und trete leise in den Flur. Ich höre sie alle aus dem Haus gehen, dann starten mehrere Autos. Beruhigt gehe ich in Pacos Zimmer, das Bett sieht nicht aus, als hätte jemand darin geschlafen. Ich wühle die Taschen durch und suche mir etwas heraus. Ich entscheide mich für einen Jeansrock und ein schwarzes Top und will gerade ins Bad, als Jennifer ins Zimmer kommt.

»Hier bist du, guten Morgen.« Ich lächele sie an. »Guten Morgen, ich wollte mich noch einmal entschuldigen wegen gestern, ich wollte euch keine ...« Jennifer winkt ab. »Schon gut, vergiss es, Paco macht sich einfach viel zu viele Sorgen und Gedanken um dich.« Ich blicke schnell weg. »Das muss er nicht.« Jennifer lächelt leicht. »Das tut er aber, Bella, weißt du wie ich ihn heute morgen vorgefunden habe? Er muss an deiner Zimmertür eingeschlafen sein, er hat im Sitzen geschlafen ...« Jetzt lacht sie leise.

»Ich sollte dir das sicher nicht erzählen, er bringt mich um, aber ich finde das wirklich zu komisch. Paco ... Paco, der 'ich werde niemals einer Frau mein Herz schenken, ich habe täglich eine Neue, ich werde nie wegen einer Frau irgendetwas Dummes tun', dieser Paco liebt dich wirklich.« Ich atme tief ein. »Das sollte er nicht, keiner von uns beiden sollte das«, erwidere ich leise. Jennifer kommt und streichelt über meinen Arm. »Komm, lass uns erst einmal frühstücken.«

Während des Frühstücks taucht auch Selena auf, sie entschuldigt sich bei mir wegen Mary, sie hatte ihr gesagt, dass sie die Finger von Paco lassen sollte und wusste nicht, dass sie das scheinbar nicht vorhat. Keiner erwähnt den Vorfall von gestern mehr direkt, wofür ich dankbar bin. Ich erfahre nur, dass Paco offenbar vollkommen ausgeflippt ist, als sie mich nicht gefunden haben und Sonja dann wohl beichten musste, was sie mir an den Kopf geworfen hat. Seitdem hat Paco kein Wort mehr mit seiner Cousine gewechselt.

Nach dem Frühstück beschließen wir, uns DVDs anzusehen. Jennifer hat Zeit, da die Kleinen von einer Lehrerin unterrichtet werden, privat zuhause. Es ist für sie zu gefährlich, auf eine öffentliche Schule zu gehen. Wir machen es uns bequem in dem großen und gemütlichen Wohnzimmer, in dem ein riesiger Fernseher hängt. Jennifer holt ein paar Liebeskomödien von drüben und wir schauen uns eine nach der anderen an, für mich eine willkommene Ablenkung. Nach drei Filmen kommen plötzlich Paco und Rodriguez mit mehreren Pizza-Kartons herein. Sofort fällt Pacos Blick auf mich, ich weiche ihm aus. Ich würde den Vorfall gestern einfach gerne vergessen, aber wenn ich Pacos Blick richtig deute, dann wird das nichts.

»Hey, was macht ihr denn hier? Ich dachte, ihr kommt erst abends wieder«, fragt Jennifer die beiden, die die Pizzen auf den Tisch stellen. »Wir müssen gleich wieder los, wir sind nur kurz da. Wir dachten, wir bringen euch etwas zu essen vorbei. Ramon bringt den Kleinen gerade Pizza«, erwidert Paco und stellt einige Kartons vor mich hin. »Hey.« Ich schaue auf die drei Kartons. »Hi«, sage ich leise zurück. »Ich wusste nicht, welche Pizza du magst, deswegen ...« Er zeigt auf die Kartons. »Danke.« Er seufzt leise und nickt nach draußen, dass er kurz mit mir sprechen möchte. Ich folge ihm. Als wir im Flur sind, dreht er sich zu mir um. »Bella, wegen gestern, ich wollte dich nicht so anschreien, ich dachte wirklich, du wärst ...« Ich winke ab. »Schon gut, Paco.« Er sieht mich eindringlich an. »Du solltest dir das mit Sonja nicht so zu Herzen nehmen, sie ...« Ich unterbreche ihn.

»Warte mal Paco, warum nicht? Es stimmt doch, was sie sagt, oder? Es ist doch das, was du denkst, deswegen kämpfst du schon seit wir uns kennen dagegen an, Gefühle für mich zu haben.« Ich hebe meine Arme. »Ich sehe es ein, Paco, du hattest von Anfang an recht, es ist unmöglich.« Ich seufze schwer. Paco wendet den Blick ab, er hat die Hände an den Hüften und blickt zu Boden. Ich sehe seine aufgekratzten Knöchel, was wohl das laute Knallen gestern Nacht beantwortet. Ich will zurück ins Wohnzimmer, doch ich drehe mich noch einmal zu ihm um.

»Weißt du Paco, das macht mich wirklich wahnsinnig. Du hast recht, es ist besser so, wenn wir an unsere Familias denken und aufeinander verzichten, damit wir nichts zerstören oder heraufbeschwören, aber uns, uns wird das zerstören!« Ich gehe wieder ins Wohnzimmer und setze mich zu Selena, von der sich Rodriguez gerade verabschiedet. Als sie gehen, höre ich die Tür zuschlagen und schließe die Augen.

Nach weiteren zwei Filmen und Unmengen an Pizza reicht es langsam. Jennifer und Selena versuchen zu erfahren, wie es um Paco und mich steht, aber ich blocke ab, ich habe keine Nerven mehr darüber zu reden. Ich telefoniere mit meinen Cousins, die auf Juan warten, dessen Flug immer noch nicht gestartet ist. Offensichtlich zieht sich alles in die Länge wegen irgendeines Unwetters. Meine Stimmung könnte nicht schlechter sein. Obwohl es schon dunkel ist, sitzen wir noch lange im Garten. Selena und Jennifer erzählen von ihren Familien, die so normal sind. Ich kenne so etwas wie eine normale Familie nicht, mit Eltern, die normal arbeiten und keinen Bruder und Cousins, die die halbe Stadt beherrschen. Irgendwann schlafen die Kleinen, die mittlerweile bei uns sind, ein, und Jennifer und Selena tragen sie zu Jennifers und Ramons Haus hinüber. Selena geht dann gleich zu Rodriguez, weil sie müde ist.

Ich setze mich an den Pool, Pitty legt sich neben mich. Da es noch so warm ist, lasse ich meine Beine in den Pool baumeln und tätschle Pittys Kopf. Das kühle Wasser tut wirklich gut, und ich bekomme Lust mich ganz abzukühlen. Da ich alleine im Haus und zu faul bin meinen Bikini zu holen, ziehe ich meinen Jeansrock aus. Ich trage eine Hotpants drunter, sodass ich mit dem schwarzen Top noch mehr angezogen bin, als nur mit einem Bikini. Ich binde mir meine Haare hoch und gehe auf den Treppen langsam ins Wasser. Zufrieden schwimme ich ein bisschen. Es tut wirklich gut, alles ist dunkel, im Haus brennt nur Licht im Flur. Es ist so still, richtig entspannend.

Pitty läuft unruhig am Pool entlang, weil er mir nicht folgen kann. Plötzlich schnappt er sich meinen Jeansrock vom Poolrand und lässt ihn ins Wasser segeln, als wolle er mir irgendwas damit sagen. »Pitty, du ... wirklich ... sehr toll, tolle Idee.« Ich muss lachen über seinen schief gelegten Kopf, während ich mit ihm schimpfe. »Na was ist, Pitty? Komm doch, du folgst mir doch sonst überall hin, komm, oder bist du wasserscheu?« Pitty hechelt und wackelt mit dem Po. »Na komm doch«, grinse ich noch und erschrecke trotzdem, als dieser dumme Hund auf einmal wirklich ins Wasser springt.

Er strampelt mit den Füßen, bis er die Treppen unter sich hat und hüpft dann fröhlich aus dem Wasser, was bei einem dicken Pitbull nicht ganz so galant aussieht. »Ich fasse es nicht, Pitty, du bist wirklich, wirklich nicht ganz normal«, stammle ich unfassbar, doch da hüpft er wieder hinein. Ich muss lachen und schwimme näher zu ihm. »Iihh, Pitty, der Pool muss deinetwegen gereinigt werden.« Pitty hechelt nur zur Treppe und wiederholt das Ganze nochmal. Da ich nun näher bin und ihm über den Kopf streichle, während er neben mir strampelt, bin ich einen Moment unaufmerksam und seine Krallen treffen meinen Rücken. Es brennt, aber es war ja meine eigene Schuld.

Ich kann nicht aufhören zu lachen über diesen verrückten Hund und schrecke zusammen, als ich plötzlich höre, wie die Tür zum Haus aufgeschoben wird und Paco in den Garten tritt. Pitty setzt gerade zum Sprung an, da erfasst mich eine Welle und sein Gespritze und ich muss wieder loslachen. Paco sieht uns an, als wären wir beide irre. »Was tut ihr da?« Ich kann nicht aufhören zu lachen. Als Pitty diesmal herauskommt, entdeckt er Paco und trottet zu ihm hin, wobei er sich ständig das Wasser aus dem Fell schüttelt.

Paco grinst breit. »Bella, was machst du mit meinem Hund? Er ist ein Kampfhund, bei dir benimmt er sich wie ein Pudel.« Wieder muss ich lachen und schwimme meinem Jeansrock hinterher. »Ich weiß auch nicht, er ist irgendwie etwas schräg, dein lieber Pitty.« Ich sammle meinen Rock ein und schwimme zur Treppe. Als ich aus dem Wasser komme, hat Paco sich schon eines der Handtücher geschnappt, die immer auf einer Liege bereitliegen und hält es auf, als ich zu ihm komme. Statt es mir zu geben, hüllt er mich darin ein. »Ihr seid wieder da? Jennifer meinte, es könnte sehr spät werden.« Paco dreht mich so, dass ich ihn ansehe. »Ich habe unser letztes Treffen abgebrochen, wegen dem was du vorhin gesagt hast, ich will das mit dir klären.« Ich nicke etwas überrascht.

»Okay, ich muss davor aber duschen nach dieser Hundeschwimmrunde«, sage ich leise. Wir gehen ins Haus, dabei fällt Pacos Blick wohl auf meinen Rücken. Er streicht mit seinen Fingern über die Stelle, die jetzt noch mehr brennt. »Was?« Ich unterbreche ihn gleich »Das war vorhin im Pool, aus Versehen, ich habe nicht aufgepasst.«

»Ich habe was zum Reinigen«, erklärt er nur verwundert. Ich gehe direkt in Pacos Zimmer und er folgt mir. Ohne groß darüber nachzudenken gehe ich an Pacos Schrank, schnappe mir eines seiner Shirts, eine frische Hotpants von mir und gehe ins Bad. Beim Duschen brennt die Stelle immer noch. Als ich dann in den Spiegel schaue, entdecke ich ziemlich große Kratzer auf meinem Rücken. Ich ziehe mir die Hotpants und Pacos Shirt an, was mir so oder so bis weit über den Po geht. Dann kämme ich noch meine Haare. Als ich wieder im Zimmer zurück bin, kommt Paco auch gerade wieder herein, er hat in einem anderen Zimmer geduscht.

Er geht ins Bad und kommt mit einer Salbe wieder, setzt sich aufs Bett und lehnt sich ans Kopfende. »Komm her, ich creme das ein.« Paco wirkt ziemlich angespannt. Wenn ich daran denke, dass er noch mit mir reden will, weiß ich auch, warum. Paco ist nicht der Typ, der sich freiwillig solchen Gesprächen stellt, also muss es ihm wichtig sein. Ich setze mich zu ihm und drehe ihm den Rücken zu. Bevor ich etwas machen kann, schiebt Paco schon sein Shirt meinen Rücken hoch, sodass er an die Stelle kommt. Er streicht meine Haare zur Seite und beginnt dann die Salbe aufzutragen. Ich zucke zusammen, als es noch schlimmer brennt. »Tut mir leid, aber das ist besser, als wenn es sich entzündet. Warum musst du auch mit einem Pitbull planschen?« Ich höre sein Grinsen und werfe Pitty, der sich neben das Bett gelegt hat, einen belustigten Blick zu.

Nachdem Paco fertig ist, lässt er langsam das Shirt wieder herunter und ich drehe mich um, sodass ich ihn ansehen kann. Paco bleibt ans Kopfende gelehnt, einen Moment mustere ich ihn. Er sieht so sexy aus, wie er da angelehnt ist, er trägt nur eine Boxershorts und ich sehe das erste Mal seine Beine, die genauso muskulös wie seine Arme sind. Seine dunkle Haut, seine dunklen Augen, die Lippen, selbst die Narben und Tattoos ... alles ist sexy an ihm. Mein linkes Bein liegt fast neben seinem, nur in entgegengesetzter Richtung. Gegen sein Bein wirkt meines geradezu zerbrechlich, meine Haut ist viel heller als seine.

Als ich wieder hochschaue, bemerke ich, dass Paco mich ansieht, als würde er mein Gesicht studieren. Ich blicke ihn auffordernd an und Paco fährt sich einmal mit der Hand über sein Gesicht. Diese Geste ist mittlerweile wirklich typisch für ihn. Ich hoffe nicht, dass er sich das meinetwegen angewöhnt hat und ich ihn wirklich so wahnsinnig mache, wie Chico sagt. Man sieht ihm an, dass er nach Worten sucht. Am liebsten würde er fluchen, wette ich.

»Also wegen vorhin, ich wollte dir sagen, ich meine, so ist das nicht, wie du das sagst. Ich kämpfe nicht gegen meine Gefühle, nicht mehr zumindest und du hast recht, es geht so nicht weiter. Die Sache ist nur die, Bella, du bedeutest mir zu viel, ich kann mit dir keine heimliche Affäre haben. Wenn ich dich wiederhabe, werde ich dich nicht wieder gehen lassen können, nicht nochmal und du weißt, was das bedeutet.« Ich sehe ihn nicht an, ich schaue auf die Bettdecke und lasse seine Worte zu mir durchdringen.

»Was ist die Alternative, Paco? Dass wir uns nie wiedersehen? Denn dann muss es so sein, anders geht es nicht, ich kann dieses ewige Auf und Ab nicht mehr ertragen.« Paco sagt nichts, eine Weile ist es still. »Ich habe dir schon einmal gesagt, du gehörst zu mir«, sagt er ernst. Ich lache leise bitter auf, doch gleichzeitig kommen mir die Tränen.

»Ja klar, weil du mich mit jemand anderem gesehen hast. Weißt du, was das Schlimmste ist, Paco? Ich wünschte es mir.« Jetzt schaue ich ihn direkt an. »Aber das geht nicht, wenn du selber dagegen kämpfst. Seit wir uns kennen, kämpfst du dagegen an, dich in mich zu verlieben. Du kämpfst gegen den Drang mich sehen zu wollen. Weißt du, wie sich das anfühlt? Hast du eine Vorstellung davon, wie es ist zu wissen, jede andere als ich wäre besser für dich, weil es leichter wäre. Es wäre für alle leichter, Paco, wenn du einfach jemanden wie Mary lieben würdest.

Du könntest dich überall mit ihr zeigen, ihre Familie würde dich lieben, und deine Familie würde sie akzeptieren. Paco, eins sollst du wissen, ich werde immer eine Trez Punto sein. Ich liebe meine Familie und ich liebe die Familia. Das soll nicht heißen, ich wäre nicht in der Lage zwei zu lieben oder die Les Surenas in mein Herz zu lassen. Aber falls du oder irgendwer denkt, ich würde vielleicht eines Tages die Seiten wechseln, nein, das würde ich nicht. Niemals. Ich werde immer zu meiner Familia gehören, so wie du zu deiner. Deine Familie würde jemanden wie Mary lieben, mich würden sie immer als Punto sehen. Und Mary ist nicht so anstrengend wie ich, sie legt sich sicher nicht dauernd mit jedem an und ...«

Paco zieht mich in seine Arme und stoppt damit meinen weinenden Redeschwall, der einfach aus mir herausgebrochen ist. Ich schluchze leise an seine Brust, während er mich festhält.

»Denkst du, ich weiß nicht wer du bist, Bella? Ich könnte es einfacher haben und du genauso, aber dann hätte ich nicht dich. Mir ist klar, dass du eine Trez Punto bist und ich liebe dich, mir ist klar, dass du das immer sein wirst. Ich habe gesehen, wie sehr du deine Familie liebst und vor allem, wie sehr sie dich lieben. Du bist anders, Bella, absolut. Ich habe noch nie jemanden wie dich getroffen, die sich so unerschrocken mit einem ganzen Raum voller der gefährlichsten Männer aus der Umgebung, wahrscheinlich aus dem ganzen Land, anlegt und gleichzeitig bist du so ... zart und schön, dass ich dich am liebsten andauernd in meinen Armen halten würde.«

Ich löse mich leicht aus seinen Armen, um ihn anzusehen. Damit hätte ich wirklich nicht gerechnet, dass Paco so offen redet, aber ich sehe in seinen Augen, er sagt jedes Wort aus seinem Herzen. Er streicht mir eine Träne weg, seine Hand bleibt auf meiner Wange. »Ich liebe dich, Bella. Im Grunde ist es egal. Selbst wenn wir jetzt entscheiden, uns nicht mehr zu sehen, werde ich das nicht lange aushalten, du bist mir viel zu wichtig.« Bevor er weiterredet, ist kurz Stille und er seufzt leise. »Wir haben genug dagegen gekämpft und du hast recht, es zerstört uns.«

Paco sieht mich an und ich kann gar nichts mehr dazu sagen. Er bringt es auf den Punkt, es reicht. Seine Augen versenken sich in meine, während er seine Hand an meine Wange legt und sich zu mir beugt. »Paco, tu das nicht, wenn du dir nicht absolut sicher bist. Ich liebe dich und ich will dich nicht wieder verlieren«, flüstere ich an seine Lippen, doch er hört nicht auf. Als unsere Lippen das erste Mal wieder aufeinandertreffen, wird mir fast schwindlig vor Glück. Paco liebkost meine Lippen mit seinen und sein Daumen streichelt über meine Wange. »Ich habe dich so vermisst«, flüstert er und küsst mich immer wieder. Als seine

Zunge meine findet, umschlinge ich seinen Nacken und kuschle mich so eng an ihn, wie es nur geht. Unser Kuss ist sehnsüchtig und verlangend. Es wird deutlich, wie sehr jeder den anderen vermisst hat, doch dann wird er langsamer und zärtlicher.

Als wir uns lösen, lächelt Paco und küsst meine Nasenspitze. »Das wird alles … ich weiß auch nicht Bella, ich will ehrlich sein, ich habe nicht mal annähernd eine Idee, wie man so etwas wie eine Beziehung führt. Du hast ja schon gemerkt, dass mir das nicht leicht fällt, aber ich werde mich bemühen. Was wir wegen der Familias machen, weiß ich auch noch nicht.« Ich muss lächeln über sein Bemühen, mir Sicherheit zu vermitteln. Ich setze mich auf seinen Schoß, sodass ich ihn ansehen kann und küsse seine Lippen. »Willst du mich?«, frage ich leise. »Natürlich.« Er erwidert meinen Kuss. »Und ich will dich, das ist erst einmal das Wichtigste. Alles andere werden wir sehen, aber solange das klar ist, kann uns nichts mehr etwas anhaben.« Er küsst meine Stirn. »Ich wünschte, das wäre so einfach.«

Paco küsst meinen Hals entlang und streichelt meinen Bauch unter meinem Shirt. Unsere Lippen finden sich sofort wieder, ich kann nicht genug von ihm bekommen, von seinem Geruch, seinen Lippen, seinem Geschmack. Als wir uns lösen, lege ich meinen Kopf zwischen seinen Hals und seine Schulter und ziehe tief seinen Duft ein, während er mich einfach fest im Arm hält. Eine ganze Weile liege ich einfach in seinen Armen und er streichelt über meinen Rücken. Ich seufze leise. »Ich hoffe, Mary hört jetzt langsam auf mit ihren Versuchen dich für sich zu gewinnen, es nervt mich.« Ich spüre Pacos Lächeln an meinem Kopf und sehe auf. »Du brauchst nicht eifersüchtig zu sein. Glaub mir, Bella, seit du in mein Leben gepurzelt bist, habe ich das Interesse an anderen verloren. Es ist nicht so, dass ich es nicht probiert hätte, um dich zu vergessen, aber keine Chance.« Er küsst meinen Nacken. »Keine ist wie du.«

Ich haue ihm leicht auf seine Brust. »So etwas möchte ich gar nicht hören.« Er grinst schief. »Außerdem bin ich nicht … eifersüchtig. Genau du musst deinen Mund aufmachen! Darf ich dich an deine Aktion vor der Uni erinnern?« Jetzt grinse ich frech und Paco vergeht das Lachen, er zieht mich enger auf seinen Schoß. »Nein, darfst du nicht, es gibt zu viele Sachen, die mich bei dir in den Wahnsinn treiben.« Ich küsse sein Schlüsselbein. »Wirklich, was denn alles?«, frage ich belustigt und schaue ihn wieder an, doch Pacos Blick ist ernst auf mich gerichtet. Er nimmt mein Gesicht in seine großen Hände.

»Es macht mich verrückt, wenn du nicht ans Telefon gehst, wenn ich anrufe, wenn dich ein anderer anfasst, wie nur ich dich anfassen sollte, es bringt mich um den Verstand, wenn ich weiß, in was für Gefahren du bist und wenn du einfach weg bist und ich denke, dir könnte etwas passiert sein. Wenn du weinst und ich nicht zu dir kann, Gott ... das macht mich völlig fertig. Und wenn du deine süße Nase hoch streckst und mich anschreist und dann von mir weggehst ... ich weiß auch nicht, am meisten macht es mich verrückt, dass ich zum ersten Mal so empfinde, es hat mich noch nie sonderlich viel interessiert, was irgend eine Andere macht, aber bei dir ...«

Ich muss lachen. »Und du bist sicher, dass du mich trotzdem willst?« Er legt seine Hand an meinen Nacken und zieht mich zu sich. »Unbedingt.« Unsere Lippen vereinen sich, doch diesmal wird der Kuss schnell intensiver. Ich spüre Pacos Erregung an mir, seine Hände wandern unter mein Shirt. Wir lösen den Kuss und Paco zieht mir sein Shirt aus. Da ich außer Hotpants nichts darunter trage, bin ich das erste Mal nackt obenherum vor ihm.

Paco streichelt mit seinen Fingern über meine Brüste und sein Blick ist so intim, dass ich eine Gänsehaut bekomme. »Du bist so schön, Bella«, sagt er mit belegter Stimme und streichelt über meinen Bauch. Er verweilt kurz bei meinem Leberfleck neben meinem Bauchnabel, bevor seine Lippen von meinem Schlüsselbein bis zu meinen Brüsten wandern und diese verwöhnen, bis ich leise aufstöhne und meinen Kopf in den Nacken lege, gehalten von seiner Hand.

Paco lässt kurz von mir ab, dreht mich auf den Rücken und legt sich über mich, nur um sofort wieder meine Lippen zu finden und wieder nach unten zu wandern ... als mein Handy klingelt.

Paco grummelt leise, ich solle es klingeln lassen. Ich muss schmunzeln. »Das ist sicher einer meiner Cousins, wenn ich nicht abnehme, stürmen sie bald das Haus, weil sie denken, ihr stellt wer weiß was mit mir an.« Paco hebt den Kopf und grinst. »Besser ihre Vorstellungen, als dass sie wirklich wissen, was wir hier gerade treiben.« Während ich mit Miko telefoniere, kann Paco seine Lippen nicht von mir nehmen. Ich muss mich stark konzentrieren, um überhaupt etwas von dem Gespräch mitzubekommen.

Miko berichtet, dass Juan im Flieger ist, allerdings erst morgen Nacht eintrifft und sie dann übermorgen Abend losfahren, um den Anführer der Locanas zu treffen. Sie haben aber bereits ein paar 'Warnungen' herausgegeben, die anscheinend angekommen sind, denn der Anführer der Locanas ist absolut eingeschüchtert. Es hat sich schon herumgesprochen, dass sie dort sind, und eine weitere Gang aus der Gegend hat signalisiert, dass auch diese mit den Vorfällen nichts zu tun hat. Miko erzählt außerdem von neuen Geschäftsbeziehungen, die sie gerade für ihren Handel knüpfen, noch ungefähr drei Tage werden sie weg sein. Deswegen haben sie beschlossen, Raul und Tito zurückzuschicken, um mich abzuholen und bei mir zu bleiben.

»Nein, das braucht ihr nicht!« Das kam wohl etwas schnell. »Es gefällt niemandem von uns, dass du dort bist, und da sich das Ganze hinzieht …« »Miko, wirklich, ich vermisse euch, aber es geht mir hier gut. Selena ist hier, zu Hause würde mir nur die Decke auf den Kopf fallen, weil die anderen noch nicht wieder da sind. Außerdem wisst ihr gar nicht, was noch passiert. Was ist, wenn sie doch angreifen und dann fehlen euch welche, macht euch wegen mir keinen Kopf, wirklich. Die Surenas haben glaube ich nichts dagegen, wenn ich noch etwas hier bleibe.« Ich lächle zu Paco, der mich ansieht und über meinen Bauch streichelt. Miko ist zwar nicht glücklich, aber schluckt es erst einmal. Offensichtlich haben Chico und er zusammen einen neuen Deal an Land gezogen, denn als ich mit Miko fertig bin, telefoniert Paco noch eine Weile mit Chico.

Ich kuschle mich an Pacos Brust und höre mit halbem Ohr zu. In diesem Moment bin ich glücklich, ich habe Paco wieder und fühle mich wohl. Meiner Familie geht es gut und sie scheinen langsam immer näher an die Les Surenas heranzutreten. Vielleicht ist das Ganze ja doch nicht so aussichtslos. Während ich glücklich meinen Gedanken nachgehe und Paco mit Chico telefoniert und gleichzeitig mit einer meiner Strähnen spielt, schlummere ich ein. Ich spüre noch, wie Paco sich irgendwann ganz hinlegt und mich eng an sich zieht.

Als ich am nächsten Morgen aufwache, blicke ich direkt auf Pacos schlafendes Gesicht und muss lächeln, er sieht so friedlich aus im Schlaf. Ich werde langsam munter und registriere, dass mich Paco fest im Arm hält, obwohl er schläft. Als ich mich etwas bewege, grummelt er leise. Ich muss lachen und gebe ihm einen Kuss. »Morgen, Grummelbär.« Paco öffnet langsam die Augen und zieht mich noch enger an sich, was wirklich fast unmöglich ist. Er kusst mich kurz. »Hast du mich gerade Bär genannt?« Ich lache immer noch, doch Paco bringt mich mit einem süßen Kuss zum Schweigen. Ich könnte ewig so liegen in Pacos Armen mit seinen Lippen auf meinen. Gestern Morgen hätte ich nicht einmal im Traum daran gedacht.

»Das nenne ich mal einen schönen Morgen«, grinst Paco und küsst meine Nasenspitze. »Das alles war in letzter Zeit ziemlich heftig.« Ich vergrabe mein Gesicht an seinem Hals und sehe ihn dann an. »Ich liebe dich, Paco.« Mir wird bewusst, dass ich es ihm heute das erste Mal so einfach und direkt sage. »Ich liebe dich auch, Süße«, flüstert Paco und legt seine Hand an meinen Nacken, um mich an sich zu ziehen. Doch bevor sich unsere Lippen treffen, klingelt sein Handy wieder, wir sollten die langsam verbannen. Paco flucht leise, während er ans Telefon geht. Ich kuschle mich an seine Brust und bekomme mit, dass es gestern nicht gut gelaufen ist, nachdem Paco meinetwegen früher gegangen ist. Paco legt auf. »Ich muss weg.«. Er legt mir die Hand auf die Wange, sodass ich in ansehe. »Ich wollte eigentlich heute mit dir bleiben, aber leider muss ich erst noch etwas tun, ich brauche aber nicht so lange.« Ich nicke. »Okay, ich werde zu Selena rübergehen.« Er gibt mir einen Kuss und geht ins Bad.

Bis er wieder herauskommt, bleibe ich gemütlich im Bett liegen und wäre beinahe wieder eingeschlafen, bis ich seine Lippen auf meinen Schultern spüre. »Ich gehe, ich lasse dir Frühstück machen.« Ich küsse ihn nochmal, dann ist er weg. Ich bleibe noch eine Weile im Bett und telefoniere mit Sara, um sie auf dem Laufenden zu halten. Sie fragt mich tausendmal, ob ich meine Pille auch noch regelmäßig nehme, ich hatte zwar noch keinen Sex, aber wegen meiner starken Blutungen nehme ich schon seit einer Weile die Pille. Ich bestätige ihr dies zu ihrer Beruhigung und schwärme von Paco.

Als wir auflegen, gehe ich erst einmal ins Bad. Ich ziehe meinen Bikini und ein kurzes rotes Kleid darüber an, weil es sehr heiß ist und ich in den hoffentlich bald gesäuberten Pool möchte. Zum Kleid gibt es ein rotes Tuch, das allerdings nicht wirklich meinen Geschmack trifft. Da Pitty mich aber so gespannt ansieht, binde ich es ihm um und ihm scheint es zu gefallen. Ich will gerade in den Garten, als ich in der Ecke einen neu eingepackten Laptop entdecke. Ich müsste mal wieder etwas tun, nehme mein Handy und rufe Paco an, um zu fragen, ob ich den benutzen kann. Wie nicht anders zu erwarten sagt Paco, dass ich ihn behalten kann. Also setze ich mich an den Schreibtisch und beginne ihn einzurichten. Nach einer Weile kommt eine Frau mit einem mit Orangensaft, Obst und Croissants vollgepackten Tablett. Ich bedanke mich und widme mich wieder dem Laptop. Ich tauche in eine andere Welt.

Ich sehe, wie weit der Wettbewerb ist, an dem ich teilnehme und lese mir die neuesten Artikel dazu durch. Dann bestelle ich mir neue Bücher und bleibe bei einem langen Artikel hängen, den ein sehr guter Professor verfasst hat und den ich sehr interessant finde. »Hey, hier bist du.« Ich blicke in das verwunderte Gesicht von Paco. »Hey, bist du schon wieder da?« Er lacht leise. »Schon wieder? Bella, es ist schon später Nachmittag. Ich dachte, du bist schon sauer, weil es so lange gedauert hat, aber Selena meinte, du warst gar nicht bei ihr.« Ich schaue auf die Uhr. »Oh ja ... ich bin hier etwas hängengeblieben.« Paco schüttelt den Kopf und sieht zu meinem Tablett. »Bitte sag mir, dass du wenigstens ein Croissant gegessen hast.« Ich lache leise. »Ich habe Obst gegessen.«. Jetzt merke ich, dass mein Magen knurrt. Paco tritt neben mich und drückt auf Speichern an meinem Laptop, dann schließt er ihn.

Ich stehe auf und drehe mich zu ihm um. Paco lächelt und hebt mich hoch, sodass ich auf dem Schreibtisch sitze und er zwischen meinen Beinen steht. »Wir sollen gleich zu Rodriguez, Selena hat groß gekocht.« Ich bin einen Moment abgelenkt von Pacos Augen. Ich kann nicht fassen, dass wir uns jetzt wirklich entschieden haben zusammen zu sein. Paco küsst mich und holt mich damit wieder in die Realität. »Okay, können wir machen, ich habe jetzt auch Hunger.« Paco greift neben mich und holt die Schachteln mit den Armbändern hervor. »Nimmst du sie jetzt von mir an?« Er öffnet sie und ich nicke, woraufhin er mir jedes einzelne der vier schönen Armbänder um meinen Arm hängt, vor allem passen sie alle zusammen. »Die anderen kommen noch«, verspricht mir Paco.

Er sieht einen Moment auf meinen Arm und streichelt über meine Plaka an meinem Handgelenk. Ich kann mir ein kleines Aufseufzen nicht verkneifen und Paco hebt die Augenbrauen, er nimmt mein Handgelenk und küsst meine Plaka. »Paco, du musst das ...« Er unterbricht mich. »Ich liebe dich, Bella, alles an dir.« Ich ziehe ihn enger an mich, unsere Lippen verschmelzen zu einem langen Kuss.

Als wir etwas später bei Rodriguez eintreffen, sind auch Ramon, Jennifer, die Kinder, Ramos und Mano da. Selena wirbelt aufgeregt um den Tisch herum und weist uns alle an uns hinzusetzen. Sie hat sich wirklich viel Mühe gegeben, aber beim Essen bemerke ich etwas zu viel Salz im Menü. Na ja, sie ist verliebt. Es ist auch ein wenig angebrannt und ich muss grinsen, als mir Paco einen vielsagenden Blick zuwirft. Der Abend wird wirklich gemütlich, in dieser engen Familie fühle ich mich schon richtig wohl, denn hier scheint mich jeder zu akzeptieren. Es wundert sich auch niemand, als mich Paco irgendwann später zu sich auf den Schoß zieht und ich mich an ihn anlehne. Als wir wieder hinübergehen, ist es schon ziemlich spät, aber immer noch heiß. »Wurde der Pool gereinigt?« Paco nickt und folgt mir, als ich in den Garten laufe. Ich ziehe mir das Kleid über den Kopf, ich habe ja noch meinen Bikini an und bin mir Pacos Blick sehr wohl bewusst, der mich verfolgt, während ich zum Pool gehe.

»Habe ich schon mal gesagt, wie sehr mir dein Po gefällt?« Ich spüre sein freches Grinsen und drehe mich um. »Ja, das hast du allerdings und nicht nur mir. Kommst du?« Paco zieht sich sein Shirt aus und knöpft die Hose auf, während ich in den Pool steige. Das tut so gut, ich schwimme ein Stück, doch weit komme ich nicht, denn nachdem Paco mich eingeholt hat, finde ich mich in seinen Armen wieder, aus denen er mich auch nicht mehr entlässt. Ich weiß, heute passiert es. Nicht nur, dass Paco und ich miteinander schlafen werden, sondern auch, dass ich mein erstes Mal haben werde.

Innerlich bin ich etwas verkrampft, aber Pacos Berührungen machen mich gleichzeitig so verrückt, dass ich mich ihm nicht entziehen kann. Seine Hände wandern meinen Körper entlang und umfassen meinen Po, um mich enger an sich zu ziehen. Er hat nur noch seine Boxershorts an, und als mein Bikinioberteil fällt und wir beide schwerer atmen, gehen wir aus dem Pool und direkt in sein

Schlafzimmer, wo er mich behutsam aufs Bett legt. Paco legt sich über mich, seine Lippen verwöhnen mich so unglaublich, dass mir wieder bewusst wird, wie erfahren er im Gegensatz zu mir ist. Ich streiche über seinen Rücken und als er immer weiter herunter wandert und meine Bikinihose von meinen Beinen streift, halte ich kurz die Luft an.

Das ist der Punkt, an dem es bisher bei mir immer gestoppt hat. Als Paco die Hose zur Seite wirft und sein Blick über meinen Körper fährt, fühle ich mich unsicher, ich weiß, was für Körper er gewohnt ist. Doch dieses Gefühl verschwindet wieder, als sich unsere Augen treffen, er sich über mich beugt und mich zärtlich küsst. Paco lässt sich viel Zeit, wir erkunden uns gegenseitig, bis ich irgendwann kaum noch denken kann, so unglaublich fühlt sich das alles an. Wir atmen beide lauter, es ist schön, unsere nackten Oberkörper aneinander zu spüren. Als Paco mit seinen Lippen an meinen Beinen entlangfährt, entdeckt er mein Muttermal, das so weit oben auf meinem inneren Oberschenkel ist, dass es sonst niemand sieht.

Meine Mutter hat immer gesagt, es sieht aus wie ein Schmetterling, vielleicht liebe ich deswegen dieses Symbol so sehr. Paco lächelt und knabbert kurz an dieser Stelle, bevor er weiterfährt. Ich hätte nie gedacht, dass sich das alles so anfühlt. Paco hört nicht auf, mich zu verwöhnen, bis er schließlich wieder zu mir hochkommt. Seine Boxershorts streift er ab und ich bin doch etwas sprachlos, als ich sehe, wie gut er gebaut ist. Ich spüre, wie Angst in mir aufkeimt, doch wir beginnen einen so süßen Kuss, dass ich langsam merke, wie er in mich eindringt. Ein Ziehen durchfährt mich, Paco hält inne und küsst mich so zart, dass ich mich entspanne. Und als er sich dann wieder zurückzieht und langsam beginnt sich in mir zu bewegen, ändert sich das Gefühl.

Ich wusste nicht, dass es so sein würde, ich habe mir tausendmal vorgestellt wie es wäre, wie sich anfühlt, aber ich habe es nicht mal erahnt. Paco und ich verschmelzen ineinander, es ist das Schönste, was ich je gefühlt habe. Als wir beide kommen, zieht er sich noch nicht zurück. Wir liegen noch lange ineinander verschlungen und genießen einander, ich hätte mir nicht träumen lassen, dass es so schön ist.

Am nächsten Morgen werde ich durch sanfte Küsse auf meinem Nacken geweckt und bemerke, dass ich fest in Pacos Armen liege. »Hey Süße, wirst du heute auch noch mal wach?« Paco vergräbt seine Nase an meinem Hals und küsst ihn. »Morgen«, sage ich leise und sehe, dass es schon später Morgen ist. Paco legt sein Kinn auf meine Schulter. »Warum hast du es mir nicht gesagt?« Ich drehe mich halb zu ihm um. »Was?« Er nickt zum Laken, auf dem ein paar kleine getrocknete Blutflecken sind. Ich zucke die Schultern. »Ist es so wichtig?« Er dreht mich zu sich um und ich sehe ihm in die Augen.

»Natürlich war es das, Bella. Hätte ich das gewusst, hätte ich ... keine Ahnung, es hätte etwas Besonderes ...« Ich unterbreche ihn. »Das war es doch, es war wunderschön«. Ich runzle die Stirn. »Oder etwa nicht?« Er lächelt und küsst meine Stirn. »Doch, es war ... unglaublich.« Er gibt mir einen Kuss. »Es war nicht mein erstes Mal, bei Weitem nicht, aber auf jeden Fall das erste Mal mit jemandem, den ich liebe.« Ich umschlinge seinen Nacken und ziehe ihn näher zu mir. »Ich liebe dich auch«, flüstere ich an seine Lippen und wir beginnen unser Spiel von vorne, doch diesmal habe ich keine Schmerzen mehr, als ich mich auf ihn setze. Es ist das schönste Gefühl, mit Paco vereint zu sein.


Die nächsten Tage vergehen viel zu schnell. Paco hat zwar viel zu tun, aber trotzdem nimmt er sich viel Zeit für mich. Wir genießen uns und die Zeit, die wir miteinander haben. Auch mein Verhältnis zu seiner engeren Familie wird besser. Mit Rodriguez, Ramon, Mano, Ramos und noch ein paar Cousins verstehe ich mich wirklich gut, Selena und Jennifer wachsen mir auch sehr ans Herz. Gleichzeitig wächst mein schlechtes Gewissen darüber, dass die Les Surenas mittlerweile fast komplett wissen, dass Paco und ich zusammen sind, denn wie Paco gesagt hat, hält er es nicht geheim, er küsst und umarmt mich offen vor allen. Im Gegensatz dazu hat meine Familie nicht mal annähernd einen Verdacht.

Die Surenas haben es auch gar nicht so schwer aufgenommen, da sie ja von Anfang an mitbekommen haben, was da zwischen Paco und mir war, im Grunde schon seit unserem ersten Aufeinandertreffen in der Bibliothek, während meine Familie von all dem nichts weiß. Mittlerweile befinden sich Juan und die anderen auf dem Rückweg. Sie haben die Locanas getroffen. Ich weiß zwar nichts Genaues, aber Paco hat mir gesagt, dass sie auf jeden Fall irgendwas gemacht haben, damit ein Zeichen gesetzt wird.

Mir dreht sich der Magen um, weil ich weiß, der Anführer der Locanas war sofort bereit mit ihnen zu reden, ist ihnen entgegengekommen. Juan soll sich auch mit ihm getroffen haben, und trotzdem haben sie auch ein klares Zeichen gesetzt, dass sich weder die Trez Puntos noch die Les Surenas irgendetwas gefallen lassen. Wie dieses Zeichen aussah, will ich gar nicht genau wissen. Zumindest geht es ihnen allen gut, sie haben einige neue Deals abgeschlossen und ich habe sie vermisst. Mir ist klar, dass ich von Paco weg muss, wenn sie wieder hier sind.

Paco will mit Juan reden. Keiner weiß, was dabei herauskommt, keiner weiß, was passiert, aber es ist klar, wir können das nicht mehr lange geheim halten.

Paco scheint es auch mittlerweile nicht egal zu sein, aber er sagt, er weiß, dass Juan ausflippt. Doch das ändert nichts daran, er wird sich nicht vor ihm verstecken. Ich habe ihn wenigstens überreden können, nicht sofort nach ihrer Rückkehr mit ihm zu reden und mit der Tür ins Haus zu fallen, sondern auf einen geeigneten Zeitpunkt zu warten, wenn es den dann gibt. Paco ist in dieser Sache sehr stur und stolz und nur dank Ramon, der sich da eingeklinkt hat, habe ich es geschafft, ihm verständlich zu machen, dass wir da behutsamer herangehen sollten, als sich hinzustellen und zu sagen, 'ich liebe Bella, finde dich damit ab'.

Da ja auch einige der Les Surenas und vor allem Chico zurückkommen, bringen Paco, Ramos und Rodriguez mich nach Hause und sammeln diese gleich ein. Es ist das erste Mal, dass ich seit der Schießerei auf das Punto-Haus wieder aus dem Les Surenas-Anwesen herauskomme. Ich verabschiede mich von allen und fahre mit Paco in seinem Auto, Rodriguez und Ramos folgen uns in einem anderen. Paco ist während der Fahrt angespannt. Ich nehme seine Hand und küsse seine Knöchel, auf denen jetzt ein paar kleine Wunden sind, da er ein halbes Loch in die Wand geschlagen hat, als ich ihn nicht zu mir gelassen habe.

»Sei nicht sauer, Paco, aber du musst doch verstehen, dass wir es ihnen nicht sofort sagen können.« Ich lasse seine Hand los, er legt sie an meinen Nacken. »Ich bin einfach nicht der Typ ... soll ich jetzt so tun, als kenne ich dich nicht?« Ich lache leise. »Nein ... aber mich nicht unbedingt vor Juan küssen.« Er hält an einer Ampel. »Ich weiß nicht, ob ich das kann.« Er grinst und zieht mich an sich. Als wir den Kuss lösen, seufzt er. »Okay, ich tue das wirklich nur für dich, von mir aus kann Juan es auch sofort erfahren, ändern wird es nichts, aber Bella, das geht nicht mehr lange. Ich werde mit Juan reden.« Ich nicke und mein Bauch dreht sich um, das wird eine verdammte Katastrophe.

Als wir ins Trez Punto-Gebiet fahren, zeige ich Paco verschiedene Orte, meinen alten Kindergarten, meinen Lieblingseinkaufsladen, den Strand. Er soll das Trez Punto-Gebiet mit meinen Augen sehen und nicht mit seinen. Als wir vor dem Punto-Haus halten, sieht Paco sich noch mal um und holt eine Waffe hervor. Noch immer sind alle extrem angespannt wegen der Schießerei. Er kommt und öffnet mir die Tür, auch Ramos und Rodriguez sehen sich um. Ich entdecke die vielen Einschusslöcher an der Außenwand. »Meine Güte«, flüstere ich leise.

»Bella.« Ein paar Jungs der Trez Puntos kommen heraus. Natürlich kenne ich fast alle Mitglieder und sie mich. Auch wenn sie mir nicht so nah stehen wie meine Cousins, kenne ich sie schon ewig und habe alle lieb. »Hey.« Ich begrüße alle mit einem Küsschen auf die Wangen und wir gehen ins Haus. Sie nicken Paco und den anderen nur zu, Juan muss gesagt haben, dass sie mich bringen. Drinnen ist es laut und als ich in den Garten komme, sehe ich, dass Juan und die anderen offenbar auch gerade erst angekommen sind, sie werden noch begrüßt. Ich entdecke auch die Les Surenas neben ihnen.

Mein Herz schlägt schneller, als ich meinen Bruder und meine Cousins sehe, noch nie war ich so lange von ihnen getrennt. Sie drehen sich um. Ich will gerade zu ihnen, da werde ich schon hochgehoben. Tito hat mich entdeckt. »Princesa!« Ich muss lachen über diesen Empfang und gebe Tito einen langen Kuss auf die Wange. Als er mich absetzt, werde ich von Raul, Miko und Pepo durchgeknuddelt, nur Juan steht noch auf seinem Platz. Ich sehe ihm an, es ist ihm auch nicht leichtgefallen ohne mich zu sein. Egal wie oft wir aneinander geraten, wir stehen uns sehr nah und es muss für ihn schwer gewesen sein, mich hier zu wissen bei dieser Gefahr, ohne ihn. Ich gehe auf ihn zu, er zieht er mich fest in seine Arme und küsst meine Stirn. Mir kommen die Tränen. »Du hast mir gefehlt, Bruderherz.« Er nickt. »Du mir auch, Princesa.« Ich schlage leicht auf seine Brust. »Hört auf, mich so zu nennen.«

Aus dem Augenwinkel sehe ich, wie Chico und die anderen Paco, Rodriguez und Ramos begrüßen. Auch Miko und meine anderen Cousins gesellen sich dazu und reden mit ihnen. Immerhin sind sie sich alle nicht mehr so fremd. Ich fühle Pacos Blick immer wieder auf mich fallen, auch für mich ist es komisch, aber es ist definitiv besser so. Erstmal.

Mit halbem Auge erkenne ich, dass Juan zu Paco geht und mit ihm redet. Ich stehe nah genug dran um zu hören, dass sich Juan bei ihm für meinen Schutz bedankt. Paco antwortet nüchtern, dass es kein Problem war, ich kenne ihn aber inzwischen gut genug um zu wissen, er würde ihm am liebsten mehr sagen. Sie unterhalten sich noch kurz, bis Chico sich mit einem Schulterklopfen von einigen Trez Puntos verabschiedet. »So, ab ins Les Surenas-Gebiet, nach Hause. Verdammt, wir müssen heute Abend eine Party feiern, ich habe die ganzen guten Surena-Chicas vermisst.« Alle lachen. »Kein Problem, ist schon organisiert.« Ramos freut sich auch schon. Mein Magen rebelliert gleich und mein Blick wandert zu Paco, der dies grinsend zur Kenntnis nimmt. Die Les Surenas gehen langsam, Paco und ich wechseln noch einen kurzen Blick, dann bin ich wieder bei den Trez Puntos.

Den ganzen Abend verbringen wir im Punto-Haus und ich kuschle mich an Tito, Miko oder Raul. Ich muss immer wieder an Paco denken, der gesagt hat, ich erinnere ihn an eine Katze, da ich unglaublich die Krallen ausfahren kann, aber wenn ich jemanden liebe, eine Menge Kuscheleinheiten brauche und gebe. Das stimmt wirklich. Jetzt, wo ich hier an Raul angekuschelt sitze, wird mir klar, dass ich wirklich viel mit meinen Cousins und meinem Bruder kuschle. Immer hat einer seinen Arm um mich oder ich lege meinen Kopf auf deren Schulter. Das ist aber nur bei mir so, was wahrscheinlich daran liegt, dass wir so eng zusammen aufgewachsen sind. Da sie alle von Anfang an in eine harte Rolle gesteckt wurden, war ich immer für alle das Weiche, das Liebevolle in der Trez Punto-Welt. Vermutlich liege ich ihnen deshalb so extrem am Herzen und sie mir.

Erst mitten in der Nacht gehe ich langsam nach Hause. Und obwohl ich nur knapp eine Woche weg war, ist es merkwürdig, als ich nach einer Dusche in meinem Bett liege, was sich seitdem alles geändert hat. Mein Magen grummelt bei dem Gedanken, dass Paco jetzt gerade mitten in einer Party mit vielen Chicas steckt. Ich nehme mein Handy und rufe ihn an. »Hey.« »Hey.« Es ist wirklich sehr laut im Hintergrund. »Bist du noch in eurem Treffpunkt oder zu Hause?« Ich muss leise lachen. »Der Treffpunkt heißt Punto-Haus und das ist auch mein Zuhause, aber nein, ich bin jetzt in meinem Haus.« Es entsteht eine Stille zwischen uns und man hört, dass eine Menge Leute da sind. »Was ist bei euch so ... los?«

»Nicht viel, wir feiern.« Paco ist abweisend, ich hasse das, er fängt sofort an eine Distanz aufzubauen, sobald ich weg bin. »Paco, was soll das? Wieso bist du so zu mir? Ich wollte dich einfach noch einmal hören oder bist du gerade zu beschäftigt?« Paco seufzt leise und ich höre wie es leiser wird, wahrscheinlich geht er ins Haus. »Pitty vermisst dich.« Ich muss schmunzeln. »Tu das nicht wieder, Paco. Bau nicht wieder diese Distanz auf, nur weil ich weg bin.« Er räuspert sich. »Tut mir leid, es ist einfach, ich will dich hier haben.« »Ich will auch bei dir sein, aber ich habe auch meine Familie vermisst und sie mich ebenso.« »Das habe ich gemerkt.« Ich muss lächeln. »Wo bist du genau?«

»Ich bin kurz hoch ins Schlafzimmer, du hast alles hiergelassen, ich dachte die Sachen gefallen dir?« »Tun sie auch, aber ich komme doch wieder oder gefällt es dir nicht, wenn meine Sachen bei dir sind?« »Doch ich dachte nur .... vergiss es.« Er seufzt und ich kann mir bildlich vorstellen, wie er sich mit der Hand über das Gesicht fährt. »Du weißt, es fällt mir nicht so leicht, ich muss mich wirklich zusammenreißen, um nicht einfach das zu tun, was ich will, und ich bin es gewohnt, zu tun was ich will.« »Und was würdest du jetzt tun?«

»Ich würde zu dir fahren, Juan sagen, du gehörst zu mir, dich einpacken, dir mein Shirt anziehen und dich wieder barfuß durch mein Haus laufen lassen. Weißt du eigentlich, dass du in den Tagen fast nie Schuhe getragen hast?« Ich muss lachen. »Ich liebe dich Paco, wirklich.« »Ich dich auch, cariño.« Ich hole einmal Luft und versuche die richtigen Worte zu finden, um ihm zu sagen, was mir auf dem Herzen liegt. »Paco, da wir beide wissen ... also wie du gesagt hast, du hattest ja noch nie etwas Festes und ich dachte, ich sollte ... vielleicht, also ich meine nicht, dass du ...« Jetzt lacht Paco. »Was ist?«

»Also, ich weiß, jeder sieht das anders und so, aber ich habe da eine ganz klare Vorstellung von gewissen Sachen und ...« »Und die wären?« »Keine Chicas!« Ich spüre Pacos Grinsen quasi durchs Telefon. »Wie kommst du darauf?«, fragt er unschuldig. »Paco, ich kenne diese Partys, ich weiß, wie scharf sie auf euch sind, vor allem auf dich, den Anführer. Denkst du, das ist bei uns so anders? Ich will einfach, dass du weißt, dass ich das nicht möchte ... ich will nicht, dass du jemand anderen anfasst als mich.« Paco unterbricht mich. »Ich möchte auch keine anfassen, wie ich dich anfasse.« Er grinst immer noch. »Okay, dann wäre das geklärt, ich wäre jetzt gerne bei dir. Es ist komisch, hier wieder allein im Bett zu sein.«

»Was würdest du denn tun, wenn du jetzt bei mir wärst?« Oh Paco, ich muss lächeln, doch dann werde ich ernst. »Weißt du, was ich jetzt gerne machen würde? Ich würde mich genau jetzt in deine Arme kuscheln, meine Augen schließen und in deinen Armen einschlafen, ich wünschte wirklich, das könnte ich jetzt.« Paco ist kurz still. »Bella, wir müssen es deiner Familie bald sagen.«

»Ich weiß, das tun wir.« Ich muss gähnen. »Geh jetzt schlafen, Süße, wir telefonieren morgen.« »Okay, gute Nacht, ich liebe dich und Paco ...« »Hmmm?« »Mach keinen Blödsinn.« Er lacht leise und ich muss auch lachen.

»Ich liebe dich, Bella, bis morgen.«

# Kapitel 12

Die nächsten Tage vergehen wie im Flug.

Sara und meine Cousinen kommen zurück und wir haben uns so viel zu erzählen, dass wir kaum mein Zimmer verlassen. Ich erzähle Sara, dass wir Juan alles beichten werden. Ihre Antwort ist ein leises Gebet, sehr ermutigend.

Heute bin ich fast eine Woche wieder im Trez Punto-Gebiet und trotz meiner häufigen Telefonate mit Paco vermisse ich ihn wahnsinnig, ihm geht es sicherlich auch so. Er macht mir immer mehr Druck in Richtung Juan und ich denke, er wird auch nicht mehr lange auf mich hören und er macht es einfach, ohne mir Bescheid zu geben.

Wir haben keine Möglichkeit uns zu sehen, da ich das Gebiet immer noch nicht verlassen darf, weil keiner weiß, ob das Zeichen angekommen ist, bei wem auch immer und ob jetzt Ruhe ist, oder ob das Gegenteil passiert und sie zurückschlagen. Eigentlich sind alle nur noch mehr angespannt, Paco ist das deutlich anzumerken. Da auf das Punto-Haus geschossen wurde, macht er sich Sorgen um mich. Wenn wir telefonieren und ich sage, ich bin mit Sara im Punto-Haus, flippt er fast aus und meint, ich soll in meinem Zuhause bleiben. Ich weiß, er hätte mich lieber bei sich und ich will ihn auch unbedingt wieder sehen. Ich muss noch einmal mit ihm reden, wie wir es am besten anstellen, dass alles so friedlich wie möglich abläuft, wenn das überhaupt möglich ist.

Sara ist gerade nach Hause gegangen, sie will für Juan ein Abendessen vorbereiten. Ich will die gute Gelegenheit nutzen und versuchen bei Paco vorbeizufahren. Ich schaue erst mal, wo Juan steckt und finde ihn mit Miko im Punto-Haus. Sie sind mit einigen wenigen anderen dort, es ist momentan sowieso kaum jemand hier, alle sind unterwegs, um zu sehen, ob ihnen irgendwo etwas auffällt. »Hey Princesa«, begrüßt mich Miko und Juan gibt mir einen Kuss. »Sara hat gerade angefangen euren Abend vorzubereiten.« Juan grinst vor Vorfreude, ich versuche so gelassen wie möglich zu wirken. »Miko?« »Hmm.« »Kannst du mich zu den Surenas fahren?« Juan sieht mich an, als wäre ich verrückt. »Kann er nicht, wie kommst du auf den Blödsinn?« »Juan, was soll das jetzt? Mir ist die ganze Zeit dort nichts passiert, wieso sollte es jetzt auf einmal so sein?« Jetzt schaut Miko auch hoch zu mir. »Das war eine Ausnahme, Bella, denkst du etwa, du spazierst jetzt da zum Spaß herum? Worum geht es dir, ist es wegen dieser Selena? Wenn du sie sehen willst, kann Miko sie auch abholen und sie kann hierher kommen.« Miko nickt und ich beiße mir auf die Lippen. Ich will nicht weiter lügen, und wenn Paco mit Juan redet, wird es noch schlimmer, ich habe das Gefühl, ich muss es jetzt sagen.

»Es ist nicht wegen Selena, ich will nicht Selena wiedersehen.« Juan wird langsam gereizt. »Weswegen ist es dann, Bella?« Ich schlucke einmal. »Paco … es ist wegen … Paco.« Minuten vergehen, bevor ich mich überhaupt traue wieder hochzusehen. Juan schaut mich regungslos an, dann schnaubt er wütend auf. »Dieser verdammte Hundesohn, es ist doch bekannt, was für ein Player er ist, muss er sich jetzt auch noch an meine Schwester ranmachen? Miko, ich wusste doch, dass das keine gute Idee war, wenn ich den …«

Ich unterbreche ihn. »So ist das nicht, Juan, ich kenne Paco schon länger, er hat es nicht ausgenutzt, dass ich dort gewohnt habe.« Plötzlich wird Juan ganz ruhig, und das bedeutet absolut nichts Gutes, aber jetzt komme ich nicht mehr drum herum, ich erzähle ihnen alles. Von unserem ersten Aufeinandertreffen in der Bücherei, dass Paco nicht wusste, wer ich genau bin, zu unseren weiteren Treffen, dass ich ihn wegen Sanchez gefragt und ihm gesagt habe, wer ich bin und Paco daraufhin ausgeflippt ist, dass wir uns nicht mehr gesehen haben und dagegen angekämpft haben, dass es aber nichts gebracht hat und wir uns lieben. Ich erwähne extra, dass Paco keine Ahnung hatte wer ich bin, als er sich in mich verliebt hat.

Juan starrt mich nur an, als ich ihm beichte, dass ich nach Sanchez' Tod zu Paco gefahren bin und ich früher einfach im Surena-Gebiet war, um zur Bibliothek zu gehen. Seine Kiefermuskeln zucken vor Wut, ansonsten kommt erst einmal keine Reaktion. Auch Miko ist totenstill und starrt mich nur an, die wenigen anderen, die noch im Punto-Haus sind, stehen zwar zu weit weg, um etwas mitbekommen, aber jetzt starren sie zu uns, weil sie merken, dass etwas nicht stimmt »Verschwindet, alle, wir müssen etwas besprechen«, zischt Juan. Ich erstarre, so wütend habe ich Juan noch nie erlebt. Alle anderen bis auf Miko machen sich schnell aus dem Staub. Juan lässt nicht einmal den Blick von mir. Ich habe das erste Mal wirklich Angst vor meinem Bruder.

Als alle weg sind, hört Juan nicht auf, mir ins Gesicht zu sehen. Miko sagt kein Wort. »Juan … ich …«, setze ich langsam an, doch Juan wendet sich blitzschnell um und geht ins Punto-Haus, er kommt eine Sekunde später mit einer seiner Waffen wieder heraus und will zum Auto. »JUAN, NEIN!« Ich renne ihm hinterher und halte seinen Arm fest. Juan wirbelt so stark herum, dass ich auf den Steinhaufen des Grills stürze, wo viele spitze Steine liegen. Ich spüre einen stechenden Schmerz im Bein, meine Hose ist gerissen, doch ich ignoriere es.

»Juan, nein, wehe, Juan, das darfst du nicht, du kannst ihm nichts antun, nur weil ich ihn liebe«, flehe ich ihn an. »NUR? NUR? BELLA ... was zur Hölle ist in dich gefahren?« Ich schrecke zurück, einen Moment sah es wirklich so aus, als wolle er mich schlagen, auch Miko steht plötzlich neben uns. Juans Blick ändert sich, jetzt guckt er nicht mehr sauer sondern angewidert. »Du bittest mich wirklich, diesen Bastard zu verschonen? Ist dir deine Familie so egal? Was genau hast du dir gedacht, als du dich mit unserem verdammten Feind getroffen hast? Und als du auf dessen Gebiet warst und du zu ihm gerannt bist, anstatt hier bei deiner Familie zu sein?«

Meine Tränen laufen schon lange, ich bin so schockiert über seine Reaktion, ich habe Angst davor, was jetzt passieren kann. »Juan, du verstehst das nicht. Denkst du, wir wussten das nicht? Wir wollten uns doch vergessen, aber es geht nicht, wir lieben uns.« Juan hebt warnend seine Hand. »Ich will das nicht hören ... wie kam das genau, Bella? Erkläre es mir, ich habe verstanden, dass er nicht wusste wer du bist, das ist vielleicht der einzige Grund, warum er in dieser Minute noch atmet, aber du wusstest es und es war dir egal. Nein, noch schlimmer, deine Familie war ... ist dir egal.« Ich verschränke die Arme vor der Brust, weil ich das Gefühl habe auseinanderzufallen.

»Ich liebe meine Familie, das weißt du genau, das hat nichts mit meiner Liebe zu Paco zu tun, das ist doch nicht gegen euch.« Juan nimmt meinen Arm und hält ihn fest, er schüttelt mich halb wahnsinnig. »Nein, Bella? Das geht nicht gegen uns? Nicht gegen die Trez Puntos? Wie lange wissen die Surenas schon Bescheid? Alle wissen es, während wir hier wie Trottel herumsitzen und keine Ahnung haben, so denkst du an deine Familie? Du warst schon immer anders, Bella, aber ich hätte nie gedacht, dass du uns einmal so hintergehst.«

Ich kriege kaum noch Luft. »Das ... ich wollte es euch sagen, Paco wollte schon lange kommen, aber ich habe ihn gebeten zu warten. Ich wollte nicht, dass etwas passiert, ich hatte Angst, du rastest aus so wie jetzt. Paco und du ... seine Familie hat es auch akzeptiert, das hat nichts mit den Trez Puntos und den Les Surenas zu tun, sondern nur mit mir und ihm. Ich will nicht, dass du dem Mann, den ich liebe etwas tust oder er dir oder ...«

»Das glaubst du doch selber nicht, Bella, ich weiß wirklich nicht was du dir denkst, was willst du eigentlich? Bittest du mich darum, Paco nichts zu tun? Den Les Surenas? Sind sie dir schon so wichtig? Was ist passiert, dass wir dir so egal geworden sind? Gott ... ich kann dich nicht mal mehr ansehen. Weißt du was, geh! Geh zu deinen Les Surenas und zu deinem Paco, wenn sie dir so wichtig sind, offensichtlich hast du deine Familie so oder so schon vergessen, ich könnte ...« Er schlägt mit voller Wucht gegen den Steinhaufen, ich schrecke zusammen. »Juan, das ist doch nicht dein Ernst?« Ich kann kaum noch sprechen vor lauter Tränen. »Verschwinde Bella, bevor ich mich vergesse, geh zu deinen Surenas«, zischt er. Ich starre ihn ungläubig an, er schmeißt mich raus? Er verstößt mich aus der Familie?

Ich trete zurück, geschockt und unfähig noch ein Wort zu sagen. Miko tritt an Juan heran. »Juan!« Doch Juan starrt mich nur vernichtend an und registriert ihn überhaupt nicht. Juan meint es ernst, ich sehe es in seinen Augen und mein Herz zerbricht. Ich drehe mich um und gehe.

Ich kann keinen klaren Gedanken fassen, als ich durch die Straßen laufe und das Trez Punto-Gebiet verlasse, ich habe nichts dabei, nicht mal ein Telefon. Alles, alles habe ich mir vorgestellt, aber nicht das. Ich hätte nie, niemals im Traum gedacht, dass mein eigener Bruder mich wegschickt, mich verstößt, als wäre ich eine Verbrecherin, nur weil mein Herz einem Mann gehört, der ihm nicht passt. Ich wische mir immer wieder meine Tränen weg, während ich die Straße entlang laufe. Wieso muss es für ihn ein entweder oder geben? Wieso denkt er, die Trez Puntos bedeuten mir nichts mehr, nur weil ich einen Surena liebe? Nie, nicht eine Sekunde habe ich daran gedacht, die Trez Puntos zu verlassen.

Es tut weh, es tut mir so weh, dass ich kaum Luft bekomme, von meiner Familie verstoßen zu werden, weil ich den falschen Mann liebe. Ich weiß nicht einmal, was ich jetzt tun soll, wohin ich gehen soll, denn eins ist klar: Ich kann weder zurück, das war eindeutig, noch kann ich zu Paco, denn das würde bedeuten, Juan hat recht, dass ich mich für sie entscheide. Sofort würde überall erzählt werden, ich verlasse die Trez Puntos und gehe zu den Les Surenas und das tue ich nicht. Das hatte ich nie vor. Niemals hätte ich mir vorstellen können, dass es irgendetwas gibt, was zwischen mich und meine Familie kommt

Ich laufe ziellos umher, es wird langsam dunkel, mein Bein schmerzt sehr und ich habe Hunger. Ohne jegliches Zeitgefühl bemerke ich, dass ich in der Nähe des Einkaufszentrums bin. Ich finde noch ein wenig Geld in meiner Hosentasche und gehe mir etwas Trinken und Essen kaufen. Krampfhaft überlege ich, was ich tun soll, ich werde Juans Vorwurf hinsichtlich meiner Entscheidung für die Les Surenas und gegen die Trez Puntos auf keinen Fall bestärken, aber was bleibt mir für eine Möglichkeit? Wäre Sam da, hätte ich zu ihr gehen können, sie ist neutral, aber sie ist noch bei ihren Eltern. Es wird immer später und ich bekomme Angst, dass mich jemand von denen hier erwischt, die gegen die Trez Puntos und die Les Surenas sind.

Also gehe ich durch die engen Nebenstraßen, wo kein Auto durchfahren kann. Ich werde schief von der Seite angesehen, was ich wohl so spät hier draußen mache, verheult, leicht humpelnd, mein Bein bringt mich fast um, sodass ich nur langsam vorankomme. Ich fühle mich wie eine Obdachlose und wenn man es richtig bedenkt, bin ich das auch. Noch nie habe ich mich so klein und schäbig gefühlt, mein Herz tut genauso weh wie mein Bein. Als ich am einzigen Ort ankomme, der sich etwas wie zu Hause anfühlt, geht die Sonne schon fast wieder auf und ich bin total fertig. Es ist Wochenende, aber die Uni ist immer offen, ich schleppe mich mühevoll zum Dach hoch. Dort angekommen sehe ich, wie die Sonne aufgeht und sich die ersten Strahlen über diese verdammte Stadt verteilen.

Ich gehe zum Rand des Daches und sehe hinunter auf alle Gebiete. Es scheint fast so, als wäre dort unten reges Leben. Obwohl gerade erst die Sonne aufgeht, sind viele Autos unterwegs. Ich muss mich ausruhen und mir etwas überlegen, doch hier wird mir plötzlich kalt, ich bin zu müde. Ich gehe ins Gebäude und versuche die Hörsäle zu öffnen, wo es etwas wärmer ist als hier oben auf dem Dach. Alle sind geschlossen, doch irgendwann in einem Teil der Uni, der gerade renoviert wird, finde ich einen offenen Saal. Ich setze mich hinter die letzten Bänke auf den Boden und lehne mich an die Wand. Meine Güte, mein Bein bringt mich um, ich war die ganze Nacht unterwegs. Ich esse etwas und versuche meine Gedanken freizubekommen. Ich kann nicht zu den Les Surenas, aber ich muss Paco erreichen, er kann mir wenigstens helfen woanders hinzugehen.

Ich werde mir eine Telefonzelle suchen, genug Kleingeld müsste ich noch haben, aber erst will ich mich etwas ausruhen. Mir ist so kalt, ich kann kaum ruhig sitzen, so sehr zittere ich. Ich ziehe meine dünne Strickjacke aus, auch wenn mir so kalt ist. Ich falte sie zum Kissen, lehne meinen Kopf an die Wand und schließe meine Augen. Sofort kommt mir Juans Gesicht vor Augen 'verschwinde Bella!'. Meine Tränen laufen wieder, doch irgendwann siegt meine Müdigkeit.

Ich träume lauter wirres Zeug. Bilder aus meiner Kindheit kommen mir wieder hoch, wie meine Onkels gekommen sind und meiner Mutter gesagt haben, dass mein Vater tot wäre. Ich weiß noch genau, wie ich mich hinter Juan versteckt habe, er war damals so stark, er hat mir immer wieder meine Tränen weggewischt und mich getröstet, statt selbst zu trauern. Sanchez' geschundenen Körper und Paco, wie er mich ansieht, mich küsst, wie schön sich unsere Körper anfühlen, wenn sie sich vereinen. Seine Augen, die so gefährlich wirken, doch sobald sie auf mir liegen, liebevoll werden.

In meinen Träumen höre ich seine Stimme, als würde er verzweifelt nach mir rufen. Als ich irgendwann wieder aufwache, fühle ich mich wie gerädert, als hätte ich kein bisschen geschlafen, ich bin noch müder als vorher und mir ist immer noch kalt, doch ein Blick aus dem Fenster zeigt mir, dass es schon langsam wieder dunkel wird, ich muss den ganzen Tag verschlafen haben. Ich will mich aufraffen, doch mein Bein macht mir einen Strich durch die Rechnung. Ich trinke mein letztes Getränk und will mich noch kurz ausruhen, bevor ich mich aufmache, doch meine Müdigkeit trägt mich immer wieder fort. Ich fühle mich miserabel, ich versuche wach zu werden, aber es gelingt mir nicht wirklich, immer wieder sinke ich in einen leichten Schlaf.

»Da drüben ist jemand.« Ich bemühe mich verzweifelt meine Augen zu öffnen, als ich leise Stimmen wahrnehme. »Verdammt!« Ich spüre Hände an mir und es gelingt mir, leicht die Augen zu öffnen. Ich erkenne Rodriguez und Ramos, doch meine Augen wollen gleich wieder zufallen. »Sie glüht! Bella kannst du mich hören?« Ich will nicken und ihnen sagen, dass sie Paco anrufen sollen. »Was sagt sie?« »Paco ... sie fragt nach meinem Bruder.« Ich werde auf Arme gehoben. »Wir müssen sie in ein Krankenhaus bringen, ruf alle an, sag Bescheid, dass wir sie gefunden haben.« Ich habe einfach keine Kraft mehr, meine Augen offen zu halten.

Als ich das nächste Mal wieder zu Bewusstsein komme, höre ich irgendein Piepen, das in regelmäßigen Abständen in meinem Kopf hallt. Ich versuche mich zu bewegen und die Augen zu öffnen, doch mein Körper verweigert jeden Dienst, und meine Lider fühlen sich betonschwer an. Als ich dann irgendwann meine Augenlider öffnen kann, werde ich geblendet von der plötzlichen Helligkeit. Es dauert eine Weile, bis ich mich daran gewöhne, ich lasse den Blick schweifen und merke, dass ich im Krankenhaus liege. Neben mir ist eine etwas kräftigere Krankenschwester, die gerade an den Geräten herumdrückt, sonst ist niemand im Raum. Ich möchte etwas sagen, doch mehr als ein leises Krächzen kommt nicht über meine Lippen.

Die Schwester dreht sich um. »Sieh mal an, wer wieder bei uns ist.« Sie lächelt mich liebevoll an. »Hey Kleine, willkommen zurück, du hast uns allen einen ganz schönen Schrecken eingejagt. Meine Güte, hast du schöne Augen, so, lass mich mal gucken, ob das Fieber weg ist.« Sie steckt mir ein Fieberthermometer unter den Arm und da merke ich, dass mein Bein fest verbunden ist.

»Was ist passiert?«, frage ich leise, meine Stimme ist nur ein raues Flüstern. Sie streichelt mir über die Stirn. »Ich weiß nicht, wie es dazu kam, aber als man dich gebracht hat, hattest du lebensgefährlich hohes Fieber, wir wussten nicht, woran es lag, bis wir dein Bein entdeckt haben. Deine Wunde ist ziemlich böse und deine Jeans hat sich in die Wunde verwachsen, sodass sich eine schlimme Blutvergiftung gebildet hat. Wir mussten dein Blut reinigen, also welches entfernen und dir neues geben. Durch Flüssigkeitsmangel warst du so geschwächt, dass wir die ganze letzte Nacht nicht wussten, ob du durchkommst, aber du bist stark, du hast es geschafft.«

Ich schaue sie nur erschrocken an. Sie nimmt das Fieberthermometer wieder weg und sieht zufrieden auf. »Das Schlimmste ist überstanden, dir geht es bald wieder besser.« Ich nicke leicht. »Ist denn jemand hier von mir?« Sie zieht die Augenbrauen hoch. »Jemand? Auf den Bänken vor deinem Zimmer geht es zu wie auf dem Bahnhof. Ich musste die Jungs des Öfteren zur Ordnung rufen. Erst haben die sich ständig fast umgebracht, dann sind sie auf uns losgegangen, weil ich niemanden zu dir lassen wollte, solange du nicht wach bist.

Dein Bruder hat mir andauernd seinen Ausweis unter die Nase gehalten, damit ich auch glaube, dass er dein Bruder ist. Also, einige Pfleger sind schon geflüchtet, aber mir machen solche Kerle keine Angst, die haben vielleicht geguckt, als ich denen gesagt habe, sie fliegen alle raus, wenn sie sich hier nicht benehmen. Es hat aber gewirkt, seitdem sitzen sie alle brav und artig da.«

Ich blinzle einmal, Juan ist hier? »Wie lange bin ich denn schon hier?« Sie bringt mir Wasser. »Seit gestern Nachmittag, deine Behandlung hat bis abends gedauert und die Nacht über mussten wir warten und beten, aber seit heute früh hat der Arzt Entwarnung gegeben.« Ich seufze schwer und will mich aufrichten, aber mein Bein tut weh. »Kann ich mich wieder bewegen, ich würde gerne duschen?« Sie nickt. »Langsam, ich mache noch einige Tests, dann helfe ich dir. Soll ich jetzt mal die Bande erlösen und jemanden hereinholen?« Ich zucke zusammen, mein Kopf arbeitet sofort wieder auf Hochtouren.

Juan kann ich jetzt nicht sehen, dafür habe ich noch keine Kraft. Paco, falls er da ist, aber wenn ich Paco holen lasse, ist das wieder gegen meine Familia. Meine Tränen schießen mir augenblicklich in die Augen. »Hey Engel, nicht aufregen, es muss auch keiner kommen, du brauchst noch viel Ruhe.« Ich wische mir die Tränen weg. »Ist da auch eine dunkelhaarige Frau?« Sie nickt. »Da sind einige Frauen, ich sage ja, das ist wie auf dem Bahnhof.« Ich atme erleichtert aus. »Sara, können sie bitte Sara holen?« Sie nickt und geht aus der Tür. Sie steckt nur den Kopf raus, sofort höre ich viele vertraute Stimmen. »Wie geht es ihr?« Das war Tito. »Der Engel ist aufgewacht, sie braucht aber noch viel Ruhe. Ist eine Sara da?«

»Ja ... ich bin da ... natürlich.« Sara weint. »Sie will Sie sehen.« Es ist auf einmal ganz ruhig draußen, dann kommt Sara herein. Sie weint wirklich und nimmt mich umständlich in den Arm, während die Krankenschwester die Tür wieder schließt. »Bella, was machst du denn für Sachen? Weißt du, was wir uns für Sorgen gemacht haben, Süße ... wenn du ...« Sie schluchzt an meiner Schulter, ich kann noch gar nicht richtig einschätzen, was genau passiert ist. Sara beruhigt sich wieder etwas und zieht sich einen Stuhl ans Bett, sie nimmt meine Hand.

»Was ist denn genau passiert?« Mein Herz schlägt schneller. Sara lächelt matt. »Bella weißt du, wie lange du verschwunden warst?« Ich schüttle den Kopf. »Du bist nachmittags aus dem Trez Punto-Gebiet gegangen, Rodriguez hat dich erst in der nächsten Nacht gefunden. Wir dachten, sie hätten dich … wir haben alles abgesucht, es war die Hölle, und dann finden wir dich und du stirbst fast …« Ich zucke zusammen. »Sara, du musst mir genau sagen, was alles passiert ist.« Sie braucht einen Moment, um sich zu fassen. »Okay … also Miko hat mir später von deinem Streit mit Juan erzählt. Als ich das alles mitbekommen habe, warst du schon ein, zwei Stunden weg. Juan war so sauer, er hat das halbe Punto-Haus auseinandergenommen, mittlerweile waren alle wieder da und dann bin ich gekommen.«

»Erst hat mich Juan auch angeschrien, weil ich davon wusste, doch als ich erfahren habe, was er gemacht hat … dass er dich …« Ich zucke zusammen und sie bricht ab. »Auf jeden Fall habe ich ihm gehörig die Meinung gesagt und nochmal alles erklärt, wie sehr Paco dich liebt und wie ihr probiert habt euch zu vergessen. Deine Cousins waren zwar auch sauer, aber sie haben Juan gesagt, er hätte dich nicht wegschicken sollen. Juan hatte schon ein schlechtes Gewissen, dafür wollte er sich Paco vornehmen, aber ich habe ihm klargemacht, du würdest ihm das niemals verzeihen. Miko hat gesagt, dass er wenigstens wissen will, wie es dir geht, weil du so fertig warst.

Er hatte allerdings alle Hände voll mit Juan zu tun, der Paco den Hals abreißen wollte. Wir merkten, dass du dein Handy nicht dabei hast und Miko hat Chico angerufen und wollte dich sprechen. Da war uns erst klar, dass du dort nie aufgetaucht bist. Paco wusste von gar nichts, er hat probiert dich zu erreichen. Und als er erfahren hat, was passiert ist, dass Juan dich verstoßen hat und du weg bist, ist er ausgeflippt. Auf einmal haben alle verrückt gespielt. Juan hat alle zusammengerufen. Sie wollten sich auf den Weg machen, um dich zu suchen, da sind die ganzen Surenas aufgetaucht. Meine Güte, du hast keine Ahnung, was da los war, ich dachte ich spinne.

Alle haben rumgeschrien, die Waffen gezogen, Paco und Juan mussten voneinander abgehalten werden, irgendwann sind deine Cousinen und ich, die auch gekommen sind, dazwischen gegangen. Wir haben gefragt, ob sie spinnen und dass wir jetzt erst einmal dich suchen müssen, später können sie sich immer noch die Köpfe abschlagen. Offenbar hat das geholfen, denn alle sind unterwegs gewesen. Bella, ich meine wirklich alle, alle Trez Puntos, alle Les Surenas haben dich gesucht. Paco hat auch auf dem Uni-Dach nachgesehen, das Gebäude wurde abgesucht, aber ...« Ich seufze, da war ich wahrscheinlich noch nicht da, sie müssen mich verpasst haben.

»Wir haben alles abgesucht, jeden Winkel der Stadt, die ganze Nacht, keiner hat es gesagt, aber am Ende der Nacht hat jeder das Gleiche gedacht, dass sie dich haben, dass du geschnappt wurdest. Juan, er war ... Bella, er hat geweint vor mir, als ich ihn irgendwann zu einer Pause gezwungen habe ... ich habe ihn noch nie weinen gesehen. Wir dachten wirklich ... Ich habe sie alle noch nie so fertig gesehen. Paco war am schlimmsten, er hat nicht eine Minute aufgehört dich zu suchen. Als er einmal im Punto-Haus vorbeigekommen ist, um nach Neuigkeiten zu fragen, habe ich ihm etwas zum Essen gebracht.

Er hat mich lange angesehen. »Sie hätte das nicht alleine tun sollen, ich hätte das für sie getragen, warum hat sie es ihm alleine gesagt? Wenn es einer wagt, seine Hand an sie zu legen ...« Bella, er war so verzweifelt, ich weiß nicht, ob ich schon jemals jemanden so verzweifelt gesehen habe.

Immer wieder sind Paco und Juan aufeinander losgegangen, sie mussten oft getrennt werden. Alle sind fast verrückt vor Sorge geworden, den Tag über haben sie sich aufgeteilt. Paco und Juan sind mit einigen außerhalb der Stadt gefahren, während die anderen wieder die Stadt abgesucht haben. Es war wirklich die Hölle, und dann kam endlich die Nachricht von Rodriguez, dass sie dich gefunden haben. Wir sind alle ins Krankenhaus gekommen und dann hieß es, dir geht es sehr schlecht und sie wissen nicht, ob du die Nacht überlebst.

Erst haben sie angefangen wieder aufeinander loszugehen, Paco hat Juan Vorwürfe gemacht, Juan ist ihn angegangen, es war hier wie im Irrenhaus, aber dann plötzlich haben sich alle beruhigt, alle saßen die Nacht vor deiner Tür, es wurde kaum ein Wort gesprochen. Bella, ich hatte solche Angst, dass du stirbst, dass ...« Ich will sie in den Arm nehmen, doch mir fehlt noch jede Kraft.

»Es tut mir leid, dass ihr euch alle solche Sorgen ...« Sie nimmt meine Hand. »Nein, dir braucht es nicht leidzutun, die Männer da draußen sollten mal überlegen, was sie tun. Bella, warum bist du nicht zu Paco gegangen? Das versteht keiner ...« Meine Tränen kommen wieder. »Ich wollte doch, ich konnte nicht, ich will nicht die Trez Puntos aufgeben und zu den Les Surenas gehen, das hatte ich nie vor, das weißt du genau.« Sie nickt zustimmend. »Das habe ich Juan auch gesagt. Paco hat ihm das auch gesagt ... oder ihn angeschrien, trifft es wohl eher. Er hat ihm gesagt, dass er dich liebt, dass es ihm egal ist, was du bist und dass er weiß, wie sehr du an deiner Familie hängst und dass er Juan den Kopf abreißt, wenn dir seinetwegen etwas passiert ist. Sie waren echt kaum zu bremsen.«

Ich weiß überhaupt nicht, wie ich das alles verdauen soll. Die Krankenschwester und Sara helfen mir schließlich beim Duschen. Danach ziehe ich eine Jogginghose und ein Shirt an, was mir bereitgestellt wird. Ich lasse mich erschöpft zurück ins Bett bringen. Die ganze Zeit über hört man kaum Geräusche vom Flur, doch plötzlich ist Geschrei zu vernehmen und die Tür wird aufgerissen. Ich schaue erschrocken zur Tür und sehe in meine Augen. Meine Mutter und die Mutter von Sanchez kommen ins Zimmer gestürmt, sie knallen die Tür zu und starren mich an, sie müssen sofort den nächsten Flieger genommen haben und direkt ins Krankenhaus gekommen sein, was ihre Taschen erklären würde. Die Krankenschwester will gerade etwas sagen, da schenkt meine Mutter ihr einen Blick, der sie zum Schweigen bringt.

Meine Mutter ist eigentlich eine sehr friedliche Person, aber wenn sie dann mal sauer ist, hält jeder seiner Klappe. Jeder liebt sie, alle hängen an ihr. Miko, Tito, alle wurden von ihr mit großgezogen, sie hören auf sie und lieben sie wie ihre eigene Mutter. Wenn sie etwas sagt, dann hören auch alle. Ich schätze, mein Temperament habe ich von ihr geerbt und offensichtlich ist sie gerade sehr wütend. Ich will nicht wissen, was sie den Jungs draußen vor den Kopf geknallt hat.

»Mein Herz ...« Sie kommt weinend auf mich zu und zieht mich in ihre Arme. Egal wie alt man ist, der Geruch der Mutter beruhigt einen immer, sie weint so sehr, dass mein Herz wieder anfängt zu schmerzen. Auch Sanchez' Mama weint und umarmt mich, nachdem meine Mutter mich loslässt. Als wir uns alle beruhigt haben, verflucht meine Mutter meinen Bruder. »Was ist mit dir passiert, Bella? Wieso ist das alles passiert?« Sie schaut mich verständnislos an. Ich habe ihre Augen, sie und ich sind die Einzigen in unserer Familie, die so helle Augen haben, es ist ein kräftiges Grün und steht im totalen Kontrast zu unseren braunen Haaren. Ich seufze schwer, ich bin eigentlich zu müde, doch dann erzähle ich ihr alles, alles, wirklich alles von Paco und mir.

Inzwischen fällt es mir auch nicht mehr so schwer darüber zu sprechen, eine noch größere Katastrophe kann ja schlecht passieren. Meine Mutter und meine Tante hören mir geduldig zu bei allem, was ich zu sagen habe. Als ich erzähle, wie Juan mich rausgeschmissen hat, zuckt meine Mutter zusammen. Sara erzählt dann was passiert ist, als ich weg war. Als wir fertig sind, schaut mich meine Mutter lange an, die Krankenschwester, die immer noch im Raum ist, seufzt leise. »Armes Mädchen, so eine traurige Liebe.« Ich sehe sie verdutzt an, doch sie lächelt nur lieb. Meine Mutter mustert mich eine Weile schweigend.

»Paco? Ein Surena?«

»Ihr Anführer, Mama.« Ich will keine Missverständnisse oder erneute Heimlichkeiten aufkommen lassen. »Und du liebst ihn wirklich?« Ich nicke sicher. »Ja Mama, ich liebe ihn und ich denke ... also ja, er liebt mich auch.« Meine Tante seufzt und streicht mir eine Strähne weg. Meine Mutter steht auf und geht zur Tür, sie wirkt fest entschlossen und ich muss schwer schlucken.

Meine Mutter tritt in den Flur und die Tür geht weiter auf. Ich sehe Juan und Miko auf einer Bank sitzen und beide sehen sehr mitgenommen aus, mehr kann ich nicht erkennen, da mein Sichtfeld eingeschränkt ist, beide sehen zu mir und ich sehe weg. Meine Mutter scheint sich erst einmal einen Überblick zu verschaffen. »Wer von euch ist Paco?« Ich höre ein leises Murmeln. »Ich bin Paco.« Dann kommt Paco in mein Blickfeld. Er geht direkt zu meiner Mutter. Mein Herz schlägt schneller, meine Güte, er sieht auch so fertig aus. Meine Mutter mustert ihn und es ist, als ob alle mit dem Atmen aufhören. Ich sehe Juan an, dass er am liebsten etwas sagen würde, aber er ist klug genug seine Klappe zu halten, wenn meine Mutter so aufgebracht ist.

»Weißt du Paco, ich kenne euren ... unseren Krieg, den der Familias, selber schon länger als jeder von euch, schon bevor ihr alle geboren seid. Ich kenne die Feindschaft zwischen uns schon länger als ihr atmet. Meine Tochter ist mein Herz, mein Leben, sie ist ein Engel und sie liebt dich wirklich.« Paco räuspert sich leise. »Ich liebe sie auch Señora, ich wollte nicht, dass alles so läuft, ich hätte das für sie getragen.« Meine Mutter nickt. »Das glaube ich dir und mir ist es egal, was du bist oder aus welcher Familie du stammst, solange du meine Tochter glücklich machst, sie wäre fast gestorben ...« Ich höre ihre Tränen wieder hochkommen und meine Tränen schießen mir auch wieder in die Augen.

»Meine Tochter hat sich für dich entschieden und ihr habt meinen Segen. Willkommen in der Familie, Paco!« Sie umarmt ihn und Juan blickt zu Boden. Paco gibt ihr auf jede Wange einen Kuss, ein Zeichen des Respekts, dann fällt sein Blick auf mich, unsere Augen treffen sich.

»Bella.« Paco kommt zu meinem Bett und ich kann meine Tränen nicht mehr halten. Es ist, als falle eine viel zu schwere Last von meinen Schultern, es tut so gut ihn zu sehen. Paco setzt sich zu mir und streichelt über meine Wange, dann zieht er mich fest in seine Arme und vergräbt seinen Kopf in meinen Haaren. Es ist mir egal, dass uns alle sehen können, ich höre, wie Sara leise die Tür schließt, damit wir allein sein können. Wir sitzen lange so da, Paco hält mich einfach im Arm und ich weine leise. Nach einer Ewigkeit löst sich Paco langsam von mir und nimmt mein Gesicht in seine Hände, er streicht meine letzten Tränen weg und schaut mich einfach an.

Ich weiß nicht, was in seinem Kopf vorgeht, was er fühlt, weil er glaubte, mich wirklich verloren zu haben. Ich sehe die dunklen Schatten unter seinen Augen, sein Gesicht ist angespannt, er sah noch nie gefährlicher aus. »Bella ... was ...« Seine Stimme ist rau und leicht kratzig, ich spüre, dass seine Gefühle in ihm verrückt spielen. »Ich dachte, dir wäre etwas passiert, dass du sterben würdest, ich weiß nicht ...« Er fährt sich mit der Hand über sein Gesicht.

»Bella.« Er nimmt wieder mein Gesicht in seine Hand. »Du musst mir schwören, dass du nie wieder ...« Er bricht wieder ab, er hat wirklich Schwierigkeiten, seinen Gefühlen Ausdruck zu verleihen. Paco legt seine Stirn an meine. »Ich liebe dich, Bella, ich hätte nicht gewusst, was ich getan hätte, wenn dir etwas passiert wäre.« Er gibt mir einen Kuss auf den Mund, es sollte nur ein kleiner Kuss sein, doch seine Lippen bleiben vor meinen, und innerhalb von Millisekunden treffen sich unsere Lippen wieder. Paco küsst mich so liebevoll und verzweifelt, dass es keiner Worte mehr von ihm bedarf.

Als wir den Kuss lösen, fahren seine Lippen noch mein Gesicht entlang, jeden Millimeter, dann rutscht er leicht zur Seite und begutachtet mich ganz. Er zieht die Decke weg und krempelt die Jogginghose hoch, sodass er mein verbundenes Bein sieht. »Verdammt Bella, warum bist du nicht zu mir gekommen? Warum hast du es ihm alleine gesagt? Du hättest es mich machen lassen sollen.« Ich lasse mich langsam aufs Kissen nieder und Paco rückt näher zu mir.

»Ich wollte zu dir, Paco, aber ich konnte nicht. Juan hätte gedacht, dass ich die Trez Puntos ... ich wollte nicht, dass man denkt, dass ich zu den Les Surenas gehöre und ich wollte dich anrufen, aber ich konnte dann nicht mehr aufstehen. Es war alles so ... er hat mich verstoßen, Paco, ich habe keine Familie mehr.« Paco lächelt leicht und streicht mir eine Strähne hinters Ohr. »Doch natürlich hast du das, Juan ist ein Idiot, aber er liebt dich. Ich glaube, ihm tun seine Worte mittlerweile mehr weh als dir. Bella, du hättest kommen müssen, nicht zu den Surenas, zu mir. Ich will, dass du zu mir kommst, wenn irgendetwas ist, schwöre es mir, Bella, ich will nie wieder so eine Angst um dich haben, das hat mich fast umgebracht.« Er küsst meine Hand und verschränkt unsere Finger.

Ich nicke und gähne leicht. »Ruhe dich aus, cariño, du brauchst Ruhe, wir können später noch reden.« Ich spüre, wie mir meine Augen sofort zufallen. »Paco, bleibst du bei mir?« Er gibt mir einen Kuss. »Glaub mir, ich werde dich nicht mehr aus den Augen lassen, nicht eine Minute.« Er streichelt meine Wange und ich schlafe beruhigt ein.

Als ich wieder wach werde, fühle ich mich viel besser und ausgeruhter. Ich blicke mich um und entdecke auf der einen Seite meines Bettes Paco, schlafend auf einem Sofa und auf der anderen Juan, ebenso schlafend auf einem Sessel. Beide sehen so erschöpft aus, dass sich mein Herz zusammenzieht, auch wenn ich es verwunderlich finde, dass beide hier bei mir sind und beide noch leben. Ich beobachte sie ein paar Minuten, bis Paco langsam die Augen aufschlägt.

»Hey« Sofort ist er auf den Beinen und bei mir. »Alles gut? Wie geht es dir?« Ich lächle leicht. »Alles gut, was macht ihr hier? Beide?« Er sieht zu Juan und dann wieder zu mir. »Wir haben alle nach Hause geschickt um sich auszuruhen, wir alle waren fast drei Tage auf den Beinen, sie kommen sicher später wieder.« Ich streiche über seine dunklen Schatten unter den Augen. »Du solltest dich auch ausruhen.« Er schüttelt leicht den Kopf. »Glaub mir, im Moment finde ich nur Ruhe, wenn ich dich sehe und du lebst.« In dieser Minute höre ich seinen Schmerz in der Stimme, dann küsst er mich ganz sanft. Durch ein saures Räuspern werden wir unterbrochen.

Paco stöhnt leise auf und setzt sich wieder auf seinen Sessel, während mein Blick zu Juan wandert. Als ich in die Augen meines Bruders blicke, steht darin schon seine Entschuldigung, doch seine Worte hallen noch immer in meinem Ohr nach. Tränen kommen mir wieder hoch und Juan kommt zu mir. Er nimmt mich in seine Arme und küsst meinen Kopf. »Es tut mir leid, Princesa, ich wollte das alles nicht, ich wusste nicht, dass so etwas passiert, ich war nur so wütend.« Ich will mich von ihm losmachen, um in seine Augen zu schauen, aber er kann mich offensichtlich noch nicht loslassen. »Wie konntest du so etwas zu mir sagen? Ist es das, was du willst, Juan? Dass ich unsere Familie verlasse?« Jetzt zieht er sich zurück um mich anzusehen.

»Verdammt Bella, du weißt ganz genau, dass ich gar nicht ohne dich leben kann, ich könnte es nicht mal einen Tag ertragen, nichts von dir zu hören.« Ich muss etwas lächeln über sein süßes Geständnis. »Es tut mir auch leid, Juan, dass wir dir das nicht vorher gesagt haben, aber wir wussten selber nicht, ob wir ... es war alles kompliziert.« Juan seufzt ergebend. »Es geht mir nicht ... ich meine, ich weiß, dass er dich liebt, das habe ich die letzten Tage gemerkt, außerdem wäre er nicht so verrückt, dies alles zu machen, wenn es ihm nicht ernst ist, darum geht es nicht.«

»Worum dann, Juan? Was ist denn wichtiger? Was willst du für deine Schwester, was wichtiger ist, als dass er mich liebt?« Juan blickt zu Paco, der uns beide beobachtet. »Habt ihr beide darüber nachgedacht, was das bedeutet? Was es für Bella bedeutet?« Paco senkt den Blick, was wohl heißt, er versteht, was Juan meint, ich allerdings nicht. »Bella, du bist meine Schwester und warst schon immer in

Gefahr. Alleine dadurch, wenn sich das herumspricht und das tut es bereits jetzt schon, dann bedeutet das, wer auch immer die Trez Puntos und die Les Surenas angreifen will, braucht nur dich zu finden, du bist jetzt der wunde Punkt für beide Anführer. Wir sind die größten und gefürchtetsten Familias, Bella, und du bist dann die Verbindung zu beiden.«

Ich schlucke schwer und Paco flucht leise. »Denkst du etwa, ich habe darüber nie nachgedacht, Juan?« Paco ist sauer. »Ich hätte auf Bella verzichtet, weil ich weiß, wie schwer es wird, doch es ging nicht. Bella ist vielleicht mehr in Gefahr, aber sie hat auch mehr, die ein Auge auf sie haben. Sie kann sich frei bewegen, meine Männer passen genauso auf sie auf wie die Trez Puntos, das hast du selber gesehen, es gab niemanden der Les Surenas, der sie nicht gesucht hat. Vielleicht wird sie diejenige sein, die am gefährdetsten ist, aber gleichzeitig hat sie nun zwei starke Familias hinter sich.«

Juan mustert Paco einen Augenblick, dann grinst er leicht. »Hast du dir das gut überlegt, Bella? Das bedeutet nur noch mehr Aufpasser ... ist ja nicht so, als hättest du schon zu wenig.« Ich muss auch lächeln, weil ich Juans Nachgiebigkeit erkennen kann. »Ich denke, das werde ich schon hinkriegen, ist ja nicht so, als könnte ich mich nicht durchsetzen«, setze ich dem entgegen. Juan küsst meine Stirn. »Das stimmt allerdings, das kannst du.« Ich schaue ihn ernst an.

»Außerdem Juan, weißt du selbst, dass es eigentlich egal ist, wer es ist, du hättest so oder so Theater gemacht, weil du Angst hast mich zu verlieren, aber das tust du nicht. Ich bleibe in unserer Familie und ich gehöre weiter zu den Trez Puntos, egal mit wem ich zusammen bin.«

Ich gebe ihm einen Kuss und Juan wendet sich an Paco. »Sag mir eins, Paco, wenn du von Anfang an gewusst hättest, dass sie meine Schwester ist, schon damals, als du sie an der Uni besucht hast, hättest du sie dann gelassen?« Paco blickt zu mir und dann zu Juan. »Wahrscheinlich hätte ich von Anfang an mehr dagegen gekämpft und noch stärker probiert sie zu vergessen, aber letztlich denke ich nicht, dass es mir gelungen wäre, sie aus meinem Kopf zu bekommen, Bella hat sich vom ersten Moment, als ich sie sah, in meinem Herzen festgesetzt.« Juan nickt und seufzt dann. »Von mir aus, eigentlich, wenn ich darüber nachdenke, ist es mir sogar lieber, dass ich weiß, du hast jemanden, dem ich vertraue auf dich aufzupassen und der dich beschützt, zumindest lieber als irgendeinen Uni-Studenten oder so etwas in der Art. Was soll ich noch sagen, offensichtlich werden jetzt neue Zeiten anbrechen.« Er fängt an zu grinsen.

»Außerdem muss ich zugeben, ich finde es äußerst spannend zu sehen, wie dich noch ein Mann zu zähmen versucht.« Paco grinst auch. »Ich denke, du kennst deine Schwester besser, es ist ja nicht so, als hätte sie mir nicht schon ein paar Mal die Stirn geboten und ich bezweifle, dass da jemand gegen ankommt.« Juan schmunzelt. »Natürlich nicht, was erwartest du. Sie ist mit uns groß geworden, wenn jemand keine Angst hat seine Meinung zu sagen, dann sie.« Ich schaue von einem zum anderen. »Hallo?? Ich bin auch noch da, vielleicht solltet ihr hier meine Sturheit nicht so anpreisen, denn eigentlich bin ich gar nicht stur, nur wenn ihr so ... so ... Mist, ich bin wirklich noch zu schwach, um mich aufzuregen!«

Juan und Paco müssen beide lachen.

# Kapitel 13

Drei Tage muss ich noch im Krankenhaus bleiben, es überrascht mich selbst etwas, aber Paco weicht nicht eine Minute von meiner Seite. Die Ereignisse scheinen ihn wirklich getroffen zu haben, auch wenn er mit mir nicht darüber redet. Es gibt aber auch kaum eine Möglichkeit dazu, da ich fast jede Minute Besuch habe und sie kommen alle. Meine Familie ist sowieso fast die ganze Zeit da, vor allem Juan, aber auch meine Cousins, Sara, Sam, meine Cousinen, es war sicherlich jeder aus der Trez Punto Familia bei mir zu Besuch.

Aber auch die Les Surenas kommen, Rodriguez, Selena, Ramon und Jennifer, auch Chico, Ramos und Mano sind ständig da, wahrscheinlich auch, um Paco zu Gesicht zu bekommen und um zu schauen, wie es ihm geht, neben all den Trez Puntos. Allerdings ist es schon am zweiten Tag total normal, dass Juan und Tito an meinem Bett sitzen, während Paco mit Miko und Chico auf dem Sofa sitzt, Sam und Jennifer auf der anderen Seite des Bettes und meine Mutter herein-kommt und für alle Tortillas bringt. Meine Mutter hat es offensichtlich ernst gemeint. Pacos Verhalten mir gegenüber beeindruckt sie, sodass er sich in den paar Tagen schon zu ihrem kleinen Liebling gemausert hat.

Keineswegs sind sie alle jetzt die besten Freunde, aber sie respektieren sich mei-netwegen und das ist mehr, als ich mir erträumt habe. Meinem Bein geht es schon viel besser, auch wenn ich noch nicht so gut auftreten kann. Und da ich mich im Krankenhaus nicht wirklich ausruhen kann, bin ich noch sehr erschöpft. Auch Paco erschöpft der Aufenthalt, wir schlafen beide nicht viel, er weigert sich aber auch, mich allein zu lassen. Als ich entlassen werde, fahren mich Paco, Juan und Miko nach Hause. Die Frage, ob Paco überhaupt zu uns kann, was ja eigent-lich nur der engsten Familie zusteht, erübrigt sich dadurch, dass meine Mutter bei meiner Ankunft herauskommt und uns alle zum Essen hereinruft.

Nachdem wir gegessen haben, ziehen Paco und ich uns in mein Zimmer zurück und endlich nach den ganzen Tagen legen wir uns erschöpft in mein Bett. Im Krankenhaus waren die Betten viel zu klein, so dass Paco nie richtig mit darauf gepasst hat. So genieße ich es, kuschle mich wieder in seine Arme und wir schla-fen beide sofort ein. Wir schlafen auch fast einen halben Tag und die nächste Nacht durch, somit erhole ich mich ziemlich schnell zu Hause. Paco ist immer noch an meiner Seite und alle haben sich an seine Anwesenheit gewöhnt, selbst Juan und er unterhalten sich immer mehr. Doch je mehr sich mein Gesundheits-zustand bessert, desto mehr wünsche ich mir wieder mal Zeit allein mit ihm. Hier im Haus ist es unmöglich, sich näher zu kommen und mehr zu machen als nur zu kuscheln, weil ständig jemand hereinplatzen kann.

Nach drei Tagen zu Hause bin ich wieder vollkommen fit, ich humple nur noch leicht und Paco ist das erste Mal weg. Er ist schon am Morgen wieder zu sich gefahren. Egal wie friedlich das alles die letzten Tage gelaufen ist, bin ich sicher, dass er gerne mal wieder etwas ohne die Trez Puntos sein will. Ich habe den ganzen Tag genutzt, um mich mal wieder richtig zurechtzumachen, meine Haare gelockt, mich geschminkt, was mir die letzten Tage gefehlt hat. Als es langsam dunkel wird, schaue ich schon ungeduldig auf die Uhr. Paco hat nicht gesagt, wann er wiederkommt, aber ich hatte fest mit ihm gerechnet.

Nach dem Abendessen gehe ich mit Raul ins Punto-Haus und lasse mich zu einer Runde Karten mit Miko und Juan überreden. Als dann irgendwann Paco mit Ramos und Chico auftaucht, gucken die anderen Mitglieder der Trez Puntos ziemlich verwundert, während mein Bruder und meine Cousins sie nur begrüßen. Doch statt sich zu setzen nimmt Paco meine Hand. Juan hebt die Augenbrauen, doch Paco grinst nur. »Tut mir leid, aber ich muss deine Schwester für ein paar Tage entführen.« Ich blicke ihn verwundert an. »Wieso? Wohin wollt ihr denn? Was hast du mit unserer Princesa vor?«, fragt Miko leichthin. Paco zuckt die Schultern. »Wir bleiben bei mir, wir müssen ja auch mal etwas ungestört sein.«

»Wow ... wow«, unterbricht Juan ihn und hebt die Hände. »DAS wollen wir gar nicht wissen oder hören ... verdammt.« Er schüttelt sich leicht und ich muss lachen, auch wenn ich bestimmt eine leichte Gesichtsröte angenommen habe. Ich gebe allen einen Kuss, während Miko Ramos und Chico zu einer Runde Karten überredet und diese sich setzen. Anscheinend geht es langsam auch über die Beziehung zwischen Paco und mir hinaus zwischen den Les Surenas und den Trez Puntos, was ja schon nach deren gemeinsamem Trip zu den Locanos zu erhoffen war.

»Pass auf meine Schwester auf«, ruft Juan uns noch hinterher. Paco gibt mir einen Kuss auf den Kopf und legt den Arm um mich. »Mit dem größten Vergnügen«, flüstert er in mein Ohr. »Keine Panik, du weißt, dass sie bei mir sicher ist, außerdem kommen wir morgen zum Essen vorbei, eure Mutter hat darauf bestanden«, ruft er zu Juan, der uns noch nachblickt, bis wir ins Auto steigen. Als wir aus dem Trez Punto-Gebiet herausfahren, werde ich hippelig und Paco sieht zu mir. »Weißt du, dass dies das erste Mal ist, dass wir uns zusammen frei durch die Stadt bewegen? Ohne schlechtes Gewissen, ohne Geheimnisse?« Paco lächelt und nimmt meine Hand. Als Paco vor dem Restaurant hält, in dem wir sozusagen unser erstes Date hatten, schaue ich grinsend zu ihm, während er mir die Tür aufmacht und meine Hand nimmt.

»Was hast du vor?«, frage ich ihn, als wir das Restaurant betreten. »Ich will dir einen schönen Abend machen.« Der Restaurantbesitzer kommt wieder zu uns und freut sich offensichtlich, uns beide wieder zusammen zu sehen. Er lobt Paco, dass er mich Engel nicht gehen gelassen hat und führt uns wieder zum Dach, wo es diesmal noch viel romantischer eingedeckt ist.

Heute bringen sie uns alle meine Lieblingsspeisen. Ich nehme das alles nur lächelnd zur Kenntnis, als ich dann Paco darauf anspreche, erklärt er, dass er beim ersten Mal ja noch nicht wusste, was ich gerne esse. Der Abend ist wunderschön und vor allem entspannt, es gibt nichts und niemanden mehr, vor dem wir uns verstecken müssen und nichts Ungeklärtes mehr, und das spürt man.

Paco und ich lachen viel und haben eine Menge Spaß, wir sitzen lange auf dem Dach und genießen unseren Abend. Als wir dann zu Paco fahren, ist es schon spät und trotzdem bemerke ich, wie angespannt er ist. Während wir in sein Haus treten, werde ich von Pitty freudig begrüßt, doch Paco stoppt ihn etwas, da ich ja noch nicht so sicher bin auf meinem Bein. Paco kratzt sich leicht am Kopf. »Okay, du musst mir ein paar Minuten geben, bevor du hoch kommst.« Ich ziehe die Augenbrauen zusammen, warte aber ab, während er in Richtung Schlafzimmer aufbricht.

Kurz widme ich mich Pitty, der dies zu genießen scheint, dann gehe ich langsam die Treppen hoch. Da ich noch Schmerzen habe und dank Pitty, der andauernd zwischen meinen Beinen durchzugehen versucht, wird das Ganze auch nicht einfacher. Pitty schnuppert ständig an meinem Bein mit der Wunde, als wüsste er, dass es mir Schmerzen bereitet. Gerade, als ich die letzten Stufen nehme, kommt Paco aus seinem Schlafzimmer heraus und stellt sich vor die Tür, als wolle er mich nicht hineinlassen. Ich muss leise lachen.

»Was ist denn los?« Ich gehe zu ihm und sehe, dass er sich unsicher ist. »Bella, als das alles passiert ist ...«, er holt einmal Luft, »ich weiß auch nicht warum, aber immer wieder ist mir seit unserem ersten Mal durch den Kopf gegangen, dass dein erstes Mal sicher nicht so war, wie du es dir vorgestellt hast.« Ich will etwas sagen, doch er fährt fort. »Ich will einfach, dass du etwas Besonderes hast, auch wenn es nicht das erste Mal ist.« Ich muss lächeln. »Okay.« Er tritt beiseite und öffnet die Tür. Der Anblick verschlägt mir die Sprache.

Im ganzen Zimmer sind Kerzen aufgestellt, der ganze Raum ist in ein romantisches Licht getaucht und es riecht unglaublich schön nach Vanille. Das Bett ist mit einzelnen Rosenblättern bestreut, ich hätte nie gedacht, das Paco jemals so etwas tun würde. Ich drehe mich zu ihm um. »Das ist wirklich wunderschön, Paco, wie bist du denn darauf gekommen?« Er lacht leise und zieht mich zu sich.

»Na ja, im Internet findet man tausend Tipps, wie sich Frauen ihr erstes Mal vorstellen.« Ich muss lachen und schmiege mich an ihn. Ich gebe ihm einen langen Kuss, Pacos Hand fährt in meinen Nacken und hält mich so nah wie möglich an sich. Als wir uns lösen, legt er seine Stirn an meine.

»Bella, ich weiß einfach nicht, wie ich dir sagen soll, zeigen soll, wie viel du mir bedeutest. Es war das Schlimmste, was ich je erlebt habe, als ich dachte, du stirbst, Bella, ich kann das nicht vergessen. Ich weiß wirklich nicht, wie ich dir beweisen kann, wie sehr ich dich liebe.« Er zieht meine Fußkette, die er mir damals vom Fuß gerissen hat, aus seiner Hose. »Bei der Suche nach dir habe ich sie mir eingesteckt, ich habe mir geschworen, dass, wenn ich dich finde, ich dich nicht mehr gehen lasse. Seitdem trage ich sie immer bei mir, offensichtlich bringt sie mir Glück.« Ich nehme sein Gesicht in meine Hände. »Paco, du zeigst mir, wie sehr du mich liebst, ich weiß es und ich liebe dich auch so sehr«, flüstere ich und meine Tränen laufen mir über die Wangen, so gerührt bin ich von seiner Liebeserklärung. Paco liebt mich lange und zärtlich, es ist wunderschön, und als ich danach in seinen Armen liege und mit ihm kuschle, bin ich einfach nur glücklich.


»Komm schon Bella, halt still, so aufgeregt habe ich dich ja noch nie erlebt«, mahnt Sara mich, während Sam meine Haare immer noch mit einem Glätteisen bearbeitet. Mein Krankenhausaufenthalt und damit die Bekanntgabe meiner Beziehung zu Paco liegt nun fast drei Wochen zurück. In diesen drei Wochen hat sich viel verändert. Paco ist mittlerweile ständig bei mir oder ich bei ihm. Zwar hat er wieder angefangen, sich mehr um die Geschäfte zu kümmern, aber trotzdem verbringen wir noch viel Zeit zusammen.

Paco und Juan verstehen sich inzwischen ziemlich gut, auch wenn ich mir sicher bin, dass sie keine besten Freunde werden. Auch sonst vermischen sich die Trez Puntos und die Les Surenas immer mehr und, was mir vor allem gefällt, ist, dass aus Sam, Sara, Selena, Jennifer und mir eine richtige kleine Gruppe geworden ist, wir unternehmen jetzt öfter etwas zusammen.

Sam und Jennifer verstehen sich seit dem Krankenhausaufenthalt besonders gut. Ich denke, es tut uns allen auch gut, dass es ruhig geblieben ist, seitdem die Familias zurückgeschlagen haben und ein Zeichen gesetzt haben. Offenbar ist ihre Botschaft angekommen, denn es hat seitdem keinen Angriff mehr gegeben. Es gibt zwar noch die Gebiete, doch gelten diese Grenzen nicht mehr für die engeren Kreise, was früher unmöglich gewesen wäre. Miko kann z.B. ungehindert im Les Surenas-Gebiet umher gehen oder Jennifer fährt zu Sam in den Laden. Langsam kehrt diese Ruhe auch in die Beziehung zwischen Paco und mir ein. Wir genießen uns und alles ist schön. Aber man merkt natürlich doch, dass es jetzt schon mal eine Nacht gibt, in der wir nicht übereinander herfallen wie sonst immer, sondern einfach eingekuschelt einschlafen. Da weder Paco noch ich sonderlich viel Erfahrungen haben mit festen Beziehungen, habe ich mir erst Gedanken gemacht, Sara hat mir aber versichert, dies ist ganz normal.

Heute ist die Hochzeit von Ramos und seiner langjährigen Freundin Rosalia. Ich kenne zwar mittlerweile viele der Les Surenas, aber habe natürlich bei Weitem noch nicht alle getroffen. Sicherlich hat sich mittlerweile die Verbindung von Paco und mir schon weit über die Grenzen der Stadt herumgesprochen, doch trotzdem war und bin ich immer noch unsicher, als Paco wie selbstverständlich erklärt hat, dass ich ihn begleite. Eigentlich hätten alle aus meiner Familie kommen können, aber da die ganze Situation für die Les Surenas doch noch etwas gewöhnungsbedürftig ist, haben wir entschieden, dass nur Miko und Sam neben mir dort erscheinen.

Ich habe Paco ausgefragt, was ich anziehen soll, doch als er mir dann sagte »völlig egal, Hauptsache ein rotes Kleid«, war ich doch geschockt und auch ein wenig gerührt. Genau wie bei den Surenas gibt es bei uns gewisse Regeln oder Bräuche bei einer Hochzeit. So ist ein weißes Kleid der Braut vorbehalten und ein rotes der Frau des Anführers. Alle anderen dürfen tragen was sie wollen, nur nicht weiß oder rot. Bei großen Feiern sollen so Missverständnisse vermieden werden und klar ersichtlich sein, wer die Braut und wer die Partnerin des Anführers ist. Zwar finde ich den Gedanken von Paco sehr süß, doch bin ich so oder so schon sehr auffällig mit meiner Punto-Plaka, da hilft das rote Kleid sicher nicht dabei, unauffällig zu bleiben.

Die Krönung von allem hat Paco mir erst vor zwei Tagen eröffnet. Seine Eltern kommen für ein paar Tage hierher, um an der Hochzeit teilzunehmen, und somit werde ich sie auch kennenlernen. Jennifer hat mir erzählt, sie hätten sich noch nicht groß dazu geäußert, mit wem ihr Sohn zusammen ist, sie fanden es wohl gut, dass es endlich jemand geschafft hat sein Herz zu erobern, aber haben nichts dazu gesagt, dass es zufällig eine Trez Punto ist. Jennifer hat mir noch ganz im Geheimen verraten, wie Pacos Mutter ist. Manchmal zum Glück, manchmal zum Pech von einem, ist sie immer sehr direkt, sie sagt was sie denkt, sie lügt nicht und das weiß jeder. Wenn ihr etwas nicht passt, sagt sie das frei heraus, ich kann es kaum erwarten, ihre Meinung über mich zu hören.

Nachdem Juan immer wieder rumwitzelt, jetzt ist der Beweis erbracht, dass die Trez Puntos schönere Frauen haben und er diese Theorie unbedingt unterstreichen möchte, hat er mich begleitet, das Kleid zu besorgen. Wir sind extra in eine noch größere Stadt gefahren, damit ich mehr Auswahl habe. Es hat lange gedauert, Juan und Tito waren schon fix und fertig, doch dann habe ich mein rotes Traumkleid gefunden. Es ist eng und geht bis zum Boden, es unterstreicht praktischerweise meine so oder so nicht sonderlich ausgeprägten Kurven, vor allem hebt es meinen – wie Paco sagt – 'anbetungswürdigen' Po hervor.

Es ist wirklich sehr schön, dazu trage ich Pacos Armreifen und rote Perlenohrringe, die Paco mir gestern schon geschenkt hat. »Okay, wir haben es gleich.« Sam dreht ein paar meiner Strähnen auf einen Lockenstab, während Sara noch einmal mein Make-up prüft, was sie bereits aufgetragen haben.

Sam und Sara basteln schon lange an mir herum, sie geben sich viel Mühe, da sie wissen, wie wichtig das alles heute für mich ist. Ich nehme eine meiner glatten Strähnen zwischen die Finger, meine Haare sind wirklich sehr stark gewachsen.

Durch den ganzen Stress in der letzten Zeit habe ich meistens einen Zopf getragen und gar nicht mitbekommen, wie lang sie geworden sind. Ich überlege, ob Paco mich schon mal richtig zurechtgemacht gesehen hat. Natürlich hat er mich schon so gesehen, aber richtig von Kopf bis Fuß gestylt wie heute noch nicht, immerhin hatten wir noch nie so eine Gelegenheit wie die heutige Hochzeit.

»So Süße, fertig, lass uns das mal alles betrachten.« Ich stehe auf und stelle mich vor den Spiegel. Wow, Sara und Sam haben wirklich ganze Arbeit geleistet, das Kleid steht mir perfekt, meine Haare fallen mir glatt bis kurz vor dem Po, nur einzelne Strähnen sind leicht gelockt, meine Augen funkeln, und durch das Kleid wirkt meine Haut sehr hell und sehr auffällig zwischen den ganzen dunklen Leuten.

»Bella, du bist wunderschön, wirklich ein Traum. Pass bloß auf, dass der Bräutigam sich das nicht noch einmal anders überlegt und seine Braut stehen lässt«, grinst Sam, und Sara knufft ihr in die Seite. »Da wird schon Paco ein Auge drauf haben.« Sara lächelt mich wissend an. »Na dann zeigen wir heute allen, wer zu Paco gehört.« Wir helfen noch schnell Sam, bis Miko ungeduldig von unten ruft, dass wir kommen sollen. Da die Eltern heute erst angekommen sind, fahre ich mit Miko und Sam und treffe Paco vor deren Haus.

Sam ist als erstes unten und bekommt viele Komplimente. Als ich dann hibbelig hinuntereile, verstummen alle und ich sehe unsicher an mir herunter. Meine Mutter fängt an zu weinen. »Mein Engel, mein Herz, du bist so ... schön«, flüstert sie ehrfürchtig. Juan legt ihr den Arm um. »Das stimmt wirklich, wow Bella, also heute zeigen wir es den Surenas wirklich.« Er schlägt mit Tito ein, auch alle anderen machen mir noch Komplimente, bis Miko uns ins Auto verfrachtet.

Ich sitze ungeduldig hinter Miko und Sam, mein Magen rebelliert bei dem Gedanken, gleich Pacos Eltern kennenzulernen und vor den gesamten Surenas als Pacos offizielle Freundin aufzutauchen. Ich bitte Miko dreimal umzukehren, weil ich nicht glaube, dass ich das durchstehe, doch der lacht nur und sagt, ich soll mir nicht so viele Gedanken machen. Sam schenkt mir immer wieder aufmunternde Blicke, ich bin so froh, dass sie dabei ist. Als wir in die Einfahrt zu den Häusern der Surenas fahren, stehen schon mehrere Autos vor der Tür, ich sehe viele Leute vor dem Haus. Toll, wir kommen auch noch zu spät.

Miko hält Sam und mir die Tür auf und ich bemerke, wie alle Blicke auf uns gerichtet sind. Ich sehe Jennifer, die mich lächelnd anschaut. Ramon, Rodriguez, Selena, die den Daumen hochhält, ein paar Cousins und letztlich Paco neben zwei älteren Leuten, die seine Eltern sein müssen. Der Vater sieht zwar älter, aber immer noch ziemlich furchteinflößend aus. Man sieht sofort, dass seine Söhne nach ihm kommen. Seine Mutter ist schick zurechtgemacht und dadurch, dass sie drei Söhne geboren hat, etwas füllig, aber immer noch hübsch. Beide mustern mich, ich atme tief ein. Paco steht neben ihnen und so ganz fein angezogen mit Anzug und Krawatte sieht er unglaublich aus, anders, aber auch sehr reizvoll. Sein Blick liegt auf mir, und obwohl ich ihn mittlerweile so gut kenne, kann ich ihn nicht deuten, noch immer erscheint er mir manchmal geheimnisvoll. Sie kommen uns alle ein paar Schritte entgegen.

Als wir kurz vor ihnen stehen, stellt Paco Miko und Sam vor, die beiden Eltern höflich die Hand geben und sich dann zu Rodriguez und Selena stellen. »Mama, Papa, das ist Bella ... meine Bella«, grinst Paco mich an und ich höre den Stolz in seiner Stimme. Die Mutter zieht die Augenbrauen hoch und sieht dann von Paco zu mir, mein Herz schlägt zu schnell, viel zu schnell, doch dann lächelt sie mich an. »Ich wusste, dass es nur eine ganz besondere Frau schafft, Pacos Herz zu gewinnen, ehrlich gesagt dachte ich schon, das passiert gar nicht mehr.« Sie wirft Paco einen Blick zu. »Aber mit so etwas ...«, sie zeigt an mir herunter, »madre mia ... Paco, du hast einen Engel bekommen, so wunderschön.« Sie gibt mir zwei Küsse auf die Wange und ich bedanke mich schüchtern.

Sie wendet sich noch einmal an Paco, während sie meine Hand streichelt. »Paco, ich hoffe du weißt, wie man so eine Frau schätzt und ehrt, damit du sie nicht verlierst.« Paco grinst frech. »Ich gebe mir Mühe.« Durch diese Reaktion etwas mutiger grinse ich Paco ebenso frech zurück an und Miko zwinkert mir stolz zu. Pacos Vater tritt vor und umarmt mich ebenfalls. »Willkommen in der Familie, Bella.« Sein Vater scheint wie Paco zu sein. Man denkt, er ist ruhig, aber man spürt, dass dahinter viel steckt. »Okay, wir müssen«, holt uns jemand wieder runter und ich bin dankbar für diese Ablenkung von meiner Person. Die Eltern steigen bei Ramon und Jennifer ein und Paco zieht mich am Arm zu sich.

»Hey Schönheit.« Ich lache leise, während er mir einen Kuss gibt. »Meine Eltern mögen dich.« Ich stelle mich auf die Zehenspitzen und umschlinge seinen Nacken. »Und ich habe fast einen Herzinfarkt bekommen … du hast mir heute gefehlt.« Seine Hände wandern an meinem Rücken entlang und bleiben kurz vor meinem Po liegen. »Du mir auch. Verdammt, Bella, du siehst so sexy aus, ich werde mich den ganzen Abend nicht konzentrieren können.« Er küsst meinen Hals entlang und grinst über meine dadurch entstandene Gänsehaut. »Lass uns noch einmal kurz reingehen«, flüstert er in mein Ohr, doch dann hupt es und Pacos Mutter lässt ihr Fenster herunterfahren. »Paco, du hast nur Blödsinn im Kopf, lass die arme Bella los, sonst kommen wir nie an.« Ich muss lachen und Paco seufzt schwer.

Ich nehme seine Hand und ziehe ihn zu Rodriguez und Selena. »Komm Paco, du hast deine Mama gehört.« Ich kann nicht aufhören zu lachen. Während der ganzen Fahrt treffe ich immer wieder Pacos Blick im Rückspiegel. Rodriguez und er sitzen vorn, Selena und ich hinten und Selena flüstert mir ihr Treffen mit der Mutter von Paco zu. Sie haben sich auch ganz gut verstanden, aber irgendwann, nachdem sie ihren Kuchen probiert hat, hat Pacos Mutter zu Selena gesagt, sie sollte ihr unbedingt einmal in der Küche zusehen. Ich muss leise lachen und bin froh, dass ich nicht zu viel Zeit hatte, unter dem strengen Blick von Pacos Mutter zu stehen. Paco hält vor der Kirche, die wir auch immer besuchen. Wir sind wirklich spät dran, denn es stehen schon Unmengen von Autos davor. Wenigstens steht der Padre noch an der Tür, um die Gäste zu begrüßen, ich kriege wieder leichte Panik.

»Aggh … müssen wir da rein?«, frage ich geistesabwesend und sehe zur Kirche, ich habe echt für einen Moment vergessen, dass nicht Miko mich fährt. Paco und Rodriguez drehen sich beide zu mir um … ups. Rodriguez lacht und Paco lächelt. »Ja, wir müssen da rein, es sei denn, du möchtest den armen Bräutigam ohne Trauzeugen heiraten lassen.« Ich kriege große Augen und schlage Paco auf den Arm. »Du bist Trauzeuge? Warum sagst du mir das erst jetzt? Das heißt, du bist die ganze Zeit nicht bei mir?«, zicke ich ihn an und Rodriguez lacht lauter. »Ein Engel mit ungeheurem Temperament.« Paco lacht auch und steigt aus. Er hält mir die Tür auf und als ich ihn keines Blickes würdige, nimmt er meine Hand.

»Cariño, das ist nur in der Kirche und keine Angst, keiner frisst dich auf.« Ich könnte ihn gerade für sein Grinsen schlagen, doch die Eltern und alle anderen gesellen sich zu uns. Paco führt mich an der Hand zum Eingang der Kirche. Den Pfarrer der Kirche, in die meine Familie ja auch regelmäßig geht, kenne ich schon so lange und sehr gut, er hatte schon immer einen Narren an mir gefressen. Aber ich glaube, sein Herz gewonnen habe ich, weil ich regelmäßig als kleines Mädchen alle in den Wahnsinn getrieben habe, als ich nicht einsehen wollte, warum immer nur Eva die Böse ist und nie Adam. Er begrüßt Rodriguez, Ramon und alle anderen. Pacos Eltern bleiben länger stehen und unterhalten sich mit ihm, da entdeckt er mich.

»Bella!« Ich lächle den alten Mann, der schon so lange einen Platz in meinem Herzen hat, zu, und begrüße ihn mit einem Kuss auf die Hand, wie man das hier so macht. Er streichelt meinen Kopf. »Bella, ich habe von deinem Krankenhausaufenthalt gehört und wie ernst es war, ich habe für dich gebetet.« Ich bedanke mich höflich, auch Paco begrüßt nun den Pfarrer. Er schaut etwas verwirrt zu meiner und Pacos Hand, die aneinander festhalten, doch sagt nichts dazu. Er geleitet uns hinein und erneut stockt mir der Atem. Die Kirche ist überfüllt. Normalerweise bei solchen Anlässen ist sie das bei uns auch, aber das liebe ich, alle kennen mich, ich kenne alle, das ist meine Familia, hier kenne ich kaum jemanden.

Miko, der vor uns läuft, schenkt mir einen beruhigenden Blick und Paco wendet sich an mich, er drückt meine Hand. »Bella, schau mich an«. Ich sehe in seine wunderschönen, gefährlichen braunen Augen, die ich mittlerweile so liebe. »Du gehörst zu mir und das können auch alle wissen, okay?« Ich nicke nur leicht. Pacos Eltern treten vor uns, wir laufen hinter ihnen den langen Gang nach vorne an allen Bänken vorbei. Ich sehe mich dezent um, doch ich treffe meistens nur auf fremde Gesichter, die mich mustern, aber alle nicken Paco zu. Es sind auch einige mir bekannte dabei, die ich schon ab und zu gesehen habe und hier und da zwinkert mir jemand zu, so wie Mano oder Chico, zu denen sich Miko und Sam setzen.

Paco führt mich in die erste Reihe, das ändert sich für mich zumindest nicht, da ich bei Paco auch zu der engsten Familia gehöre, sitze ich wie immer ganz vorne. Ich setze mich neben Selena und Pacos Mutter, während Paco meine Hand gegen meinen Willen loslässt. Das lässt ihn gleich wieder lächeln. Er stellt sich neben Rodriguez nach vorn zu Ramos, der schon ziemlich nervös herumhippelt. Als ich endlich sitze, atme ich etwas erleichtert aus, was Pacos Mutter zur Kenntnis nimmt und mir beruhigend die Hand tätschelt, dann kommt die Braut herein. Ich habe mich schon gefragt, warum Ramos so früh heiratet. Bei uns ist das nicht üblich, da die Männer hier lieber lange ungebunden sind, selbst Juan und Sara denken noch nicht ans Heiraten. Doch als ich die wirklich sehr hübsche Braut sehe, entdecke ich, wenn auch gut verpackt, einen kleinen Babybauch unter ihrem Kleid und muss lächeln.

Die Zeremonie ist schön, auch wenn ich die Blicke der anderen in meinem Rücken spüre. Ich kann meinen Blick kaum von Paco wenden, der da oben

Ramos zur Seite steht und ich erwische mich bei der Vorstellung, selbst da vorn mit Paco zu stehen, allerdings vertreibe ich diesen Gedanken schnell wieder, bis dahin, sollte es jemals dazu kommen, ist es noch ein weiter Weg. Ich muss verträumt an mein Geständnis gegenüber Paco denken, nach unserer schönen Nacht, die er so mühevoll vorbereitet hat, als er mich nach meinen Wünschen gefragt hat, wie ich mir eigentlich mein erstes Mal oder meinen Heiratsantrag vorstelle oder vorgestellt habe. Als ich ihm meinen Traumantrag beschrieben habe, ist er fast vom Bett gefallen vor Lachen und hat gesagt, dass ich einfach nicht vorhabe zu heiraten.

Okay, es wirkt schon etwas kompliziert ihn zu verwirklichen, hier, wo es nie schneit, einen Antrag in schneebedeckter Umgebung zu machen, wird etwas schwer, aber man kann doch nichts für seine Träume. Als die Zeremonie zu Ende ist, gratulieren alle dem Brautpaar, auch Selena und ich schließen uns an. Nachdem wir beiden gratuliert haben, legt Paco seinen Arm um mich. »Na Schneekönigin, alles ohne mich überstanden?«, flüstert er mir ins Ohr. Ich schaue ihn etwas verwundert an, anscheinend hat er auch während der Zeremonie daran gedacht. Danach fahren wir zurück zum Surena-Anwesen, wo in Ramons Haus die Feier stattfindet und alles schön geschmückt ist.

Alle setzen sich an verschiedene Tische und ich bin froh, dass an unserem Tisch nur die Eltern, Pacos Brüder und Begleitung, die Söhne von Ramon, Paco und ich sitzen. Gleich neben uns sitzen Sam, Miko, Chico und Mano, das beruhigt mich auch. Nach dem Essen beginnen langsam alle sich zu verteilen. Ich lehne mich gerade zufrieden zurück, froh darüber, dass bis jetzt alles so gut gelaufen ist, als Pacos Mutter mich an die Hand nimmt und mich mitzieht. Ich werfe Paco einen Blick zu, doch der zuckt nur grinsend die Schultern. Pacos Mutter stellt mich allen vor, Pacos Tanten, Onkeln, Freunden ... Nach zehn Personen habe ich den Überblick verloren, doch eines fällt mir auf.

Während die ältere Generation nicht so ein Problem damit hat, wer ich bin oder es sich zumindestens nicht anmerken lässt, ernte ich von den Jüngeren oft missbilligende Blicke. Es würde sich sicher keiner wagen den Mund aufzumachen, doch manchmal reichen Blicke schon aus. Besonders am Tisch von Pacos Cousine Sonja werde ich fast von ihren hasserfüllten Blicken erschlagen, doch ich versuche, es so gut es geht zu ignorieren. Ich entkomme der Mutter und will zu unserem Tisch zurück, doch mir begegnet Pacos Blick, der mich schon eine Weile beobachtet.

Er steht etwas abseits, gerade gehen zwei Cousins von ihm weg. Schon fast bei ihm angekommen, wird mir auf einmal meine Sicht auf Paco, durch ein schwarzes, billig aussehendes Kleid und schwarze Locken versperrt. Je näher ich komme desto mehr kann ich von dem Gerede der Frau aufschnappen. »Ich habe schon gehört, dass du jetzt in festen Händen bist, passt gar nicht zu dir, Paco. Hast du vergessen, was für Spaß du haben kannst?« Ich werde zwar sauer, zeige es aber nicht, schließlich ist es ja nicht so, dass ich solche Chicas nicht kenne. Ich trete an ihr vorbei und neben Paco, der mir seinen Arm um die Hüften legt und mich an sich zieht. »Tut mir leid, Rosa, ich habe jetzt etwas Besseres gefunden, und das macht auch viel Spaß.« Er grinst sie frech an, was sie sauer macht. »Das sagst du jetzt, Paco, aber wir wissen beide, es gibt gewisse Sachen, die man nicht mit jedem machen kann, oder kennt sie schon alle deine Vorlieben?«

Ich zucke zusammen. Paco entgeht das natürlich nicht, doch bevor er etwas sagen kann, platze ich. »Sag mal, was ist denn bei dir im Kopf verkehrt? Wie kann man nur so billig sein? Hat dir deine Familie nicht einmal ein wenig Anstand beigebracht? Wie kann man sich nur so anbieten?«, zische ich sie an. Sie verschränkt nur die Arme und zieht die Augenbrauen hoch. Paco dreht sich um und will mich wegziehen, er merkt wohl, dass ich auf hundertachtzig bin.

»Wer von uns hat denn hier keinen Anstand? Oder was tust du sonst hier, du dreckige Punto ...« Ich wirble zu ihr um, doch Paco ist schneller, er hält ihren Arm fest und ihrem Gesicht nach zu urteilen nicht gerade sanft. »Mit wem bist du hier?« Selbst ich bekomme eine Gänsehaut, so sauer wie Paco sie angeht. Ich spüre, dass Miko hinter mir steht. Das ist eine Sache, die ich immer weiß, egal, wie sehr ich denke, meine Cousins oder mein Bruder sind beschäftigt, ich unterschätze sie jedes Mal, denn sie haben immer ein Auge auf mich. Es kommen noch ein paar mehr zu uns, Miko scheint doch mehr mitbekommen zu haben.

»Überlege dir das nächste Mal, mit wem du so redest, du verdammte Puta.« Er zieht mich etwas von allem weg. Ein jüngerer Mann taucht auf. »Sie ist mit mir hier.« Er sieht sauer zu dieser Rosa, die mittlerweile nicht mehr so vorlaut wirkt. »Wirklich? Mit dir? Wie kommt es dann, dass sie hier andere um eine schnelle Nummer anbettelt?« Ich kann mich einfach nicht beruhigen, Miko neben mir lacht leise. Paco hat eine unvergleichliche Art, wenn er so sauer ist, ich verstehe inzwischen, warum er Kobra genannt wird.

Während alle um ihn herum emotional werden, ist er ganz ruhig, unheimlich ruhig, aber er versprüht so viel tödliche Gefahr, dass alle noch unruhiger werden. Mano und Rodriguez tauchen neben ihm auf. Paco lässt ihren Arm unsanft los. »Bring sie hier weg und dann komm zu mir, hast du verstanden?« Der Mann nickt und zerrt diese Rosa weg. »Alles klar?« Ich nicke Miko zu, doch als Paco mich am Arm festhält, entziehe ich mich ihm. Ich weiß, er hat keine Schuld, trotzdem muss ich das erst kurz verdauen. Ich gehe zu Jennifer, die mit Sam plaudert und stelle mich zu ihnen, um mich etwas abzureagieren.

Paco scheint es zu verstehen und bleibt bei den Jungs, auch wenn sein Blick auf mir ruht. Erst als ich bemerke, dass sich der junge Mann wieder einfindet und zu Paco, Miko und Chico geht, trete ich von hinten an sie heran, weil ich befürchte, dass er jetzt alles ausbaden muss, was diese Tussi verursacht hat. Bis ich bei ihnen bin, hat das Gespräch schon angefangen. »Das ist mir egal. Solche Schlampen haben nichts auf diesen Feiern zu suchen, was du sonst mit ihr machst, interessiert mich nicht, aber ich will solche Chicas nicht auf Feiern sehen, wo die Familien dabei sind. Bella gehört jetzt zu mir, und mir ist scheißegal, was manche darüber denken, ihr habt sie zu respektieren, weil sie zu mir gehört!« Der Mann seufzt leise, nachdem Paco ihn zusammengestaucht hat.

»Tut mir leid, ich wusste nicht, dass sie noch hinter dir her ist, sie wollte unbedingt mitkommen.« Paco nickt. »Denk das nächste Mal daran.« Der Mann nickt etwas unsicher und geht wieder zu einer Gruppe, die sich am Pool unterhält.

Ich trete vor, Chico und Miko ziehen sich zurück. Paco sieht mich erst abwartend an, bevor er etwas sagt. »Bist du sauer?« Ich muss leicht lachen, ich liebe es, wenn er manchmal so überfordert mit mir ist. Ich kuschle mich an seine Brust, und seine Arme heißen mich sofort willkommen. »Nein, nicht auf dich, ich hasse diese billigen ...« Paco legt plötzlich seine Hand in meinen Nacken und küsst mich, ich bin zwar überrumpelt, doch erwidere seinen Kuss. »Vergiss die einfach, sie hat nichts, was mich interessiert.« Er küsst meinen Hals entlang. »Das stimmt nicht«, sage ich leise, mehr zu mir als zu ihm, doch Paco hört auf, meinen Hals zu küssen und sieht mich an.

»Was? Wovon redest du, Bella?« Er hebt ungeduldig die Augenbrauen an und ich seufze. Es ist mir unangenehm, aber ich sage ihm, was schon so lange in meinem Kopf herumspukt. »Na ja, sie alle, also die meisten Chicas, du weißt schon ... die du im Bett hattest, na ja ... und ich bin halt einfach nicht so ...« Ich zeige an meinen Brüsten lang und Paco runzelt die Stirn. »Nein, ich weiß nicht, was du meinst, erkläre es mir.« Ich verschränke die Arme vor der Brust. »Ich frage mich wie es kommt, dass wenn du sonst immer auf solche Rundungen gestanden hast, du auf einmal auf mich kommst, es ist ja wohl offensichtlich, dass ich nicht ganz so gebaut bin.« Es ist mir wirklich peinlich, aber es platzt aus mir heraus. Paco sieht mich verwirrt an. »Ich glaube Bella, diesmal unterschätzt du dich, hast du überhaupt eine Ahnung, wie du auf Männer wirkst? Glaub mir, wäre es nicht offensichtlich, dass du zu mir gehörst, hätten dich heute schon mindestens dreißig Männer hier angebaggert. Vertrau mir, ich habe deren Blicke verfolgt und Bella, meinetwegen brauchst du dir keine Sorgen zu machen, ich bin dir sowieso verfallen.« Er beugt sich zu meinem Ohr.

»Ich liebe deinen Körper, alles an ihm, und deine Brüste machen mich wahnsinnig, ich habe noch nie so perfekte Brüste gesehen, von deinem Po willst du nicht ernsthaft nochmal hören, wie sehr ich ihn vergöttere.« Ich kriege eine Gänsehaut, Paco knabbert meinen Hals entlang, er drückt mich an sich, sodass ich seine Erregung spüre. »Den ganzen Tag kann ich an nichts anderes denken, als dich wieder nackt zu spüren.« Er beißt sachte in mein Ohrläppchen und grinst mich dann an. Ich brauche kurz, um mich wieder zu fassen.

»Okaaaay … dann erkläre mir bitte, was sie vorhin mit deinen Vorlieben gemeint hat?« Paco weicht etwas zurück. »Vergiss es Bella, das werden wir so was von nicht besprechen.« Ich muss lachen und halte ihn fest. »Wieso nicht? Komm schon, Paco, gerade ist es dir doch auch nicht schwergefallen.« Zu Pacos Glück kommt in diesem Moment seine Mutter auf uns zu und Paco weiß, dass er sich für den Moment gerettet hat und grinst mich frech an. Er geht ihr schnell entgegen.

Die Feier geht noch lange, und irgendwann sitze ich eingekuschelt auf Pacos Schoß, während wir noch in gemütlicher Runde beisammen sind. Als ich langsam anfange zu gähnen, drehe ich mich zu Paco um. »Gehen wir nach Hause?« Ich sehe zu ihm hoch und er lächelt. »Ja … gehen wir nach Hause.« Wir stehen auf und verabschieden uns. Miko und Sam sind schon vor einer Weile gefahren. Als wir bei ihm die Haustür aufschließen, schiebt Paco mein Kleid hoch. »Das wollte ich heute schon den ganzen Tag tun.« Ich haue ihm leicht auf seine Hand und entziehe mich ihm.

»Wolltest du mir nicht erst noch etwas erzählen?« Paco sieht mich empört an und fängt mich wieder ein, ohne Probleme wirft er mich über seine Schulter und trägt mich die Treppen hoch. Meinen lachenden Protest ignoriert er komplett, erst vor seinem Bett lässt er mich wieder herunter. »Komm schon Paco, seit wann bist du so schüchtern? Sag mir, was du mit ihnen gemacht hast oder ist dir das unangenehm?«, ziehe ich ihn auf. Paco seufzt ergeben. »Bella, es geht nicht darum, was ich mit ihnen gemacht habe, sondern wie ich es mit ihnen gemacht habe.« Er legt seine Arme um meine Taille. »Sie haben mir nichts bedeutet, keine von ihnen. Ich habe sie einfach genommen wie ich wollte, das ist nicht zu vergleichen mit dem, was ich und du haben.«

Ich streiche mit meinen Fingern über sein Kinn. »Hast du dich wenigstens …?« Er unterbricht mich. »Du bist die Erste, bei der ich nicht verhüte, ich bin nicht dumm, ich weiß, mit wem ich es getan habe. Es hatte nichts von dem, was zwischen uns ist, weder habe ich sie geküsst, noch mich darum gekümmert, was sie dabei fühlen, ich habe sie danach nicht in meinen Armen gehalten oder eine von ihnen je in mein Schlafzimmer gelassen, du bist die Erste, die hier bei mir gelegen hat.« Er streicht mir eine Strähne weg. »Sie hat recht, es wird nie so sein mit dir, aber deswegen brauchst du dir keine Gedanken zu machen.« Paco hebt mein Kinn hoch und vereint unsere Lippen.

Als ich später in seinen Armen einschlafe, denke ich über seine Worte von heute nach. Es ist schön zu wissen, dass ich für ihn auch so etwas Besonderes bin, doch mein ungutes Gefühl wegen der Chicas bleibt. Wie lange kann ein Mann den ständigen eindeutigen Angeboten widerstehen? Selbst Juan ist immer mal wieder ein Ausrutscher passiert. Sara hat ihm verziehen, aber ich weiß, ich könnte das nicht.


»Ich gehe morgen wieder zur Uni.« Ich brauche gar nicht meinen Blick zu heben um zu wissen, dass Paco und Juan mich beide ansehen, anstatt weiter zu frühstücken. Wir haben die letzte Nacht mal wieder hier verbracht, da wir seit der Hochzeit fast vier Tage bei Paco zu Hause untergetaucht sind. Ich sehe erst von meinem Rührei hoch, als ich bemerke, dass Juan sich zufrieden zurücklehnt und Paco auf die Schulter klopft. »Weißt du, so schlecht ist das gar nicht mit euch beiden, jetzt muss ich wenigstens nicht alleine mit ihr herumdiskutieren.«

Meine Mutter kommt vom Herd und füllt Juans und Pacos Teller auf, während sie anklagend auf meinen noch gefüllten schaut, wenigstens freut sie sich, dass Paco mich so weit gebracht hat, überhaupt zu frühstücken. »Das ist gut mein Herz, du warst schon lange nicht mehr dort«, mischt sich meine Mutter ein und gibt mir einen Kuss auf die Wange. Ich grinse sie an und sehe dann zu den beiden, die mich mit grimmigen Mienen ansehen. Ich seufze und stehe auf, um mir etwas aus dem Kühlschrank zu holen. »Ich glaube, ihr habt da was missverstanden, das war keine Frage, das war eine Information.« Ich schließe den Kühlschrank wieder und sehe beide herausfordernd an.

»Bella, denkst du nicht, dass du noch etwas warten solltest?«, fängt Paco an, doch ich fahre gleich dazwischen. »Nein, absolut nicht, es ist nichts mehr passiert, alles hat sich beruhigt, Selena geht auch seit letzter Woche wieder, ich werde gehen, da könnt ihr euch auf den Kopf stellen.« Juan seufzt auf. »Ich verstehe ja, dass du wieder hin willst, aber ich finde wirklich ...« Ich schneide ihm das Wort ab. »Nein Juan, verstehst du nicht, du denkst, ich bin jetzt nicht nur die Schwester eines Anführers, sondern auch noch die Freundin eines anderen Anführers und dass ich damit zufrieden sein sollte und ruhig zu Hause bleibe.« Ich schnaufe erregt auf. »Du solltest mich besser kennen.« Juan grinst frech. »Man kann doch Hoffnungen haben.« In diesem Augenblick kommt Miko herein, setzt sich neben Paco und schnappt sich ein Brötchen von seinem Teller.

»Na Princesa, machst du die beiden fertig?« Ich werfe ihm einen bösen Blick zu und er grinst Juan und Paco an. »Ihr seid so was von geliefert.«

»Kannst du nicht wenigstens warten, bis ich wieder hier bin, ich muss heute noch nach El Savador und komme erst übermorgen wieder, dann können wir ...« Ich bin mittlerweile viel zu gereizt, um Paco aussprechen zu lassen. »Warum soll ich warten, Paco? Willst du neben mir in der Uni sitzen? Ab heute ist es vorbei mit dem Versteckspielen, es ist fast einen Monat her, dass ihr unten wart, seitdem ist Ruhe. Ich gehe morgen zur Uni und dann gehe ich, keine Ahnung, mit Sam und Sara shoppen oder so, hiermit erkläre ich die Bella-muss-sich-verstecken-Phase offiziell für beendet.«

Juan verschränkt die Arme, während Paco sich zurücklehnt und mich mustert. »Ich dachte, zu zweit wird es leichter«, murmelt er und Paco lacht leise auf. »Dann hättet ihr sie nicht ein ganzes Leben lang darin trainieren sollen, euch zu widersprechen und ihren Kopf durchzusetzen, sie ist schon ein Profi.« Ich werfe ihm einen bösen Blick zu, nur Miko lacht. »Ich finde das gut, geh wieder zur Uni, Bella, wenn du die beiden schon fertig machst, kann dir nicht viel passieren.« Ich grinse, gehe zu ihm und gebe ihm einen Kuss auf die Wange.

»Deswegen bist du auch mein persönlicher Held des Tages.« Ich nehme ihm sein Brötchen weg und beiße herzhaft ab, während ich durchs Wohnzimmer zur Haustür gehe, um draußen zu sehen, ob Post da ist. Ich höre die Jungs sich weiter unterhalten, aber mir ist das egal, sie kriegen mich sowieso nicht von meinem Vorhaben ab. Als ich die Tür aufmache, fluche ich laut. »Miko? Was sucht dein Auto auf meinem Parkplatz?« Ich höre Gelächter. »Ein persönlicher Tagesheld darf das.«

Letztendlich setze ich mich durch, ich besuche wieder die Uni, und es stellt sich die ganz normale Routine ein, auch wenn sich für mich durch meine Beziehung zu Paco einiges geändert hat. Ich bin wirklich glücklich mit ihm, selbstverständlich kracht es auch mal zwischen uns, und wenn dies der Fall ist, dann auch ziemlich böse. Da wir beide so starke Charaktere sind, gibt selten jemand nach, doch letztlich finden wir immer wieder zusammen, da wir es kaum ohne den anderen aushalten.

Wenn Juan und die anderen mitbekommen, dass Paco und ich Stress haben, mischen sie sich aber nicht, wie ich es anfangs befürchtet hätte, ein, sondern vertrauen vollkommen auf meine alleinige Durchsetzungskraft, was ja dann auch meistens der Fall ist. Auch merke ich, dass es Paco öfter Schwierigkeiten bereitet, sich plötzlich in einer festen Beziehung zu befinden, er hat es nicht verstanden, dass ich sauer war, weil er mich nicht anruft, wenn er unterwegs ist. Erst nach einer nervenaufreibenden Diskussion hat er es dann eingesehen, dass man auch etwas für eine Beziehung tun muss. Auch spüre ich, dass ihm sein früheres Leben manchmal fehlt, auch wenn ich weiß, dass er unsere Beziehung trotzdem liebt.

Ich habe beim Einkaufen zufällig die Leiterin meines alten Kindergartens getroffen. Sie erzählt mir, wie schlecht es dem Kindergarten mittlerweile geht, da es nicht genug Personal gibt. Als Sara und ich selbst hinfahren, um uns ein Bild zu machen, merken wir sofort, dass einiges zu tun ist. Es müssen Reparaturen gemacht werden, die Erzieherinnen sind bemüht, aber es gibt viel zu tun. Als die Kinder neugierig Sara und mich beäugen und ich ihnen in ihre braunen Knopfaugen schaue, gewinnen sie sofort mein Herz. Sie führen uns in der Kita herum. Als ich ihnen dann erzähle, dass ich auch mal hier war, hören sie mir gespannt zu.

Sie zeigen uns Spiele, schließlich verbringen wir den ganzen Nachmittag dort. Ich merke, wie viel Spaß es mir macht. Im Grunde ist das doch auch die beste Praxis für mein Studium. Als sich die letzten Kinder verabschieden, weil sie von ihren Eltern abgeholt werden, unterbreite ich der Kitaleitung meinen Vorschlag, dass ich zwei- dreimal mal die Woche nachmittags vorbeikomme und mich mit den Kindern beschäftige. Mir kommen sofort tausend Ideen, was ich mit ihnen machen könnte, was für Bastelarbeiten oder Spiele, und die Kitaleitung ist begeistert.

Wir besprechen noch einige Sachen, die ich plane und ich bin richtig aufgedreht und glücklich, als ich am Abend ins Punto-Haus komme. Ich mobilisiere sofort Juan und meine Cousins, da ihnen der Kindergarten, den jeder von uns besucht hat, auch am Herzen liegt und sie sich um die Reparaturen und Kosten für einige neue Möbel und Spielsachen kümmern sollen.

Somit verbringe ich von da an viel Zeit in der Kita und mit den Kindern und ich merke, wie viel Freude mir das macht. Auch Paco findet es gut, dass ich dort aushelfe und kommt mich des Öfteren spontan dort besuchen, ab und zu entführt er mich auch vor den Augen der lachenden Kinder, um etwas Zeit mit mir zu verbringen.

Paco verwöhnt mich gerne, das äußert sich nicht nur in so kleinen Gesten wie dem Mitbringen von kleinen Geschenken, sondern, dass er sich scheinbar auch Gedanken darüber macht, was er mitbringt. So kauft er mir bei einem seiner Geschäftstermine aus einem kleinen Straßenladen eine wunderschöne Schneekugel mit einem Liebespaar in schneebedeckter Landschaft, welche ich andächtig auf meinem Nachttisch aufbewahre. Sicherlich gibt es auch Geschenke, die ich nicht so verstehe, wie zwei ganz offensichtlich ziemlich besondere, hochmoderne

Handys, die er für uns beide bestellt. Tagelang wartet er ungeduldig auf deren Lieferung. Als sie endlich ankommen und ich zeige, dass mein Interesse an solchen Sachen nicht wirklich besonders groß ist, stellt er mir alles ein und bittet mich, einfach ab jetzt immer dieses Handy zu benutzen.

Die gesamte nächsten Woche verläuft zum Glück recht friedlich. Ich bleibe bei Paco, manchmal schlafen wir bei mir, und dass jeder bei sich schläft, passiert selten, kommt manchmal aber auch noch vor. Ich habe eine Zwischenmeldung von der Uni bekommen, in der ich meine Studienarbeit eingereicht habe, um an dem Wettbewerb teilzunehmen. Es sind von dreihundert Teilnehmern nur noch fünfzig in der engeren Auswahl, und ich gehöre auch dazu. Die letzten zehn werden dann zur Bekanntgabe des Gewinners eingeladen, aber das dauert noch. Der Gewinner erhält einen Studienplatz in New York, das war immer mein Traum, doch mittlerweile sieht mein Leben etwas anders aus. Da ich noch immer nicht viel Hoffnung auf den Gewinn habe, verstecke ich den Brief in einer Schublade. Keiner weiß, dass ich daran teilgenommen habe, bis auf Paco. Er weiß es, aber er kennt nicht den Siegerpreis.

# Kapitel 14

Heute ist wieder so ein unglaublich heißer Tag, es beginnt langsam der Hochsommer, es wird immer unerträglicher. Selena sitzt neben mir und wedelt sich Luft zu. »Sag mal, warst du mit Paco gestern Nacht noch im Pool?« Ich muss lächeln und drehe mein sicher leicht errötetes Gesicht weg. »Es war ... heiß.« Selena lacht laut auf und unser Dozent guckt zu uns, auch Mary wirft uns einen bösen Blick zu. Seit diesem Abend bei Paco habe ich nichts mehr mit ihr zu tun, auch Selena hat sich von ihr abgewendet, weil Mary scheinbar immer wieder von Paco geschwärmt hat, sogar noch, als ich schon fest mit ihm zusammen war.

Es klingelt. »Könnt ihr etwas in unserem Garten sehen?« Selena schüttelt den Kopf. »Nein, keine Panik, wir haben dich nur laut lachen gehört.« Ich zucke die Schultern. »Ja, Pitty ist mal wieder in den Pool gesprungen.« Selena schüttelt den Kopf. »Der Hund ist wirklich komisch. Ich muss noch kurz was mit dem Dozenten besprechen.« Ich packe meine Sachen ein. »Ich gehe schon mal vor.«

Als ich aus unserem Kurs komme, entdecke ich auf den vollen Fluren sofort ein bekanntes Gesicht, das auf mich zukommt. Es ist ein Mitglied der Trez Puntos, ich glaube er heißt Jaiko, er gehört nicht zum engeren Kreis, ich habe ihn aber schon ein paar Mal gesehen, auch wenn er noch nicht so lange dabei ist. Mein Herz schlägt gleich etwas schneller, als er auf mich zusteuert.

»Bella, hey ... du musst mit mir kommen, Juan hat mich beauftragt, dich zum Punto-Haus zu bringen.« Jetzt schlägt mein Herz bis zum Anschlag. »Warum? Was ist los?« Er führt mich durch den Flur. »Das kann ich dir nicht sagen, ich soll dich hinbringen.« Es ist etwas passiert, es muss was passiert sein. Fast schon blind vor Gedanken laufe ich neben dem großen, sehr schlanken dunklen Mann her. Er sieht nervös aus und hat seine Hand im Anschlag seines hinteren Hosenbundes; diese Geste kenne ich nur zu gut, fast jeder trägt seine Waffe dort. Und seine Nervosität bedeutet, dass wieder etwas Furchtbares passiert sein muss.

»Bella.« Ich werde aus meinen Gedanken gerissen, auch der Mann wirbelt herum. Wir blicken zu Sara, sie habe ich total vergessen. Verwirrt schaue ich auf ihn und dann zu Sara. »Solltest du sie nicht auch abholen?« Sara blickt von mir zu dem Mann. »Jaiko? Was ist passiert?« Auch sie merkt, dass etwas nicht stimmt, scheinbar kennt sie diesen Jaiko aber auch, der Mann zieht die Augenbrauen hoch. »Ja, Sara auch, hatte schon nach ihr Ausschau gehalten ... los jetzt.« Sara und ich laufen neben Jaiko her, Sara fragt aufgeregt, was passiert ist, aber ich erkläre ihr, dass ich keine Ahnung habe. Als Jaiko statt des Haupteinganges den

Nebeneingang ansteuert, meldet sich ein komisches Bauchgefühl. »Warum hier lang?« Jaiko wirkt nicht nur nervös, sondern auch langsam genervt. »Ich habe auf dem Mitarbeiterparkplatz geparkt.« Er reißt die Tür zum Parkplatz auf und ich halte Sara am Arm zurück.

»Warum ist keiner meiner Cousins gekommen? Wo ist Paco?« Jaiko deutet uns an weiterzugehen, doch ich bleibe neben der Tür stehen. »Sie sind alle beschäftigt, also kommt jetzt.« Sara scheint das zu genügen, sie zieht mich mit zum Auto. Plötzlich steigt ein weiterer mir unbekannter Mann aus dem Auto. »Wer ist das?« Jaiko reagiert nicht, sondern nimmt unsanft die Taschen von Sara und mir weg, spätestens jetzt bin ich absolut sicher, dass etwas nicht stimmt. »Was zur Hölle ist hier los? Ich rufe jetzt sofort meinen Bruder an«, zische ich Jaiko an, doch der grinst nur und schmeißt unsere Taschen in den Kofferraum. »Bella, Bella … wie immer ungehalten.« Er zieht seine Waffe und hält sie mir genau an die Nase. Ich schlucke schwer, Sara stammelt ein leises »Nein.«

»Hör genau zu, ich weiß, dass du wild sein kannst, aber lass mich dir eins sagen. Mich interessiert es nicht im geringsten, was mit dir passiert. Ich werde versuchen dich unbeschadet zu übergeben, solltest du allerdings Schwierigkeiten machen, habe ich keine Probleme dich ruhig zu stellen.« Er wendet seine Waffe zu Sara. »Wir haben ja auch noch deine kleine Freundin hier, warum bin ich nicht selber darauf gekommen, so können wir Juan doppelt schaden.« Der andere Mann lacht laut. »Das nenne ich mal einen Glücksgriff.«

Jaiko schubst uns beide durch die Hintertür ins Auto. »Jetzt los.« Er schiebt uns auf den Rücksitz, Sara scheint genauso gelähmt vor Schock wie ich. Plötzlich wird die Tür aufgerissen und Selena kommt heraus. »Bella, Sara, seid ihr taub? Ich habe euch gerufen …« Sie sieht verwirrt zu uns ins Auto und zu dem Mann. »Was ist hier los?« Ich versuche verzweifelt, ihr ein Zeichen zu geben zu verschwinden, doch sie starrt von uns zu Jaiko, der zur Fahrerseite läuft. Plötzlich sehe ich alles wie in einer schrecklichen Zeitlupe.

Er dreht sich um, sagt ein paar Worte, die nicht an mein Ohr dringen, denn ich sehe nur zu seiner Waffe, die er hochschnellen lässt und einmal abfeuert. »Nein!« Sara und mein Schrei treffen verzweifelt aufeinander, aber können nicht verhindern, dass die Kugel Selena trifft und sie zusammensackt. Noch nie in meinen Leben war ich so geschockt wie in diesem Moment, als ich Selena zu Boden gehen sehe. »Selena!« Meine Worte sind nicht mehr als ein verzweifeltes Schluchzen, Sara ist starr, Jaiko reißt die Tür auf und startet schnell das Auto. »Wenn ihr nur mich wollt, dann lasst Sara gehen oder ruft wenigstens Hilfe.« Ich schaue zurück, unser Wagen braust bereits durch die Straße. Als ich Selena kaum noch erkennen kann, sehe ich zum Glück noch, dass ein paar Leute aus der Tür kommen und sich über Selena beugen, wenigstens ist jetzt jemand bei ihr. Wo sie wohl getroffen wurde? Kann man sie retten? Mein Herz scheint zu zerreißen. »Ihr verdammten ... wie könnt ihr ... du bist ein Trez Punto ... wohin bringst du uns?« Ich wende mich zu den beiden Männern nach vorne. Der andere dreht sich um, während Jaiko über irgendwelche Schleichwege aus der Stadt herausfährt.

»Sie ist ja wirklich sehr hübsch ... und frech, wie du schon gesagt hast.« Er wedelt mit seiner Waffe. »Kennst du das, Süße? Das bedeutet Maul halten!« Er dreht sich wieder nach vorn. »Wie kannst du ...« Der andere Mann schaut mich aggressiv an und hält seine Waffe an meinen Kopf. »Es wäre wirklich schade, aber ich habe kein Problem, dich auch so zu Edgar zu bringen.« Ich schluchze leise und er lässt von mir ab. Sara nimmt meine Hand, sie ist kreidebleich und starr. Ich lehne mich zurück, meine Tränen laufen mir über die Wange, fast blind vor Tränen schaue ich aus dem Fenster und sehe, wie wir in Richtung Stadtausgang fahren. Das ist ein Alptraum, ein gottverdammter Alptraum.

Eine ganze Weile herrscht Totenstille im Auto. Die beiden Männer sehen angespannt auf die Straße, sie wissen genau, auf welchen Wegen sie die Stadt verlassen können. Sara neben mir weint leise, ich höre sie ein Gebet murmeln. Ich überlege krampfhaft ... Edgar? Ich habe den Namen doch schon gehört, ich sehe die Richtung, in die wir fahren. La Hondez? Meine Güte, natürlich. Aber wie kann das sein? Die La Hondez sind eine kleine Gang, die zwar außerhalb, weit außerhalb der Stadt, aber noch am äußeren Ende von La Sierra ihr Gebiet haben. Es ist eine kleine, ungefährliche Gang, ich selbst habe den Anführer auch schon gesehen. Edgar, sie stecken hinter all dem? Sie bestehen aus vielleicht vierzig Männern, nicht mal ein Drittel der Trez Puntos oder der Les Surenas, aber doch haben wir sie alle unterschätzt. Ich murmle den Namen leise zu Sara, sie unterbricht ihr Gebet und sieht auch aus dem Fenster. Es scheint bei ihr genauso klick zu machen. Ich stöhne leise auf und reibe mir mit den Fingern die Stirn glatt, ich habe tausend Namen bei den Vermutungen meines Bruders oder Pacos gehört, keiner hat mit ihnen gerechnet, damit, dass sie zu so etwas überhaupt in der Lage sind, und das ist wahrscheinlich ihr größter Trumpf.

Natürlich waren sie daran interessiert, die Trez Puntos und die Les Surenas gegeneinander aufzubringen, sie würden als erstes davon profitieren, wenn eine unserer Gangs geschwächt ist, und offenbar verfolgen sie dieses Ziel noch immer. Keiner wird darauf kommen, dass sie uns dahin bringen. Nach einer Weile landen wir außerhalb der Stadt und fahren auf einer Landstraße. Allmählich scheinen sich die beiden zu entspannen, denn sie beginnen mit einer Unterhaltung.

Es ist unerträglich heiß im Auto, ich verspüre ein starkes Durstgefühl. Die beiden Männer trinken aus Wasserflaschen, denken aber nicht im Traum daran uns etwas zu geben. Ich versuche mich zu konzentrieren. Ich bekomme mit, dass sie mich sozusagen bei diesem Edgar abliefern, um ihm so ihre Loyalität zu zeigen. Der Begleiter von Jaiko scheint schon zu den La Hondez zu gehören, zumindest sagt seine Plaka das aus. Jaiko hat eine ungeheure Wut auf die Trez Puntos und auch auf die Les Surenas. Er lässt sich über die Strukturen aus, dass, egal was man macht, man nicht die Möglichkeit hat, in die engere Familia zu kommen, dass man bei den richtigen Geschäften nichts beizutragen hat.

Er scheint zu glauben, dass dies bei den La Hondez anders ist, was ich stark bezweifle. Ich versuche unsere Möglichkeiten abzuschätzen, ich weiß, dass deren Gebiet ungefähr zwei Autostunden entfernt ist, wir fahren sicher schon eine Stunde. Meine Gedanken schweifen allerdings immer wieder ab, ob sie es schon wissen? Sicherlich oder hoffentlich wurde Selena gefunden und es geht ihr einigermaßen gut, was ist, wenn sie das nicht überlebt? Wenn sie Selena finden, dann wissen sie, dass wir weg sind. Aber weiter?

Nie werden sie darauf kommen, wo wir sind. Ich denke an Juan, Miko, Paco und will mir gar nicht vorstellen, wie wütend sie gerade sind. Was wird dieser Edgar mit mir machen und mit Sara? Er hat sicherlich vor, Juan tief zu treffen, und in diesem Auto sitzen die beiden sichersten Wege, Juan völlig fertig zu machen und gleichzeitig Paco zu treffen. Ich denke unweigerlich wieder an unser Gespräch im Krankenhaus, als beide gesagt haben, was das für mich bedeutet, ich bin das angreifbarste Ziel für beide Familias. Mir kommt wieder Pacos Gesicht vor Augen, wie er mir bei einem unserer ersten Treffen gesagt hat, dass er nicht lieben darf, weil das für ihn einen wunden Punkt bedeutet und er das nicht will und wie oft Juan sich wegen mir Sorgen gemacht hat. All ihre Befürchtungen haben sich heute bewahrheitet.

Nachdem wir eine Weile gefahren sind, bekomme ich immer größere Panik. Irgendwann haben wir Saras und mein Handy wiederholt im Kofferraum klingeln gehört, doch sie haben es schon vor einer Weile aufgegeben. Jaiko und der andere Mann rauchen irgendwas, was aussieht wie ein Joint, es riecht aber anders, wahrscheinlich ist es etwas Härteres. Allerdings sollte mir das nun wirklich am wenigsten Sorgen machen, wenn wir gegen einen Baum krachen, wäre das wahrscheinlich die humanste Lösung.

Ich kann das Zittern meines Körpers kaum verbergen. Sara hat den Kopf auf meine Schulter gelegt und versucht mir Mut zuzuflüstern, dass sie uns finden und kommen. Doch je weiter wir fahren, desto mehr wird klar, dies wird nicht passieren, da wir zu weit weg sind und sie keinen Schimmer haben, wo wir sein könnten. Je weiter und schneller sich die Reifen des Autos drehen, desto ruhiger ist Sara geworden, mittlerweile schweigt sie.

Mir kommen die merkwürdigsten Gedanken, vor allem kommt mir Sanchez ins Gedächtnis, sein Körper, wie misshandelt er war, die Bilder und Bemerkungen von mir auf dem Handy des Eisverkäufers. Ich weiß, dass ich das nicht überleben werde, ich spüre es und meine Gedanken sind bei Sara, die ich wenigstens hier weghaben will. Wenigstens sie sollte da sein, um Juan etwas Halt zu geben, uns beide zu verlieren wäre sein Ende ... und Paco? Tränen laufen unaufhörlich meine Wangen herunter. Zwar reden die beiden nicht mit uns, aber ich spüre den Blick des anderen Mannes durch den Rückspiegel immer wieder auf mir, ich könnte mich übergeben, wenn ich seinen Blick treffe.

»Denkst du, alle wissen, was sie dir bedeuten?« Sara nimmt ihren Kopf von meiner Schulter und schaut mich irritiert an. »Wie kommst du darauf?«, flüstert sie zurück. Ich sehe zum Spiegel und treffe wieder auf den Blick des anderen Mannes. »Meinst du, alle wissen, wie viel sie dir bedeuten? Oder würdest du noch jemandem etwas sagen wollen?« Sara gibt mir einen Kuss und streicht eine Träne weg. »Ich weiß, dass wir das jedem noch sagen können, hör auf so zu denken.« Ich lache leise und bitter, kurz ist es still, dann fährt Sara leise fort.

»Ich denke ja, jeder weiß, was er mir bedeutet, ich hoffe es.« Ich nicke. »Juan weiß, wie sehr du ihn liebst. Ihr seid schon so lange zusammen, Juan weiß auch, wie sehr ich ihn liebe, jeder weiß es, Miko, Raul, Mama, alle aber ...« Meine Tränen werden stärker. »Ich wünschte wirklich, dass Paco ... dass ich es ihm öfter gesagt hätte, dass er wirklich weiß, wie sehr ich ihn liebe.« Sara lächelt mild. »Das weiß er, Bella, glaub mir, und ich weiß, du wirst noch genug Chancen bekommen es ihm zu sagen.« Ich will gerade etwas erwidern, als ein lauter Knall uns hochschnellen lässt.

Auch die beiden Männer erschrecken sich, bis der Mann neben Jaiko flucht und das Auto langsamer wird. »Verdammt, musstest du diese Aktion in so einer Schrottkarre durchführen?« Jaiko hält an. »Halt's Maul, immerhin hatte ich das größte Risiko, also quatsch nicht so blöd, ich habe einen Ersatzreifen hinten.« Er steigt sauer aus und knallt die Tür zu, der andere wirft uns einen Blick zu, dann flucht er und steigt ebenfalls aus.

Hoffnung keimt auf. Ich blicke mich um, wir sind in einer kargen Landschaft, weit und breit nichts zu sehen, keine Fluchtmöglichkeiten. Ich seufze und bewege mich leicht. »Was tust du?«, zischt Sara. Ich deute ihr ruhig zu bleiben und sehe mich im vorderen Teil des Autos nach einer Waffe oder einem Handy um, doch so dumm sind die beiden nicht, außer ein paar Wasserflaschen liegt da nichts.

Meine Hoffnung sinkt so schnell wie sie gekommen ist, doch ich beuge mich vor und schnappe mir eine ungeöffnete Wasserflasche. »Hier, trink.« Ich gebe sie Sara, die hastig die Hälfte herunterschluckt und sie mir dann hinhält. Erst als ich das Wasser in meiner Kehle spüre, merke ich wie durstig ich wirklich bin und leere genauso schnell wie Sara den Rest der Flasche. In dem Augenblick, als ich meinen letzten Schluck nehme, sieht der andere Mann von seinem Platz vorne am Auto auf und blickt zu mir. »Was zum Teufel tust du da, Puta?«

Ich kann gar nicht reagieren, so schnell ist er bei mir und öffnet die Tür zu meinem Platz, um mich herauszuzerren. Er wirft mich grob gegen den Kofferraum, während Sara ihn anschreit und vergeblich versucht die Tür zu öffnen, doch das bringt nichts. Ich habe gleich am Anfang probiert, ob sie sich öffnen lässt, doch von innen sind beide hintere Türen gesichert. Ich halte mich am Kofferraum fest. »Ich ... wir hatten Durst ... mehr nicht«, sage ich leise und höre selbst mein Zittern in der Stimme. Er hält mir die Waffe wieder vor das Gesicht, und nicht nur das macht mir Sorgen, noch mehr ängstigen mich seine roten Augen, denen anzusehen ist, dass er total unter Drogen steht.

»Denkst du, das alles hier ist ein Spiel? Sieh dich um, nirgends ist dein Bruder oder einer deiner Cousins, um dich zu retten, du bist ganz auf dich gestellt, Bella, wie fühlt sich das an?« Ich höre Saras Rufe, er soll mich in Ruhe lassen und kann kaum atmen, solche Panik überkommt mich. Er fährt mit der Pistolenmündung meinen Hals nach zu meinem Ausschnitt. »Sag mal Puta, wie kam es, dass du im Bett von Paco Surena gelandet bist? Paco, die Kobra, ist er so gefährlich wie man sagt, du musst es doch wissen, oder?« Er beugt sich vor und riecht an meinem Hals, in mir kommt eine ungeheure Übelkeit hoch. »Hmm ... du riechst so rein, so unverbraucht, nicht wie die anderen, aber das täuscht, oder Bella? Du vögelst doch mit jedem, oder? Oder doch nur mit höheren Gangmitgliedern, denn weißt du was? Wenn ich dich abgeliefert habe, bin ich auch einer von ihnen, also was hältst du davon?«

»Kommst du endlich mal und hilfst?« Ich danke Gott innerlich für diese Ablenkung, Jaiko kommt hinter dem Auto vor. »Lass sie noch leben, dann ist sie mehr wert.« Ich erschaudere, doch anscheinend hat der Mann kein Interesse an Jaikos Worten. »Ich lasse sie am Leben, aber ich will auch erst noch meinen Spaß, bevor sie den anderen zum Fraß vorgeworfen wird.« Er steckt seine Waffe hinten in den Hosenbund und holt ein Messer hervor. »Wie sieht es aus, Bella? Haben wir etwas Spaß?« Ich schüttle den Kopf. »Bitte lass mich«, flehe ich ihn an, doch er grinst nur höhnisch. »Sehen wir mal nach, was Juans kleine Schwester alles so zu bieten hat.« Ich höre Saras flehendes Weinen und gebe selber keinen Mucks von mir.

Meine Augen sind wie ferngesteuert auf die Messerspitze gerichtet, die mein Top entlangfährt, er hält ein Ende fest und ritzt blitzschnell das Top in der Mitte kaputt, sodass ich nur noch im BH und Rock vor ihm stehe. Ich schließe meine Augen. »Bitte nicht«, flehe ich ihn an. »Warum nicht? Du machst doch auch für andere deine Beine breit.« Blitzschnell trennt er den BH mit dem Messer in der Mitte auf, ich spüre einen stechenden Schmerz und sehe, dass er mir dabei leicht meine Haut aufgeritzt hat.

»Ohhh, jetzt ist Bella leicht beschädigt ... das ändert allerdings nichts an der schönen Aussicht.« Er will mich anfassen, und plötzlich dreht sich bei mir im Kopf ein Schalter um. Ich werde das so oder so nicht überleben, aber das nicht, nicht das. Ich schubse ihn mit aller Kraft weg, er grinst mich an. »Das solltest du besser nicht tun.« Er versucht unter meinen Rock zu fassen, ich wehre mich, und der Rock reißt ein, doch ich kann ihn daran hindern mich anzufassen. Er packt mich an den Haaren. »Halt still, Puta.« Ich sehe rot und spucke ihm ins Gesicht. »Niemals würde ich jemanden wie dich ranlassen, eher sterbe ich, du Hund«, zische ich ihn an. Er wischt sich die Spucke weg und fast im selben Moment bekomme ich einen so kräftigen Schlag ins Gesicht, dass ich fast umfalle.

»Kein Problem, den Gefallen kann ich dir tun.« Er fasst wieder an meinen Rock, doch ich wehre mich sehr stark. Als ich gegen sein Schienbein trete, kriege ich den nächsten Schlag. Ich falle zu Boden und spüre nur noch seine Faust auf meinem Arm, meinem Bein, meinem Gesicht. Ich höre Saras gellenden Schrei, doch diese Schmerzen lähmen mich, noch nie hat mich jemand geschlagen. »Hörst du jetzt auf, ich brauche dich, um den Reifen anzubringen.« Der Mann wird von mir weggezogen und ich keuche schwer. Jaiko hebt mich unsanft auf, öffnet die Beifahrertür und schleudert mich wieder zu Sara. »Um die beiden kümmern wir uns später, wir müssen weiter.«

Sara reißt mich an sich. »Bella, Bella!« Ich öffne meine Augen, mein Kopf brummt, doch ich spüre auch so etwas wie einen kleinen Triumph, dass er nicht das bekommen hat, was er wollte. »Bella, Gott, dieses Schwein.« Ich sehe an mir herunter, meine Kleidung ist zerrissen, ich blute im Gesicht und zwischen der Brust, ich habe Kratzer an meinen Beinen und überall rote Stellen, wo seine Faust mich getroffen hat, aber er hat mich nicht gebrochen.

»Komm Süße, du zitterst ... schtt.« Sara bettet meinen Kopf auf ihren Schoß und streichelt über meine Haare. »Ich konnte nicht, das hätte ich nicht zugelassen, Sara.« Sie sieht mich aus ihren verweinten Augen an. »Wir müssen das verhindern, eher sterbe ich, als in deren Hände zu kommen.« Ich sehe Sara nach Worten suchen, um mich zu beruhigen, zu sagen, dass alles gut wird, doch kein Ton kommt über ihre Lippen. Eine ganze Weile sitzen Sara und ich schweigend da, während mein Kopf auf ihrem Schoß gebettet liegt, streichelt sie unermüdlich meine Haare. Die Männer scheinen Schwierigkeiten zu haben den Reifen zu wechseln, denn wir hören sie immer wieder fluchen.

»Was schlägst du vor?« Sara reißt mich aus den Gedanken, ich blicke zu ihr hoch. »Was sollen wir machen?« Ich zucke die Schultern. »Ich weiß nicht, aber wenn wir erst einmal da sind, wo sie uns hinbringen wollen, dann wünschten wir, dass wir irgendetwas getan hätten.« Sara schluchzt leise. »Wenn wir fliehen, erschießen sie uns.« Ich fange auch wieder an zu weinen. »Was ist die Alternative, Sara? Denkst du, wir kommen dort lebendig raus ...?« Bevor ich fortfahren kann, werden wir von scharf bremsenden Autos aus dem Gespräch gerissen.

Sara duckt sich instinktiv und beugt sich über mich. »Meine Güte, das sind sicherlich die anderen La Hondez um zu sehen, warum wir so lange brauchen.« Doch dann hören wir Samuel laut fluchen und einige dumpfe Kracher. Ich höre zitternd auf die Geräusche, es scheinen Unmengen an Autos zu halten, alle mit quietschenden Reifen. Plötzlich wird die Tür aufgerissen und Miko schaut panisch zu uns ins Auto. »ICH HABE SIE, hey, alles ist gut, wir ...« Mikos Blick fällt auf mich und wie erschrocken er auch guckt, ich bin so glücklich ihn zu sehen.

»Bella ...« Es ist mehr ein erstickter Laut als mein Name, er wirbelt herum. »Wer von euch Hundesöhnen hat sie angefasst?« In dem Moment tauchen auch Raul und Chico in der Autotür auf. Rauls Augen weiten sich, Chico flucht laut, Miko hebt mich vorsichtig aus dem Auto und stellt mich draußen wieder hin, wobei er mir mein Top vorn zuhält. »Er war es, ich schwöre, ich habe sie nicht angerührt.« Ich erkenne Jaikos Stimme, doch der Anblick, der mich erwartet, verschlägt mir den Atem. Es stehen Dutzende Autos herum, es sind alle da, Trez Puntos und Les Surenas. Alle starren geschockt zu mir und Sara, die hinter mir aussteigt. Ich blicke zu der Stelle, wo Paco, Juan, Rodriguez und Tito stehen, vor ihnen Jaiko und der andere Mann knieend. Ich treffe Pacos Augen und was ich sehe ist Wut, die blanke Wut. Sein Blick fällt an mir herunter, meinen aufgeschlitzten Sachen, meinen Wunden. Alle halten die Luft an, Juan sieht mich mit ebensolcher Wut an und in dem Moment drückt Paco ab.

Jaiko beginnt zu bibbern, als sein Freund neben ihm zusammensackt. »Ich wollte ... ich habe sie nicht angefasst, Paco ... ich schwöre es ...« Pacos Waffe wandert zu seinem Kopf. »Sie ist mein Leben, du Hundesohn, du hättest sie nicht einmal ansehen dürfen.« Doch bevor Paco was machen kann, stellt sich Juan vor Jaiko.

»Du hättest nie meine Familie reinziehen sollen.« Ich habe Juan noch nie so sauer gehört, und ich habe ihn schon wütend erlebt, weiß Gott wie wütend. Juan drückt ab und einen Moment ist Stille, während sich Paco und Juan auf mich zu bewegen. Miko hält mich noch immer im Arm, doch als Juan mich erreicht, lässt er mich los, Juan zieht mich in seine Arme und drückt mich an sich.

»Bella, es tut mir so leid.« Ich schüttle den Kopf. »Ihr seid gekommen, ich dachte wirklich ...« Ich breche ab und nachdem Juan mich loslässt, liege ich in Pacos Armen, wo ich richtig zusammenbreche. Ich kralle mich an sein Shirt, ich spüre, wie er mich fest an sich drückt und mir Worte an meinen Kopf murmelt, dann werde ich hochgehoben und Paco trägt mich ein Stück weiter weg.

Statt mich aber von seinen Armen zu lassen, kniet er sich hin und behält mich auf seinem Schoß. Er hebt seine Hand an mein Gesicht, fährt die Wunden nach, zerrt das Top und den kaputten BH zur Seite und fährt auch dort die Wunden nach, ebenso an meinen Beinen. Ich spüre, wie er vor Wut zittert und finde endlich meine Stimme wieder.

»Er wollte ... aber ich habe mich gewehrt und er hat es nicht geschafft ... aber dafür hat er zugeschlagen.« Pacos Augen wandern zu meinen und ich sehe, wie sehr ihm das alles weh tut. Meine Tränen laufen mir die Wange herunter und brennen an einer Wunde unter meinem Auge. »Ich dachte, ihr findet uns nicht, ich wollte schon ... wir wollten fliehen, wir wussten, dass sie uns finden, aber ich wollte nicht zu diesem Edgar und ...« Ich merke selbst, dass meine Worte zu durcheinander sind, ich kriege kaum Luft.

»Bella, sieh mich an!« Paco hebt mein Kinn so, dass ich ihn ansehe. »Guck zu mir, sieh mich an.« Als unsere Augen sich treffen, hält er meine mit seinen fest. »Ich bin jetzt da, wir alle sind da, es passiert dir nichts mehr, du bist in Sicherheit.« Pacos Augen beruhigen mich. »Auch wenn er es nicht geschafft hat, für jeden Kratzer würde ich ihn am liebsten nochmal töten.« Paco küsst meine Wunde im Gesicht und zieht mich enger an sich. Ich spüre, dass er sich etwas beruhigt. »Ich hatte solche Angst um dich, als ich dich gerade so gesehen habe ...« Paco flucht leise und nimmt mein Gesicht in seine Hände. »Komm her!« Seine Lippen berühren meine, aber ich zittere noch zu sehr.

Paco hält mich einfach fest und nach einer Weile haben sich unsere beiden Herzschläge beruhigt. Paco zieht sein Shirt aus und dreht mich so, dass mich niemand außer ihm sieht, dann zieht er mir alles aus und sein Shirt drüber, dabei flucht er immer wieder, wenn er neue Flecken entdeckt. Als ich Pacos Shirt anhabe, geht es mir schon etwas besser. Paco nimmt meine Hand fest in seine und wir kehren wieder zu den anderen zurück, wo mich Raul und Tito gleich in ihre

Arme ziehen. Sara liegt in Juans Armen, sie sieht auch schon etwas besser aus. Alle scheinen etwas beruhigter, offensichtlich hat Sara ihnen gesagt, dass er mich nicht anfassen konnte. Nachdem auch Chico und Rodriguez mich umarmt haben, frage ich nach Selena und erfahre zum großen Glück, dass die Kugel sie nur gestreift hat und es ihr den Umständen entsprechend gut geht.

Sie hat sich schreckliche Sorgen gemacht, aber Rodriguez hat sie gleich angerufen. Ein Auto kommt wieder und ein paar der Trez Puntos steigen aus mit Getränken und etwas zum Essen für Sara und mich. Sie sind extra zu einer Tankstelle gefahren. Während Sara und ich uns auf eines der Autos setzen und endlich wieder etwas zu uns nehmen, setzt Tito sich zu mir und zieht mich in seine Arme. Paco und Juan tigern beide vor uns herum, alle anderen stehen angespannt da, es ist unglaublich, wie viele hier sind. Jeder von ihnen küsst oder umarmt mich und Sara immer wieder, als können sie genauso wenig wie wir glauben, dass dies noch mal gut gegangen ist.

Sobald ich etwas trinke und esse, kommt auch mein Verstand wieder. »Wie habt ihr uns eigentlich gefunden?«, platze ich mitten in ihre Besprechung hinein. Paco runzelt die Stirn. »Bella, durch dein Handy, da ist doch ein Sender eingebaut, womit ich jederzeit sehen kann wo du bist, wenn es eingeschaltet ist und du, wo ich bin. Hast du dir die Beschreibung nicht durchgelesen?«. Ich seufze schwer, hätte ich wohl mal machen sollen.

Juan erzählt, dass sie Bescheid bekommen haben, kurz nachdem Selena angeschossen wurde. Wir hatten zwar einen Vorsprung, aber sie sind sofort aufgebrochen, Selena selbst hat Rodriguez mitgeschickt, solche Sorgen hat sie sich gemacht. Ich sehe einen frischen tiefen Schnitt an Pacos Brust bei der alten Narbe, aber diesmal direkt am Herzen. Er bemerkt meinen Blick, aber ich frage nicht vor allen nach, wie es dazu kam. Nun ist klar, wer hinter all dem steckt, und die Wut aller steigt von Minute zu Minute, vor allem, wenn sie mich ansehen und meine Wunden.

»Packt die beiden in den Kofferraum, wir bringen sie Edgar zurück und dann beenden wir die Sache, ein für alle Mal«, gibt Paco die Anweisung. Ich sehe, wie die beiden Toten in den Kofferraum verfrachtet werden. Es ist das erste Mal, dass ich wirklich gesehen habe, wie jemand erschossen wurde. Und so hart wie es sich anhört, ich hatte nicht eine Sekunde Mitleid, weil ich genau weiß, was sie mit mir und Sara gemacht hätten. Sie wollen sofort aufbrechen, sie sind genug Leute und schon fast da. Mein Magen zieht sich zusammen, so wütend wie sie alle sind, wird das einen Krieg geben. Ich spüre, wie Paco nervös zu mir guckt, dann kommt er und nimmt wieder mein Gesicht in seine Hände. »Bella, ich will dich jetzt nicht allein lassen, ich will bei dir bleiben, aber ich muss diese ...« Ich sehe, wie er sich quält, wie sein Gewissen ihn auffrisst. »Geh Paco, beende das Ganze, damit wir wieder in Ruhe leben können.«

Paco legt seine Stirn an meine. »Ich komme, sobald wir das erledigt haben, cariño, ich liebe dich. Sobald ich wieder da bin, lasse ich dich nicht mehr los, okay?«, flüstert er leise, ich nicke. Paco wendet sich wieder den anderen zu, bleibt aber bei mir stehen. Sie beschließen, dass Tito, Rodriguez und ein weiteres Mitglied der Trez Puntos mit uns zurückfahren. Sie überprüfen alle Waffen und verteilen sich auf die Autos, meine Cousins und Juan nehmen mich und Sara noch einmal in den Arm. Ich sage ihnen, dass ich sie liebe und sie aufpassen sollen, dann bringt Paco mich zu dem Auto, mit dem wir zurückfahren. Von meiner Familia habe ich mich schon öfter verabschiedet, wenn sie zu solchen Sachen gefahren sind, von Paco noch nie.

Rodriguez und der andere Mann steigen vorne ein. Sara umarmt Paco und Tito klopft ihm leicht auf die Schulter, dann steigen beide ein. Ich spüre wieder die Tränen in mir aufsteigen, aber ich will das nicht, ich bin das alles gewohnt, ich kenne solche Situationen, doch schon kullern einige meine Wange herunter. Paco nimmt mich noch einmal in seine Arme, ich vergrabe meine Nase an seiner Schulter und atme seinen Duft ein. »Ich bin bald wieder bei dir«, flüstert er an meinen Kopf. »Paco, pass auf dich auf, bitte.« Ich höre selbst, wie flehend ich klinge und er zieht mich so, dass ich ihn ansehe. »Mach dir um mich keine Sorgen, Bella, pass auf dich auf, bis ich wieder bei dir bin, okay?«

Ich nicke nur leicht, noch einmal treffen unsere Lippen aufeinander, dann dreht er sich um und steigt in ein Auto. Ich sehe zu, wie die vielen Autos aufbrechen, alle in die Richtung, wo sie vorhaben, diejenigen zu zerstören, die uns versucht haben zu zerstören und denen es auch teilweise gelungen ist. »Komm Princesa, steig ein.« Tito ruft mich aus dem Autoinneren und ich steige ein und fahre nach Hause. Es dauert eine ganze Weile, bis wir wieder zu Hause sind. Irgendwann bin ich in Titos Armen eingeschlafen und werde erst wieder wach, als Rodriguez vor unserer Haustür hält. Meine Mutter und einige Tanten kommen gleich herausgestürmt und umarmen mich ausgiebig. Zwar hat Juan ihnen schon Bescheid gegeben, dass ich wohlauf bin, aber sie sind trotzdem noch ganz aufgewühlt. Während Rodriguez und Tito unten von meiner Mutter bewirtet werden, ziehen Sara und ich uns zum Duschen zurück. Von Erleichterung, die wir eigentlich verspüren müssten, ist nichts zu merken, viel zu viel haben wir alle um die anderen Angst, die sich gerade in weiß Gott welcher Lage befinden.

Als ich aus der Dusche komme, fühle ich mich schon etwas besser, der Blick in den Spiegel zeigt mir das erste Mal, wie zugerichtet ich wirklich bin. Unter meinen Augen ist eine kleine Platzwunde, meine Wange ist rot und färbt sich langsam blau. Zum Glück ist der Schnitt zwischen meinen Brüsten nicht zu tief, so dass es keine Narbe wird. Meine Knie sind aufgeschürft, ich habe überall blaue Flecken, wirklich schocken tut es mich nicht, denn ich weiß, was mir dadurch erspart wurde. Ich ziehe mir einfach nur eine graue Jogginghose und ein weißes Top an und lasse meine Haare offen. Als wir fertig sind, fahren wir zu Selena ins Krankenhaus. Sie ist genauso glücklich uns zu sehen, wie wir sie. Es geht ihr wirklich schon ziemlich gut, Rodriguez darf sie wieder mit nach Hause nehmen, was beide zuversichtlicher macht.

Rodriguez und ich tauschen während des ganzen Abends immer wieder Blicke aus, die mehr sagen als tausend Worte. Es ist schrecklich hier zu sein und nicht zu wissen, was dort unten passiert. Man kann sie nicht anrufen, da man nicht weiß, in welcher Situation dann das Handy klingelt, falls sie es überhaupt dabei haben. Keiner von uns weiß, wie lange es dauern wird und wann sie wieder hier sein werden.

Erst mitten in der Nacht kehren Tito, Sara und ich zurück nach Hause. Sara schläft bei uns auf dem Sofa ein, doch Tito und ich sind viel zu hibbelig, um schlafen zu können. Ich sehe mir das Handy genauer an. Rodriguez hat zum Glück noch daran gedacht, unsere Taschen aus dem Auto, in dem wir gefangen gehalten wurden, zu holen. Ich muss mir unbedingt von Paco erklären lassen wie das funktioniert. Ich starre fasziniert auf dieses kleine schwarze Ding, was Saras und mein Leben gerettet hat. Irgendwann am frühen Morgen laufen Tito und ich zum Punto-Haus. Tito will mich andauernd überreden mich hinzulegen, doch das ist unmöglich, nicht, solange ich nicht weiß, ob es allen gut geht.

Also sitzen wir vor dem Fernseher, obwohl keiner von uns verfolgt, was darin passiert. Irgendwann am Mittag kommt Sara mit Essen vorbei, danach warten wir zusammen, doch als dann erst am späten Nachmittag was passiert, dreht sich sofort mein Magen um. Die Ärztin der Trez Puntos kommt, ich hasse das. Es bedeutet, dass es mindestens Verletzte gibt. Sie klopft wieder an der Tür und tritt ein, und ein paar Minuten später halten die ersten Wagen. Aufgeregt gehe ich von Wagen zu Wagen und begutachte alle, es gibt ein paar Verletzte, die Messerstiche oder andere Verletzungen haben, aber ernsthaft ist niemand verletzt.

Ich umarme erleichtert Juan, Miko, Raul und die anderen, die zwar hier und da eine Schramme haben, aber sonst sehr fit erscheinen, mehr als das, sie sind richtig ausgelassen. Juan lässt mich kaum aus seinen Armen entfliehen. »Wo ist Paco?« Mein Bruderherz grinst mich an. »Der ist erst einmal mit seinen Leuten zum Surena-Anwesen gefahren, die Verletzten dorthin bringen, aber keine Sorge, dort hat es auch niemanden schwer erwischt.« Man sieht mir meine Erleichterung sicherlich an und Juan küsst meine Stirn. »Jetzt ist alles wieder gut mein Herz, es gibt keine Gefahr mehr, dafür haben wir gesorgt.«

Ich nicke. »Hat Paco etwas abbekommen?« Juan zuckt die Schultern. »Eine leichte Schusswunde ...« »WAS?« Juan lacht leise. »Einen Streifschuss an seiner Schulter, nichts Schwerwiegendes, glaub mir, es hätte schlimmer sein können. Paco war wirklich nicht zu bremsen und hat sich Edgar allein vorgeknöpft, sozusagen als Rache für dich. So langsam muss ich mich ranhalten, wenn ich noch irgendwas für dich tun will, er nimmt mir meine ganze Arbeit ab.« Miko neben ihm lacht, und ich hibble unruhig hin und her, da es meiner Familia ja gut geht. »Na los, geh schon zu ihm, er wollte auch lieber hierher, aber er musste die Verletzten abliefern«, unterbricht Juan mein nervöses Gezappel. Ich gebe allen einen Kuss. »Sag Mama ...« Juan winkt ab »... ja sag ich.« Ich bleibe stehen. »Wer fährt mich?«

Miko lacht laut. »Tja, das ist wohl vorbei, ab jetzt darfst du dich wieder frei bewegen.« Ich kann es kaum fassen. Als ich bei Pacos Haus ankomme, sehe ich, dass schon einige Autos wieder wegfahren. Ich fahre durch das Tor und sehe Paco mit Rodriguez, Chico und noch einigen der anderen Mitglieder auf dem Parkplatz stehen, die wohl Rodriguez Einzelheiten erzählen, die ich sicherlich nie erfahren werde. Sie registrieren mein Auto gar nicht. Paco ist oben herum ohne Shirt, sein Arm ist mit einem anderen Shirt verbunden, aber es scheint ihm gut zu gehen, ich kann sein Grinsen sehen und mein Herz macht einen Sprung. Als ich aussteige, sehen alle zu mir, Paco kommt mir entgegen. Ich bin so glücklich, dass alles gut gegangen ist, dass ich ihm freudig in die Arme laufe, was er leise lachend zur Kenntnis nimmt.

Er küsst meine Stirn, sobald er mich im Arm hat und seufzt erleichtert, als ich ihn anschaue, dann hebt er mich auf seine Arme. »Paco lass das, du bist verletzt«, mahne ich ihn, doch er wirft den anderen nur einen Blick zu. »Bis morgen ... oder so.« Er grinst mich an und vergräbt seine Nase in meinen Haaren. Trotz meines Protestes und dem von Pitty setzt mich Paco erst in unserem oder seinem Bad wieder ab. Ich entferne vorsichtig das Shirt von seiner Wunde und sehe mir diese genauer an. Sie ist groß, aber nicht so tief. Paco geht unter die Dusche und deutet mir mitzukommen. Als ich mich ausziehe, liegt sein Blick auf mir, und als ich zu ihm komme, geht er meinen Körper entlang einmal alle Wunden ab, dann hält er mich einfach im Arm, während das Wasser auf uns herabprasselt.

»Wie weit ... ist er ... gekommen?«, fragt er leise und ich zucke leicht zusammen. Doch dann erzähle ich Paco, was genau geschehen ist. Ich sehe, dass es ihn quält sich das anzuhören, doch es scheint ihn zu beruhigen, dass er mich zwar gesehen, aber nicht angefasst hat. Ich spüre, es tut mir gut, und so erzähle ich ihm alle

Einzelheiten, auch, dass ich daran gedacht habe, dass Paco nicht weiß, wie sehr ich ihn liebe. Als ich ihm das erzähle, schüttelt er den Kopf. »Ich weiß es, cariño, mach dir keine Sorgen.« Als ich meine Geschichte beendet habe, mustere ich seinen tiefen Schnitt an der Brust, der mir schon gestern gleich aufgefallen ist. Er ist zwar nicht so groß, aber tief, dort bleibt sicherlich eine Narbe. »Was ist da passiert?« Ich streiche vorsichtig über die Wunde, während Paco mir mein Shampoo reicht. »Als ich den Anruf bekam, dass sie dich haben, war ich gerade unten im Flur, wo der große Spiegel hängt. Na ja, ich war so wütend und hatte meinen Autoschlüssel in der Hand ... auf jeden Fall ist der Spiegel kaputt und eine Scherbe hat mich getroffen.« Er grinst sein schiefes Lächeln, was ich so liebe. »Am Herzen, meine ewige Erinnerung an dich.« Ich schaue ihn mahnend an. »Das ist nicht lustig, das ist eine Narbe.«

Paco lacht leise. »Für dich würde ich alles tun.« Ich schaue ihn ernst an, und mir kommen die Bilder in den Kopf, wie er den Mann erschießt, weil er mich angefasst hat. Paco bemerkt meinen Blick. »Das weißt du, oder?« Er nimmt mein Gesicht in seine Hände. »Ich werde dich immer beschützen und alles für dich tun, Bella, ich liebe dich.« Ich nicke und gebe ihm einen Kuss. »Ich weiß Paco, ich liebe dich auch.«

Nachdem wir aus der Dusche kommen, verbinde ich seine Wunden und wir kuscheln uns zusammen ins Bett, wo wir beide sofort einschlafen, da wir die ganze Nacht nicht geschlafen haben. Immer wieder in der Nacht kommen mir die Bilder hoch, wie der Mann mich mit seiner Waffe bedroht, mein Top aufreißt. Jedes Mal wacht Paco auf und beruhigt mich, indem er mir sagt, ich soll ihn ansehen und dass ich bei ihm bin. Wir schlafen lange. Trotzdem bin ich noch ausgelaugt, als wir zum Frühstück hinuntergehen, auch Paco sieht man die Nacht an, aber er sagt kein Wort darüber, dass ich ihn immer wieder wach gemacht habe. Wir fangen gerade an zu frühstücken, als zu meiner Überraschung plötzlich Juan und Sara kommen. Juan akzeptiert die Beziehung zu Paco und ja, mittlerweile weiß ich, dass er ihn auch mag, aber er war trotzdem nie mehr hier. Sie setzen sich zu uns und frühstücken mit, nachdem Sara erzählt hat, dass Juan zu nervös war, weil er mich sehen wollte. Offensichtlich nimmt ihn das alles doch auch sehr mit. Juan holt einen Brief hervor, der heute für mich in der Post war. Schon beim Absender werde ich aufgeregt. Und als ich dann lese, dass ich unter die besten zehn Teilnehmer des Wettbewerbes gekommen bin und in sechs Wochen eingeladen bin zur offiziellen Gewinnverkündung der ersten drei Plätze, freue ich mich riesig.

Ich komme nicht drumherum Juan und Sara zu sagen, wo ich teilgenommen habe und dass ich unter den besten zehn bin. Paco weiß ja von meiner Teilnahme, allerdings erwähne ich den Studienplatz in New York nicht, da Juan sonst ausflippen würde und ich auch nicht glaube, dass ich es auf den ersten Platz geschafft habe. Aber allein dass ich unter die letzten zehn gekommen bin, freut mich schon wahnsinnig. Juan und Sara bleiben noch eine ganze Weile. Als sie gehen, merke ich, dass Juan mich am liebsten wieder mit nach Hause nehmen will. Miko und die anderen haben wohl auch nach mir gefragt. Ich erkläre, dass ich gerne bei Paco bleiben will, aber sie immer alle kommen können und mich besuchen sollen. Außerdem verspreche ich, spätestens in ein bis zwei Tagen wieder nach Hause zu kommen.

Paco selbst bestätigt Juan nochmal, dass er und meine Cousins jederzeit willkommen sind. Zum Abschied umarmen Juan und Paco sich kurz und da weiß ich, dass jetzt selbst diese letzte Hürde genommen ist und Juan Paco in unsere Familie aufgenommen hat.

Auch in den nächsten Nächten verfolgen mich diese schlimmen Bilder und Erinnerungen, tagsüber zwar nicht, da ich das kontrollieren kann, weil ich mich in Sicherheit fühle, aber in der Nacht sehe ich das Gesicht des Mannes immer wieder vor mir. Paco ist geduldig und beruhigt mich immer wieder, auch so scheint das alles ihn tief bewegt zu haben, denn die nächsten Tage bleiben wir beide allein bei ihm. Zwar kommen mich wirklich alle besuchen, selbst meine Mama taucht irgendwann auf und bringt uns Kuchen mit, aber trotzdem ziehen Paco und ich uns zurück.

Heute ist das erste Mal, dass Paco wieder weg ist, meine Entführung liegt nun schon fünf Tage zurück. Paco musste ein paar Sachen erledigen, er hat versucht, mich zu überzeugen mitzukommen, aber momentan igle ich mich lieber ein. Ich will nicht mal nach Hause. Ich will einfach hier bei Paco bleiben. Nachdem er früh weg ist, habe ich in der Küche angefangen zu kochen, manchmal koche ich gerne, es beruhigt mich, und ich kann meinen Gedanken freien Lauf lassen. Ich habe die Haushälterin, die das sonst erledigt, mit Süßigkeiten zu ihren Kindern nach Hause geschickt, was sie sehr gefreut hat und stehe nun in der Küche und mache einen riesigen Rinderbraten mit Rosmarinkartoffeln, frischem Brot und Salat.

Kaum angefangen, lasse ich meinen Gedanken freien Lauf, während meine Hände selbstständig arbeiten. Als ich an den Tag denke, zwinge ich mich selbst umzudenken, ich bin nicht mehr in der Uni gewesen und auch nicht im Kindergarten. Ich muss unbedingt wieder dahin, aber keine Ahnung, warum ich das starke Gefühl habe mich zurückziehen zu müssen. Dann denke ich über die Teilnahme an diesem Projekt und spinne weiter, dass ich gewinnen würde. Diese Vorstellung war früher mein absoluter Traum, raus hier, nicht wegen meiner

Familia, aber einfach neu anfangen, ohne Gangs, in New York, nicht als Schwester des gefürchteten Juan, sondern einfach als Bella, die studiert. Ein anderes Leben, ich habe mir immer gewünscht in New York zu leben, dort zu studieren, einen tollen Mann zu haben und einfach normal zu leben. Meine Familie besuchen fahren und dass sie mich besuchen kommen, aber ich wäre immer gegangen, das war klar, doch jetzt liegt alles anders. Paco ist hier und plötzlich frage ich mich, ob ich wirklich dazu in der Lage wäre, wirklich in der Lage wäre alles abzubrechen und von hier wegzugehen? Ich meine, Träume zu haben ist schön und wichtig, aber wenn man dann doch nah dran steht, dass sie in Erfüllung gehen, würde man das wirklich schaffen? Würde ich es schaffen, ohne meine Familie zu leben, ohne sie fast täglich zu sehen wie immer? Ohne Puerto Rico? Sierra? Meine Freunde? Und ohne Paco?

»Hey Süße, was tust du hier?« Als wolle er meine Frage beantworten, legt Paco seine starken Arme um meine Taille und küsst meinen Nacken. »Hey, schon wieder da?«

»Ja, aber ich habe nicht alles geschafft, deswegen gehen wir später zusammen ins Einkaufszentrum.« Ich winde mich aus seinen Armen. »Nein, mach du das, ich warte hier.« Paco zieht mich wieder an sich. »Nein Bella, wir gehen zusammen, du musst wieder raus, ich bin bei dir, ein bisschen Ablenkung tut dir gut.« Ich muss lächeln und gebe nach, ich weiß, dass er recht hat. »Okay gut, okay.« Er sieht zu dem Braten. »Hast du das alles alleine gemacht?« Ich stelle den Braten in den Ofen und darunter die Kartoffeln. »Ja.« Er grinst. »Reicht das auch für Rodriguez und Selena?« Ich ziehe die Augenbrauen hoch. »Na ja, Rodriguez gibt so an wegen Selenas Kochkünsten und wir beide wissen ja, dass ... na ja, du weißt schon, deswegen wollte ich ihm mal zeigen, wie richtiges Essen schmeckt.« Ich muss laut loslachen und bewerfe ihn mit einer Kartoffel. »Willst du dich mit deinem kleinen Bruder messen?« Er grinst nur. »Auf jeden Fall kommen die beiden sowieso in einer Stunde, ich habe ihnen schon Bescheid gesagt, ganz ohne Hintergedanken, sie kommen dann auch bestimmt mit ins Einkaufszentrum.« Er klatscht in die Hände. »Okay super, was ist noch zu tun?« Ich lache leise. »Nichts ... alles fertig.« Ich stelle den Timer an, dann sehe ich die Flecken auf meinem Shirt und ziehe es aus. »... oder doch, du könntest die Köchin unter die Dusche bringen.« Paco zieht die Augenbrauen hoch und küsst mein Schlüsselbein entlang. »Bist du sicher, Süße? Wir müssen nicht ...« Wir waren zwar, seitdem das passiert ist, nur zusammen, aber Paco hat mich nicht zu irgendetwas gedrängt, er hat mich die Tage einfach gehalten.

Ich ziehe sein Shirt aus und küsse seine Narbe, die er jetzt meinetwegen trägt. »Ich bin sicher ...« Weiter komme ich nicht, denn seine Lippen rauben mir den Atem.

# Kapitel 15

Ein Monat ist seit dem Tag vergangen, an dem Sara und ich entführt wurden, zwischenzeitlich hat sich unser Leben wieder normalisiert, obwohl, eigentlich ist es sogar besser geworden, denn diese Anspannung ist vorbei. Wir bewegen uns frei überall hin, auch ohne Aufpasser und ständiges Bescheid sagen, wohin man geht, Absprachen und sonstiges. Ich habe schon fast vergessen, wie schön es ist, sich so frei zu fühlen. Ich gehe wieder zur Uni und arbeite im Kindergarten mit, was mir mehr und mehr Spaß macht. Die Kinder liegen mir alle am Herzen. Wir haben schon einige Projekte gemacht, die fantastisch gelaufen sind, unter anderem haben wir ein kleines Theaterstück einstudiert und es dann in der Kirche aufgeführt. Den Kindern hat es viel Spaß gemacht, aber noch wichtiger, es hat ihnen Selbstbewusstsein gegeben, ihnen gezeigt, dass sie etwas können und sie dazu in der Lage sind, eine Kirche mit Erwachsenen zu füllen und von ihnen stehenden Applaus zu bekommen.

Ich nehme auch oft Pacos Neffen Sami mit zum Kindergarten. Da die beiden Söhne von Jennifer und Ramon privat unterrichtet werden, fehlen ihnen gleichaltrige Kinder. Ich habe beide von Anfang an in mein Herz geschlossen und nehme den kleineren öfter mit, sodass ich viel Zeit mit ihm verbringe. Er nennt mich liebevoll Tia Bella, also Tante Bella und Paco sagt, dass der Kleine ganz vernarrt in mich ist und schon richtig sauer wird, wenn Paco ohne mich nach Hause kommt.

Mit Paco und mir läuft es eigentlich auch sehr gut, wir sind oft zusammen, unsere Leben haben sich aufeinander eingestimmt und, ehrlich gesagt, bin ich einfach nur verrückt nach ihm. Ich kann von ihm nicht genug bekommen, doch trotz allem bin ich nicht blind und merke, dass Paco etwas verändert ist. Es ist nicht wirklich greifbar, es gibt nichts, worüber ich mich beschweren könnte. Paco tut alles für mich, er liest mir jeden Wunsch von den Augen ab, er scheint genauso verrückt nach mir wie ich nach ihm. Ich habe auch wirklich Glück, denn er ist nicht so wie viele andere Männer, ich muss ihn nie fragen, wann wir uns sehen oder so etwas, ich weiß, er kommt.

Sei es, dass er mich ohne Vorwarnung vom Kindergarten abholt oder bei meiner Familie sitzt, wenn ich komme, dass er in der Pause zur Uni kommt oder um mir etwas vorbeizubringen. Paco ist gern mit mir zusammen und das von allein, von seinem Herzen aus. Trotzdem entgeht mir nicht, dass er immer öfter nachdenklich wirkt. Ich sehe, wie er etwas sehnsüchtig anderen viel Spaß wünscht, wenn sie zu Partys aufbrechen, wenn sie Geschäfte abschließen, wo er selbst seit meiner Entführung nicht mehr mitfährt. Nicht, weil ich es sage, er selbst macht es nicht, aber ich merke, dass es ihm fehlt.

Deswegen habe ich auch den kleinen Wink verstanden und mich mit Sara und Sam verabredet, als er mir vor ein paar Tagen von einer Geburtstagsfeier von einem seiner Cousins erzählt hat und erwähnt, dass es nichts Großes wird, nur mal wieder mit den Jungs zusammen sein. Ich will nicht, dass Paco denkt, nur weil wir zusammen sind, er nicht mehr so wie früher mit seiner Familia Spaß haben kann. Wir gehen ins Kino und sehen uns einen total schnulzigen Liebesfilm an, den man nicht mit Männern sehen kann, sondern nur mit Freundinnen. Mitten im Film vibriert mein Handy, es ist Selena. Kurz überlege ich, doch dann schleiche ich mich aus dem Saal und rufe sie zurück. »Hey, Selena.«

»Bella ... hey, wo bist du?« »Mit Sara und Sam im Kino. Wo bist du? Ich dachte, du bist bei der Feier?« Ich hätte nicht gedacht, dass sie Rodriguez dort allein lassen würde, denn Selena ist extrem eifersüchtig. Ich bin zwar auch sauer wegen der Chicas, allerdings wirklich harmlos im Gegensatz zu Selena, die sogar ausflippt, wenn eine Kellnerin im Restaurant Rodriguez zu lange ansieht, bei so etwas bin ich entspannter. »Nein, Rodriguez hat gesagt, dass es mal nur für Männer ist, ohne Freundinnen, hat Paco dir das auch gesagt?« »Na ja, nicht direkt ... aber so in der Art. Tut mir leid, hätte ich das gewusst, hätte ich dich mit ins Kino genommen.« »Das ist nicht schlimm, ich wollte sowieso lernen, aber Bella, ich habe gerade einen Anruf bekommen, was wohl nur ein Versehen war.« Ich runzle die Stirn. »Was meinst du?«. Sie räuspert sich leicht. »Du kennst doch Bianka? Die mit den rot gefärbten Haaren.« Ich nicke, dann fällt mir ein, dass sie am Telefon ist. »Ja.« Man hört meine leichte Anspannung.

»Sie hat offenbar nicht mitbekommen, dass ich und Mary nicht mehr viel miteinander zu tun haben, aber dass ich mit Rodriguez zusammen bin und hat mich gerade angerufen.« Sie atmet tief ein. »Mary hat sie gefragt, ob sie auch zu einer Les Surenas-Party kommen will, da Mary aber wohl schon mit ein paar anderen da ist und sie Mary nicht erreichen kann, wollte sie mich noch einmal nach der genauen Adresse fragen.« Ich spüre wie sich mein ganzer Körper anspannt, diese verdammte Mary. Mir ist nicht entgangen, dass sie jedes Mal, wenn Paco mich abholt oder sonst wie in die Uni kommt, ihn förmlich mit ihren Blicken verschlingt, sie hat sich nie damit abgefunden, dass ich mit ihm zusammen bin.

»Ich ... keine Ahnung, was ich dazu sagen soll. Was denkst du, Selena?«, frage ich sie ehrlich, Selena seufzt. »Ich weiß nicht, ich finde es sehr merkwürdig, dass wir beide quasi ausgeladen worden sind und sich dort anscheinend doch einige andere Frauen aufhalten.« Ich lehne mich gegen die Wand und schaue zur Decke. »Sollen wir sie anrufen? Ich denke, das sollten wir tun.« Ich lache leise und bitter auf. »Was willst du von ihnen hören, Selena? Dass es nicht so ist und sie sich herausreden, oder willst du die Wahrheit?«

»Die Wahrheit.« Ich fühle mich selbst nicht gut dabei und weiß, dass es eigentlich nicht richtig ist, aber ich kann nicht anders, vielleicht liegt das einfach in der Natur der Frauen. »Ich bin in zwanzig Minuten bei dir.« Die ganze Fahrt von Selena zum Surena-Anwesen knabbere ich an meiner Unterlippe. Sara und Sam wollten mich abhalten dorthin zu fahren, nicht weil ich dazu nicht berechtigt wäre, sondern weil sie mein Temperament kennen. Ich habe Selena allerdings allein abgeholt und nun zerbreche ich mir den Kopf. Es ist nicht so, dass ich auf Paco sauer bin, wie es Selena auf die Männer ist, ich bin sauer wegen Mary. Jedes Mal, wenn Paco vor der Uni oder in der Uni bei mir war, habe ich ihre Blicke gesehen, manchmal, wenn ich noch nicht da war, hatte sie sogar die Dreistigkeit zu ihm zu gehen und ihn vollzuquatschen.

Paco weiß, wie sehr ich sie dafür hasse und nachdem ich ihm das nochmal klar gemacht habe, ist er ihr auch aus dem Weg gegangen. Ihr ist es offensichtlich egal, dass ich mit ihm zusammen bin, schlimmer noch, ich weiß, dass sie jede Gelegenheit nutzen würde, um ihn für sich zu gewinnen und das lässt mich innerlich kochen. Heute werde ich ihr ein für alle Mal klar machen, dass sie das zu lassen hat, ich habe mir das Ganze lange genug angesehen und dazu geschwiegen. Wenn sie Glück hat, war Paco schon weise genug und hat sie gleich wieder weggeschickt. Kurz bevor wir unser Ziel erreichen, sieht Selena mich an. »Wie machen wir das? Platzen wir einfach rein und stellen sie zur Rede?« Ich zucke die Schultern. »Eigentlich wäre das nicht so klug, ich meine, in dem Moment, was willst du da sehen? Das sieht komisch aus.« Ich seufze leicht. »Willst du wirklich sehen, was da los ist?« Sie nickt, und ich fahre nicht in das Surena-Anwesen, sondern halte auf der Straße davor. »Dann machen wir das anders.«

Da ich das Anwesen mittlerweile so gut kenne, führe ich Selena über den Parkplatz zu einer kleinen Tür an der Seite von Pacos Haus. Der Parkplatz ist vollgeparkt, aber wir treffen niemanden, dafür hört man laute Musik, die aus dem Garten kommt. Zum Glück ist die kleine Tür zum Wäscheraum, der eigentlich nur von den Angestellten genutzt wird, offen. Selena grinst zufrieden, als ich sie da durchführe. Die Musik wird immer lauter und mein Herz schlägt passend dazu auch schneller. Wir durchqueren den Raum und gehen durch eine Seitentreppe in den ersten Stock, sodass wir beim Trainingsraum herauskommen. Im Erdgeschoss höre ich ein paar Leute reden. Ich bin mir sicher, dass die oberen Räume ungenutzt sind, doch gerade als wir um die Ecke zu Pacos Schlafzimmer biegen wollen, wird eine andere Tür aufgemacht, zu einem der Gästezimmer.

Wir bleiben stehen und verstecken uns hinter der Wand, ich sehe aber noch, wie ein Cousin von Paco mit einer Chica im Arm herauskommt und sich die Hose zumacht. Ich muss mich kurz schütteln vor Ekel und verziehe mein Gesicht zu einer Grimasse, was Selena schmunzeln lässt. Als die beiden die Treppe hinunter sind, gehen wir in das Gästezimmer neben Pacos Schlafzimmer, von dem ich weiß, dass man die beste Aussicht auf das Geschehen im Garten hat. Wir lassen das Licht aus und schauen aus dem Fenster.

Der Garten ist voll, wirklich voll von Surenas, es scheinen fast alle da zu sein, und Selena keucht schwer auf, als sie entdeckt, dass es nicht nur ein paar, sondern viele Chicas gibt. Einige haben nur Shorts und Bikini-Oberteile an und wir entdecken Rodriguez eng mit einer von ihnen beim Tanzen, seine Hände verselbstständigen sich offensichtlich. Selena entfährt erneut ein Keuchen, ich muss sie zurückhalten. »Warte noch kurz.« Ich suche nach Paco und bin schon fast erleichtert, als ich ihn am Pool an einem Tisch, umgeben von einigen Männern, sehe. Er lacht und scheint sich zu amüsieren, doch dann entdecke ich das, was mir weh tut, wirklich weh tut. In dem Moment wünschte ich mir eine Chica neben ihm, aber Mary sitzt eng bei ihm, auch andere Frauen lümmeln sich bei den anderen Männern herum, aber meine Augen sind auf Mary und Paco gerichtet.

»Diese Schlampe«, zischt Selena, doch meine Wut auf sie verfliegt fast und die auf Paco schnellt in die Höhe. Er weiß, dass ich sie am meisten hasse, er weiß es genau, aber offensichtlich haben ihre Bewunderungen ihm gegenüber doch ihre Wirkung gehabt. Und nicht nur, dass er neben ihr sitzt, sein Arm liegt an ihrem Rücken auf der Bank, es scheint so, als passiere das nur wegen der lauten Musik, aber er beugt sich vor und flüstert ihr etwas ins Ohr, woraufhin sie kichert. Ich könnte mich übergeben.

Sie scheinen sich über Tattoos zu unterhalten, denn sie streicht fasziniert über seines am rechten Unterarm. Man sieht es Paco an, er genießt es angehimmelt zu werden. Rodriguez und der Tanz mit seiner Chica geht in die zweite Runde. »Ich habe genug gesehen«, zischt Selena und stürmt aus dem Zimmer. Ich gehe nach ihr raus, sie geht direkt die Treppe hinunter. »Hey, da kommen ja noch ein paar nette ...« Ein paar Jungs stehen da, doch als sie erkennen, wer da auf den Garten zugeht, ersticken deren Worte in ihrem Hals. »Bella ... Selena, hey.« Wir beachten sie gar nicht, sondern gehen direkt in den Garten.

Selena stürmt zu Rodriguez, während ich am Eingang stehen bleibe. Normalerweise könnte man erwarten, dass ich die Temperamentvollere bin, aber wenn ich getroffen bin, wirklich getroffen, nicht mal mehr sauer, sondern wirklich verletzt, werde ich ruhig, erschrocken, unglaublich ruhig. Alle werden durch Selenas Auftritt aufgeschreckt, die Chicas springen zur Seite, als sie anfängt Rodriguez anzu-schreien. Mein Blick haftet auf Paco, der noch immer seinen Arm bei Mary hat. Er sieht zu Selena und Rodriguez, dann wandert sein Blick herum und findet meinen. Sein Arm geht sofort von Mary weg. Ich reagiere nicht, ich schaue ihm nur in die Augen, ich spüre, wie auch alle anderen mich entdeckt haben. Paco sieht mich eine Weile nur an, als wüsste er selbst nicht, wie ich jetzt reagiere, doch dann scheint Mary etwas zu sagen und auch die Männer an seinem Tisch und ich merken, dass Paco sauer wird.

Noch immer sind unsere Augen ineinander verfangen, als traue keiner dem anderen und seiner Reaktion über den Weg. Und es wird mal wieder ganz klar, was der Unterschied zwischen Paco und Rodriguez ist, sonnenklar. Paco erhebt sich und kommt auf mich zu, sauer, während Rodriguez der wütenden Selena ins Haus hinterher eilt und versucht, sie zum Warten zu bewegen und mit ihm zu sprechen. »Ich warte am Auto«, sagt Selena knapp, als sie an mir vorbeistürmt, Rodriguez hinterher. Als Paco bei mir ankommt, weiß ich, dass ich so etwas von Paco nie zu erwarten habe, dass er jemandem hinterherrennt, Paco? Niemals. Seine Schuld eingesteht? Nicht doch Paco. Meine Augen sind nicht eine Sekunde von Pacos Augen gewichen, und auch wenn er sauer ist, merke ich, dass er unsi-cher ist wegen meiner Reaktion, sicher hätte er von mir auch erwartet, dass ich auf ihn zustürme und ihn beschimpfe.

Statt mich zu begrüßen, fährt er mich schroff an. »Was tust du hier? Müsst ihr uns jetzt schon hinterherspionieren?« Ich verschränke die Arme, bleibe aber noch ruhig. »Darf ich nicht hier sein? Und das hat nichts mit hinterherspionieren zu tun, wenn wir erfahren, dass euer toller Männerabend doch nicht so männlich ist.« Ich nicke zu einer Chica, die gerade vorbeiläuft, man höre und staune in einem Tanga-Bikini. »Ich habe nie gesagt, dass nur Männer kommen, und ich werde auch niemandem verbieten Frauen mitzubringen, nur weil ich mit jeman-dem zusammen bin.« Diesmal bin ich nicht mehr ganz so ruhig, ich spüre, wie alle um uns herum so tun, als beachten sie uns nicht, doch sie tun es.

»Mach dich nicht lächerlich und versuche mich als dumm hinzustellen, Paco, ich hätte nicht gedacht, dass es dich so sauer macht, bei deiner kleinen Kuschel-Plauderstunde mit Mary gestört zu werden.« Paco fährt sich einmal mit der Hand über das Gesicht. »War ja klar, meine Güte, jemand hat sie mitgebracht, soll ich so tun, als kenne ich sie nicht?« Jetzt platze ich. »Du sollst nicht so tun, Paco, aber es besteht ein Unterschied, ob ihr kurz miteinander redet, oder sie dir fast auf dem Schoß sitzt und ihr nicht die Hände voneinander lassen könnt. Paco, du machst mich echt fertig, ist das so toll?« Ich zeige auf die halbnackten Mädchen, die überall herumstehen, Paco ist genervt. »Du übertreibst, Bella.«

»Ist es das, was du vermisst? Solche Partys? Solche Frauen wie Mary? Oder dass dein gesamtes Haus von allen möglichen Leuten für eine schnelle Nummer gebraucht wird? Du wusstest genau, dass ich das mit Mary nicht will, wie sehr ich sie und ihre Versuche, bei dir zu landen, hasse und es hat dich nicht gestört. Es geht nicht darum, dass ich dich dabei gesehen habe, du hättest es einfach lassen sollen, weil du weißt, dass es mich stört, von dir aus, weil dir meine Gefühle etwas bedeuten, aber das ist dir scheinbar egal.«

In dem Moment kommt Mary an uns vorbei und würdigt mich keines Blickes, sie scheint ins Haus flüchten zu wollen. »Weißt du was, Mary, du bist doch schon die ganze Zeit so scharf darauf ihn zu haben, offensichtlich habe ich mich geirrt.« Sie verschränkt die Arme vor der Brust und wippt mit einem Bein, als warte sie auf einen verbalen Angriff. Paco seufzt laut auf. »Er sucht offensichtlich auch deine Nähe, bleib du hier, ich habe hier nichts mehr verloren, heute Abend hat er mehr Lust auf dich. Du kannst ihn haben, ich will ihn nicht mehr, scheinbar passt er wirklich besser zu jemandem wie dir.« Mary zieht überrascht die Augenbrauen hoch, ich drehe mich um und will gehen, doch habe ich damit Paco nur noch wütender gemacht.

»Weißt du, was dein Problem ist, Bella? Du siehst solche Sachen nur so schlimm, weil du noch zu unerfahren bist, weil du ...« Ich unterbreche ihn, und diesmal bin ich laut, es ist mir völlig egal, wer zuhört. »Zu unerfahren? Tut mir wirklich leid, Paco, dass ich solche Sachen nicht normal finde, dass ich mich nicht auf einem Niveau mit solchen Frauen befinde, die wer weiß wie viel verschiedene Männer heute Abend schon in sich hatten, und ja, die denken sicher anders darüber.« Einige Chicas beschweren sich, wenn auch nicht laut. »Aber ich denke, das ist keine schlechte Idee Paco, ab heute werde ich anfangen Erfahrungen zu sammeln, mal sehen, vielleicht reden wir dann irgendwann nochmal, wenn ich dein gewünschtes Niveau erreicht habe und dann weiß ich, was du meinst«, zische ich ihn an. Paco grinst gehässig, aber ich konnte sehen, wie seine Augen zusammengezuckt sind bei meinen Worten.

»Weißt du, wenn du nicht willst, dass man dich wie eine Chica behandelt, solltest du nicht wie eine reden.« Alle Wut, die ich zurückgehalten habe, bricht aus mir heraus, es ist fast so, als stehe ich selbst neben mir und beobachte mich dabei, wie meine Hand auf Pacos Wange trifft. Paco zuckt nicht zusammen, seine Augen starren mich vernichtend an, während durch die Menge ein Raunen geht, Ungläubigkeit darüber, dass ich Paco eine Ohrfeige gegeben habe. Ich drehe mich um und gehe.

»Du hast WAS?« Genervt sehe ich zwischen Juan und Miko hin und her. Es ist nun vier Tage her, dass ich mit Paco sehr heftig aneinandergeraten bin, diese vier Tage habe ich mich in meinem Zimmer verkrochen und nur Sam oder Sara an mich herangelassen, um ihnen mein Herz auszuschütten. Mein Bruder und Miko haben sich natürlich Sorgen gemacht und haben es nicht mehr ausgehalten und Chico angerufen. Genau dann, als ich das erste Mal wieder ins Punto-Haus komme, fangen sie an zu nerven.

Miko lehnt sich lachend zurück und Juan sieht mich schockiert an. »Du hast Paco vor allen eine geknallt, vor seiner ganzen Familia?« Ich ziehe die Augenbrauen hoch. »Da sind noch ein paar Sachen vorher passiert, er hat mich nicht gerade mit Samthandschuhen angefasst«, entgegne ich sauer. Juan wirbelt mit den Händen durch die Luft. »Na, du ihn offensichtlich auch nicht, ich kann das nicht glauben, und er hat dir keine zurückgegeben?« Ich muss leise aufkeuchen. »Bitte?« Miko lacht noch lauter. Ich werfe ihm einen bösen Blick zu.

»Ich meine natürlich nicht, dass er das hätte tun sollen, aber dass er es nicht getan hat, zeigt, dass er dich sehr liebt, Bella, glaube mir, sich das vor allen gefallen zu lassen.« Ich unterbreche ihn. »Wow, das nenne ich mal eine Liebeserklärung, er hat mich nicht zurückgeschlagen, wir sollten gleich einen Hochzeitstermin festlegen.« Ich gehe sauer ins Haus und knalle die Tür zu. »Und wir dürfen das jetzt ausbaden«, gackert Miko immer noch, doch ich ignoriere ihn und lege mich aufs Sofa.

In diesen vier Tagen bin ich zu dem Schluss gekommen, dass ich einfach zu blind bin. Ich meine, es war offensichtlich, dass Paco, immer wenn etwas passiert war, sich geradezu traumhaft verhalten hat, doch sobald etwas Normalität, etwas Alltag zurückgekehrt ist, hat er angefangen, sich nach seinem alten Leben zu sehnen. Ich wusste von Anfang an, dass etwas nicht stimmt, ich war nur zu blind es zu merken. Momentan kann ich nicht mal seinen Namen hören ohne an die Decke zu gehen, da helfen die Kommentare meiner Familie auch nicht gerade. Es ist ja nicht so, dass er sich melden würde, Paco doch nicht, der sitzt jetzt gerade sicherlich irgendwo mit einer Chica, oder noch besser Mary und schmollt über die böse Bella, die es gewagt hat, den großen Paco bloßzustellen.

Das, was Paco noch vermisst, sind diese Schwärmereien, die ihm sonst jede Frau entgegenbringt. Nicht nur, weil er gut aussieht, Geld hat und gefährlich ist, nein, einfach, weil er der Anführer der Les Surenas ist, allein das reizt die Frauen und zieht sie wie Magnete an, doch bei mir hat er das nicht. Für mich ist es nichts Besonderes, was er ist, ich bin damit groß geworden, ich himmle ihn nicht an, nur weil er ein gefährlicher Anführer ist, und das fehlt ihm, das Ego eines Mannes.

Ich liebe ihn, ich liebe ihn so sehr, dass es mich schon fast krank macht, aber ich werde nicht zu einer, die seine Tattoos bewundert und über seine machomäßigen Sprüche, die er mit den Jungs reißt, kichert und alles was er tut, großartig finden, egal wie bescheuert es ist. Ich muss aufhören über ihn nachzudenken, sonst flippe ich noch aus.

»Hey Princesa, wie findest du das?« Pepo kommt herein und zeigt mir einen neuen Anzug. Ich muss lächeln. Wie schick sich meine Familie auch macht, sie sehen immer gefährlich aus, auch wenn sie im Anzug eher mafiamäßig aussehen. »Schick, das ist doch nicht für morgen, oder? Ich habe doch gesagt, dies ist keine große Sache, ich bin sicher, nicht einmal unter den letzten dreien.« Pepo setzt sich zu mir. »Alles was dich betrifft, ist eine große Sache, das weißt du doch mittlerweile, egal was du wirst.« Er gibt mir einen Kuss und ich muss lächeln. »Ich weiß nicht, was ich ohne euch machen sollte.« Er lacht leise. »Wir auch nicht, was wir ohne dich machen sollten.« Er steht auf, doch bevor er zu den anderen in den Garten geht, dreht er sich nochmal um. »Ach übrigens, ich habe das mit Paco gehört. Wow, Bella, austeilen kannst du, das muss man dir lassen.« Er weicht dem Kissen aus, welches ich ihm hinterherwerfe und geht lachend hinaus.

Ich bin erleichtert, mit meiner Mutter, Sam, Sara und meiner Tante im Auto zu sitzen und Juan, Raul, Miko, Pepo und Tito vor uns im Auto, als wir am nächsten Tag die zwei Stunden Fahrt auf uns nehmen, um nach Ganzola zu fahren, wo die Preisverleihung stattfindet. Noch mehr solcher Sprüche hätte ich nicht ausgehalten. Momentan ist meine Laune auf dem Nullpunkt, da schafft es niemand, sie wieder anzuheben. Als wir endlich ankommen, platziert sich meine komplette Familie in die vorderen Reihen, ich sitze neben Sara und Juan und werde nervös. Ich muss wenigstens auf den dritten Platz kommen, alle haben sich so schick gemacht und sind gekommen, warum konnte ich nicht einfach meine Klappe halten.

Nach einer ewig dauernden Rede, die Juan und meine Cousins dazu veranlasst, sich gegenseitig vor Langeweile aufzuziehen, bis sie von meiner Mutter ermahnt werden, wird die Anzahl der Teilnehmer bekanntgegeben. Es waren insgesamt dreihundert Teilnehmer und nun sind es nur noch zehn, die übrig geblieben sind. Der Professor lobt jede der zehn Arbeiten, erwähnt, dass es etwas Besonderes ist, so weit gekommen zu sein. Dann wird der dritte Platz bekannt gegeben und ich kaue auf meiner Unterlippe, doch als der Name eines anderen Mädchens aufgerufen wird, fluche ich innerlich, es war eine blöde Idee herzukommen.

Ich registriere frustriert, dass sie einen Laptop und einige wichtige Programme überreicht bekommt, und Miko schnalzt mit der Zunge. »Wer braucht schon so einen Scheiß?« Als dann ein Mann als Zweitplatzierter aufgerufen wird, würde ich schon am liebsten aufstehen und gehen, doch ich höre mir noch geduldig an, dass er einen lebenslangen Gutschein für irgendwelche Bücherverlage bekommen hat und wie gut seine Arbeit war. Dann wird es auf einmal sehr ruhig in der Aula der Uni, in der wir alle sitzen. Die Arbeit, die gewonnen hat, wird von einem Professor gelobt, dessen Bücher ich alle gelesen habe, vielleicht war es doch gut herzukommen, allein ihn zu sehen und zu hören, fasziniert mich.

»... und ich bin sehr stolz, dieser ungewöhnlichen jungen Dame mit ihrer groß- artigen Arbeit den ersten Preis überreichen zu dürfen ...« Als mein Name fällt, reagiere ich erst gar nicht, ich muss mich verhört haben. Erst als meine Cousins aufstehen und mich mit hochziehen, merke ich, dass es nicht so ist, ich habe tat- sächlich gewonnen. Tränen steigen mir in die Augen, als ich von jedem meiner Familie umarmt werde und sie, während ich hoch auf die Bühne zu den Profes- soren gehe, laut pfeifen und klatschen, muss ich anfangen zu lachen. Ich werde von den anwesenden Professoren umarmt und beglückwünscht, dabei fällt mein Blick zur Ausgangstür der Aula, wo ich sofort Paco erkenne, der dort angelehnt ist und mit einem leichten Lächeln im Gesicht zu mir schaut, trotz allem hat er es nicht vergessen und ist gekommen.

Ich hätte ihn sicher weiter angestarrt, aber der Professor drückt mir einen riesi- gen Strauß Blumen in die Hand. »Wir freuen uns, eine so talentierte und gute Studentin nach New York zum Studieren zu lassen. Ich gratuliere ihnen zu ihrem Studienplatz an der New Yorker Universität, auf der sie schon erwartet werden.« Der Professor umarmt mich noch einmal, sodass es einen Moment dauert, bis ich wieder zu meiner Familie blicken kann, die jetzt nicht mehr applaudiert, son- dern mich geschockt anstarrt. Keiner kann glauben, was er gerade gehört hat. Ich sehe zur Aula-Tür und sehe sie zufallen, Paco ist weg.

»Warum hat du uns das nicht von Anfang an gesagt?«, bricht Sara schließlich das Schweigen, das im Auto herrscht, seitdem wir wieder nach Hause aufgebro- chen sind. Nachdem ich noch von Tausenden von Leuten Gratulationen und Fragen zu meiner Arbeit bekommen habe, hat meine Familie mich nur von ihren Plätzen angeschaut. Als wir dann zum Auto gelaufen sind, hat mich ein Professor begleitet und mir alle Formalitäten erklärt. Es würde in zwei Wochen losgehen, da die Uni dort dann nach der bis Mitte August dauernden Sommerpause wieder anfängt. Juan und meine Cousins sind in das Auto gestiegen, als ich mich vom Professor verabschiedet habe, trotzdem konnte ich erkennen, dass Juan kocht.

»Ich dachte nicht, dass ich gewinne«, gebe ich leise zurück und zupfe an mei- nem Blumenstrauß herum, die Jungs überholen uns gerade und man sieht sie hef- tig diskutieren. »Meine Güte, so hart sie auch sind, wenn es um dich geht, beneh- men sie sich echt manchmal wie Babys«, wirft Sam ein und ich muss lächeln.

Meine Mutter seufzt. »Ich will nicht, dass du von uns weggehst.« Ich nicke nur leicht, Sam schaut mich durch den Rückspiegel an.

»Ich finde, wenn du es wirklich willst, solltest du gehen.« Alle schnaufen empört auf, außer mir. »Na ja, kommt schon, das ist eine großartige Chance. Bella hat das Zeug dazu, sie könnte ein ganz neues Leben anfangen, eine großartige Karriere, ein neues Land. Wir verlieren sie doch nicht, aber sie würde es immer bereuen, wenn sie die Chance nicht ergreift.« Eine Weile schweigen alle, ich denke über Sams Worte nach, das war es doch, was ich immer wollte. Einfach mal weg, einfach mal etwas Neues erleben, ein normales Leben führen. »Willst du das, Bella? Wenn du das wirklich willst, stehe ich hinter dir, dann kommen wir halt zum Shoppen nach New York.« Sara grinst Sam an, meine Mutter seufzt und zieht mich in ihre Arme. »Du sollst deine Träume verwirklichen, auch wenn ich will, dass du bei mir bleibst.« Ich gebe ihr einen Kuss. »Ich weiß es noch nicht, ich weiß nicht, was ich tun werde.«

Es ist bereits dunkel, als wir bei uns im Haus ankommen, die Jungs sind schon da, nur Juan ist wieder weg. Wir setzen uns alle um den Tisch und essen, und irgendwann bricht Sam erneut das Schweigen. »Oh mein Gott, ihr tötet sie ja gleich mit euren Blicken.« Miko lässt seine Gabel auf den Teller fallen. »Was denkst du dir, Bella? Was sollen wir denn ohne dich machen?« Miko meint das ernst, aber es ist so niedlich, dass ich lachen muss. »Miko, ich weiß noch nicht ob ich gehe, aber selbst wenn, dann bin ich doch nicht aus der Welt.« Tito lehnt sich zurück. »Ich weiß, das wäre eine große Chance, Bella, und solange du uns versprichst uns nicht zu vergessen, solltest du gehen, auch wenn du uns hier fehlen wirst.« Ich gebe ihm einen Kuss und muss lächeln, sie sind genauso zwiegespalten wie ich.

Nach dem Essen ziehe ich mich aufs Dach zurück, Juan ist schon lange weg, das ist so typisch für ihn. Ich wiege alles Für und Wider ab, eigentlich sollte ich gehen und diese Chance nutzen, doch wie soll ich ohne meine Familie leben können? Was ist mit Paco? Hätte ich, selbst wenn ich hierbleibe, überhaupt eine Zukunft mit ihm? So wie es im Moment aussieht eher nicht. Vielleicht wäre jetzt genau der richtige Zeitpunkt zum Gehen.

Bevor ich weiterdenken kann, kommt Juan zu mir aufs Dach und lässt sich neben mir nieder. Es entsteht eine unangenehme Stille. Mit »wo warst du solange?« breche ich sie schließlich. »Bei Paco«, lautet die knappe Antwort. »Du warst was?« »Ich war bei Paco, ich habe mit ihm darüber geredet.« Ich schaue ihn verwundert an. »Solltest du nicht mit mir darüber reden?« Er seufzt leise. »Tue ich ja jetzt, ich musste erst mal meine Gedanken sammeln, außerdem habe ich ihn in der Uni gesehen und wollte wissen, was er sagt.«

Er räuspert sich. »Verstehst du, Bella, mein Problem ist einfach, ich bin mein ganzes Leben immer mit dir zusammen gewesen, jeden Tag, ich weiß auch nicht, ich dachte, du würdest irgendwann mit deinem Mann im Nachbarhaus wohnen und wir würden uns trotzdem jeden Tag sehen.« Ich muss lächeln. »Aber natürlich weiß ich auch, wie schwer das Leben hier für dich ist als meine Schwester. Und ehrlich, wenn es jemand verdient hat glücklich zu sein, dann du. Ich wünsche mir für dich, dass du ein freies Leben hast, ohne diese ganzen Sachen, die hier passieren, dass du glücklich lebst und das machen kannst, was du liebst. Auch wenn es mich umbringt dich gehen zu lassen, solltest du es tun.« Er wird zum Schluss immer ruhiger, ich kämpfe mit den Tränen. »Das bedeutet mir sehr viel, Juan.« Ich schlüpfe zwischen seine Beine und kuschle mich an ihn. »Ich liebe dich, Bruderherz.« Er küsst meinen Hinterkopf. »Ich dich noch mehr, mein Herz.«

Wir sehen beide zum Mond und ich wische mir meine letzten Tränen weg. »Was hat Paco gesagt?«, frage ich leicht unsicher. »Er liebt dich Bella, er ist dafür, dass du gehst.« In diesem kleinen Moment bricht eine Welt für mich zusammen, es ist unabhängig von meiner Entscheidung, aber das trifft mich. Ich stehe blitzschnell auf. »Was meinst du, er will, dass ich gehe?« Juan sieht mich an. »Er weiß, dass es besser für dich ist, wir alle wissen das.« Ich bin so sauer und enttäuscht, dass ich sofort vom Dach gehe. Von jedem verstehe ich es, aber von ihm? Müsste er mich nicht hier behalten wollen? Wie kann genau er mich gehen lassen? Ohne darüber nachzudenken, wie spät es ist oder was ich damit bezwecke, setze ich mich in mein Auto und fahre auf direktem Weg zum Surena-Anwesen.

Als ich ankomme, sehe ich bei Paco noch Licht brennen. Ohne anzuklopfen platze ich einfach ins Haus hinein und treffe auf Rodriguez und Paco, die alleine im Garten sitzen. Als ich den Garten betrete, sehen beide zu mir, Rodriguez steht auf. »Okay, wir sehen uns morgen.« Er klopft Paco auf die Schulter und gibt mir beim Hinausgehen einen Kuss auf die Wange. Paco bleibt auf seinem Stuhl sitzen und sieht mich auch nicht an, seine Arme liegen auf seinen Knien, seine Hände sind ineinander verschränkt, seinen Kopf hält er gesenkt. Ich trete näher zur Bank. »Also haben du und mein Bruder beschlossen, dass ich gehen soll?«

Paco sieht noch immer nicht hoch, er räuspert sich leicht. »Es ist das Beste für dich und offensichtlich ist es das, was du willst.« Ich werde so wütend, dass ich das Gefühl habe, mein Kopf würde rauchen. »Erstens treffe ich diese Entscheidung allein und ich gehe, dazu brauche ich von niemandem die Erlaubnis, und zweitens ist es wohl ziemlich passend für dich, mich so leicht los zu werden«, werfe ich ihm an den Kopf. Jetzt hebt Paco seinen Kopf. Unsere Augen treffen sich und mir wird ganz flau im Magen. Wie kann man jemanden nur so sehr lieben?

»Denkst du so darüber? Dass ich dich einfach loswerden will, Bella? Das tue ich nur für dich.« Ich verschränke die Arme vor der Brust. »Was heißt das, Paco? Was bedeutet das? Erkläre es mir!«, fordere ich ungehalten. Paco steht auf und will auf mich zukommen, doch ich weiche einen Schritt zurück, was er sofort registriert. »Bella, das ist es doch, was du wolltest, oder? Ein freies Leben. Ich wünschte, ich könnte dir etwas dagegenhalten, dir sagen, dass du nicht gehen sollst, aber mir ist klar, was das für dich bedeutet. Du könntest leben, als gäbe es das alles hier nicht, überlege doch mal, was dir alles in den letzten Wochen passiert ist. Sanchez' Tod, der Angriff auf das Punto-Haus, wie du fast gestorben wärst, deine Entführung, das Leben hier ist nichts für dich, Bella, es ist für niemanden von uns leicht, aber du hast die Chance hier wegzugehen und zu tun, was du liebst. Machst du mir einen Vorwurf, weil ich dir ein glückliches Leben wünsche? Ein Leben ohne all das hier? Ich bin nicht der Richtige für dich, Bella, ich wünschte es mir, ich liebe dich mehr als alles andere, aber diese feste Sache, dieses gebundene, das ist nichts für mich, und das wissen wir beide. Ich kann dir nicht garantieren, dass ich das immer mitmachen kann, ich liebe dich wirklich, aber das zwischen uns, so schön es ist, sollte dich nicht hier halten, weil ich nicht möchte, dass du dich ewig fragst, was passiert wäre, wenn du gegangen wärst. Ich will, dass du glücklich lebst, in einem Haus mit vielen Kindern und einem Mann, der pünktlich um vier von der Arbeit kommt, wo du keine Angst haben musst, dass er nicht mehr kommt, weil ihm etwas passiert ist, dass du nicht ewig mit einer gewissen Angst im Nacken leben musst. Dass deine Kinder zur Schule gehen können und normal aufwachsen, dass ... keine Ahnung, Bella, ich will dich einfach nur glücklich sehen. Es frisst mich innerlich auf, aber ich muss dich gehen lassen, egal wie sehr ich dich liebe.«

Ich wische mir die Tränen weg, die irgendwann begonnen haben zu laufen. »Ich hätte nie gedacht, damals auf dem Dach, als du gesagt hast, du bist niemand, der etwas Festes haben kann. Ich hätte nie gedacht, dass du es wirklich so ernst meinst. Ich dachte, dass, was wir hatten, für dich genauso war, wie für mich.« Paco hebt seine Hand und will meine ergreifen, doch ich entziehe mich ihm. »Das ist es auch, Bella, ich liebe dich so sehr, ich denke einfach nur, dass ....« Ich nicke leicht. »Ich verstehe schon.« Ich muss meine Lippen zusammenkneifen, um ein Schluchzen zu verhindern. »Ich gehe Paco, ich gehe nach New York, du hast dein so geliebtes altes Leben wieder.« Er will noch was sagen, doch ich halte ihn auf. »Aber ich will nie, nie wieder hören, dass du mich liebst, nie wieder, Paco.« Ich drehe mich um und gehe, ohne noch einmal zurückzublicken.

10 Tage später:

Der Wind weht mir durch die Haare und ich atme die frische warme Sommer-
luft Puerto Ricos ein. Mein Blick fällt auf die verschiedenen Gebiete, die es so gar
nicht mehr gibt. Ich muss an den Augenblick denken, als ich Paco erstmals hierher gebracht und ihm meine Sicht der Dinge erklärt habe, so viel ist seitdem passiert. Seufzend entferne ich mich vom Rand des Daches und setze mich auf meinen geliebten Schornstein, in meiner noch viel mehr geliebten Uni. Morgen früh
geht mein Flieger nach New York. Die letzten Tage sind wie im Flug vergangen.
Nachdem ich mich endgültig entschieden habe, diesen Schritt zu gehen, hatte ich
kaum eine Minute zum Nachdenken.

Ich musste in verschiedene Städte, Visa, einen neuen Pass, Reisegenehmigungen
und solche Sachen beantragen, meine Sachen zusammenpacken, mich um meine
neue Unterkunft kümmern, die auf dem Unicampus sein wird. Von meiner Familie hatte ich nicht sehr viel, Sara hat mich überall hin begleitet, aber mein Bruder
und meine Cousins scheinen es nicht so leicht zu nehmen, auch wenn sie mir keinen Vorwurf machen und mir Glück wünschen. Juan hat mir ein Konto eingerichtet, auf das er mir schon jetzt einen großen Betrag überwiesen hat. Er will
nicht, dass ich in New York einen Job annehme, sondern mich voll und ganz
aufs Studium konzentrieren kann. Ich konnte mich nicht entscheiden, was ich
alles einpacken soll, also Klamotten und solche Sachen sind ja normal, aber die
alltäglichen Sachen, die Fotos, die Erinnerungen, ich musste mich für das Wichtigste entscheiden. Es fällt mir unglaublich schwer, so viel von dem hier zu lassen, was mir am Herzen liegt.

Gestern gab es eine Feier im Punto-Haus, so eine Art Abschiedsfeier, wo alle
Trez Puntos, viele aus der Uni und auch einige der Les Surenas gekommen sind.
Jennifer, Ramon, Rodriguez, Selena, Ramos und einige andere sind gekommen,
um mich zu verabschieden. Paco nicht, seit unserem letzten Aufeinandertreffen
haben wir kein Wort miteinander gesprochen. Von Selena habe ich erfahren, dass
er mit Chico und ein paar anderen weggeflogen ist, nach Mexiko. Sie ist sich
sicher, er wollte einfach der Situation aus dem Weg gehen, sie meinte, die letzten
Tage, als sie ihn gesehen hat, war er fix und fertig.

Vom Kindergarten und meinen süßen Kindern habe ich mich auch schon verabschiedet. Sie haben mir eine Bildermappe zusammengestellt und ein schönes
Lied für mich vorgetragen, ich musste wirklich weinen, als ich alle Süßen noch
einmal in den Arm genommen habe. Genauso ist es auch auf der Abschiedsfeier
abgelaufen, erst waren alle fröhlich, doch als es später wurde, kippte die Stim-

mung. Zum Schluss habe ich alle weinend umarmt, noch kann ich mir nicht vorstellen ohne sie zu leben, doch es muss gehen, genau wie es ohne Paco gehen muss. Das Schlimmste ist, dass jetzt schon klar ist, vor Weihnachten, also mindestens vier Monate lang, kann ich nicht kommen, da erst dann die nächsten Semesterferien sind und ich mich bis dahin erst einmal zurechtfinden muss.

Trotzdem konnte ich diesen Schlag, den mir die Aussprache mit Paco gebracht hat, nicht verdauen, es tut weh, es tut mir so weh zu wissen, dass ich ihm nicht wichtig genug bin, seine Gefühle nicht stark genug sind, um sein altes Leben, seine so geliebte Unabhängigkeit an den Nagel zu hängen. Ich weiß, dass er mich liebt, keine Frage, doch so tief und stark wie meine Gefühle für ihn sind, scheinen seine nicht zu sein, und das verletzt mich. Gleichzeitig bin ich froh, es lieber jetzt als später zu erfahren und, wie er es gesagt hat, mir immer wieder Vorwürfe zu machen, diesen Traum aus meinen Finger gleiten gelassen zu haben, für eine eventuelle Zukunft mit jemandem, der dafür nicht bereit ist.

Ich habe nur noch ein paar Stunden, bevor ich mit Sara, Sam, meiner Mutter und Juan zum Flughafen fahre und vor diesem endgültigen Abschied graut es mir jetzt schon. Ich hole das Handy hervor, Pacos Geschenk, welches mein Leben gerettet hat. Paco hat mir mittlerweile genau erklärt, wie es funktioniert. Ich weiß, dass man das Signal, was uns beide miteinander verbindet, ausschalten und man sehen kann, ob der andere es anhat oder nicht. Seit unserem Streit war das Handy immer ausgeschaltet, ich habe mein altes benutzt, weil es mich viel zu sehr an Paco erinnert hat. Jetzt schalte ich es das erste Mal wieder ein, hier oben auf dem Dach, wo so viel zwischen uns passiert ist. Sofort sehe ich, dass er sein Signal anhat und ich weiß, dass er jetzt mein Signal auch erkennen kann. Ich sehe, dass er in Mexiko ist. Je weiter weg man voneinander ist, desto unklarer und ungenauer wird das Signal.

Es wird nur angezeigt, dass ich in Puerto Rico bin und er in Mexiko ist. Irgendwie dachte ich, wir würden nochmal ein paar Worte wechseln, bevor ich endgültig gehe. Und als hätte er meine Gedanken gelesen, klingelt mein Handy im gleichen Augenblick.

»Hey.«

»Hey.«

»Wie geht es dir?« Seine Stimme klingt noch rauer als sonst, traurig, vielleicht liegt es aber auch nur daran, dass ich sie nicht mehr so regelmäßig gehört habe in letzter Zeit, auf jeden Fall hat sie noch die gleiche Wirkung. Ich bekomme eine Gänsehaut und mein Herz schreit nach ihm. »Ich fliege heute Nacht.« Er räuspert sich. »Ich weiß, deswegen bin ich auch nicht da.« Ich nicke enttäuscht, auch wenn ich weiß, dass er dies nicht sehen kann. »Wo bist du?«

»Auf dem Dach der Uni, warum bist du nicht hier? Warum bist du extra weggegangen?«

»Ich weiß nicht, ob ich dich gehen lassen könnte, aber ich will dich gehen lassen.« Es entsteht eine Pause, eine Weile sagt keiner etwas. Ich höre leise Musik bei ihm im Hintergrund. »Ich weiß, dass du darüber anders denkst, aber bitte versprich mir, wenn etwas ist, wenn du irgendwas brauchst ...« Er bricht ab und seufzt. »Versprich mir, dass du nicht vergisst, dass ich dich liebe, Bella, dir wird immer mein Herz gehören.« Jetzt fange ich an zu weinen. »Ich will das nicht mehr hören«, sage ich leise, zu leise. »Es ist egal, was du willst, weil es so ist, und das weißt du auch.« Ich wische mir die Tränen weg.

»Ich wünsche dir wirklich, dass du dein Glück findest, Bella, niemand hat es so verdient wie du.« Ich hole tief Luft, damit meine Stimme nicht ganz bricht. »Ich dachte wirklich Paco, ich habe es schon gefunden, du warst mein Glück, aber jetzt muss ich mich wohl erneut auf die Suche machen.« Ich kann förmlich hören, wie Paco zusammenzuckt. »Ich muss los, Paco, ich wünsche dir auch, dass du mit deiner Entscheidung und dem Leben, das du gewählt hast, glücklich wirst.« Ich will auflegen, doch ich höre noch einmal seine Stimme, wenn auch leise. »Sag es mir noch einmal, Bella, bitte, ich will es noch einmal hören.«

»Ich liebe dich, Paco.« Ich muss auflegen, denn meine Stimme ist schon zu schwach, um noch länger zu halten. Ich schalte das Telefon wieder aus und mache mich auf den Weg.

Weg vom Uni-Dach, weg von meiner Familie, von Puerto Rico, von Paco, auf in ein neues Leben.

# Kapitel 16

3 Monate später

„Bella, wie lange brauchst du noch?" Lucy, meine Zimmernachbarin und inzwischen gute Freundin, klopft an meine Tür. »Bin gleich da«, entgegne ich knapp und lasse mich aufs Sofa plumpsen, um meine Stiefel überzustreifen. Ich wohne hier mit Lucy in einer Art kleinem Apartment, wie sie hier am Campus üblich sind. Es gibt zwei kleine Zimmer, ein Bad, ein kleines Wohnzimmer und eine Kochnische. Lucy und ich sind fast zeitgleich hier angekommen, die große, sehr schlanke und ausgesprochen witzige und lebensfrohe Blondine mit ihren langen Kringellocken habe ich sofort sehr gemocht. Auch wenn sie nicht aus einem anderen Land, sondern nur aus Texas hierhergezogen ist, haben wir uns zusammengetan und in den ersten Wochen die Stadt erkundet.

Ich hatte sehr viel Spaß und bin aus dem Staunen kaum noch herausgekommen. New York ist eine unglaubliche Stadt und mir war vom ersten Moment, als ich aus dem Flugzeug gestiegen bin, klar, dass ich sie liebe. Ich habe mir alles angesehen, die Brooklyn Bridge, wir waren auf dem Empire State Building, China Town, die Freiheitsstatue, alles wurde von uns entdeckt und erobert. Nebenbei musste ich mich auch noch auf dem Campus zurechtfinden, mich in die sofort beginnenden Kurse eintragen und mich an alles gewöhnen.

Die New York University ist nicht umsonst eine der größten Universitäten in Amerika, so dass ich mich mehr als einmal verlaufen habe. Sie liegt im berühmten Greenvillage in Manhattan, wo wir mitten im Geschehen sind. Da ich sehr gut Englisch spreche und an meiner alten Uni auch einige Kurse in Englisch abgehalten wurden, ist mir die Umstellung, was den Unterricht betrifft, nicht allzu schwer gefallen. Auch wenn die Kurse schon anders abgehalten werden, sie sind viel förmlicher, nicht so persönlich gestaltet wie auf unserer kleinen bescheidenen Uni, aber daran werde ich mich sicherlich auch gewöhnen.

Ich habe sofort angefangen, das Nachtleben New Yorks kennenzulernen. Es ist ein Wahnsinn, dass die Leute, die hier schon immer wohnen, überhaupt wissen, für was sie sich entscheiden sollen bei so vielen unterschiedlichen Angeboten. Neue Bekanntschaften zu schließen ist hier auch viel leichter, was wahrscheinlich daran liegt, dass hier niemand meinen familiären Hintergrund kennt und niemand zusammenzuckt, wenn ich erwähne, dass ich Bella Punto bin. Hier erscheinen viele Sachen um so einiges leichter. Wenn ich einen Mann kennenlerne, muss ich keine Bedenken haben, dass uns jemand sieht oder was meine Familie dazu sagt. Alles was ich hier tue und mache, bleibt in New York, und nur das, was ich will, dringt nach Puerto Rico durch.

Am Anfang habe ich ein paar Dates mit einigen Studenten gehabt, und ich muss sagen, Pacos Vorwürfe, ich wäre zu unerfahren, hallen doch noch ziemlich in meinem Hinterkopf, sodass sich auch ein paar Mal etwas mehr ergeben hat.

Als ich einen Nachmittag vor Lucys Hörsaal auf sie gewartet habe, sie studiert Jura und wir haben keine Kurse zusammen, habe ich einen Gastprofessor kennengelernt, einen Anwalt namens Howard Bensler. Er ist mir sofort ins Auge gestochen, er ist ein großer und breiter Mann, zwar mit Anfang dreißig schon ein paar Jahre älter als ich, aber dafür, dass er jetzt schon als einer der Top-Anwälte New Yorks gilt, ist er noch sehr jung. Wahrscheinlich ist es seine selbstbewusste Art, sein sicheres Auftreten, was mich angesprochen hat, da ich im Unterbewusstsein tief mit dieser Art von Mann verwurzelt bin. Auch wenn er sonst optisch nicht in mein typisches Männerbild passt, fand ich seine dunkelblonden Haare und seine strahlend blauen Augen doch sehr anziehend, sein ausgeprägtes Kinn verleiht ihm etwas Dominantes, aber sein Lachen gleicht dies wieder aus.

Auch er war von Anfang an angetan von mir und unsere ersten Treffen verliefen sehr spektakulär. Howard ist kein Mann, der einen einfach zum Essen ausführt. Wir haben in einem teuren Edelrestaurant gegessen, wo ich schon richtige Angstzustände bekommen habe, als der Kellner zu unserem Tisch gekommen ist, der mich jedes Mal so angesehen hat, als würde er erwarten, dass ich eines der sicher unbezahlbaren Gläser herunterwerfen könnte. Auch fand ich es sehr interessant, eine derart hohe Summe für so wenig Essen zu bezahlen, deswegen habe ich ihn beim nächsten Treffen zu einem Stehimbiss mitgenommen, wo es die besten Falafel gibt, die ich je gegessen habe. Nicht, dass ich die jemals davor schon gegessen hätte, aber ich bin mir sicher, diese sind nicht zu übertreffen.

Seitdem treffen wir uns regelmäßig, wir sind uns auch schnell näher gekommen, doch so wie er schon ziemlich davon überzeugt ist, dass zwischen uns etwas Festes ist, behalte ich lieber einen gewissen emotionalen Abstand zu ihm. Er ist nett, ich bin gern mit ihm zusammen, aber zu nah lasse ich ihn nicht an mein Herz heran. Ich blicke noch einmal in den Spiegel. Mittlerweile habe ich schon einige Freunde von Howard kennengelernt und heute Abend gehen wir zu einer langjährigen Freundin von ihm, Cathrin, genannt Cat. Ich habe sie erst einmal getroffen, aber sehr sympathisch war sie mir nicht, so wie fast alle seiner Freunde hat sie etwas Herablassendes, etwas was aussagt, dass sie etwas Besseres ist, weil sie mit ihren Bilderausstellungen von ihren Reisen viel Geld verdient.

Das ist auch der heutige Zweck unseres Besuches, Howard und noch ein paar Freunde sind eingeladen, ihre neuesten Werke zu begutachten, die sie in Chile gemacht hat. Er hat mich überredet mitzukommen, weil er mich unbedingt in seine Welt einbinden und dort integrieren will. Ich trete zu Lucy in den Flur, wo diese schon ungeduldig wartet.

»Da bist du ja, meine Schicht fängt gleich an, ich hoffe Howys Super-Flitzer hält, was er verspricht.« Ich muss lächeln, Lucy nennt ihn immer Howy und macht sich ein wenig über ihn lustig, aber im Grunde mag sie ihn. Sie arbeitet ein paar Mal die Woche abends in einem Restaurant als Aushilfe und dieses liegt nur ein paar Blocks von unserem Ziel entfernt, sodass wir sie dorthin mitnehmen. Bevor wir gehen, versucht mir Lucy mit ihren Fingern ein echtes Lächeln auf die Lippen zu zaubern. »Komm schon, das wird bestimmt lustig, Bella, immer wenn du mit jemandem aus deiner Familie telefonierst, bist du danach stundenlang schlecht drauf und ich habe das Gefühl, es wird immer schlimmer.« Ich räuspere mich kurz, um die aufkommenden Tränen zu verdrängen und wir gehen durch die Tür. Lucy hakt sich bei mir ein. »Wer war es denn gerade? Du hast doch schon heute früh mit jemandem telefoniert?« Ich lächle matt. »Das war Tito, gerade habe ich mit Pepo telefoniert.«

Lucy verdreht die Augen. »Tito ist doch derjenige, der mich immer anflirtet, oder?« Sie grinst mich an und ich muss lachen. Lucy weiß, wie man meine Stimmung aufbessert, doch bevor ich ihr etwas erwidern kann, sind wir schon unten, Howard wartet bereits. Wir setzen Lucy ab und als wir dann bei Cat ankommen, sind schon einige andere Leute da, manche habe ich schon getroffen, einige noch nicht. Wir werden höflich begrüßt, und da scheinbar alle nur auf uns gewartet haben, fängt gleich eine Präsentation ihrer neuen Bilder an. Nach dem zehnten Bild verliere ich das Interesse. Cat ist auf Gebäude spezialisiert und sie hat wirklich ein Auge dafür, doch ganz so groß ist meine Begeisterung dann doch nicht. Nach ungefähr vierzig Bildern wechseln wir alle zusammen den Platz und setzen uns um einen großen Mahagoni-Esstisch herum, wo Käseplatten und Wein bereitstehen. Alle lehnen sich zurück und ein Gespräch entsteht, nur so kann man das bezeichnen. Ich will das wirklich nicht und versuche es mir auch abzugewöhnen, aber ich kann einfach nicht verhindern,  immer wieder Vergleiche anzustellen, so sehr ich mich auch bemühe, dies nicht zu tun.

Es ist oft so steif hier, die Leute um Howard herum denken, sie sind so weltgewandt und offen, doch wirken sie auf mich viel zu unehrlich und kühl, als ob sie zwar eine äußere Fassade aufgebaut haben, aber es auch nichts gibt, was man innerlich entdecken könnte. Alle führen eine nette, höfliche Konversation, aber dafür, dass sie alle schon Jahre befreundet sind, wirkt es doch nicht ehrlich. Ich denke, wenn ich Cat jetzt sagen würde, dass ich das eine oder andere Bild nicht so gelungen fand, würde mich Howard nachher lynchen, also halte ich mich dezent zurück.

Meine Gedanken wandern nach Hause. Wenn bei uns irgendwelche Treffen sind, sieht es so viel anders aus. Das Chaos, die Lautstärke, das unkomplizierte, offene Verhalten jedes Einzelnen fehlt mir. Habe ich früher oft die ausgelassene Stimmung und die laute und immer sehr körperbetonte Kommunikation zwischen allen als übertrieben empfunden, so fehlt es mir jetzt nur noch. Während man sich hier nur die Hand reicht, vielleicht höchstens mal einen freundschaftlichen Klaps auf die Schulter bekommt, würde man bei uns einen alten Freund immer umarmen, hier fehlt diese Herzlichkeit zwischen den Leuten.

»Bella, du stammst doch aus Puerto Rico, oder?« Ich bemerke, dass ich angesprochen wurde und sehe zu Cat. Howard, der sicherlich bemerkt hat, dass ich wieder mit meinen Gedanken weit weg war, rettet mich aus der Situation. »Cat hat gerade erzählt, dass sie in Chile auch auf einige Straßengangs getroffen ist, und manche sahen noch gefährlicher aus, als die in diesem Film.« Howard grübelt, Cat übernimmt wieder und lächelt zuckersüß zu Howard. Ich hätte nie geglaubt, dass ich das mal denken würde, aber manchmal sehe ich selbst die Chicas und Mary in einem anderen Licht, seitdem ich hier bin. Cat steht seit Jahren auf Howard, wie ich zufällig von einer anderen guten Freundin der beiden erfahren habe, aber man würde das nie vermuten, auch wenn ich weiß, dass die beiden sich wohl hinter meinem Rücken auch des Öfteren treffen, was mir ziemlich egal ist. Da denke ich doch, ist es mir lieber, eine Chica gegen mich zu haben, die das Ganze nicht so verheimlicht. Auch wenn beides nicht in Ordnung ist, ist sie in dem Moment wenigstens ehrlicher.

»Sin Nombre hieß der Film, meine Güte, diese Tätowierungen im Gesicht, gibt es das wirklich bei euch?« Ich lächle sie zurück an. »Sin Nombre dreht sich um eine mexikanische Gang. Wie du schon richtig gesagt hast, stamme ich aus Puerto Rico.« Ein Mann mischt sich ein. »Aber dort gibt es doch diese Leute auch?« Ich setze weiter mein Lächeln ein. »Ja, es gibt auch in Puerto Rico Gangs, sicherlich, ich denke die gibt es auch hier in New York und eine Gang ist nicht gleich so, wie die in dem Film gespielte, aber auch solche gibt es.« Ich spüre Howards Blick auf mir und beende meinen Vortrag. Howard weiß, dass ich aus einer großen Familie stamme und dass diese Familie ein gewisses Ansehen hat. Durch die Plaka, denke ich, kann er sich einiges zusammenreimen, aber direkt gesagt habe ich es ihm nicht, ich spreche nicht gerne darüber und ich weiß, dass ich nicht jetzt vor seinen Freunden damit anfangen sollte, also ziehe ich mich wieder zurück und lasse den Abend teilnahmslos an mir vorbeiziehen.

Als wir später in Howards Apartment ankommen, ist er leicht angetrunken und ich immer noch gelangweilt. Howard hat schon im Fahrstuhl nicht die Hände von mir lassen können und als wir bei ihm im Bett landen, fühle ich mich hinterher wieder noch leerer, ich weiß nicht, wie das sein kann, aber das bringt es irgendwie mit sich. Es ist schön, ich will nicht sagen, dass es im Bett nicht gut ist, aber danach breitet sich in mir eine Leere aus, die mich aufzufressen scheint, also kehre ich auch dieses Mal mit einem Taxi zu mir in die Uni zurück, wie fast nach jedem Treffen. Ich kann einfach nicht dort übernachten, auch wenn er mich schon so oft darum gebeten hat.

Eine Woche später hat sich Howard eine Überraschung für mich ausgedacht und ich warte in meinem Zimmer darauf, dass er mich abholt. Gerade habe ich mein Telefonat mit Sara beendet und fühle mich schrecklich. Am Anfang war es normal, dass ich alle vermisse, ich hatte zwar genug Ablenkung durch alles, was es neu zu entdecken gab, aber sie haben mir alle unglaublich gefehlt. Jeden Tag musste ich mit jemandem telefonieren um zu erfahren, was es Neues gibt. Auch sie scheinen mich sehr zu vermissen, denn jeder ruft mich ständig an. Pepo, Tito, Raul, Miko, mit meiner Mutter und Sara telefoniere ich so oder so am meisten, doch auch Chico kommt ans Telefon, wenn er gerade bei Miko ist, oder Rodriguez, wenn ich mit Selena telefoniere. Zwischen den beiden läuft es wieder gut, nachdem ihm Selena nach seiner Tanzeinlage auf der Party ordentlich den Kopf gewaschen hat.

Nur mit Juan telefoniere ich selten, sehr selten. Auch wenn er immer jeden Tag von Sara wissen will, wie es mir geht, bringt er es nicht oft übers Herz meine Stimme zu hören. Sara sagt, er leidet sehr unter meiner Abwesenheit, es fällt ihm unheimlich schwer damit umzugehen und mich dann am Telefon zu hören, geht für ihn fast gar nicht. Es geht aber allen gut, sie leben ihr Leben weiter, die Geschäfte scheinen sehr gut zu laufen und noch immer oder sogar immer mehr machen die Trez Puntos ihre Sachen mit den Les Surenas zusammen, was mich freut, da ich weiß, dass sich nicht durch die Trennung von Paco und mir alles wieder verschlimmert hat.

Auch weiß ich, dass Paco noch immer ins Punto-Haus kommt und auch meine Mutter besucht, allerdings redet darüber kaum einer mit mir, ich frage auch nicht weiter nach, weil es mir zu sehr weh tun würde. Selena ist die Einzige, die dieses Thema oft anspricht, sie hat mir erzählt, dass Paco die erste Zeit total mies drauf war. Als ich weg war, muss es wohl ziemlich schlimm gewesen sein, doch dann hat er damit angefangen, wie es zu erwarten war, sein altes Leben wieder aufzunehmen und das wohl sehr ausgiebig. Selena hat erwähnt, dass er sich kaum eine

Chica hat entgehen lassen, doch wenn sie ihn angesehen hat, während eine auf seinem Schoß saß, waren seine Augen immer leer und irgendwie traurig, das hat sich wohl bis heute nicht verändert.

Mittlerweile soll er sogar eine neue Beziehung führen, was mir wirklich weh tut. Dass er mit Chicas seinen Spaß hat, war zu erwarten und ich weiß, ihm ist auch bekannt, dass ich hier jemanden kennengelernt habe. Aber als ich erfahren musste, dass er seit einigen Wochen mit jemandem fester zusammen ist, hat mir das einen tiefen Schlag versetzt, denn das wollte er doch nicht. Mittlerweile glaube ich eher, das nicht er der Falsche für mich war, wie er es behauptet hat, ich glaube nun, dass ich einfach die Falsche für ihn war. Er ist der Richtige für mich, egal was passiert ist, meine Liebe zu ihm ist noch genauso stark wie immer. Es gibt keinen Tag, an dem ich ihn nicht vermisse, selten einen Tag, an dem ich keine Träne seinetwegen verliere. Und auch wenn ich mit Howard zufrieden bin, ist er nicht eine Sekunde an Paco herangekommen.

Selena sagt mir immer wieder, dass Paco seine neue Freundin Gracia nicht liebt, sie ist der felsenfesten Überzeugung, er kommt nicht über mich hinweg, was wohl ihrer Meinung auch der Grund dafür ist, dass mir diese Gracia ziemlich ähnlich sehen soll. Das Einzige, was mich etwas verwundert und worauf auch Selena keine Antwort hat, ist, dass Paco sie jeden Tag nach mir fragt, aber nicht einfach so, er fragt sie, ob wir telefoniert haben und wenn sie dies bejaht, fragt er, ob ich glücklich bin. Sie sagt ihm jedes Mal, dass ich es bin, weil es für sie ja auch so scheint. Alle wissen, dass ich sie vermisse, aber wie es wirklich in mir aussieht, weiß keiner. Wenn Selena ihm antwortet, nickt er nur und geht weg, keiner kann sich erklären, was das zu bedeuten hat und auch spricht ihn keiner auf mich an, weil man ihm wohl anmerkt, wie sehr ihn unsere Trennung belastet.

Manchmal, wenn es mir ganz schlecht geht, mich die Bilder von Paco und mir zu ersticken drohen, gehe ich ans Fenster und schalte mein altes Handy ein, welches Paco mir gekauft hat. Zwar benutze ich es nicht mehr, aber wenn ich es einschalte und Empfang habe, sehe ich sofort das Signal. Es ist schwach, es ist auch nur zu erkennen, dass ich mich in Amerika und Paco sich in Puerto Rico befindet, aber er hat seines bis jetzt immer angehabt. Jedes Mal, wenn ich sein Signal gesucht habe, war es da und ich weiß, dass er in diesen Momenten auch meines bekommen hat.

Was für ein toller Mann Howard auch ist, es war nie auch nur annähernd so wie mit Paco. Nie hat er mich auf die Art und Weise angesehen wie Paco, nie haben wir so viel gekuschelt oder Zärtlichkeiten ausgetauscht, wie es bei mir und Paco immer der Fall war und mir so sehr fehlt. Nie hatten wir auch nur einen Moment, der so intensiv war, wie ich das mit Paco hatte. Ich bin nicht über Paco hinweg, bei Weitem nicht. Und das weiß ich auch genau, weswegen ich wahrscheinlich gar nicht erst versuche mir das einzureden. Ich bin aber so weit zu wissen und zu akzeptieren, dass ich versuchen muss damit zu leben, dass Paco immer etwas Besonderes für mich bleibt, immer.

Unsere Beziehung ging vielleicht noch nicht so lange, aber dafür war sie so intensiv, wie es manche Beziehungen nach fünfzehn Jahren nicht sind, wir haben in dieser kurzen Zeit so viel durchgestanden, dass es für drei Leben reicht. Lucy weiß, dass ich darunter leide, ohne meine Familie zu sein, auch Howard merkt das, aber keiner weiß, wie sehr mich das quält. Am Anfang war es noch normal, aber als dann die Entdeckungstour aufgehört hat und ich dachte, so langsam komme ich in New York an, wurde es nur noch schlimmer statt besser. Ich fühle mich bis heute so, als wäre ich nur auf einer Reise hier, ich habe ständig das Gefühl, es reicht langsam mit meinem Urlaub und ich will wieder nach Hause.

Dieses Gefühl nimmt nicht, wie es zu erwarten ist, ab. Je mehr ich mich an New York und das Leben hier gewöhne, desto mehr nimmt es zu. Mittlerweile vermisse ich jede Kleinigkeit, ich telefoniere ständig mit jemandem aus meiner Familie. Und das Schlimmste ist, der Spaß an meinem Studium geht mir nicht nur verloren, ich fange allmählich an es zu hassen, weil es mich von meiner Familie fernhält. Anstatt es zu genießen und diesen Studienplatz so in Anspruch zu nehmen wie ich es sollte, überkommt mich jeden Tag mehr das Gefühl, die Entscheidung hierherzukommen war falsch.

Ich will niemanden mit meinem inneren Gefühlskonflikt belasten, deswegen bemühe ich mich es nicht zu zeigen. Meine Familie denkt, ich genieße hier alles, sie wissen, dass sie mir fehlen, dass es aber so schlimm ist, weiß keiner. Wenn ich es mit Worten erklären müsste, könnte ich nur beschreiben, wie es sich anfühlt hier zu sein. Egal was für eine Chance das ist, wie glücklich ich mich schätzen sollte, mir fehlt hier einfach alles, und es fühlt sich an, als fehle mir die Luft zum Atmen.

Howard lässt auf meinem Handy klingeln, ich gehe zu ihm hinunter. Wir fahren eine ganze Strecke und Howard will mir partout nicht sagen, was er vorhat. Als er dann vor einem Tattoo-Studio hält, bin ich doch ziemlich überrascht. Wir steigen aus und er führt mich hinein. Ein jüngerer dunkler Mann begrüßt uns und stellt sich als Miguel vor, ohne jeden Zweifel kommt er auch aus Puerto Rico. Howard wendet sich an mich. »Das ist meine Überraschung. Miguel ist einer der besten auf seinem Gebiet, man braucht Monate, um einen Termin hier zu bekommen, aber für dich hat er heute Zeit.«

Ich runzle die Stirn, ich weiß nicht, was er eigentlich will. Howard bemerkt das. »Du hast mir doch gesagt, dass du dieses Zeichen, dieses Familien-Tattoo an deinem Arm so oft verflucht hast. Ich dachte, um vielleicht einen endgültigen Schlussstrich darunter zu ziehen, damit du hier wirklich ankommen kannst und nicht jeder darauf achtet, denn es ist ja schon sehr auffällig ...« Er versucht sich zu erklären und gerät dabei ins Straucheln, denn mein Gesichtsausdruck muss sich meiner Stimmung offenbar anpassen.

»Darf ich mal sehen?«, mischt sich dieser Miguel ein, bevor ich antworten kann, und Howard zeigt auf meine Plaka. Ich kann Miguels Gesichtsausdruck nicht wirklich deuten, als er diese entdeckt, aber ich bin mir sicher, er weiß, was sie zu bedeuten hat. »Worum geht es dir, Howard? Dass ich sie entfernen lasse, damit ich nicht so auffällig bin? Damit ich besser in deine Welt passe?« Ich kann nicht verhindern, dass meine Worte sehr scharf über meine Lippen kommen. Howard schiebt sich die Krawatte gerade. »Nein, also nicht nur, ich meine jeder, der sich ein bisschen damit beschäftigt, weiß doch was das ist, du kannst mir doch nicht erzählen, du möchtest so etwas wirklich in der Öffentlichkeit präsentieren? Außerdem scheinst du auch nicht wirklich damit zurechtzukommen, dass du hier bist, deine Telefonate mit deiner Familie werde immer häufiger, du ziehst dich immer mehr zurück. Ich dachte, das wäre für dich einfach ein Weg, endgültig damit abzuschließen und dich auf dein neues Leben einzulassen, hier in New York.«

Ich lache kurz auf. »Selbst wenn ich mir das entfernen lasse oder etwa darüber tätowiere, heißt das nicht, dass ich meine Familie vergesse und das habe ich auch nicht vor.« Howard wird sauer. Man sieht es an einer kleinen Ader, die an seinem Hals heraustritt und er wird etwas rot. »Ich weiß, dass man sich seine Familie nicht aussuchen kann, aber du willst dich doch nicht öffentlich zu solchen Kriminellen bekennen?« Und das ist der Punkt, an dem ich platze. »Wie bitte? Was fällt dir eigentlich ein, dich hier hinzustellen und jemanden als kriminell zu beschuldigen. Nur weil manche vielleicht nicht so viel Deckung haben wie ihr hier, heißt das nicht, dass ihr bessere Menschen seid. Hast du nicht letzte Woche erst einen Mörder vor einer Gefängnisstrafe gerettet ... oder bei deinem letzten Fall, wo du eine Firma vor dem Ruin bewahrt hast, obwohl klar war, dass sie sich mit Kinderarbeit in Indien ihren Reichtum halten?«

Howard sieht mich genervt an. »Es gab nicht genug Beweise dafür und solange das so ist, wird niemand verurteilt.« Ich bin kurz davor richtig auszuflippen. »Weil ihr diese Beweise vernichtet. Auch wenn euch die Gesetze schützen und ihr in deren Rahmen handelt, seid ihr für mich keine besseren Menschen. Du weißt, dass sie alle schuldig sind, und trotzdem ist dir das Geld wichtiger als dein

Gewissen. Tut mir leid, aber dann verurteile keine anderen Menschen, die dafür viel offener mit so etwas umgehen. Und soll ich dir noch etwas sagen? Niemand dieser Leute würde einen Kindermörder oder solche Firmen schützen, das macht sie in meinen Augen zu noch viel wertvolleren Menschen als dich und deine Fraktion, also stell dich nicht hier hin und versuche, mir etwas von meiner Familie zu erzählen.«

»Dir ist wirklich nicht zu helfen, Bella.« Mit diesen Worten knallt Howard die Tür zu und verlässt den Laden. Ich sehe ihm sauer hinterher. Ich will auch gerade gehen, da räuspert sich Miguel, den ich in dem ganzen Durcheinander total vergessen habe.

»Meine Güte, ich habe fast vergessen, wie temperamentvoll unsere Frauen sind.« Er nimmt meinen Arm in seine Hand und sieht sich die Plaka an. »Nur so zur Information, ich hätte die sowieso nicht entfernt oder übergestochen, das macht man nicht.« Er zwinkert mir zu.

»Wie sieht es aus? Ich bin immer noch gebucht, hättest du sonst einen Wunsch?«

# Kapitel 17

Schon beim ersten Schritt aus dem Flugzeug ziehe ich die unverwechselbare Luft Puerto Ricos ein. Nach über drei Monaten in New York habe ich das erste Mal wieder das Gefühl, richtig atmen zu können. Ein paar Tage nach meinem Streit mit Howard und sozusagen dem Ende unserer - eigentlich nicht wirklich vorhandenen - Beziehung wusste ich, dass es so nicht weitergeht. Ich weiß zwar immer noch nicht wie es weitergehen soll, aber als ich gestern früh aufgewacht bin, war der Drang zurückzukommen so groß, dass ich eine Beurlaubung beantragt und den nächsten Flug genommen habe. Das alles war so spontan, dass ich nicht mal jemanden über mein Kommen unterrichtet habe. Ich weiß auch nicht, was für Gründe ich hätte nennen sollen, außer meiner zu großen Sehnsucht.

Lucy hat wahrscheinlich schon geahnt, dass dies bald kommen wird und hat sich nicht einmal getraut zu fragen, ob ich zurückkehren werde, als wir uns verabschiedet haben. Ich nehme mir ein Taxi, das meine ganzen Koffer kaum verstauen kann und lasse mich nach Hause fahren. Je näher wir an das Punto-Haus kommen, desto nervöser und aufgeregter werde ich. Alles fühlt sich plötzlich so richtig, so vertraut an. Der Fahrer hält vor dem Punto-Haus und lädt schnell meine Koffer ab, scheinbar hat er es sehr eilig hier wieder wegzukommen. Draußen treffe ich auf einige Mitglieder der Familia, die mich sofort umarmen, denen ich aber andeute leise zu sein, damit ich mich anschleichen kann.

Ich gehe in den Garten, wo ich sofort Juan und Miko entdecke, die mit einigen, die wahrscheinlich neu in die Familia kommen, etwas besprechen. Beide haben den Rücken zu mir gewandt und sobald ich sie erblicke, treten mir Tränen in die Augen. Durch die Blicke der anderen gewarnt drehen sich beide um, ich laufe schon zu ihnen und springe Juan förmlich in die Arme. »Bella!«. Mein Bruder ist total überrascht, doch drückt er mich so fest an sich, dass ich kaum Luft bekomme, er gibt mir mehrere Küsse auf meine Haare, sieht in mein Gesicht und drückt mich erneut an sich. »Ich will auch mal«, beschwert sich Miko und schon liege ich in seinen Armen. Ich weiß nicht, wie lange diese Begrüßung dauert, irgendwann tauchen auch Raul und Tito auf und nachdem jemand bei uns zuhause angerufen hat, kommen meine Mutter, Pepo und der Rest der Familie.

Sara kommt erst eine halbe Stunde später, lässt mich dafür aber am längsten nicht aus ihren Armen. Ich erkläre ihnen, dass ich sie so vermisst habe und mich deswegen spontan entschlossen habe zu kommen, was auch den Tatsachen entspricht. Obwohl ich von der Reise sehr erschöpft bin, bleiben wir bis spät in der

Nacht im Punto-Haus, es ist wie eine kleine spontane Feier, in der ich ausgiebig meine Punto-Familia genieße.

Als Sam kommt, fangen sie an, mich über New York auszufragen, doch ich weiche ihren Fragen aus, weil ich es viel zu sehr genieße, wieder hier zu sein und nicht daran denken möchte, wie schlecht es mir in New York aus Sehnsucht nach ihnen ging. Juan wirkt, als wäre ihm ein Stein von seinem Herzen gefallen und Sara flüstert mir zu, dass er seit meiner Abwesenheit bin nicht mehr so gut drauf war wie jetzt. Wir sitzen ewig so zusammen, ich kuschle mich an meine Lieblinge und bin endlich wieder zu Hause. Kurz bevor wir schlafen gehen, fragt mich Miko, ob er den Surenas Bescheid geben soll, dass ich wieder da bin, doch ich verneine, ich will erst einmal meine Familie genießen. Außerdem ist, wie ich erfahre, in zwei Tagen der Geburtstag von Mano, Juan und meine Cousins gehen zu der Feier, spätestens da werden sie es erfahren.

Als ich in mein Zimmer komme, platzt mein Herz fast vor Glück. Als ich mich zur Nacht umziehen will, entdecke ich eines von Pacos Shirts, was ich zum Schlafen getragen habe. Ich rieche daran, aber kann seinen Duft nicht mehr wahrnehmen, also lasse ich es auf den Boden fallen. Ob ich hier bin oder nicht, an der Tatsache, dass es zwischen Paco und mir aus ist, ändert das nichts. Letztlich gehe ich zu Juan ins Zimmer. Sara schläft bei sich, sodass ich mich bei ihm ins Bett kuschle, er meine Stirn küsst, mich an sich zieht und ich wie früher bei meinem Bruder im Arm schlafe. Keiner von uns beiden muss viel darüber reden, wie sehr man den anderen vermisst hat, wir wissen es einfach.

Am nächsten Tag genieße ich es noch mehr, wieder hier zu sein. Ich besuche meinen Kindergarten, die Kinder freuen sich wahnsinnig mich wiederzusehen. Am liebsten wäre ich den ganzen Tag dort geblieben, aber Miko holt mich irgendwann ab und bringt mich zum Strand, wo ich den restlichen Tag mit meiner Familia verbringe. Als wir alle am nächsten Abend spät zum Surena-Anwesen fahren, schlägt mein Herz so stark, dass ich Panik habe, alle könnten es hören. Natürlich habe ich mir besonders viel Mühe gegeben gut auszusehen und ein wunderschönes silbernes, kurzes Pailletten-Kleid angezogen, was ich in New York entdeckt habe. Ich bin nicht nur aufgeregt alle wiederzusehen, ich weiß auch, was mich erwartet und dass ich damit umgehen muss.

Paco hat eine neue Freundin, nicht mehr ich bin die Frau an seiner Seite. Ich hoffe, ich schaffe es, dass man mir nicht ansieht, wie weh mir das tut. Juan, Sara, Tito, Miko, Sam, Pepo und Raul sind außerdem noch mitgekommen, deshalb fühle ich mich nicht ganz so unwohl, als wir parken und auf Ramons Haus, wo die Feier stattfindet, zugehen. Es ist sehr merkwürdig wieder hier zu sein, wo ich so viele glückliche Stunden mit Paco hatte. Die Feier scheint schon voll im Gange zu sein, als wir erst spät eintreffen und nur kurz vorbeisehen, mittlerweile sind die beiden Familias schon so eng, dass sich das gehört.

Ich bleibe hinter meinem Bruder und Miko, als wir in den Garten treten. Es wird kurz ruhiger, da es wohl immer noch etwas merkwürdig ist, wenn die Trez Puntos auftauchen. Erst als sie stehen bleiben, stelle ich mich neben Juan, damit ich alles überblicken kann, doch kaum hat man Sicht auf mich, ertönt ein so greller Schrei, dass ich lachen muss. »Bella!« Selena kommt auf mich zugestürmt und umarmt mich fest, ich habe sie auch vermisst, nie hätte ich gedacht, dass sie mir mal so am Herzen liegen würde. Auch Juan neben mir lacht. »Lass sie noch am Leben.« Doch sie ignoriert ihn. »Was tust du hier?«, fragt Selena begeistert und ich zucke nur die Schultern. »Meine Familie hat mir gefehlt ... und du natürlich auch.« Sie gibt mir einen Kuss. »Es ist so schön, dich zu sehen.«

Jennifer tritt hinter Selena hervor und umarmt mich ebenfalls, sie freut sich genauso sehr mich zu sehen, danach werde ich von Chico durch die Luft gewirbelt und von Rodriguez und Ramon fest gedrückt. Es hat sich eine kleine Versammlung um uns gebildet, alle gratulieren Mano. Und erst als ich die meisten schon begrüßt habe, sehe ich Paco. Er steht etwas abseits, sofort sticht es in meinem Herzen, als ich ihn anschaue. Alles, was ich so an ihm liebe, scheint plötzlich noch präsenter, sein schönes Gesicht, seine dunklen, fest auf mich gerichteten Augen, doch ich kann seinen Gesichtsausdruck nicht deuten. Er tritt zu mir, alle anderen gehen etwas zur Seite und räuspern sich verlegen. Es ist sicherlich jedem bewusst, dass dies für Paco und mich nicht so einfach ist.

Ich überlege, wie ich ihn begrüßen soll, doch bevor ich etwas tun oder machen kann, zieht er mich in seine Arme. Ich weiß nicht, ob das angebracht oder überhaupt so klug ist, doch ich lege meinen Kopf an seine Brust und atme seinen Duft ein. Paco küsst meinen Scheitel und seine Nase vergräbt sich in meinen Haaren. Ich muss stark gegen den Drang ankämpfen, in seinen Armen zu bleiben und dass meine Tränen den Kampf gegen meinen Verstand gewinnen. Somit mache ich mich von seiner Umarmung los, auch wenn er dies wohl nicht vorhatte.

»Hey.« Ich sehe ihm ins Gesicht. »Hey, was tust du hier?«, fragt er leise, auch seine Stimme klingt leicht brüchig. »Ich bin vorgestern gekommen, ich hoffe es ist okay, dass ich mitgekommen bin.« Paco grinst leicht. »Du kannst immer hierher kommen, Bella.« Bevor er weiter reden kann, tritt eine Frau neben ihn und hakt sich bei ihm ein. »Was ist denn hier los?« Mein Herz, das gerade noch so freudig gehüpft ist, zieht sich krampfhaft zusammen. Selena stellt sich neben mich und legt den Arm um mich. »Bella ist wieder da!« Ich kann deutlich erkennen, dass die Frau blass um die Nase wird, als sie mich ansieht. »Gracia, das ist

Bella. Bella, das ist Gracia«, unterbricht Rodriguez die unangenehme Stille, die entstanden ist, während Paco mir ins Gesicht sieht und ich seinem durchdringenden Blick ausweiche.

»Pacos Freundin«, beendet sie selbst Rodriguez' Satz und lächelt. »Du bist also wieder da, ich habe schon viel von dir gehört«, säuselt sie freundlich, und ich sehe sie mir genauer an. Selenas Behauptungen, sie wäre nur eine Kopie von mir, kann ich nicht bestätigen. Außer dass ihre Haarfarbe und -länge meinen ähneln, sind wir verschieden. Ihre Haut ist viel dunkler, ihre Augen sind braun. Ihr Gesicht ist nicht sonderlich hübsch, ganz normal, dafür hat sie genau die Kurven, die mir fehlen. Ich habe noch keinen Ton gesagt, scheinbar warten alle auf eine Reaktion von mir, doch zu meinem Glück wird die unangenehme Situation unterbrochen.

»Tia Bella!« Sami kommt auf mich zu gerannt, gefolgt von seinem älteren Bruder. Ich nehme beide in meine Arme und sie überschütten mich gleich mit Fragen und Erzählungen, was bei ihnen alles so passiert ist. Langsam löst sich die Versammlung auf, auch Paco wird von Chico von mir weggezogen, offensichtlich war die Situation für ihn auch sehr unangenehm, denn er hat seitdem keinen Ton mehr von sich gegeben. Ich begrüße noch ein paar Leute und setze mich dann mit Selena, Jennifer, Sam und Sara an einen Tisch, wo wir unsere alte Gruppe genießen und den restlichen Abend auch so bleiben. Hin und wieder gesellt sich einer der Jungs zu uns, aber nur kurz, sie merken wohl, dass wir uns viel zu erzählen haben.

Paco bleibt immer mit einem gewissen Abstand zu unserem Tisch, trotzdem spüre ich den ganzen Abend seinen Blick auf mir, auch entgeht mir nicht, dass Gracia Paco nicht aus den Augen lässt und nicht von seiner Seite weicht. Doch Paco beachtet sie nicht weiter, was allerdings auch damit zusammenhängen könnte, dass er mich nicht verletzen will. Selena und Jennifer fragen mich nach Howard. Ich will sie nicht belügen und erzähle ihnen von unserem Streit im Tattoo-Studio und sie regen sich furchtbar über ihn auf. Sara ermahnt mich, das bloß nicht Juan zu erzählen, weil er sich Howard sonst vorknöpfen würde. Ich schiebe meine Haare zur Seite und zeige ihnen stolz meinen Schmetterling, den ich mir bei Miguel habe machen lassen, alle bewundern ihn auf meiner Schulter. Miguel ist wirklich ein Künstler, noch nie habe ich so eine schöne Tätowierung gesehen, wie diesen kleinen Schmetterling auf meinem rechten Schulterblatt. Je weiter der Abend fortschreitet, desto gemütlicher wird es. Irgendwann hat sich Sami auf meinen Schoß gekuschelt und während ich über seine Haare streichle, schläft er ein. Kurze Zeit später nimmt Ramon ihn mir lächelnd ab und trägt ihn in sein Zimmer, während wir uns auf den Weg nach Hause machen.

Paco und Chico bringen uns zu den Autos. Ich spüre, dass Paco etwas zu mir sagen will, doch als er mich am Arm zurückzieht, damit wir etwas nach hinten fallen, steht schon Gracia bei ihm. »Gehen wir zu dir, Schatz? Ich bin müde.« Ich sehe weg und gehe zur hinteren Autotür. »Gute Nacht«, werfe ich noch in die Runde, bevor ich meine Augen schließe und keinen Blick mehr zurückwerfe, während Juan losfährt.

Am nächsten Tag besuchen Sam, Sara und ich mein geliebtes Einkaufszentrum. Auch wenn dieses hier nicht mal annähernd mit den Shoppingmöglichkeiten von New York zu vergleichen ist, liebe ich es hier viel mehr. Wir bleiben alle automatisch auf dem Weg zum Nagelstudio vor dem Schmuckladen stehen, in dem wir alle regelmäßig einkaufen. Wie gebannt starren wir auf eine Kette, die dort ausliegt. Sie ist wunderschön, fein gegliedert und hat ein kleines Kreuz als Anhänger, aber eben dieses fesselt unsere Blicke. Es glänzt und funkelt unwahrscheinlich, das müssen echte Steine sein, die dort eingearbeitet sind. »Meine Güte, ist die schön«, stammeln wir alle fasziniert. Die Verkäuferin bemerkt uns und bringt die Kette in einer Schachtel zu uns vor den Laden, damit wir sie ansehen können. »Na ihr drei, euch habe ich ja schon lange nicht mehr gesehen«, begrüßt sie uns freundlich. »Seht euch das mal an, sehr selten, dass wir hier so etwas Exquisites haben.« Sie hält uns die Kette vor die Nase.

»Hey, was macht ihr denn hier?« Selena taucht hinter uns auf. Wir sind später mit ihr zum DVD-Abend verabredet, wir wenden uns halb um und ich entdecke Rodriguez, Paco und Gracia ebenfalls. »Wir wollten zum Nagelstudio«, sagt Sam und wir begrüßen Selena mit Küsschen auf die Wange. »Wir auch, das trifft sich ja«, lächelt Gracia und ich wende mich wieder der Kette zu. »Sieh dir die mal an«, schwärmt Sara, Selena ist ebenso in den Bann der Kette gezogen. Wir alle sind wahrscheinlich zu typisch Frau und betrachten das funkelnde Etwas begeistert, bis Sam so verrückt ist, nach dem Preis zu fragen. Im selben Moment, als die Verkäuferin diesen nennt, ziehen wir alle unsere Finger zurück, als hätten wir sie uns verbrannt, Paco und Rodriguez hinter uns lachen laut auf.

Im Nagelstudio lasse ich meine Fußnägel rot lackieren. Ich habe mich mit Selena extra so weit wie möglich von Gracia entfernt weggesetzt, trotzdem muss Selena meinen immer wieder zu Gracia gleitenden Blick bemerken. »Er liebt sie nicht, Bella. Weißt du, wie er sie vor ein paar Tagen angeschnauzt hat? Wir waren alle bei ihm, auf einmal kam sie die Treppe runter. Sie muss wohl im Kleiderschrank gestöbert haben und hatte dein rotes Kleid an, du weißt schon, das von Ramos Hochzeit und wollte das zu der Party gestern anziehen. Als Paco sie gesehen hat, konnte man förmlich spüren, wie er ausrastet, er hat gesagt, sie soll das

Kleid sofort wieder auszuziehen und die Finger von den Sachen im Schrank lassen, danach ist er einfach weggegangen.« Das tut er wohl so oder so öfter in letzter Zeit.

Als sie gerade fertig mit ihrem Bericht ist, kommen Paco und Rodriguez von ihren Erledigungen wieder in den Laden. Sofort treffen sich die Blicke von Paco und mir, doch ich wende meinen wieder ab. Ich kann einfach nicht aufhören ihn zu lieben, ich habe das Gefühl, dass mein Herz vor Sehnsucht nach ihm zerreißt. Sie fragen, wie lange Selena und Gracia noch brauchen und gehen dann wieder, nachdem sie gehört haben, dass es noch etwas dauern würde. Sam, Sara und ich brauchen sogar noch etwas länger. Als sich Selena von uns verabschiedet, tritt Gracia unauffällig neben mich, anscheinend hat sie die Blicke zwischen Paco und mir gesehen. »Weißt du, Bella, nicht nur, dass ich dich jede Nacht vor mir sehe, nein, jetzt tauchst du auch noch wieder auf. Paco und ich gehören zusammen, eure Zeit ist vorbei, ich hoffe, du akzeptierst das!« Bevor ich allerdings etwas erwidern kann, stöckelt sie mit Selena hinaus, wo Paco und Rodriguez warten.

Ich sehe ihr verwirrt hinterher. Was meint sie damit, dass sie mich jede Nacht sieht? Ich versuche Paco und Gracia aus meinen Gedanken zu vertreiben und genieße den Nachmittag mit meiner Familie im Punto-Haus, nachdem ich wieder ein paar Stunden im Kindergarten verbracht habe. Lucy hat angerufen, um zu fragen wie es mir geht, aber lange konnte ich nicht mit ihr reden, da Tito mir den Hörer aus der Hand genommen hat, um selbst mit ihr zu sprechen.

Als Selena am Abend zu uns kommt, ist ihre Stimmung schlecht, da Paco und Rodriguez heute Nachmittag weggefahren sind und für ein paar Tage wegbleiben. Sie wirft mir ein kleines Geschenk zu. »Hier, von Paco, er hat es mir für dich mitgegeben, bevor er gefahren ist.« Ich sehe sie fragend an. »Was sagt denn die liebe Gracia dazu?«, witzelt Sara und Selena grinst breit. »Keine Ahnung, ich weiß nur, dass sie schon vorher sehr wütend weggefahren ist.« Ich beachte deren Wortgeplänkel gar nicht weiter und öffne die Verpackung. Schon als ich die Schachtel des Schmuckladens sehe, kommt mir ein böser Verdacht, aber als ich sie öffne und auf diese wunderschöne, teure, viel zu teure Kette sehe, verschlägt es mir die Sprache, genau wie den anderen. »Er ist total irre«, stammle ich irgendwann. »Er ist so süß«, erwidert Sara. »Von wegen er liebt Gracia«, lacht Selena und streicht vorsichtig über die Kette. Ich lege die Schachtel auf den Tisch. »Gib sie ihm zurück, ich kann das nicht annehmen.«

Die nächsten Tage genieße ich einfach bei meiner Familie und spüre, wie gut es mir hier wieder geht, nicht einen Tag in New York ging es mir so gut wie hier.

Ich treffe für mich eine Entscheidung. Nachdem ich diese getroffen habe, fällt mir eine große Last von den Schultern, sodass ich mich schon richtig freue, als ich Sara von der Uni abhole. Davor gehe ich zum Dekan und rede mit ihm. Am Abend sitzen wir in gemütlicher Runde bei uns zu Hause um den Tisch herum und genießen das leckere Essen meiner Mutter. Paco war am Vormittag kurz im Punto-Haus, er ist gerade erst wiedergekommen und musste etwas mit Juan besprechen. Ich habe ihn nur kurz gesehen und bin dann mit Sam und Sara ins Kino gefahren.

»Bella, wann wirst du eigentlich zurückfliegen?« Miko spricht endlich das Thema an, was jeder die ganze Zeit vermieden hat, weil niemand daran denken wollte. Juan wirft ihm einen bösen Blick zu, doch ich lenke schnell ein. »Gar nicht mehr.« Alle Köpfe schnellen zu mir, ich räuspere mich. »Ich weiß, dass ich da eine großartige Chance habe und auch einige wollen, dass ich ein anderes Leben führen kann ...« Meine Tränen kommen. »Aber die Monate in New York ... ich habe das alles hier so vermisst, ich kann das nicht genießen, ich kann dort nicht glücklich sein und ich werde nie ein anderes Leben führen können als dieses hier, denn mein Herz ist hier, ihr seid hier und ja ... es scheint so, als könne ich einfach nicht ohne ...« Weiter komme ich nicht.

Sara und Sam umarmen mich so stürmisch, dass ich fast vom Stuhl falle. »Keiner von uns hätte dich darum gebeten, aber du gehörst einfach hierher. Nichts ist so, wie es sein sollte, wenn du weg bist, du hast uns so gefehlt«, kreischen sie. Meine Mutter umarmt mich als nächstes und als Juan mich neben sich und Miko platziert, legen beide den Arm um mich.

Ich sehe ihnen an, wie erleichtert sie sind.

»Willkommen zu Hause, Princesa.«

# Kapitel 18

Am nächsten Tag besuche ich vormittags Jennifer und die Kinder. Ich erzähle ihr, dass ich hier bleibe und sie freut sich genauso sehr wie Sami, dem ich gleich verspreche, ihn ab nächster Woche wieder mit zum Kindergarten zu nehmen. Als ich mich nach zwei Stunden wieder auf den Heimweg machen will und auf den Parkplatz trete, sehe ich, dass Paco vor seinem Haus auf den Stufen sitzt. Als er hört wie die Tür zugeht, sieht er auf und kommt auf mich zu. Ich gehe ihm entgegen, auch wenn ich weiß, dass ich lieber schnell weg sollte, weil das Aufeinandertreffen mit ihm sicherlich nur schmerzhaft wird. Ich begrüße ihn verhalten.

»Ich habe auf dich gewartet.« Ich ziehe die Augenbrauen hoch. »Wieso bist du nicht einfach reingekommen?« Er räuspert sich leicht. »Weil ich noch nicht so genau weiß ... können wir kurz reden?« Er nickt zu seinem Haus und ich folge ihm, es ist unübersehbar, dass Paco etwas durcheinander ist. Als wir in seinen Eingangsbereich kommen, schließt er die Tür. Ich sehe mich kurz um, ein leichtes Frösteln überkommt mich. Wieder hier zu sein, nach allem was passiert ist, nachdem hier jetzt jemand anderes mit ihm lebt, fühlt sich merkwürdig an.

»Wollen wir ...?« Paco zeigt zum Garten, doch ich schüttle den Kopf. »Was willst du, Paco?« Ich entdecke die Schachtel mit der Kette, die Selena ihm zurückgegeben haben muss, auf einer Kommode. Paco streicht sich über seine Haare, er steht so nah, dass ich seinen Geruch einatmen kann und am liebsten einen Schritt zurückgehen würde, um nicht schwach zu werden und ihm einfach um den Hals zu fallen. »Bella ich weiß, dass ... ich war so ein Idiot zu denken, dass ich ohne dich leben könnte, ich habe wirklich gedacht, dass ...« Er stockt und hebt die Arme. »Es ist das Egoistischste, was ich je tun werde, aber ich kann einfach nicht ohne dich leben, Bella. Du fehlst mir so sehr, dass ich dich bitten will nicht zurückzugehen und hier bei mir zu bleiben.« Paco senkt die Arme wieder, ich sehe ihm an, dass er es ernst meint.

Ich spüre, wie mir wieder Tränen in die Augen kommen und atme tief durch. »Was soll das jetzt, Paco? Ich verstehe wirklich nicht, was du damit bezwecken willst, was ist aus deinem Ich-bin-nicht-der-Richtige-für-dich geworden? Was ist mit Gracia? Wieso jetzt, Paco?« Er will näher treten, doch ich zeige ihm, dass ich dies nicht möchte, indem ich einen Schritt zurücktrete. »Bella, als wir zusammen waren, war ich glücklich, sehr glücklich. Ich dachte nur, ich vermisse mein altes Leben, dass ich es sowieso nicht lange in einer Beziehung aushalte und dir dafür die Chance entgehen zu lassen, deinen Traum zu verwirklichen ... das konnte ich nicht, ich liebe dich über alles, Bella, das habe ich immer, jede Sekunde. Und nachdem ich dich ganz verloren habe, wollte ich dich trotzdem vergessen, unbedingt. Ich habe versucht, mein altes Leben wieder zu genießen, doch es ging nicht, plötzlich habe ich gemerkt, dass mir das alles fehlt, jede Kleinigkeit, alles, wobei ich dachte, dass es mich irgendwann langweilt, hat mir unglaublich gefehlt, neben jemandem aufzuwachen, jemanden immer um sich herum zu haben, alles. Dann traf ich Gracia und hatte wahrscheinlich die Hoffnung, es klappt vielleicht, dass ich einfach nur jemanden hier haben muss. Aber es hat nicht lange gedauert, da habe ich gemerkt, es geht nicht darum, neben irgendjemandem aufzuwachen, sondern neben dir, Bella. Du fehlst mir, nichts anderes, du fehlst mir in meinem Leben, bei allem.« Er nimmt meine Hand in seine, und diesmal lasse ich es zu.

»Ich vermisse es, wie du mich anlächelst, wenn ich am Morgen deine Haare zur Seite schiebe, um dein Gesicht sehen zu können, deine Augen, deine Art, wie du dich immer an mich kuschelst, deine Anwesenheit in meinem Leben, hier bei uns zu Hause, dass du immer barfuß herumläufst und mich anmeckerst, wenn ich etwas falsch mache, wie du mir die Stirn bietest, wie nur du es kannst. Als du mir damals die Ohrfeige gegeben hast, dachte ich, das werde ich dir nie verzeihen, es ist mir jetzt so was von egal, ich vermisse alles an dir, Bella. Ich dachte, ich könnte dich ersetzen durch jemanden, der mich an dich erinnert, doch das hat alles nur schlimmer gemacht, ich habe dich nur noch mehr vermisst und angefangen sie zu hassen, weil sie eben nicht du bist. Ich bin halb wahnsinnig geworden, als ich erfahren habe, dass du jemanden neuen kennengelernt hast. Der Gedanke, jemand anderes hat mit dir, was wir beide hatten, dass dich jemand so anfasst wie ich, das hat mich innerlich zerfressen.«

»Jeden Tag habe ich gefragt, ob du glücklich bist, und nur, weil du es warst, habe ich auf dich verzichtet, Bella, nur dein Glück ist mir wichtiger, als dass du wieder bei mir bist. Ein Wort, dass es dir nicht gut geht, ich wäre sofort bei dir gewesen und hätte dich gebeten zurückzukommen. Und als ich dich jetzt wieder gesehen habe, wusste ich, ich schaffe es nicht noch einmal dich gehen zu lassen, Bella. Ich war so dumm zu denken, ich könnte ohne dich leben, aber es geht nicht, du bist mein Leben.« Seine Worte dringen zu mir durch, doch gleichzeitig kann ich kaum glauben, was ich höre. Ich senke den Blick zum Boden. Es ist still und meine Tränen tropfen auf den Holzboden. Schließlich hält Paco es nicht mehr aus und hebt mein Kinn so, dass ich ihn ansehen muss.

»Liebst du mich überhaupt noch, oder habe ich schon alles kaputt gemacht? Bedeutet der ...« Ich unterbreche ihn. »Dafür, Paco, hast du dir wirklich wieder eine Ohrfeige verdient, nicht ich war diejenige, die uns aufgegeben hat, ich habe dich immer geliebt, wenn, dann liebe ich dich nur noch mehr ...« »Dann komm zu mir zurück, Bella, ich weiß, dass du in New York glücklich bist und es ... ich will dich eigentlich nicht darum bitten, es ist nicht richtig, aber ich kann nicht mehr ohne dich sein. Von mir aus bleibe da, ich kaufe uns dort eine Wohnung und komme so oft zu dir ...«

»Paco nein, ich gehe nicht zurück nach New York, das habe ich schon längst entschieden, ich kann dort nicht glücklich werden und war es auch nie, weil mein Herz hier ist, ich kann einfach nicht ohne meine Familie leben, ohne alles, was hier ist, was scheinbar viel zu sehr in mir verankert ist und ohne das ich nicht leben kann, aber das hat nichts mit uns zu tun.« Ich entziehe Paco meine Hand, die er noch immer fest hält, dabei verrutscht sein Unterhemd zur Seite, und ich entdecke etwas an seiner Brust, was mich stutzig macht.

»Was ist ...?« Ich hebe sein Unterhemd hoch und sehe an der Stelle, wo jetzt die Narbe ist, die er meinetwegen hat, genau auf seinem Herzen ein B. Im ersten Moment kann ich nicht fassen, was ich da sehe. Ich streiche darüber. »Wann hast du das gemacht?« »Das war in Mexiko, bevor du nach New York gegangen bist.« Ich schaue ihn ungläubig an. »Da wolltest du mich doch nicht mehr, zumindest nicht genug, um auf dein altes Leben zu verzichten.« Er seufzt leise. »Bella, ich habe dich aber immer geliebt, ich wusste, dass du für immer in meinem Herzen bist, das hat nichts damit zu tun, ob wir zusammen sind oder nicht.« Ich trete wieder ein paar Schritte zurück. Das meinte Gracia, dass sie mich jede Nacht sieht, wie muss sie sich gefühlt haben immer meinen Buchstaben, meine Erinnerung an seinem Herzen zu sehen, vor sich zu sehen, zu wissen, dass ich in seinem Herzen bin?

»Hast du ihr gesagt, dass du sie liebst?« Paco zieht sein Unterhemd wieder herunter. »Nein, das habe ich auch nicht, du weißt genau, dass ich niemandem irgendetwas vorspiele. Sie wusste, dass ich dich liebe, ich würde das nie leugnen.« Ich fasse mir an die Stirn. »Paco wirklich, du bist der komplizierteste Mensch, den ich kenne.« Paco grinst leicht. »Na ja, du bist nun auch nicht gerade unkompliziert.« Jetzt muss ich lächeln. »Bella ich weiß, dass ich ein Idiot war, es tut mir so leid.« Ich nicke. »Ich weiß, Paco, und ich glaube dir sogar, dass du es jetzt gerade ernst meinst und du in diesem Augenblick auch bereit bist, wieder eine Beziehung mit mir zu führen ...« Paco legt seine Hand an meine Wange. »Ich würde alles dafür tun, Bella, du bist alles für mich.«

»Du musst doch aber verstehen, ich denke einfach nicht, dass du ... ich kann nicht zu dir zurückkommen, egal wie sehr ich es mir wünsche, denn wenn du in drei, vier Monaten wieder zu einem anderen Entschluss kommst, wenn du wieder der Meinung bist, dass du doch dein altes Leben ...« »Das wird nicht so sein, ich weiß, wie es ohne dich ist, und ich will das nie wieder, du bist mein Leben.«

»Aber ich glaube dir das nicht, Paco, ich würde das nicht noch einmal überstehen, ich will mich einfach selbst schützen, davor, dass du mich nochmal so verletzt.« Er seufzt leise. »Ich werde es dir beweisen, ich weiß noch nicht wie, aber ich werde alles dafür tun, dass du wieder zu mir kommst.« Ich gebe ihm einen Kuss auf die Wange. »Ich denke nicht, dass …«, doch er unterbricht mich. »Doch, Bella, das werde ich, ich werde dir beweisen, dass du mir wieder trauen kannst und weißt, ich lasse dich nicht mehr gehen.« Ich zucke kurz zusammen. »Das meine ich, Paco, das hast du mir doch auch schon alles gesagt, du hast mir gesagt, dass du mich nicht mehr gehen lassen wirst, aber du hast es getan.« Paco lächelt matt. »Das war mein größter Fehler und ich bin nicht so dumm, diesen nochmal zu begehen.« Ich seufze aufgebend und wende mich ab. »Ich muss langsam los.« Er kommt neben mich. »Ich bringe dich.«

Doch bevor wir hinausgehen, schnappt er sich das Kästchen mit der Kette. »Bitte Bella, nimm sie, ich möchte, dass du sie trägst, sie gehört dir.« Ich schüttle den Kopf. »Nein, das kann ich nicht annehmen, Paco, nicht so, wie die Dinge zwischen uns liegen.« Er nimmt meine Hand und legt mir die Schachtel hinein. »Dann behalte sie wenigstens bei dir, bis die Dinge wieder anders stehen und selbst wenn nicht, sie gehört dir.«


Ich muss ehrlich zugeben, dass Paco mich in den nächsten Wochen verblüfft. Ich erinnere mich noch genau daran, dass ich, als ich ihn damals mit Mary gesehen und beobachtet habe, wie Rodriguez hinter Selena hergelaufen ist, felsenfest der Meinung war, Paco würde so etwas nie tun, weil er gar nicht in der Lage dazu ist. Paco ist ein geborener Anführer, klein beizugeben, seine Schuld einzugestehen und sie wieder gut zu machen, hat nie zu seinem Charakter gehört, doch nun tut er genau das. Er bemüht sich um mich und das nicht auf die Art und Weise, wie ich es vermutet hätte, nämlich, dass er einfach versucht mich umzustimmen, nein, er ist einfach nur da. Ohne mich zu drängen oder mich von etwas überzeugen zu wollen, er nimmt einfach wieder an meinem Leben teil und zeigt mir, dass ich mich auf ihn verlassen kann. Wir sehen uns fast täglich, er kommt zu meiner Uni, auf der ich mittlerweile wieder bin, holt mich vom Kindergarten ab oder ist einfach bei uns im Punto-Haus.

Er respektiert meine Entscheidung und beweist mir gleichzeitig, dass er es ernst meint, dass er mich wieder in seinem Leben haben will. Und auch wenn es mir noch so schwer fällt, schaffe ich es, ihn immer auf einem gewissen Abstand zu halten ohne ihn abzuweisen, denn mir ist es auch ernst damit, dass ich mir nicht sicher bin, ob er wirklich bereit ist, diese feste Bindung wieder einzugehen und das für länger als nur für diesen Moment. Ich habe wieder angefangen im Kindergarten zu arbeiten. Weil unserer, wie auch der Kindergarten im Surena-Gebiet, in absolut unmöglichen kleinen kaputten Gebäuden sind, kämpfe ich gerade mit der Leitung dafür, dass beide Kindergärten in einen neuen Komplex in der neutralen Zone zusammengelegt werden.

Ich habe meinen Studienplatz in New York aufgegeben, der Zweitplatzierte hat diesen freudig angenommen. Lucy war zwar traurig, aber sie hat sich das schon denken können und hat mir und auch Tito versprochen, uns im Frühjahr zu besuchen. Heute ist das Erntedankfest, was bei uns in Puerto Rico immer Ende November stattfindet. Erst besucht man die Kirche, dann gibt es ein großes Essen mit der gesamten Familie. Es ist das erste Mal, dass es keine zwei Gottesdienste zu solchen Feiertagen gibt, sondern dass der Padre nur einen abhalten muss und die Kirche bis unters Dach gefüllt ist mit Mitgliedern der Les Surenas, Trez Puntos und anderen aus unserer geliebten Stadt La Sierra.

Meine Familia und ich sitzen ganz vorn auf der rechten Seite, Paco mit seiner auf der linken. Wir haben organisiert, dass die Kinder des Kindergartens ein kleines Lied aufführen und ich kann mich nicht erinnern, schon einmal einen so schönen Gottesdienst erlebt zu haben. Als wir uns nach dem Gottesdienst auf den Weg zu unseren Autos machen, hält Paco, nachdem er mit meiner Mutter geredet hat, mich noch kurz fest. »Bella, kommst du später zu uns?« Etwas überrumpelt blicke ich ihn an. »Ich muss mit meiner Familie feiern.«

»Ich weiß, aber meine Eltern kommen jetzt erst gleich am Flughafen an und wir werden erst später essen, du könntest jetzt mit deiner Familie feiern und dann mit mir und meiner. Ich hätte dich einfach gerne dabei, dass du bei mir bist.« Juan unterbricht uns, als er an uns vorbeiläuft. »Kommst du endlich? Ich habe Hunger. Wie sieht es aus Surena, kommst du vorbei?« Paco lächelt und schüttelt den Kopf. »Ich hole meine Eltern vom Flughafen ab.« Dann wendet er sich wieder an mich »Kommst du?« Ich kaue auf meiner Unterlippe. »Ich weiß noch nicht, Paco.« Er nickt und gibt mir einen Kuss auf die Wange. »Feier schön.« Ich schaue ihm noch hinterher wie er zum Auto geht, bevor mich Juan sanft zu unserem schiebt. »Was wollte er?« Ich seufze leise. »Dass ich später bei ihm mit seiner Familie feiere.« Juan lacht leise. »Wie lange willst du den armen Kerl noch zappeln lassen, Bella?« Ich haue ihm leicht auf die Schulter und steige ein.

Nachdem wir uns zu Hause den Bauch vollgeschlagen haben, Miko sich die Finger an einer Auflaufform verbrannt und Juan und Pepo die halbe Küche abgebrannt haben, weil sie der Meinung waren, mit der Flamme vom Gasherd experimentieren zu müssen, zieht mich Sara in mein Zimmer und Sam folgt uns. Sara geht ohne Worte zu meinem Schrank und holt mir eines meiner Lieblingskleider heraus und Sam steckt das Glätteisen an. »Was ist denn jetzt los?«, frage ich die beiden und Sam zuckt die Schultern. »Wir dachten, wir helfen deinem Herzen mal etwas auf die Sprünge, damit es gegen deinen Sturkopf eine Chance hat.« Sara lacht über Sams Wortwahl. »Willst du zu Paco?« Ich hebe meine Hände. »Schon, aber ihr wisst doch genau ...« Sam unterbricht mich. »Ja, das wissen wir und du hast recht, du kannst nicht sicher sein, ob so etwas noch mal passiert, aber das kann niemand von uns. Selbst Sara kann sich nicht sicher sein nach all den Jahren, die sie mit Juan zusammen ist, es gibt für die Liebe keine Garantie, also höre mal wieder auf dein Herz.«

Eine Stunde später fahre ich auf das Surena-Anwesen. Ich sehe viele Autos vor Ramons Haus parken und gehe darauf zu. Ich streiche mein Kleid glatt und richte meine Kette, die ich heute zum ersten Mal trage. Ich konnte mich kaum vom Spiegel trennen, als ich sie an meinem Hals funkeln gesehen habe. Ich höre auf mein Herz und hoffe, dass es mich nicht im Stich lässt. Gerade als ich eintreten will, kommt Chico aus Pacos Haus mit ein paar Gläsern in der Hand. »Hey, kleine Punto.« Ich muss lächeln und gebe ihm einen Kuss. »Na, da wird sich ja jemand freuen.« Er führt mich direkt zum Garten, wo ein langer Tisch aufgebaut ist, an dem alle aus Pacos Familie und auch der Rest des inneren Kreises sitzt. Alle mit ihren Partnern, wenn sie denn welche haben. Der Tisch ist bis zum letzten Millimeter gedeckt. Als wir in den Garten herauskommen, verkündet Chico meine Ankunft laut in die Runde. »Seht mal, wen ich mitgebracht habe.«

»Bella!« Pacos Mutter steht auf und umarmt mich. Ich habe gehört, dass sie Paco ziemlich zusammengestaucht hat, nachdem sie von unserer Trennung erfahren hat. Ich sehe zu Paco, der am Ende des Tisches sitzt und aufsteht, als ich mich, alle begrüßend, langsam zu ihm vorarbeite. Als ich endlich bei ihm ankomme, bemerke ich, dass seine Augen glänzen, es bedeutet ihm wirklich viel, dass ich gekommen bin. Ich fasse mir kurz an die Kette und Paco nimmt mich in seine Arme. »Schön, dass du gekommen bist und die Kette trägst.« Ich setze mich neben ihn und versuche, noch ein paar Bissen herunterzukriegen, aber es bleibt wirklich bei ein paar Bissen, so übersättigt, wie ich schon bin. Als einige Zeit später langsam alle aufbrechen, bin ich wirklich froh gekommen zu sein, denn es war schön.

Wir haben viel gelacht. Selena, Jennifer und ich haben uns irgendwann nebeneinander gesetzt und uns über Chico, der schwer angetrunken ist, lustig gemacht. Langsam gähne ich immer öfter, auch Sami ist mal wieder auf meinem Schoß eingeschlafen. Ich spüre Pacos Hand an meiner Schulter, er streichelt über meinen Schmetterling, dann gibt er einen Kuss auf die Stelle und sofort bildet sich eine Gänsehaut auf meinem Nacken. »Gib ihn mir, ich bringe ihn ins Bett.« Er hebt vorsichtig seinen Neffen aus meinem Schoß und trägt ihn nach oben. Als er wieder herunterkommt, verabschiede ich mich gerade von allen, weil ich zu müde bin, auch Paco verabschiedet sich daraufhin. Wir gehen zusammen zum Parkplatz. »Ich bin so satt, ich kann kaum noch laufen, meine Füße bringen mich um.« Ich seufze auf und Paco hält mich am Arm zurück. »Bella, ich weiß, du willst abwarten und ich respektiere das, ich wünschte nur … bleib heute Nacht bei mir. Ich verspreche dir, dass ich mich zurückhalte, ich will einfach nur, dass du wieder einmal bei mir bist, dass ich neben dir aufwache.« Er wird zum Schluss immer leiser und ich sehe ihm an, dass er sich nicht viel Hoffnung auf Erfolg macht.

Ich lächle leicht und ziehe mir meine Pumps aus. »Okay, aber nur wenn du mich trägst, ich kann keinen Schritt mehr laufen.« Ich muss leise lachen, Paco hebt überrascht seine Augenbrauen, doch ihm ist das Ganze offenbar zu unsicher um nachzufragen. Also nimmt er mich schnell auf seine Arme und bringt mich zu seinem Haus, wo er mich weiter auf seinem Arm hält, sehr zum Ärger von Pitty, der krampfhaft an Pacos Beinen hochzukommen versucht, um an mich zu gelangen. Erst als Paco mich in den ersten Stock tragen will, winde ich mich lachend aus seinen Armen und laufe selbst die Treppe hoch. Vor seinem Schlafzimmer halte ich ihn fest. »Ich kann hier nicht schlafen.« Paco dreht sich zu mir um. »Warum?« Ich zögere kurz.

»Weil du mit ihr hier warst. Tut mir leid, Paco, das ist bestimmt albern, aber ich kann nicht mehr in dem Bett schlafen.« Paco schließt die Tür wieder. »Nein, ist es nicht, du hast recht, daran habe ich gar nicht gedacht.« Ich erschaudere leicht bei dem Gedanken, dass dies nie wieder für mich das Schlafzimmer sein wird, was ich so gemocht habe und welches ich schon als unseres angesehen habe. Paco führt mich zu einem der Gästezimmer und ich gehe dort duschen. Als ich nach Paco rufe und meine Hand aus der Tür strecke, damit er mir etwas zum Überziehen geben kann, wundere ich mich nicht darüber, dass er mir eines seiner Shirts hinhält.

Ich ziehe es zusammen mit einer Hotpants an, die er mir auch herausgesucht hat. Als ich wieder aus dem Bad komme, liegt Paco schon im Bett und sieht grübelnd zur Decke, erst als ich ins Bett schlüpfe, scheint er mich zu bemerken. Ich gähne und auch wenn ich noch immer nicht ganz sicher bin, ob ich wirklich schon so weit bin, um wieder zu ihm zurückzukehren, lege ich meinen Kopf auf seine Brust und lasse mich von ihm im Arm halten. Er dreht sich zu mir und legt seine Nase an meine Stirn. Ich muss lächeln, als ich genau vor meiner Nase sein B entdecke und streiche darüber. »Gute Nacht, cariño.« Ich gebe ihm einen Kuss auf sein Herz. »Gute Nacht.«

Als ich am nächsten Tag meine Augen öffne, stelle ich lächelnd fest, dass ich noch genauso in Pacos Armen liege, wie wir eingeschlafen sind. Er hat sich keinen Millimeter von mir entfernt; ich kuschle mich noch enger an ihn heran. In diesem Moment wird mir bewusst, dass ich darauf nicht verzichten kann und will. Ich werde dieses Risiko einfach eingehen müssen, um wieder das Glück zu verspüren, das ich nur durch ihn erfahren kann. Paco regt sich und vergräbt seine Nase an meiner Stirn und an meinem Hals, bevor er mir einen langen Kuss auf diesen gibt. »Hmm ...« Zufrieden brummt er vor sich hin und ich gebe ihm einen Kuss auf die Wange. »Ich muss gleich zu einem Treffen wegen der Kindergärten«, sage ich leise und Paco seufzt unzufrieden auf. »Okay, ich bringe dich.«

Die nächsten Tage bin ich damit beschäftigt, mit den Vermietern und zuständigen Verantwortlichen für unser Kitaprojekt zu verhandeln, eigentlich hatte ich das nicht vor, aber als sie sich querstellen, schalte ich Juan ein und innerhalb eines Tages haben wir alle benötigten Verträge und Zusagen. Die Tage habe ich Paco kaum gesehen, da wir beide viel zu tun hatten, deswegen bin ich auch überrascht, als er mich an diesem Nachmittag quasi aus dem Punto-Haus entführt hat, um mir etwas zu zeigen. Als wir bei ihm ankommen, führt er mich etwas nervös nach oben zu den Schlafzimmern, doch statt zu seinem führt er mich zwei Räume weiter und öffnet die Tür.

Fassungslos betrete ich den Raum, in dem sich alles verändert hat. Paco hat aus zwei Gästezimmern ein Schlafzimmer entstehen lassen. In der Mitte des Raumes steht ein riesiges rundes Bett, das mit Tausenden von Kissen zum Kuscheln einlädt. Ein antiker wunderschöner Schreibtisch mit meinem Laptop ist aufgebaut, mehrere kleine Sessel und große Kerzen in den Ecken. Es ist das schönste Schlafzimmer, das ich je gesehen habe. Dadurch, dass es zwei Zimmer waren, sind nun zu jeder Seite jeweils ein begehbarer Kleiderschrank und ein Bad. Als ich einen der Schränke betrete, sind schon alle Sachen, die ich hier noch hatte, eingeordnet. Paco tritt hinter mich in den Kleiderschrank, bis jetzt hat er mich staunend alles betrachten lassen.

»Ich wünsche mir, dass du das hier alles auch wieder als dein Zuhause ansiehst, denn das ist es, Bella. Das hier ist unser Zuhause und ich möchte, dass du dich hier wohlfühlst und wenn du willst, können wir die anderen Räume ..." Weiter kommt Paco nicht. Ich drehe mich um, stoppe seine lieben Erklärungen, indem ich endlich, nach so langer Zeit meine Lippen wieder zu seinen führe. Es ist unglaublich ihn wieder so zu spüren, ich gebe ihm nur einen ganz kurzen Kuss, und schon das raubt mir fast den Atem. Es tut schon fast weh, so gut tut diese einfache Geste. Paco scheint es auch so zu gehen, er legt seine Stirn an meine. Ich höre an seiner Stimme, dass er mit seinen Gefühlen kämpft. »Bella, ich liebe dich so sehr.« Er legt seine Hand in meinen Nacken und zieht mich so eng an sich wie es geht, seine andere Hand schlüpft unter mein Top und streichelt meinen Rücken lang, als wir beginnen, uns wieder zu küssen. Es ist unmöglich nicht zu merken, wie sehr wir zusammengehören. Wir lösen uns nur, um kurz Luft zu holen. »Ich habe dich so vermisst«, flüstere ich, als er mein Gesicht mit weiteren Küssen bedeckt. Als er an meiner Nasenspitze ankommt, wandern sie automatisch wieder zu meinen Lippen. »Ich werde dich nie wieder loslassen, das schwöre ich dir«, verspricht er und küsst mich wieder. Er dirigiert uns zum Bett und lässt uns beide vorsichtig darauf nieder, ohne unseren Kuss zu lösen und es geht auch nicht mehr. Jedes Mal, wenn sich unsere Lippen trennen, finden sie sofort wieder zueinander.

»Juan wird sicherlich sauer werden, sie warten alle auf uns.« Paco grinst mich nur zufrieden an. »Wird er nicht, er weiß Bescheid.« Ich lehne mich im Auto zurück und gebe es auf herauszufinden, was Paco vorhat. Die letzten Wochen waren atemberaubend. Paco und ich haben uns kaum getrennt, uns beide einfach nur genossen. Zudem bin ich bei Paco eingezogen, auch wenn ich trotzdem noch regelmäßig bei mir bin. Weihnachten wollten wir alle zusammen mit beiden Familien feiern, daraus wurde allerdings leider nichts, da Sara, Selena und ich, eigentlich nur für ein paar Tage, nach New York geflogen sind, um meine restlichen Sachen zu holen und Lucy zu besuchen, doch da wir wegen eines Schneesturms nicht zurückfliegen konnten, haben wir Weihnachten in New York verbracht. Wir fanden es eigentlich ganz lustig, die Männer waren aber allesamt stocksauer. Pacos Überraschung habe ich ihm dann erst ein paar Tage später gezeigt.

Miguel hat mir aus meiner Trez Punto-Plaka eine Trez Punto und Les Surena Plaka gezaubert. Denn so empfinde ich mittlerweile, ich gehöre durch Paco zu beiden Familias, mein Herz schlägt für beide, auch wenn ich immer eine Trez Punto sein werde. Miguel hat beide Familia-Namen so kunstvoll miteinander verflochten, dass es wirklich ein kleines Meisterwerk ist. Paco war unglaublich gerührt, dass ich mich jetzt auch offen zu seiner Familia bekenne, selbst Juan musste lächeln, als er die erste Plaka entdeckt hat, die die Trez Puntos und die Les Surenas verbindet. Ich bin mir aber sicher, in Zukunft wird es nicht die letzte Plaka sein. Paco scheint wirklich begriffen zu haben, was ich und unsere Beziehung ihm bedeuten, ich bereue es keine Sekunde, zu ihm zurückgekehrt zu sein.

Heute ist Silvester, viel zu früh hat mich Sara bei Paco abgeholt und mich mit Sam den ganzen Tag auf Trab gehalten, um Sachen für die Feier heute Nacht zu besorgen. Dann haben wir uns zurechtgemacht, und ich habe mich schon gewundert, wo Paco bleibt, der den ganzen Tag verschwunden war. Um elf Uhr in der Nacht habe ich langsam Panik bekommen, dass er es nicht rechtzeitig schafft, außer Chico und Paco sind schon alle da gewesen, niemand wusste, wo er war und was er macht und ans Telefon ging er auch nicht.

Als ich gerade nochmal zu uns gehen wollte, um nach ihm zu sehen, fährt er plötzlich vor und entführt mich von der Straße weg in sein Auto. Als ich merke, dass wir gar nicht zum Punto-Haus sondern in seine Richtung fahren, werde ich etwas sauer. »Alle warten dort, die wollen mit uns feiern.« Doch Paco fährt einfach stur zu unserem Haus. Keiner scheint auf dem Surena-Anwesen zu sein, es ist alles dunkel. Paco steigt aus und hält mir die Tür auf, es ist kurz vor zwölf, ich schreibe die Neujahrsparty innerlich schon ab.

Mir fällt auf, dass Paco einen sehr eleganten Anzug trägt, er sieht umwerfend aus, sodass meine leichte Wut allmählich verfliegt, als er mir aus dem Auto hilft und meine neue Plaka küsst. Er öffnet unsere Haustür, mir kommt es viel zu dunkel vor, und ich sehe, dass die Glasschiebetüren zum Garten mit mehreren Tüchern verdeckt sind. Ich muss lachen. »Was hast du vor?« Normalerweise würde Paco grinsen, weil er es mittlerweile richtig liebt mich zu überraschen, aber er ist auf einmal sehr ernst. Er greift zur Seite auf eine Kommode und hält mir einen hellen Mantel hin, ich sehe ihn verwundert an. »Was soll ich damit?« Er hilft mir in den Mantel und kniet sich zu meinen Füßen, wo er mir aus den Pumps hilft und aus einem kleinen Schrank dicke Winterstiefel zieht und mir diese überzieht, ohne ein Wort zu sagen. Ich muss leise lachen. »Paco, hast du schon getrunken?« Er stellt sich hin und das erste Mal, seit wir aus dem Auto gestiegen sind, lächelt er. »Nein, glaub mir, ich war noch nie so klar im Kopf wie jetzt.« Er geht zu den Scheiben und entfernt die Tücher, sodass wir in unseren Garten sehen können.

»Oh mein Gott«, stammle ich fassungslos und schiebe die Tür zum Garten auf. Unser gesamter Garten ist schneebedeckt. Alles, jeder Zentimeter ist bedeckt von dem wunderschönen weißen Pulver. Ich trete hinaus, unter meinen Füßen knirscht es herrlich, ich fasse ins kalte Nass, wie hat er das geschafft? Ich muss lachen und wirble zu Paco um, der sich genau hinter mich gestellt hat. Doch gerade als ich anfangen will ihn auszufragen und ihm um den Hals fallen will, sehe ich in sein ernstes Gesicht, das mich so liebevoll mustert und dann erkenne ich es.

Mein Herzschlag beschleunigt sich sofort und Paco lächelt über meinen Gesichtsausdruck. Er nimmt meine Hand in seine und kniet sich vor mir in den weißen Schnee, dabei lassen seine Augen meine keine Sekunde los. »Bella, seit ich dich das erste Mal gesehen habe, damals in der Bibliothek, hast du zu mir gehört, zu meinem Leben. Ich war sofort in deinen Bann gezogen.« Er lächelt, als meine Tränen anfangen, über meine Wangen zu kullern. »Wir haben wirklich viel durchgemacht, doch unsere Liebe ist stärker, es gibt nichts auf der Welt, was ich nicht für dich tun würde, nichts was für mich wichtiger ist als du, als dich glücklich zu machen. Ich musste schon ohne dich leben und will es nie wieder, ich will, dass du für immer zu mir gehörst und bei mir bleibst, ich liebe dich über alles. Niemals hätte ich gedacht, dass ich diesen Schritt jemals gehen werde, doch jetzt mit dir will ich gar keinen anderen Weg mehr gehen. Du bist mein Herz, mein Glück, mein Leben. Bella, willst du meine Frau werden?«

Ich sehe in seine Augen und erkenne seine tiefe Liebe zu mir, die Augen, die ich so sehr liebe und ohne die ich auch nie wieder leben möchte. Ich wische mir eine kleine Glücksträne weg und lächle. »Ja, ich will ... natürlich will ich.«

Als Paco aufsteht und unser Versprechen mit einem Kuss unterzeichnet, knallen die ersten Raketen in die Luft und der Himmel über uns färbt sich bunt. In diesem Moment weiß ich, dass dies viel schöner ist als jede Vorstellung, jeder Traum, den ich jemals hatte. Ich erkenne, dass sich meine Träume erfüllen, auch wenn nicht so wie ich es früher gedacht hatte, jeder einzelne Traum ist in Erfüllung gegangen. Ich habe meine Erfüllung im Kindergarten und in der Uni, auch wenn hier und nicht in New York, ich habe meine über alles geliebte Familie um mich herum und ich habe Paco.

# Epilog

An all diese Geschehnisse muss ich zurückdenken, während mein Körper versucht zur Ruhe zu kommen. Paco und ich hatten einen mühevollen, steinigen Weg, um zu unserem Glück zu finden und für eine Minute denke ich daran, ob ich, wenn ich dies damals bei unserem ersten Aufeinandertreffen in der Bibliothek alles geahnt hätte, diesen Weg gegangen wäre.

Ich muss lächeln, ich wäre den Weg auch dreimal gegangen, um hier zu enden, egal wie viel Schmerzen ich auf diesem Weg einstecken musste. Obwohl ich gerade denke, erst vor ein paar Stunden wirklich erfahren zu haben, was Schmerzen sind. Ich versuche mich aufzusetzen und stöhne auf. Als ich es mühevoll geschafft habe, mich in eine andere Position zu hieven, lausche ich den Geräuschen, die aus dem Nebenraum zu mir dringen.

Paco und ich haben im darauf folgenden Sommer geheiratet. Die Feier war die größte und meines Erachtens nach die schönste, die La Sierra je gesehen hat. Ich gehe mittlerweile nicht mehr zur Uni. Als beide Kindergärten zusammengelegt wurden, musste die alte Kitaleitung aus gesundheitlichen Gründen zurücktreten, und als ich gefragt wurde, habe ich keine Sekunde gezögert diese Stelle anzunehmen. Ich liebe den Umgang mit den Kindern in der Praxis viel zu sehr, um noch so lange die Theorie in der Uni zu erlernen. Paco hat mir vor ein paar Monaten, als wir erfahren haben, dass sich unser Leben ab heute komplett ändern wird, angeboten, nicht mehr als Anführer der Les Surenas zu fungieren, sondern Rodriguez den Platz zu übergeben. Aber ich habe ihm gesagt, dass ich keine Probleme damit habe, was er ist und ich damit leben kann, weil ich es schon immer konnte.

Endlich erscheint Paco mit Sara neben einer Krankenschwester in der Tür, unseren gerade erst geborenen Sohn fest in seinen Armen. »Er ist so schön«, flüstert er mir zu. »Er hat gelächelt.« Ich muss über Pacos begeisterten Gesichtsausdruck lachen, als er sich neben mir niederlässt und mir unseren Sohn in die Arme legt. »Ich liebe dich.« Paco gibt mir einen Kuss, sein Stolz ist nicht zu übersehen. Ich blicke auf unseren kleinen Leandro, der neugierig zu mir hochsieht. Er sieht aus wie Paco, er ist seinem Vater wie aus dem Gesicht geschnitten, bis auf seine Augen, die haben meine Farbe.

Sara setzt sich zur anderen Seite auf mein Bett. »Er ist wirklich ein Engel, wie eure Mütter gesagt haben.« Ich muss leise lachen und streiche über Leandros

Stirn. Ich bin gerade ziemlich froh, dass meine und Pacos Mutter einen Kaffee trinken gegangen sind. So sehr ich beide auch liebe, eine kurze Pause muss sein.

»Ich bin ihr Bruder, hier ist mein Ausweis, ob sie nun Surena heißt oder nicht, ich bin ihr Bruder.« Wir alle drei müssen auflachen, als wir Juan im Flur herummeckern hören.

»Na los, erlöse ihn schon«, fordere ich von Paco, der mir wieder seinen Sohn aus dem Arm nimmt und ihn auf seine weichen Wangen küsst. »Na komm, ich stelle dir deine verrückten Onkel vor.« Er öffnet die Tür und schneller als man blinzeln kann, stehen Juan, Tito, Pepo, Raul, Miko, Rodriguez, Ramos, Chico und Mano im Zimmer. Alle sind auf einmal mucksmäuschenstill und bestaunen unseren Sohn und Paco legt Juan seinen Neffen in den Arm. »Meine Güte, er ist so süß, guck mal Miko, wie er meinen Finger greift, ganz klar ein Punto, so stark wie er jetzt schon ist.« Paco lacht auf, Juan küsst Leandro und gibt ihn dann an Rodriguez weiter.

Ich beobachte lächelnd die Männer, die alle in meinem Leben so eine wichtige Rolle spielen. Ich bin so glücklich darüber, dass aus dieser jahrelangen Feindschaft zwischen den Les Surenas und den Trez Puntos eine so tiefe Zusammengehörigkeit geworden ist und so wie sie unseren Sohn liebevoll betrachten, wird er die sicherlich tiefste und stärkste Bindung der beiden Familias.

Lesen Sie weiter in …

## Llora por el amor 2 – Verschiedene Welten

»Liebe Passagiere, bitte schnallen Sie sich fest, wir setzen zum Landeanflug an.« Lucy rückt sich auf ihrem engen Sitz in eine angenehmere Position. Der Flug war lang und anstrengend, und die paar Minuten, die sie geschlafen hat, rächen sich jetzt mit einem schmerzenden Rücken.

Sie schiebt das Rollo zum Fenster hoch und sieht auf die Landschaft hinunter, der sie entgegenfliegen. Nun hat sie es endlich geschafft und ist schon mit dem halben Fuß im Urlaub auf Puerto Rico. Allerdings sieht sie diesem Urlaub mit zwiespältigen Gefühlen entgegen. Zum einen ist da Bella, mit der sie sich vor knapp zwei Jahren für nur ein paar Monate ihr Apartment auf dem Unicampus geteilt hat. Obwohl sie nur so kurz zusammengelebt haben, hat Lucy die selbstbewusste und so liebevolle Puerto-Ricanerin tief in ihr Herz geschlossen. Es war vorhersehbar, dass Bella die Trennung von ihrer Familie nicht lange aushalten würde, und Lucy war nicht sehr überrascht, als sie zu ihrer Familie zurückgekehrt ist, auch wenn sie es sehr traurig fand.

Zu ihrem Unglück ist die Frau, die für Bella bei ihr eingezogen ist, eine besserwissende, naturwissenschaftliche Eule, die sie mit ihrer Mülltrennung und Alles-nochmal-benutzen-Theorie in den Wahnsinn treibt. Bella drängt schon die ganze Zeit, dass Lucy sie endlich besuchen kommt, beide haben regelmäßigen Kontakt, und Bella ist für Lucy zu einer richtig guten Freundin geworden, auch wenn beide so weit voneinander entfernt wohnen. Sara und Selena hat sie damals, als sie über Weihnachten in New York waren, auch sehr schnell gemocht, was wirklich nicht sehr schwer ist. Es scheint bei ihnen allen in der Natur der Dinge zu liegen, offen und herzlich zu sein.

Da hat Lucy Bella auch das erste Mal richtig erlebt, so glücklich wie sie diese paar Tage war, mit der Gewissheit zu ihrer Familie zurückzukehren und wieder bei Paco zu sein, so losgelöst war sie während ihres gesamten kurzen Studiums in New York nicht ein einziges Mal. Lucy war natürlich zu ihrer Hochzeit im folgenden Sommer eingeladen. Eigentlich wollte sie damals schon diesen Urlaub machen, doch ihrer Mutter ging es wegen ihrer Diabetes zu diesem Zeitpunkt so schlecht, dass Lucy stattdessen in ihre texanische Heimat fliegen musste.

Aber Bella hat genügend Fotos geschickt, sodass sie fast das Gefühl hat, doch teilgenommen zu haben. Es war scheinbar eine Traumhochzeit, Bella sah umwerfend aus, und zum ersten Mal hat sie Gesichter zu den immer wieder von Bella erwähnten Personen gesehen. Paco ist genau so, wie Bella ihn beschrieben hat, und Lucy kann gut nachvollziehen, warum Bella ihm total verfallen ist. Es gab auch viele Bilder von Bellas Bruder Juan und ihren Cousins und diesem verrückten Kerl Tito.

Schon während Bella noch in New York lebte, hat er sich andauernd Lucy ans Telefon geben lassen, um mit seinem, zugegebenermaßen wirklich süßen und vor allem lustigen Charme, etwas mit Lucy zu flirten, was manchmal eine willkommene Abwechslung zum stressigen Studentenalltag für Lucy war. Ganz angetan war er offensichtlich auch von ihrem vollen Namen Lucia und nennt sie von da an nur noch so.

Obwohl, oder vielleicht gerade, weil sie das eigentlich weder mehr gewohnt ist und auch nicht sonderlich mag, da sie das viel zu sehr an ihre konservative Erziehung in Texas erinnert, akzeptiert sie es. Auch als Bella wieder bei ihrer Familie war, hat Tito es sich nicht nehmen lassen, hin und wieder mit ihr am Telefon zu plaudern. Das Ganze hat sich allerdings aufgelöst, nachdem er erfahren hat, dass sich zwischen Lucy und Cameron, mit dem sie sich damals nur hin und wieder mal getroffen hat, etwas Festes entwickelt hat.

Lucy versucht, diesen aufkommenden Gedanken sofort abzuschütteln. Etwas über ein Jahr ist sie nun mit dem Jurastudenten zusammen, der die gleiche Leidenschaft für den Beruf hat wie sie. Doch seit einiger Zeit fragt sie sich immer wieder, ob das alles oder vielmehr, ob das genug ist, um eine Beziehung zu führen. Eigentlich sollte Cameron sie begleiten, doch er hatte zu viel zu tun, und sie war froh, mal etwas Abstand von allem zu gewinnen. Außerdem wäre es fraglich, wie Cameron mit dem, was sie in Puerto Rico erwartet, umgehen würde, wo sie selbst schon am Zweifeln ist, ob dies alles so eine gute Idee ist.

So sehr sie sich auf Bella freut, so unsicher ist sie, die Familie, von der Bella so viel schwärmt, kennenzulernen. Als Lucy all diese Männer auf den Fotos entdeckt hat, war es schwer, sie den liebevollen Erzählungen von Bella zuzuordnen, denn sie sehen alles andere als liebevoll aus. Bellas Bruder Juan, Paco, dieser Miko, sie sehen allesamt sehr gefährlich aus, so wie jemand, wenn man ihn nachts auf der Straße trifft, man lieber die Straßenseite wechselt.

So oder so sind das, wenn Lucy ehrlich darüber nachdenkt, keine Personen, mit denen sie freiwillig in Kontakt treten würde, und selbst dieser lustige Tito erscheint so anders, als Lucy sich ihn vorgestellt hat. Es ist schwer zu beschreiben, was sie sich vorgestellt hat, aber als sie auf den großen breiten Mann mit den kurzen dunklen Haaren und dem leichten Dreitagebart gesehen hat, war das alles andere als die Vorstellung, die sie sich während ihrer unbefangenen Telefonate aufgebaut hat. Er sieht gut aus, ohne Zweifel ein gepflegter Mann. Doch wenn es nicht die Tätowierungen am Hals, die man trotz des garantiert sündhaft teuren Anzuges sehen konnte, waren, die sie leicht erschrocken haben, dann waren es seine Augen.

Lucy konnte es nicht lassen und hat diese herangezoomt, als sie ihn auf den Fotos entdeckt hat. Noch nie hat sie solche Augen gesehen. Sie sind wunderschön, braun, doch nicht zu dunkel, sondern ein helles Braun, und sie hätte schwören können, einen leichten Grünstich entdeckt zu haben. Lange dunkle Wimpern, die das Ganze geheimnisvoll wirken lassen. Aber was ihr am meisten aufgefallen ist, war die Kälte, die sie ausstrahlen, als hätte Tito schon die Hölle erlebt und keinerlei Probleme damit, nochmal durchzugehen. Die Augen vermitteln einem diesen Eindruck, auch wenn er auf dem Bild ein sehr ansteckendes Lächeln hat.

Bella hat ihr natürlich erzählt, was ihre Familie, ihre angeborene sowie die neue, in die sie gekommen ist, was sie alle darstellen, was es bedeutet, zu einer Familia zu gehören. Lucy versucht sich die ganze Zeit einzureden, dass sie mit dieser Tatsache umgehen kann, aber diese kleine, viel zu motivierte Jurastudentin in ihr, die in Texas unter sehr strengen Moralvorstellungen groß geworden ist, rebelliert und will sagen, dass sie das nicht kann. Nun ist es allerdings zu spät, stellt Lucy leise seufzend fest, als die Räder des Flugzeuges auf der Landebahn aufkommen.

Sie wird sich in diesen zwei Wochen einfach auf eine andere Welt einlassen und versuchen, ihre Vorbehalte ganz tief in ihrem Inneren zu verstecken.